KB113947

허브

초판 1쇄 찍은 날 § 2006년 7월 20일
초판 1쇄 펴낸 날 § 2006년 7월 30일

지은이 § 서야
펴낸이 § 서경석

편집장 § 문혜영
편집책임 § 이종민
편집 § 한지윤

펴낸곳 § 도서출판 청어람
등록번호 § 제1081-1-89호
등록일자 § 1999. 5. 31
어람번호 § 제5-0100호

주소 § 경기도 부천시 원미구 심곡1동 350-1 남성B/D 3F (우) 420-011
전화 § 032-656-4452 팩스 § 032-656-4453
http://www.chungeoram.com
E-mail § eoram99@chollian.net

herb

허브

• 서야 지음 •

도서출판 청어람

herb

herb

1. 바람이 분다

바람이 분다.

창가에 닿는 햇살은 벌써 봄에 닿았지만 불어오는 바람 속에 남은 찬 기운이 나뭇잎에서부터 먼저 느껴졌다. 설하는 가게 창턱에 얼굴을 기댄 채 밖을 바라보고 있었다.

가게는 이른 낮 시간이라 그런지 한적했고 덕분에 설하는 긴 겨울 뒤에 찾아온 봄의 여운을 마음껏 만끽하고 있는 중이었다.

봄은 바람이 아니라 사람의 옷깃에 머문다고, 지나가는 사람들의 옷은 밝은 파스텔 톤으로 바뀌어 보는 사람으로 하여금 포근함을 느끼게 했다. 설하는 창가에 머물고 있는 햇살을 조금은 몽환적인 시선으로 바라보았다.

"야! 야! 그만 좀 봐. 무슨 동물원에 갇힌 원숭이도 아니고."

아침부터 가게로 찾아와 게으름을 피워대던 지연이 설하의 무념한 사념을 깨웠다.

"아, 봄이다! 나른해."

지연의 구박에도 아랑곳없이 설하는 머리끝으로 팔을 쭉 뻗었다. 손끝을 따라 창가에 머문 봄기운이 그대로 몸 안에 스며드는 기분이었다. 등 뒤로 그녀 못지않게 나른한 표정을 짓고 있는 지연이 보였다. 지연은 지금 보이콧 중이다.

제 말로는 보이콧이라고 하는데, 겉으로 보기엔 그저 단순한 가출 이상은 아니었다. 것도 회사 가출! 평일이라 다행히 부띠끄가 바쁘지는 않겠지만, 그래도 사장이 제 삼촌이라 할 수 있는 어리광에 불과하다는 게 설하의 판단이었다.

가끔 지연은 이렇게 회사를 가출한다. 그래야 제 소중함을 안다고 하는데, 씩씩 콧바람을 뿜으며 설하의 가게로 찾아오는 효원 삼촌의 기세를 보면 소중함은커녕 쫓겨나는 건 시간문제인 듯하다. 정작 본인은 무사태평이지만.

그래도 뭐, 삼촌인데. 지연이 늘상 하는 변명 아닌 변명이었다. 막내이다 보니, 큰누나인 지연 엄마에게 꼼짝 못하는 탓에 지연에게도 늘 패배자일 수밖에 없는 막내 삼촌, 그런 성격에 어떻게 그런 자리까지 올랐을까 싶게 국내에서 패션 디자이너로서 제법 자리를 잡고 있다.

홍차를 보리차 마시듯 하는 지연이 4인분짜리 티포트를 들고 가게 한구석으로 자리를 옮겼다. 그때 설하의 휴대전화에서 캔디 노래가 울렸다.

"여보세요?"

[나다.]

짜증을 숨기지 못하는 목소리가 대뜸 들려왔다. 삼촌이라 해도 실상 나이는 그녀보다 열 살밖에 차이나지 않는 효원은 늘 그렇듯이 지연이 아닌 설하의 휴대전화로 전화를 걸어왔다. 아마 그건 삼촌 나름대로의 오기인 모양이다.

"네."

[지연이 또냐?]

"그렇죠 뭐."

설하의 대답에 효원 삼촌이 지친 한숨을 내쉬었다.

[기어이 나보고 데리러 오라던?]

"뭐, 그러는 편이 좋지 않겠어요?"

효원 삼촌이 오지 않는다면, 지연은 이제 가출까지 것이다. 그러면 또다시 집이 발칵 뒤집히겠지. 지연의 엄마는 다 좋은데, 딸에 대해서는 좀 극성인 편이었다. 그래서 늘 피해를 보는 쪽은 효원 삼촌이었고.

[번번이 미안하다.]

효원 삼촌의 사과에 설하는 어깨를 으쓱거렸다. 흘낏 보니 지연은 한 손으로 턱을 고인 채 까닥까닥 발을 흔들고 있다. 동물원 원숭이냐 구박하더니 저 역시 설하처럼 나른한 봄을 만끽하고 있었다.

[이번에 새 시즌 쇼가 있어서 좀 바쁜데, 저녁에 가도 되겠냐?]

"괜찮아요. 조금 있다 쿠키 구울 건데 좀 드려요?"

[오트밀 쿠키?]

"그것밖에 하는 게 없잖아요. 플레인은 지연이가 지겹대요."

[난 모카 빵이 좋은데.]

끌, 삼촌 모르게 혀를 차며 고개를 절레절레 저었다. 그녀가 보기엔 제멋대로인 면은 지연이나 효원 삼촌이나 막상막하였다.

"그래요, 그럼……."

약간 얼굴을 찡그리며 설하가 대답했다. 오트밀 쿠키를 위해 내놓은 쇼트닝은 이미 말캉히 녹은 후였다.

어쩔 수 없지 뭐. 편하게 중얼대며 설하는 냉장고에서 버터를 꺼냈다. 오늘은 쿠키와 빵을 함께 구워야 할 모양이었다. 앞치마를 꺼내 입고 설하는 쿠키 반죽을 시작했다. 오트밀 쿠키는 그녀가 만들 수 있는 몇 안 되는 쿠키였다. 사실 더 자신 있는 건 맨 처음 배운 플레인 쿠키지만, 반죽한 것을 냉장고에 넣었다가 다시 모양 틀에 찍는 게 귀찮아 요즈음엔 주로 오트밀 쿠키를 구웠다. 나중에 가게가 자리를 잡으면 본격적으로 빵과 쿠키를 배워볼 생각이기는 했지만, 어쨌든 지금으로서는 이 쿠키로도 만족이었다.

아직은 서툰 솜씨로 밀가루를 계량하고, 계란이며 재료 하나하나를 준비하는 동안 가게 안은 지연과 그녀의 작은 움직임 소리 외에는 숨소리조차 사라진 평화로운 침묵이 감돌았다.

딸랑!

설하가 막 오븐을 열어 첫 반죽을 집어넣을 때였다. 문에 달아놓은 풍경에서 맑은 종소리가 울리며 가게 문이 열렸다. 습관적으로 '어서 오세요!' 인사를 건네며 주방 안에서 고개를 삐죽 내미는데 들어서던 남녀가 깜짝 놀랐는지 움찔거렸다. 갑자기 소리가 들려서 그런 건가? 괜히 혼자 머쓱해지고 말았다.

가게 안의 대부분이 다 창가지만, 설하는 유독 햇살이 좋은 곳을 골라 두 사람을 안내했다. 지연과 조금 떨어진 곳이란 것도 그 이유 중의 하나이기도 했고.

주로 홍차와 허브 차를 취급하기 때문에 가게는 편한 연둣빛과 하얀색으로 패브릭 되어 있고, 지금 지연이 앉은 곳은 핑크와 하얀색의 코디로 인테리어 되어 있다. 여자들끼리 오면 핑크빛이 좋다고 따로 인테리어를 꾸며놓은 곳이었다.

가게를 둘러보곤 예쁘네, 하며 좋아하는 여자와 달리 남자는 이 아기자기한 분위기가 어색한지 잔뜩 굳은 얼굴이다. 하긴 들어설 때 언뜻 느껴지는 분위기로는 이곳과 그다지 어울리지 않는 커플이었다. 남자 쪽은 이런 곳보다는 왠지 깊은 마호가니색의 고풍스러움이 그려지는 그런 느낌이었다.

"여기, 메뉴 있어요."

역시 연두색과 하얀색으로 맞추어 손수 만든 메뉴판을 내밀며 설하는 두 연인을 살짝 훑어보았다. 남자는 키가 크고 보기 좋은 몸매를 제외하면 볼 게 별로 없는 인물이었다. 모델처럼 늘씬한 데다 미모까지 화려한 상대 여자에 비하면 꽤 못생긴 얼굴이었으니까. 여자가 아깝다, 속으로 중얼거리며 설하는 얌전히 주문을 기다렸다.

"홍차와 허브 차만 취급하나요?"

손에 든 메뉴판을 뒤적이며 여자가 물어왔다. 아름다운 얼굴만큼 거만한 음색이었다.

"네."

"흠, 꽤 종류가 많네. 이거 전부 티백이죠?"

동네에 자리잡은 가게이다 보니, 이름만 그럴싸한 찻집일 거라 미리 예측하곤 이런 질문을 하는 손님들이 많은 편이었다. 그러나 '샤콘느'에서는 전부 잎으로 된 허브 차만 취급하고 있었다.

그리 조예가 깊지는 않다 해도, 나름대로 최상의 잎들을 준비하려는 노력에 찬물을 끼얹는 질문이었지만 그녀는 애써 미소를 지었다. 오히려 그 질문에 눈에 띄지 않게 어깨를 움츠린 것은 앞에 앉은 남자였다.

"뭘 원하시는데요?"

"뭐가 좋아요?"

"그거야 손님의 취향이시죠."

"흠……."

여자는 여전히 고민 중이라는 듯 잔뜩 인상을 찌푸리더니, 결국 설하에게 성의없이 메뉴판을 내밀었다.

"그냥 아무거나 줘요."

이걸 그냥…… 평소엔 온순한 설하이지만 이렇게 무성의하게 차를 주문하는 손님은 한 대 쥐어박고 싶은 충동을 느낄 때가 있었다. 지금이 그 순간이다.

"아, 그냥 가벼운 차가 좋겠는데요."

그때였다. 진지한 얼굴로 메뉴를 고르던 남자가 예의 바른 어투로 대화에 끼어들었다. 생긴 외모에 비해 꽤나 듣기 좋은 바리톤 음색이었다. 눈을 감으면 성우가 말하는 것처럼 근사하고 잘 조율된 첼로와 같은 음색이라고나 할까? 게다가 잘 교육된 집안에서 자란 품위있는 말투까지.

"그럼 히비스커스와 카모마일을 믹스하거나 로즈힙이 좋을 것 같은데, 그렇게 드릴까요?"

왠지 얄미운 기색의 여자 대신 남자 쪽을 향하며 설하가 물었다. 그녀의 질문에 앞에 앉은 여자를 바라보던 남자가 피식, 웃었다.

"아마, 현진은 무식해서 그 맛도 모를 겁니다. 그냥 편한 홍차로 주십시오. 음, 얼그레이가 쉽게 마실 것 같은데……."

"초보시면 실론이 더 편해요."

"그럼 실론으로 주십시오."

부드러운 음색과 잔잔한 미소까지. *까*만 정장을 입으면 조폭처럼 생긴 얼굴인데, 미소 짓는 얼굴이 생각보다 따스해 보여 설하는 자신도 모르게 미소를 보냈다.

주방으로 돌아와 투명한 잔과 티포트를 꺼내 구색을 맞춘 후 천천히 물을 끓이고 있을 때, 지연이 쑤욱 빈 티포트를 내밀었다.

"뭐야?"

"리필."

쓰읍! 도움이 안 돼, 정말! 귀여운 투정을 하며 설하는 천천히 물을 끓였다.

"찻물은 급하게 끓이면 향이 좋지 않아. 좋은 찻잎도 싸구려가 되어버리지. 공기를 충분히 마시도록 물을 천천히 끓여. 차향도 좋지만, 그렇게 끓인 차엔 끓인 사람의 정성이 들어 있어 제 맛보다 더 좋아지거든……."

그리운 목소리가 들린다. 물이 자박자박 끓는 소리엔 언제나 그의 목소리가 담겨 있다. 설하는 멍하게 물이 끓는 주전자를 바라보았다. 두터운 강화 유리 너머 물방울 올라오는 모습이 고스란히 보였다.

차를 끓일 땐, 그가 말한 순서대로 천천히 움직인다. 신경의 하나하나를 모두 한곳에 집중한 채. 그러면 희한하게도 그의 목소리가 들리면서 이 지루한 작업이 즐겁게 변한다. 그래서 설하는 차를 끓이는 이 순간을 좋아했다.

"손님 왔네?"

들어선 손님을 이제 보았는지 지연이 가게 안쪽을 살피며 아는 척을 해왔다.

"응."

"여자가 아깝다. 딱 그거네. 미녀와 야수! 덩치까지 큰 게 형님! 그 과 아니야?"

"글쎄? 그래도 인상이 좋아 보이지 않아?"

"인상이 좋아 보여? 야, 너 여기만 있더니 눈 많이 버렸구나."

"그래도 웃으면 눈가에 주름이 편하게 잡혀서 인상이 좋아 보여. 보기보다는 많이 착할 것 같아."

"인상이 착해 보여? 어디가? 앗! 여자 운다! 분명 저 남자가 찼을 거야."

신기한 구경 하듯 그네들을 바라보던 지연이 갑자기 언성을 높였다. 야! 난처한 기색으로 지연을 잡으면서도 설하 역시 흘끗 손님 쪽을 바라보았다. 여자가 울어? 설마했는데 정말 그녀가 운다.

저와 상관없는 일인데도, 바라보는 설하의 얼굴이 살짝 일그러졌다. 그녀는 눈물에 약하다. 누가 우는 걸 보면 오히려 당사자보다 더 크게 울 때가 있다. 그런 설하를 고장난 감정선이라며 지연은 곧잘 놀리곤 했었다.

난감해하는 설하와 달리 마주 앉은 남자의 얼굴은 담담한 편이었다. 그게 어쩐지 냉정해 보여 설하는 더욱 미간을 찌푸렸다. 못생긴 얼굴이기는 했지만, 살짝 웃어 보일 때에는 선한 인상이었는데. 여자의 울음 앞에서도 저렇게 냉철한 표정을 지을 수 있다면 보기보다 차가운 사람인 모양이다.

갑자기 배신당한 기분이 들고 말았다. 우는 여자 앞에서 냉철하게 앉아 있는 남자는 왠지 싫다. 시선을 떼며 설하가 에잇! 혀를 찼다. 괜한 화풀이로 인퓨저 속에 홍차를 잔뜩 집어넣었다. 그리 강하지 않은 종류지만 그래도 이 정도면 첫 맛이 꽤나 쓸 것이다.

여자에게는 홍차 대신 가벼운 히비스커스 꽃잎을 넣었다. 신맛이 강해, 보통은 다른 허브와 섞어 내놓지만 오늘은 그냥 넣었다. 하얀 손뜨개 받침이 놓인 나무 쟁반에 메이플 시럽과 방금 구워낸 따뜻한 오트밀 쿠키를 담아 자리로 다가갔다.

"뭐예요? 홍차는 아닌 것 같은데……."

내온 차를 보며 재빨리 눈물을 닦아낸 여자가 코맹맹이 목소리로 물었다. 보기에도 홍차와는 거리가 먼 빨간 색이 잘 우러나 있었다.

"히비스커스예요. 조금 신맛이 나지만 오미자랑 맛이 비슷해요. 기분이 음울한 날 마시면 좋대요."

호기심 어린 시선으로 빨간 찻물을 바라보는 남자를 외면한 채 여자에게 조곤조곤 설명해 주었다. 응? 여자가 마른 얼굴로 테이블에 놓인 티포트를 바라보았다. 보기에도 화사한 붉은 찻물이 마음에 든 듯, 처음의 거만한 태도와는 달리 별말이 없었다.

"이건요?"

"오트밀 쿠키예요. 가끔 단골손님이 오시면 드리는 건데, 오늘은 첫 손님이라 드리는 거예요. 다음에 또 오시라구요."

여자보다 훨씬 호감있게 쿠키를 바라보던 남자가 예의 그 부드러운 목소리로 '오트밀 쿠키? 좋아하는 쿠키인데……' 하며 중얼거렸다. 고운 미소와 목소리에 비해 꽤 냉정한 남자. 그게 이 손님에 대한 설하의 평가였다. 울고 있던 여자를 위해 담아 온 건데, 얄미운 남자가 냉큼 한 개를 집어가 버렸다.

하여간…… 바라보는 설하의 눈빛이 처음과 달리 꽤 사나웠다. 차보다 먼저 쿠키를 입에 집어넣던 남자가 그제야 노려보는 그녀의 시선에 어깨를 움츠렸다. 난처할 때 하는 버릇인가 보다.

"아, 여자 손님에게만 주는 건가요?"

또다시 씨익 사람 좋게 웃으며 남자가 물었다.

"네."

대답이 딱딱 부러졌다. 남자가 의아한 눈빛으로 그녀를 잠시 응시했다. 뭐야? 씁! 설하는 눈에 잔뜩 힘을 주었다.

"남자에게 차일 땐, 달콤한 걸 먹어주는 게 좋다던데. 이거 달콤해요?"

두 사람의 보이지 않는 실랑이 사이로 맹맹한 여자의 목소리가 끼어들었다.

차여? 실망스럽게도 지연의 말이 맞았나 보다. 처음 여자에 대한 좋지 않던 인상 대신 안쓰러워진 마음 탓에 나가는 음성이 비단처럼 고와졌다.

"적당히 달아요. 너무 달면 오히려 속이 더 쓰려서 아프거든요. 차는 신맛이 강하면 메이플 시럽을 넣어요. 두 번째 우려낼 때는 그냥 마셔도 되지만. 신맛이 조금 남긴 해도 그래서 오히려 음미하기엔 더 좋죠."

"그래요?"

여자가 순하게 대답했다. 티백인가요? 라고 묻던 처음보다 거만함이 풀어진 여자는 한결 대하기가 편했다. 이럴 때가 있다, 가끔 손님과 주인을 떠나 그 사람이 무작정 좋아지는.

"허브 차 마시러 자주 오세요. 다른 차보다 허브를 마시면 몸이 정화되는 기분이 들거든요. 우울한 날이나 기분 좋은 날이나 나름대로 좋은 허브가 있어요."

그녀의 말에 남자가 눈빛을 반짝이며 몸을 앞으로 당겼다. 자못 흥미로운 시선이다. 남자 앞에 놓인 홍차는 겨우 한 모금 정도 비워진 상태였다. 설하는 여자와 이야기하는 와중에도 첫 잔을 들어 마신 남자가 놀란 듯 꿀꺽 삼키는 것을 이미 보았다. 꽤나 쓴맛에 놀랐을 것이다. 그녀 모르게 살짝 메이플 시럽을 넣고도 부족한지 옆에 놓인 설탕을 몽땅 털어 넣는 남자를 보며 설하는 보이지 않게 미소를 지었다. 어쩐지 조금 고소해진 기분이 들었다.

여자 앞으로 구워놓은 쿠키를 밀어주고 자리로 돌아오니 지연은 티포트에 두 번째 찻물을 우려내고 있는 중이었다.

"나도 한 잔 줘."

설하의 말에 지연이 손에 묻은 쿠키 부스러기를 털어내며 차를 내밀어주었다. 지연이 부어간 홍차는 아삼이었다. 지연은 아삼을 스트레이트로 마신다.

"뭐래?"

"차였대."

"나아쁜 놈! 여자가 우는데도 눈 한번 깜짝하지 않고 차 마시는 것 봐라. 것 봐! 독종이라니깐! 저렇게 눈이 옆으로 좌악 찢어진 녀석은 대부분 독종이야."

제 눈도 동그랗지는 않은 주제에 괜스레 남자의 작고 매서운 눈초리만 흉본다.

"그러게…… 여자 우는데 좀 그렇더라. 보기보다 어려 보이던데. 쿠키도 냉큼 집어가는 거 있지? 이 와중에 그게 입으로 들어가나?"

오늘따라 초코칩이 많이 들어간 오트밀 쿠키는 여자가 원하는 것보다 더 달다. 아삭아삭 부서지는 쿠키를 씹으며 설하는 지연과 같이 남자를 씹어댔다.

"아참, 서녁에 쇼원 삼촌 온대."

"그래? 잘됐다. 그렇지 않아도 오늘 차 안 가지고 왔는데."

"삼촌이 불쌍하지도 않냐? 두 달에 한 번은 이렇게 가출하니, 원."

"괜찮아. 그런 게 삶의 활력소야. 매일 천 쪼가리 속에 파묻혀 지내느라 세상을 잊는 사람이니 이렇게라도 바람 쐬어야지."

"그런데 꼭 이런 식으로 쐬어주어야 해? 좀 건설적인 방법으로 하는 건 어때?"

"건설적인 건 귀찮아. 대충 이렇게 쐬어주어도 돼."

꽤나 불쌍한 삼촌이야. 한숨을 내쉬며, 설하는 음악의 볼륨을 올렸다. 잔잔한 바흐의 음악이 가게 안으로 고풍스럽게 울려 퍼졌다. 그녀가 좋아하는 '무반주 첼로를 위한 모음곡 1번'이다. 지루하지 않고 선율이 아름다워서 이런 날 자주 듣는 편이었다.

차를 한 모금 마시는데 가게 안의 남자와 눈이 딱 마주쳤다. 흠, 정말 독한 눈인가? 설하가 고개를 갸우뚱거렸다. 지연의 말처럼 작고 옆으로 좌악 찢어진 눈이기는 했지만, 남자의 눈은 여전히 선한 빛을 담고 있었다.

"……대?"

"응?"

잠시 남자에게 시선을 뺏긴 사이, 지연이 물어오는 질문을 놓치고 말았다.

"삼촌 언제 오냐구."

"응? 아, 효원 삼촌! 좀 늦을지 모르겠다고 했는데."

"그래? 에이, 배고프니 빨리 와서 저녁 사달라고 전화해야지."

"강지연! 너 정말 가출한 거 맞아? 그냥 하루 월차 내지 그래?"

"싫어! 그럼 넘 심심하잖아, 스릴도 없고. 암튼 삼촌한테 전화해 봐야겠다."

지연이 삼촌한테 전화를 거는 사이 차를 다 마신 모양인지 일어선 두 사람이 설하 쪽으로 다가왔다.

"차, 잘 마셨어요."

남자가 계산하는 사이 여자가 먼저 인사를 건넸다. 그새 눈물이 그쳐 말간 눈동자였다. 네, 고개를 끄덕이는 설하에게 남자가 함께 인사를 건넸다.

"아, 저⋯⋯."

"네?"

"아, 아닙니다. 차 잘 마셨습니다. 의미있는 차였습니다."

네? 막 물으려는데 두 사람은 벌써 가게를 나서고 있었다. 의미있는 차라니⋯⋯? 속내를 들켰을지 모른단 생각에 설하의 얼굴이 빨갛게 달아올랐다.

"갔어?"

"응? 응⋯⋯."

"아, 심심해! 삼촌이 저녁 먹고 다시 회사로 가야 한다고 빵 좀 많이 구워달래. 직원들이랑 야참으로 먹을 생각인가 봐."

제빵 기술 자격증을 가지고 있는 사람은 지연이지만, 그녀는 절대 빵을 굽지 않는다. 삼촌의 전갈만 전해주고 지연은 잠깐 미용실이라도 다녀와야겠다며 바람처럼 나가 버렸다.

지연마저 나간 텅 빈 가게에서 설하는 온몸을 쭈욱 폈다. 고양이처럼 주방 턱에 손을 쭉 뻗고, 척추의 뼈 하나하나가 곧게 펴지도록.

봄날의 나른함에 가벼운 하품까지 하며 설하는 버터에 손을 뻗었다. 미리 사놓은 버터가 꽤 많이 남아 있어 다행이라는 생각을 하며 그녀는 천천히 반죽을 하기 시작했다. 조금은 쌀쌀해서 그래서 더욱 거만해진 봄 햇살이 연둣빛 '샤콘느'의 창가를 비추고 그 속에 그 연둣빛만큼 싱그러운 설하의 모습이 그림처럼 박혀 있다.

그날 저녁, 식사는커녕 오자마자 미리 구워놓은 빵만 들고 효원 삼촌이 지연을 데리고 사라진 후, 가게는 비로소 잔잔한 일상으로 돌아왔다. 두 달에 한 번 꼴로 가출을 하긴 하지만, 어쨌든 부띠끄에서 지연의 위치가 그리 쓸 만한지 이런 일이 아니면 지연은 늘 바빴다. 바쁨은 현대인의 신종 병이라는데, 이상하게도 설하는 비켜갔다. 이곳의 가게를 물려받기 전에도 그녀는 늘 한가한 편이었다. 지루한 법률 사무소의 일도 그랬기에 그녀 자체의 생활은 여기 도시가 아닌 곳에서 이루어지는 기분이었다.

지연이 사라지고 다시 평범하고 나른한 일상에 젖어든 설하는 시장 가방을 팔에 걸고 가게를 나섰다. 붐비는 시내 복판이 아닌 아파트를 낀 곳에 위치한 탓에 가게 근처에서는 목요일마다 작은 장이 열렸다. 가게에서 좀 떨어져 있긴 했지만 오히려 산책하기도 좋았고, 비린 생선 냄새가 배지 않아 더 좋았다. 지나가다 얼굴을 익힌 근처 옷가게 언니는 장이 열리면 그날은 가게 안에 온통 비린 냄새가 밴다고 늘 투덜댔다. 혼자 사는 살림이라 크게 살 것도 없지만, 그녀는 되도록 생선은 사지 않는 편이다. 무겁기도 했고, 장바구니에 스민 생선 물을 싫어해서였다. 그래서 생선은 미리 마트에 가서 팩에 꽁꽁 싸여 있는 것을 일주일 치 정도 미리 사다 놓고, 이곳은 야채나 과일을 사기 위해 매주 목요일마다 빼먹지 않고 들른다.

북적거리는 시장 속을 설하는 여유로운 걸음으로 걸었다. 얼굴에 주름이 가득 진 할머니의 붉은 대야에는 파릇한 초록 봄나물이 하나 가득이었다. 자잘한 아기 손 같은 돌나물, 잘 무쳐 먹지는 못하지만 냉이와 달래까지. 나물을 좋아하는 편은 아니지만, 이렇게 스치는 나물은 이른 봄을 느끼게 해 괜히 행복한 기분이 들었다.

흠, 이번엔 그냥 냉이나물을 한번 해볼까? 비싼 물건을 고르듯 설하는 신중하고 비장한 얼굴로 발 앞에 놓인 냉이를 바라보았다. 냉이는 그 질긴 뿌리 때문에 특히나 싫어하는 나물이지만, 냉이가 빠진 봄은 좀 섭섭하다.

국을 끓여 먹어도 좋겠지만, 끓여진 냉이는 흐물흐물 생기가 없어 싫다. 에잇, 그냥 쉬운 달래나 살까? 냉이는 바라보는 것으로는 봄이지만, 먹기엔 쉽지 않아 설하의 갈등은 깊어졌다.

"아줌마, 이 달래 좀 주세요."

결국 꺼내놓은 옷 중 하나를 딱 고르듯 설하가 달래를 집었다. 하긴 달래는 먹고 남으면 전을 지져 먹어도 좋으니까. 나름대로 변명하며 향 좋은 달래를 장바구니에 담고 있을 때였다.

"어? 허브네?"

건방진 목소리는 어디서 들어도 눈에 띈다. 아니, 귀에 박히는 건가? 익숙한 음성에 나물 속에 코를 박고 있던 설하의 고개가 바짝 들렸다. 허브라니. 이곳에 허브를 파는가 싶어 귀가 솔깃했다. 곧이라도 죽어버릴 것처럼 시들시들한 창가 화분이 생각난 탓이었다. 그녀가 키우는 허브는 나름대로 물을 잘 주는 편인데도, 주인을 배신하고 시들거리기 일쑤였다. 지연이 개업 선물로 준 건 이미 죽어버렸고, 지금 가게에 놓인 것은 그녀가 같은 종으로 새로 사다 놓은 것이었다. 지연은 아직도 그 화분이 자신이 선물한 것으로 알고 있지만 말이다. 지연이 '어? 죽이지 않고 잘 키우네?' 말할 때마다 심장을 콕콕 찔러대는 가시에 설하는 찔끔거렸다. 허브를 찾던 그녀의 시선에 들어온 건

찾던 허브가 아닌 목소리의 주인공이었다. 그때 가게로 찾아왔던 미녀와 야수!

채였다고 평평 운 주제에 오늘은 다정한 품새로 남자의 팔에 팔짱을 낀 모습에 설하는 괜히 배신감이 들었다. 뭐야, 꽤 친하잖아? 뚱한 설하에게 여자는 먼저 아는 척을 해왔다.

"여기까지 장 보러 왔어요?"

처음의 거만한 얼굴이 아닌 착한 얼굴.

"아, 네…… 자주 와요."

"그렇구나. 난 늘 바빠서 이렇게 장이 서는 줄 미처 몰랐는데. 매일 이렇게 장이 서요?"

"아니요, 목요일마다요."

"목요일마다? 그렇게 자주 서는 편은 아니네. 사유, 혼자 장 보러 올 수 있어?"

고개를 끄덕이던 여자가 남자에게 물었다. 남자 이름이 사유인가 보다. 좀 특이한 이름이다.

"원래 이런 거 별로 안 좋아해요. 시끌시끌한 건 딱 질색이야. 사유가 한번 구경 오고 싶다고 해서 나왔는데, 그래도 생각보다는 재밌네요. 그래도 아까 그 떡볶이는 좀 아니더라. 그치?"

종알종알, 다정하기까지 하다.

"안녕하세요?"

여자의 수다에 미처 아는 척하지 못한 설하에게 남자가 기분 좋은 인사를 건넸다. 봄기운이 돌기는 하지만 설하의 체온계로는 조금 싸늘한데 남자는 가벼운 니트 차림이었다.

"춥지 않아요?"

"네?"

얼떨결에 나온 말인데 남자는 대뜸 되물었다.

"날이 좀 추워서요."

"전 괜찮은데. 싸늘하기는 해도 햇살이 좋아요."

대답하는 미소가 참 친절해 보여 아, 네…… 설하는 멋쩍게 고개를 끄덕였다. 쉽게 미소 짓는 남자는 별로라고 지연이 늘 그랬었는데. 여기 이 자리에 지연이 있다면 단박에 '바람둥이 야!' 할 것 같다.

"참! 가게로 갈까 사유에게 물어보고 있었는데. 주인 언니가 전에 말했잖아요, 기분 따라 각각 다른 허브가 있다고. 봄이라 그런가? 갑자기 파릇한 허브가 생각나더라구요."

주인 언니? 보기엔 그녀가 더 나이 들어 보이는데, 여자는 쉽게 설하에게 언니라 부르고 있었다. 나물과 미리 사놓은 딸기, 길거리에서 파는 조그만 도자기 장식품들이 꽤나 무거울 텐데 남자는 가뿐하게 설하의 짐을 들어올렸다.

"지금 당장 가자구요?"

"왜요? 더 사실 것 있어요?"

여자가 고개를 갸웃하며 물었다. 흠, 생각해 보니 별로 살 게 없었다. 차가 있으니 같이 타고 가자며 여자가 쉽게 설하의 팔 짱을 끼었다. 여러 사람들이 지나다니는 길목이라 세 명이 한꺼

번에 걷기가 여간 불편하지 않아 나란히 선 일직선이 자꾸 일그
러졌다. 다행히 사유가 차를 세워놓은 곳은 시장에서 가까웠다.
짐칸엔 사유 짐은 거의 없이 그녀의 짐만 달랑 담겼다. 남자의
키에 비해 우스꽝스러우리만큼 작은 경차였다.

"차 좁죠?"

여자가 물었다.

"뭐, 별로."

"사유가 좀 그래요. 큰 차도 있었는데, 꼭 이걸 고집한다니깐.
우습죠?"

별로 안 우스운데…… 설하가 작게 중얼거렸다. 그녀 역시 커
다란 차보다는 앙증맞은 차를 선호하는 편이었다.

"아참, 가게 이름이 참 독특해요. 기억하느라 힘들었어. 그렇
지, 사유?"

"바흐!"

그녀가 대답하기 전에 사유가 먼저 대답했다. 룸미러로 길고
가는 눈이 그녀를 향하고 있었다. 지연의 말대로 매섭게 올라간
눈이지만, 또 그녀의 말대로 선한 빛이 출렁이는 눈동자가 봄날
처럼 따스하다. 그 빛이 누군가를 떠올리게 해 설하는 저도 모
르게 얼굴을 붉혔다.

"바흐?"

"바흐의 무반주 바이올린 파르티타 2번 악장. 그 샤콘느 맞나
요?"

여자에게 설명하며 뒷말은 설하에게 묻는다. 설하는 고개를 끄덕였다.

"아, 그런 의미였구나. 좀 어렵네. 쉽게 짓지. 기억하기 좀 어렵더라. 참, 전 현진이에요. 스물여섯인데. 이름이 어떻게 돼요?"

현진이 먼저 관등 성명을 밝혔다. 그날, 남자가 잠깐 말했던 이름이 현진이었다는 걸 그제야 기억해 냈다.

"설하예요. 나이는 언니가 맞아요."

"나이는 비밀인가 보다. 우스워, 왜 노처녀들은 나이 말하는 걸 그렇게 극도로 싫어하는 거지?"

"실례야."

남자가 엄한 말투로 꾸짖는다. 노처녀 아닌데. 설하가 억울한 표정을 지었다.

"누가 영감 아니랄까 봐!"

현진이 입술을 삐죽 내밀었다. 영감? 그에게 꽤나 잘 어울리는 별명이라 쿡, 웃음이 어쩔 수 없이 새어나왔다. 연인에게 붙이는 별명치고 그리 매력적이진 못했지만.

작은 사유의 차가 그녀의 가게에 도착할 때까지 현진은 내내 영가~암 하며 사유를 놀려댔다. 사유의 표정으로 보아서는 그다지 좋아하는 애칭으로 보이지 않았지만 그래도 별 대꾸는 없었다.

괜찮다는데 기어이 사유가 그녀의 장바구니를 대신 들고 가

게 쪽으로 향했다. 커다란 덩치에 노란 장바구니가 작은 소꿉
가방처럼 달랑달랑 매달려 있었다. 이번엔 설하가 아닌 현진이
킥, 웃음소리를 냈다. 하긴 뒤에서 보아도 좀 엉성해 보이긴 했
다.

〈잠깐, 장 구경 갈까 해요. 봄나물 사러 가요. 장 구경에 지치면 돌
아올게요. 시간은 못 정하고 갑니다.〉

가게 문 앞에 붙여놓은 그녀의 쪽지가 바람에 팔랑 날렸다.
노란 포스트잇을 사유가 떼어내며 그녀에게 말을 건넸다.
"이런 거 붙이고 가요?"
"네. 전엔 그냥 비웠었는데, 나중에 생각해 보니까 혹시 그사
이에 손님이 들렀다면 꽤 실례겠다, 생각이 들어서요."
그녀의 대답에 사유가 꽤 진지한 표정으로 포스트잇을 바라
보았다. 그 모습에 현진이 '영감'이라 불러대던 게 생각나 설하
가 또다시 킥, 웃음소리를 냈다.
"이리 줘요. 쑥스럽게……."
설하가 사유 손에 들린 포스트잇을 얼른 빼앗아 가게 안으로
들어섰다. 잠시 비워놓은 가게 안은 그새 햇살이 따스하게 덥혀
놓았다. 장을 봐온 물건을 정리해 놓고 찻물을 올려놓는데 또다
시 사유의 눈빛이 느껴졌다. 참 어색한 사람이야. 설하는 불편
한 얼굴로 중얼거렸다.

"이번엔 저 핑크색 자리로 가볼까?"

현진이 신이 난 얼굴로 사유를 끌었다. 자박자박 끓인 물을 잠깐 식히며 설하는 어제 구웠던 카스테라를 내놓았다. 원래는 밤 통조림을 넣었어야 했는데 마침 사놓은 게 없어 대충 바나나를 넣어 만든 빵이었다.

이른 점심 때문에 출출한 참이던 설하는 자신을 위해 끓인 페퍼민트 차는 주방에 남겨놓고, 연하게 우려낸 아삼과 로즈힙을 각각 담아내어 그들에게 다가섰다.

"어? 박하 향이 나네? 내 거 박하 차예요?"

"아니, 로즈힙. 사유 씨는 아삼 괜찮죠?"

"그럼 박하 차는요?"

"그건 내 건데……."

"뭐야, 혼자 저쪽에서 마시게? 그러지 말고 여기 같이 앉아요."

자신의 옆 자리를 톡톡 치는 걸로도 부족한지 팔까지 흔들어대는 현진에게 설하가 난감한 기색을 드러냈다.

"사유는 애 영감 같아서 심심해, 같이 놀아요."

여전히 주춤거리는 설하에게 현진이 아이처럼 졸라댔다.

"그런 거 꽤 버릇없는 거야."

보다 못한 사유가 끼어들었다.

"뭐가 어때서? 사유가 그렇게 자꾸 노려보기만 하니까 주인 언니가 싫다잖아."

"뭐?"

사유가 어이없다는 듯, 실소를 터뜨렸다. 정말 나이를 어떻게 먹은 건지…… 현진은 막무가내였다.

"그렇잖아? 그렇지 않아도 못생긴 눈으로 자꾸 노려보니까 괜히 겁먹는 거야. 여기 앉아요, 네? 그날, 굉장히 우울했었는데 덕분에 많이 풀렸어요. 나, 원래 사람한테 쉽게 정 주는 성격 아닌데, 꽤 마음에 들었다니까. 그러니까 여기 앉아서 같이 이야 기해요. 사유는 늘 잔소리만 해대서 귀찮고 싫어."

끌끌, 혀를 차대며 고개를 젓는 사유를 잠시 바라보던 설하는 결국 자신의 차를 가지고 와 현진의 옆 자리에 앉고 말았다. 사나운 작은 눈매 때문에 괜히 타박받는 사유가 좀 그렇긴 했다. 뭐, 괜찮겠지. 조금은 건방지고 버릇없어 보이긴 했지만, 현진에게는 사람을 끄는 매력이 있었다. 아마 이런 성격이라서 사유 같은 남자와 어울리는지 모르겠다.

떠드는 건 현진뿐이었다. 사유의 시선은 글쎄…… 음, 귀여운 막내 동생을 보는 것 같다. 오누이처럼 다정한 연인 모습에 설하는 왠지 가슴이 따끔거렸다. 바쁜 지연을 제외하면 그녀는 늘 혼자였다. 저렇게 다정한 사람 하나쯤은 옆에 있어도 좋을 것 같다. 지연은 뭐랄까, 다정하다기보단 좀 귀찮은 참견쟁이 같은 면이 많았다.

"이 집 차는 맛이 좀 다른 것 같아. 내가 원래 차를 안 좋아하 거든요. 그냥 시간 때우는 정도? 누구 기다리는데 혼자 기다리면 심심해서 그냥 습관처럼 마신다고나 할까? 그래서 그런가? 커피나 홍차나 다 똑같은 것 같아. 그날 끓여준 차가 뭐라고 했었죠?"

"히비스커스. 꽃잎이요. 허브에는 꽃도 많죠. 히비스커스는 무궁화 꽃잎을 말린 거예요."

"정말요? 무궁화 꽃도 차로 마시는 줄은 몰랐어."

현진이 말했다. 자신의 앞에 놓인 찻잔을 바라보며 설하가 나직하게 읊조렸다.

"인간관계는 공식이 없다네. 자기 상황뿐만 아니라 다른 사람의 상황에도 신경 쓸 때, 그게 바로 사랑이라는 거지."

"네?"

"모리와 함께한 화요일이라는 책에 나오는 내용이요, 히비스커스를 바라보며 했던. 그래서 히비스커스 차를 끓일 때마다 그 책이 생각나요. 그 책을 아주 좋아하거든요."

"슬픈 사랑을 하시나요?"

사유의 갑작스런 질문에 에? 설하가 조금 뜨악한 표정을 지었다. 농담하는 거야? 지연이라면 그렇게 말했을 텐데. 농담처럼 말하기엔 사유의 표정이 꽤나 진지했다.

"아니, 그냥. 유독 그 부분만 기억하기에 혹시나 싶어 물어본 겁니다. 제가 너무 주제넘었나요?"

"뭐, 그냥……."

설하가 말끝을 흐렸다. 빤히 바라보는 사유의 눈동자가 거울처럼 제 속을 반사해 내는 것 같아 불편하기 그지없었다. 불쾌할 정도로 자신에게 박힌 사유의 시선을 피해 박하 향이 나는 제 차를 홀짝이는 그녀 곁에서 영감 같은 소리 그만 해! 현진이 타박했다. 빙글, 찻잔을 도는 노란 액체가 조금 음울하다. 슬픈 사랑이라…… 그런 걸까?

2. 톡톡, 비가 내린다

톡톡, 비가 내렸다. 가게 꼭대기부터 흘러내리는 빗물은 딱딱한 콘크리트 바닥에 토도독 경쾌한 소리를 내며 떨어진다. 설하는 세상에서 가장 아름다운 음악을 듣듯이 흥얼거렸다. 봄에 오는 비는 그녀가 제일 좋아하는 비다. 한 번 내릴 때마다 따뜻한 바람을 몰고 오는 봄비는 이 비가 그치면 따스해지겠지? 하는 상상을 일으켜 늘 행복해진다. 하긴 춘삼월이 지나 벌써 4월에 들어섰으니, 더 이상 따뜻해지는 건 무리이긴 하다. 이젠 따뜻함이 아닌 더위일까? 어쨌든 흥겨운 빗소리에 맞춰 설하의 심장도 경쾌한 소리를 냈다.

"뭐 해요?"

노란 비옷을 입은 사유가 느긋한 태도로 그녀 앞에 서 있다.

"그러는 사유 씨는요?"

같은 질문을 하는 설하의 태도는 전보다 한결 더 풀어진 태도였다. 시장에서 만난 후로 친근하게 굴던 현진은 드문드문 찾아오는 편이었고 오히려 자주 온 쪽은 사유였다. 현진처럼 졸라대지는 않았지만 혼자 차를 마시는 그의 모습이 마음에 걸려 가끔, 함께 차를 마신 덕분에 현진보다 먼저 친해진 것도 사유였고.

"빗소리가 너무 좋아서 산책 나왔어요. 설하 씨는요?"

눈을 가린 모자를 걷으며 사유가 환하게 웃으며 대답했다. 설하가 살짝 제 우산을 든다. 어깨 하나 겨우 감쌀 정도의 작은 연둣빛 우산은 그가 일본 여행에서 사 온 선물이다. 작기도 했지만, 살 하나하나가 가벼운 재질로 되어 있어 들지 않은 것처럼 가벼운 우산이었다.

잠시 손에 든 우산을 바라보는 설하의 눈동자엔 자박한 물을 끓일 때처럼 알 수 없는 그리움이 묻어 있었다. 그 빛에 사유가 살짝 고개를 갸웃거렸다. 가끔, 그렇다. 경쾌함 대신 언뜻 스치는 슬픈 그리움. 모리 교수의 마지막 강의를 언급하던 설하는 예상한 대로 슬픈 사랑을 하는 모양이다.

"비 구경이요."

"비 구경이요? 하하하!"

사유의 웃음소리가 토독, 떨어지는 빗방울을 뚫고 청아하게 울린다. 비 구경이라니…… 그의 산책만큼이나 엉뚱한 대답이었다.

"비 구경을 꼭 이렇게 해야 해요?"

"빗소리가 안 들리잖아요. 가끔 이렇게 나와요, 빗소리가 못 견디게 그리우면."

설하가 코를 찡긋거렸다. 코 언저리에 귀여운 주름이 잡힌다. 그 모습이 작은 인형처럼 보여 사유는 어쩐지 포옥, 안아주고 싶은 충동을 느꼈다. 아, 이런 건 좀 익숙하지 않는데…… 처음 느껴본 충동에 사유는 불편한 듯 어깨를 꼼지락거렸다. 처음 만났을 때부터 그랬다. 가게로 들어서자 반갑게 건네는 맑은 인사와 불쑥 튀어나온 동그란 눈동자. 증손녀인 현진과는 또 다른 느낌을 불러일으키는.

설하의 대답에 사유가 예의 바르게 물었다. 손님 입장이면서도 이곳에 들를 때마다 마치 마실 온 것처럼 늘 정중한 태도는 지금까지 변함이 없었다.

"그럼 차를 마시기엔 힘든가요?"

"힘들긴요, 차 마시라고 열어놓은 가게인데. 들어오세요. 이런 날엔 김치전을 먹어야 하는 건데……."

미련없이 자리에서 일어서며 설하가 가게 문을 먼저 열었다. 사유가 말을 걸지 않았다면 세 시간이 넘게 이 자리에 앉아 있었을 것이다. 모르는 사이 추위가 몸에 배었나? 으스스한 소름에 팔에 잔뜩 돋아 있었다. 따스한 봄을 부르는 비였지만 오랜 시간 있다 보니 추위가 조금씩 배었나 보다. 들어서던 설하가 호~ 입김을 불었다. 하얀 김이 작은 입술 사이로 새어나왔다. 추울 때 자주 하던 장난이었다. 갑자기 새어나오는 입김에 사유가 고개를 갸웃거렸다.

"추워요?"

사유의 질문에,

"아뇨! 용이에요."

설하가 신이 나 대답했다.

"네?"

"이렇게 호, 하고 불면 용처럼 연기가 나잖아요. 한 번도 안 해보았나 봐."

다시 한 번 호~ 입김을 분다. 용? 사유의 미간이 잠깐 좁히더니 아, 하는 소리를 내며 다시 활짝 폈다. 아이 같은 장난이었다. 하긴 어렸을 때 막내 사린이 '형, 내 입에서 연기가 나! 내 속에서 불이 난 거야?' 하고 물었던 적이 있었다. 이젠 그보다 더 애늙은이 같은 녀석이 되어 그런 귀염성도 사라졌지만. 설하 덕분에 문득 떠오른 기억의 파편은 잊었던 가족들을 떠올리게 해 잠시 그리움이 가슴에 머문다.

"가게가 늘 조용해요."

재스민 차를 받으며 사유가 말했다. 따스한 온기도 그렇지만 풍겨오는 향이 꽤 향기로웠다.

"그런가요?"

대답하는 설하의 얼굴은 무심하다. 사유가 찾아오는 시간에 유독 사람이 없을 뿐이지, 주말이나 저녁엔 오히려 가게가 북적거리는 편이었다. 동네 입구에서 약속을 정하는 연인들과 신혼부부들이 저녁 시간에 이곳을 자주 찾았다. 게다가 커피가 아닌 허브라는 차도 한몫을 했다. 저녁 시간 연인들에게 허브처럼 마시기 좋은 차는 없었으니까. 사유와 조금 떨어진 탁자에 앉아 가져온 재스민 차를 홀짝이며 설하가 창가 쪽을 향해 몸을 돌렸다. 창턱에 팔꿈치를 받쳐 놓고 여전히 비 구경이다.

"허브를 많이 좋아해요?"

"글쎄요. 잘 모르겠어요. 좋아하나? 아마 좋아하는 건 그 사람일 거라는 생각을 가끔 해요. 그 사람이 가르쳐 준 방식대로 물을 끓이고, 그 물 끓는 소리에 행복해지는 걸 보면."

설하가 사유를 향해 웃었다. 빗물이 배인 얼굴이 안개처럼 아련했다. 무언가 기쁜 추억을 떠올리는 것처럼. 순간, 사유는 저도 모르게 살짝 미간을 찌푸렸다. 그 사람이라니……. 방금 가게에 들어서기 전 잠깐 엿보았던 아련한 그리움도 지금 말한 그 사람을 향한 것쯤은 쉽게 눈치 챌 수 있었다. 누굴까? 호기심이 일었다. 아니, 단지 호기심만은 아닌가?

"허브 좋아해요?"

사유가 했던 질문을 설하가 다시 물었다. 사실 사유는 허브를 그리 좋아하지 않는다. 미국에선 허브라는 차가 이곳처럼 유행을 타지 않았다. 바쁜 일상 속에서는 미리 다 끓여진 커피로 충분했고, 여기 '샤콘느'에서처럼 천천히 물을 끓여 차를 마실 정도로 여유롭지도 않았다. 그가 지금 허브를 마실 수 있는 건 긴 휴가 덕분이었다.

"실은 그렇지 못해요, 늘 북적북적 시끄러운 곳에 살다 보니. 이곳에 와 처음 마셨다고 하면 좀 촌스러운가요?"

쑥스러운 듯 미소 짓는 사유의 얼굴을 무례하게도 설하가 빤히 바라보았다. 작은 눈동자에 비해 기하학적으로 큰 코와 큰 입술. 모든 게 제자리에서 조금씩 어긋난 얼굴이다. 지연은 야수처럼 생긴 얼굴이라고 혹평했지만, 사유에게 왠지 따뜻함이 느껴졌다. 우아하고 세련된 기품. 짧은 직장 생활 때문에 사람 보는 눈엔 그다지 자신없는 설하이지만, 어쨌든 그녀가 보는 사유는 그랬다.

"봄이 금방 와요. 늘 겨울이었는데……"

뜬금없는 소리다. 그러나 그뿐. 그녀의 시선은 이 작은 '샤콘느'가 아닌 또 하나의 공간 속으로 향해 있었다. 네? 하고 묻는 사유의 목소리조차 귀에 닿지 않는 모양이다. 결국 사유 역시 입을 다물 수밖에 없었다. 보글보글, 설하의 말처럼 듣는 것으로도 행복한 물 끓는 소리만이 가게 안을 자작하게 울렸다. 사유는 또다시 향이 나는 재스민 차를 마셨다. 중국 레스토랑에서 마시는 재스민 차와 설하가 끓여준 재스민 차는 맛이 다르다. 사유는 컵을 감싸 안았다. 그러자 비에서 전해오는 습한 기운이 금방 사라진다. 세상의 모든 것을 떠난 듯 평화로운 시간이었다.

딸랑!

반갑지 않은 풍경 소리가 가게 안의 침묵을 깼다. 사유는 설하 모르게 낮은 한숨을 쉬었다. 이 편한 적막이 사라진다는 게 좀 아쉬웠다.

"어? 뭐 하냐?"

설하의 친구였다, 처음 이곳에 온 날 째지게 그를 노려보던.

"아, 오랜만이네?"

들어서는 지연을 향해 설하가 맥 빠진 목소리로 아는 척을 했다. 지연이 이곳에 온 지 벌써 한 달이 지났다. 또다시 가출인 줄 알았는데, 옆에 낀 달랑한 핸드백과 함께 지연은 묵직한 보자기를 들고 있었다.

"밑반찬이랑 김치!"

묻지도 않은 생색을 내며 지연이 들고 온 보자기를 올리다 설하 옆에 앉아 있는 사유를 전처럼 마뜩찮게 노려보았다. 그 시선이 따끔거려 사유는 찻잔으로 얼굴을 가렸다. 닿는 시선이 사납다.

"뭐 해?"

"차 마셔. 너도 마실래?"

"차? 만날 먹는 차 귀찮게. 저녁 안 먹어?"

"저녁? 지금이 몇 신데……."

설하의 시선이 벽에 걸린 시계로 향했다. 저녁이라기보다 아직은 오후인 시간. 그러나 풀어진 보자기 사이로 풍기는 막 담은 햇김치의 냄새가 봄날의 식욕을 자극한다. 사유가 자신도 모르게 침을 꿀꺽 삼킨 모양이다. 설하와 지연이 그를 향해 획, 고개를 돌렸다. 이런! 사유의 얼굴이 붉게 달아올랐다. 한국에 온 후, 사유는 김치에 대한 짝사랑에 빠졌다. 미국에서 늘 담가먹기는 했지만, 이곳에서 먹는 김치는 어머니의 그것과는 거리가 한참 멀었다.

"배고파요?"

묻는 설하에게 사유가 머리를 긁적거렸다.

"아, 미안해요. 너무 티가 났어요?"

"네."

"갓 담은 김치 냄새가 좋아서요. 향이 좋아요."

"향? 하! 별 수작을 다 하네."

옆에서 지연이 콧방귀를 뀌었다. 사유의 얼굴이 다시 달아오른다. 그렇지 않아도 민망하기 그지없는데. 이것저것 가져온 반찬을 살피던 설하가 다시 보자기를 잘 여미며 그에게 말했다.

"잠깐 기다려요. 금방 밥할게요. 그렇지 않아도 반찬 비상이었는데, 잘됐다."

"야! 왜 저 남자한테 밥해줘? 난 싫어!"

"네 김치야?"

"내가 가져온 거잖아?"

"나 먹으라고 가져온 거면 이젠 내 거야. 그리고 내가 누구랑 먹든 그건 내 맘이고. 쓸데없이 손님 괴롭히지 말고 얌전히 기다려."

반항 따윈 일고의 가치도 없다는 듯, 설하는 가게 안에 난 작은 문 쪽으로 나가 버렸다. 아직 사유는 대답하지도 않았는데…… 설하가 떠난 후, 달랑 지연과 남게 되자 사유가 흠, 낮게 헛기침을 했다.

"여기 자주 오나 봐요? 설하랑 그새 친해졌네?"

설하가 나가자 슬금 다가온 지연이 묻는다. 마치 왜 자주 오냐는 질문처럼 매섭다.

"잠깐 산책 나왔다 들렀어요. 안 되는 건가요?"

사유는 바르게 허리를 펴며 대꾸했다. 지연이 쳇쳇거리며 어깨를 으쓱거렸다.

"안 될 것 있나요? 손님인데."

건방진 자세로 설하가 방금 빠져나간 자리에 털썩 주저앉는 지연은 설하와 다른 모습이다. 잔뜩 헝클어진 모습. 사유는 또다시 입술을 축였다. 지연이란 여자는 좀 상대하기 힘들다.

"뭐 하는 사람이에요?"

담배를 꺼내 들며 지연이 물었다. 그녀의 뒤로 '이곳은 애완 담배의 출입을 금합니다. 잠시만 참아주세요' 라는 문구가 예쁘게 적혀 있다. 애완 담배라니…… 금연이란 말을 참 예쁘게도 적는다. 사유가 눈짓으로 그 문구를 가리켰다.

"담배는 금지인 모양이네요."

그가 가리킨 곳을 향해 지연이 돌아보았다. 여전히 흥! 하는 얼굴이었다.

"내 건 식용이니까 괜찮아요. 뭐 하는 사람이냐고 물었는데."

보기보다 어려 보이는데, 지연은 제법 어른이 다 된 얼굴로 건방지게 말을 툭툭 내뱉었다. 사유의 입가에 절로 미소가 스몄다. 귀엽다. 아들만 넷인 집안에 자란 그에게는 건방진 지연과 지연과는 전혀 다른 몽환적인 설하가 귀여울 따름이었다. 아, 이러면 안 되는 건가? 사유가 자꾸 새는 미소를 깨물었다. 대답이 늦어지는 사유를 재촉하는 품새인지, 아님 살짝 입가에 머무는 미소가 마음에 안 든 모양인지 지연이 짜증스럽게 담뱃재를 털어냈다. 그러나 아직 아무것도 정한 게 없는 그로서는 대답해 줄 말이 없었다. 다니던 회사는 이미 그만둔 상태였다. 가족 사업을 이어야 한다는 아버지의 고집과 정치에 꿈을 둔 자신의 진로 사이에서 일 년간의 유예 기간을 얻은 사유는 그사이 자신의 뿌리인 한국에 잠시 머물며 앞으로 진로를 고민할 생각이었다.

미적거리는 사유의 시선이 지연과 맞부딪쳤다. 쳇! 지연이 또다시 툴툴댔다. 그러나 사유로서는 제 속을 털어내 보일 이유가 없었다.

"그냥 쉬어요."

"하! 백수구만!"

"백수요?"

"놀고 먹으면 백수지 뭐. 업어치나 메치나 백수는 백수 아닌가 뭐?"

"업어치나…… 메치나요?"

"예쁘게 말하나 못생기게 말하나, 뜻은 같다 그 말이에요."

"아……."

그제야 고개를 주억거렸다. 업어치나 메치나라니. 지연이 의도하진 않았겠지만 사유는 재미있는 한국말이라, 생각하며 제 머리 속에 새겨 넣었다. 집에선 주로 한국말을 사용하지만 이런 재미있는 표현은 본국에서만 느낄 수 있는 색다른 묘미였다. 어쨌든 지연의 말처럼 백수라면 백수겠지. 지금 일을 하는 건 아니니까.

톡 쏘는 그녀의 말에도 별 반응이 없는 사유가 재미없는지 지연이 일부러 보란 듯 뽀얀 담배 연기를 푸욱 품어냈다.

"아! 삼촌은 안 오나? 우리 삼촌은 디게 잘생겼는데. 그래서 그런가? 설하가 눈만 높아져서 탈이라니깐."

사유 들으라는 듯, 지연이 중얼거렸다.

"우리 삼촌이요, 우리나라에서 제일 유명한 패션 디자이너 중한 사람인데. 아시나 몰라요? 신효원이라고, 이 바닥에선 알아주잖아요. 우리나라 최고 신랑감 1위 후보인데."

"아, 네……."

사유가 어깨를 으쓱했다. 이 바닥이라는 게 어디인지 모르지만 말이다.

예의는 바르지만 어쩐지 무관심해 보이는 태도에 지연은 못마땅한 얼굴로 사유를 위아래로 훑었다.

"남들은 모델이냐고 가끔 묻더라. 말이 삼촌이지 솔직히 나이 차는 별로 안 나는데. 키는 또 얼마나 큰지, 정말 아깝다니까!"

키로 말하자면 사유가 효원 삼촌보다 한 뼘은 넘게 컸지만 지연은 일부러 모른 척했다. 어쩐지 사유가 마음에 들지 않는다. 처음 보았을 때부터 그랬지만, 여자를 울리는 남자 따윈 취향에 맞지 않았다. 더구나 그 남자가 설하에게 따스한 눈빛을 보내는 데야…… 바람둥이는 싫어! 지연은 괜한 트집을 잡았다.

"얼굴로만 하면 배우 해도 되는데. 우리 집이 원래 인물이 좋은 집안이거든요."

자화자찬하는 지연의 말에 사유는 연신 고개를 끄덕였다. 인물로만 말하자면 할 말이 없었다. 그의 집안 역시 마찬가지이니까. 4형제 중 유독 혼자만 아버지를 닮은 사유는 자신의 외모가 그리 훌륭하지 못하다는 걸 알고 있었다. 어렸을 땐 위축감도 들었지만, 이젠 그도 서른이 훌쩍 넘은 나이다.

"그러게, 좀 아쉽겠네요."

사유는 편하게 맞장구를 쳐주었다. 그의 형제들 역시, 뉴욕에서 일등 신랑감 후보 1, 2위를 다툰다. 그 정도의 말에 기죽을 사유가 아니었다. 그때였다. 갑자기 지연의 손에 들린 담배가 확 꺼진다. 눈을 부릅뜬 설하가 허리에 손을 얹은 채 지연을 노려보았다.

"여기선 담배 피우지 말라고 했지? 약속 못 지켜!"

앞에 선 설하에겐 막 지은 보슬한 밥 냄새가 몽실 피어올랐다. 사유의 입술에 절로 미소가 스몄다. 설하가 나타난 순간, 어쩐지 심장이 따스해진 기분이 든다. 몰랐는데 이 가게의 편안한 분위기는 곳곳에 놓인 허브나 인테리어가 아닌 설하에게서 나오는 모양이다. 별 표정이 없어도 설하에겐 익숙한 편안함이 있었다.

"밥 먹어요, 김치밖엔 없지만. 김치 좋아한댔죠? 종류별로 다 있어요. 파김치, 얼갈이, 그리고 부추김치. 아, 이번엔 열무김치 빠졌어. 엄마가 잊었나 봐. 다음에 담가와!"

얻어먹는 주제에 꽤나 당당한 태도였다. 그 당당함이 사랑스러워 사유는 지연의 따가운 눈총 속에서도 어쩔 수 없이 샌 웃음소리를 내고 말았다.

"계집애, 만날 갖다주는데도 불평은. 엄마가 너 얼굴 본 지 오래됐다고 한번 오래."

"알았어. 시간 나면 한번 가볼게. 가요, 밥 다 식겠다. 새 김치엔 뜨거운 김이 나는 새 밥이 최고야."

"새 김치는 원래 식은 밥에 먹는 거야."

이층으로 올라가는 내내 조잘조잘 투닥대는 두 사람의 뒤를 사유가 흐뭇한 표정으로 따랐다. 이대로 집에 가져가 하루 종일 보아도 질리지 않을 것 같은 아이들이었다.

"웃기시네! 식은 밥에 먹으면 김치의 매운 맛이 덜하잖아. 호호 불면서 뜨겁게 먹어야 매운 맛이 제대로 난다니까. 먹을 줄을 몰라!"

지연의 등짝을 후려치며 설하가 항변했다.

설하가 향한 옆문은 가게의 위층으로 이어져 있었다. 작지만 아늑한 집. 오피스텔처럼 꾸며진 집은 작기보다 아늑함이 풍긴다.

식탁 위엔 정말 종류별로 그릇에 담긴 김치와 간단하게 간장으로 버무린 상추, 그리고 두부가 들어간 된장국이 놓여 있었다. 막 지은 밥과 함께 나는 이 고소한 향이 그의 식욕을 자극한다. 저도 모르게 침이 고였다. 이래도 되는 건가? 마음은 그런데, 그의 발은 어느새 식탁으로 향하고 있었다.

"잘 먹을게요."

사유가 염치 불구하고 자리에 앉으며 말했다.

"네."

따스한 밥 한 공기를 내놓으며 설하가 얌전히 대답했다. 방금 전 지연과 투닥대던 어린 모습은 어디 갔는지 새색시처럼 고운 소리로 대답하는 설하에게 사유의 따스한 시선이 잠시 멈추었다.

참 예쁜 여자야.

바람에 눈이 날린다. 꽃망울이 열렸나 싶었는데, 성큼 다가온 봄기운에 벌써 꽃잎들이 화들짝 제 멋을 피워댔다. 현진의 본가에서 근사한 저녁을 먹은 후, 사유는 현진과 집으로 향하는 길이다. 원래 분가해 나왔던 집을 갑자기 방문한 사유에게 넘겨준 후 현진은 가까운 본가로 들어갔다. 모처럼의 휴가를 만끽하려는 사유의 의도와 달리, 매 식사는 본가에서 차려주겠다는 현진의 아버지, 사건의 고집이 귀찮기는 했지만 증조 할아버지뻘인 사유를 오빠처럼 따르는 현진을 생각해 이렇게 가끔, 못 이기는 척 식사를 대접받곤 했다.

혼자 가겠다는 사유를 산책을 핑계로 굳이 따라나선 현진은 무어 그리 신나는 일이 있는지 내내 함박만한 미소가 떠나질 않았다. 나란히 걷는 둘의 머리 위로 눈꽃 같은 하얀 꽃잎이 춤을 추며 내렸다. 가느다란 봄바람에 부드러운 사유의 머리카락이 함께 흔들렸다. 봄이 벌써 왔나? 꽃잎을 바라보는 사유의 눈빛은 꼭 사랑에 빠진 사람처럼 황홀했다.

"머리가 많이 길었네?"

화사한 봄의 정취에 취한 사유의 팔에 팔짱을 끼며 현진이 말했다. 그런가? 사유가 가벼운 손짓으로 날리는 머리카락을 쓸었다. 못생긴 얼굴에 비해 사유의 손은 섬세하고 아름다운 편이었다. 손만은 참 예뻐. 현진의 말에 하하하! 사유가 경쾌한 웃음소리를 냈다. 처음엔 정말 안 생겼어, 농담을 했던 현진이다. 그때에도 이렇게 웃었던 것 같다. 하하하!

"참 이상해."

현진이 말했다. 응? 하고 사유가 묻는다.

"그냥. 사람이란 거 참 이상해서."

간사하기도 하고. 현진은 이렇게 덧붙였다. 사유는 점점 더 예뻐진다. 눈이 더 커진 것도 아니고, 어긋난 균형이 맞춰진 것도 아니다. 그런데도 사유는 예쁘다. 반듯한 자세와 곧은 걸음걸이, 그리고 예의 바른 섬세한 어투와 밝고 경쾌한 웃음소리. 사유를 표현하는 하나하나의 행위가 예술처럼 잘 버무려져 점점 더 제 매력을 발휘한다.

"간사하다는 거 좋은 의미야?"

"뭐, 그냥 그렇다구. 사유가 자꾸 예뻐져서 시샘이 나는 건가?"

현진이 깔깔, 마녀처럼 웃는다.

"참 못생겼다, 생각했었는데 이젠 제법 멋있구나, 하는 생각이 들어. 다른 사람이 사유를 사랑하게 되면 좀 얄미워질 것 같아."

사유가 쑥스럽게 웃는다.

"나 멋있지 않아."

잘생긴 형제들 사이에서 미운 오리새끼 같았던 사유에게 둘째 형, 사강도 그렇게 말했었다.

"멋있어, 우리 니콜라스."

영어 이름으로 부르는 걸 끔찍이 싫어하는 아버지 앞에서도 태연하게 니콜라스라 부르던 사강 형. 때론 무거운 짐을 지우기도 하지만 가족의 울타리가 그리울 때가 있다. 사유의 시선이 아스라하게 높은 하늘로 향했다. 늦었지만, 아직은 깊은 밤이 되지 못한 하늘은 어두운 파란색을 띠고 있었다. 멋있다는 말로 도 표현할 수 없을 만큼 강렬한 하늘이었다. 뉴욕에서 저렇게 파란 하늘을 본 건 몇 번 정도일까? 그다지 맑지도 않은 하늘이 었지만, 설사 이 하늘보다 더 강렬한 빛을 띠었다 해도 미처 보 지 못했을 것이다. 그곳에선 그의 모든 삶이 일 속에 녹아 있었 으니까.

"하늘이 예뻐."

"그런가?"

심드렁한 현진의 목소리. 조금 심술이 묻어 있다.

"왜? 아직도 그 사람 생각나?"

잊었다고 늘상 말은 하지만 문득 보이는 현진의 심술에는 사 년을 사귀다 헤어진 연인에 대한 원망이 묻어 있었다. '샤콘느' 를 처음 가게 된 것도 그 이별로 힘들어하던 현진 때문이었다.

"그냥, 조금…… 얄미워서 화가 나! 제길, 헤어진 이유가 같잖 아서 더 화가 나! 멍청한 녀석이야!"

"그래, 멍청한 녀석!"

하하하, 사유의 웃음소리가 또다시 하늘로 퍼져 갔다. 사유는 자주 웃는 편이다. 눈가에 자잘한 주름이 하나하나 섬세하게 잡 히고 입매가 부드럽게 풀어져 또 다른 얼굴로 환하게, 햇살처럼 눈부시게 웃는다. 그래서 현진은 사유가 웃으면 괜히 마음이 행복해졌다. 사유가 매일 이렇게 웃어주면 좋겠어. 졸라대는 현진의 머리를 사유가 쓱쓱 쓰다듬었다.

"잊을 거야, 생각했던 것보다 훨씬 쉽게."

"사유도 누군가를 그렇게 사랑해 본 적이 있어?"

"아니. 그래도 넌 쉽게 잊을 수 있을 거라 생각해."

"왜?"

"넌 아름다운 여자이니까."

현진이 피식 웃는다. 사유의 칭찬이 기분 나쁘지 않다는 투다.

"원래 내가 한미모 해."

"하하하! 외모를 말한 게 아닌데……. 외모가 아름답다는 건 칭찬이 아니야. 그저 보이는 현상일 뿐이지. 현진이 아름답다는 건, 그런 녀석 때문에 자신을 버릴 정도로 약하지 않다는 의미야. 자신을 사랑하는 사람은 아름다워, 더할 나위 없이."

사유가 손을 쭉 뻗는다. 손끝에 닿는 높은 벚꽃 가지를 따라 손가락을 살짝 움직인다. 그 움직임에 벚꽃이 또다시 눈처럼 흩날렸다. 현진이 하나만 따달라며 졸랐지만 사유는 가지만 가볍게 흔들 뿐, 꺾지는 않는다. 뭐야, 정말……. 현진이 심술을 부렸다.

"영감!"

산책길은 '샤콘느'에서 끝을 맺었다. 마치 이곳에 들르기 위한 산책인 것처럼 자연스럽게 사유와 현진의 걸음은 '샤콘느'

앞에서 멈추었다. 가게 앞엔 풍성한 벚꽃나무가 두툼하게 자리 잡고 있었다. 몇 십 년의 세월을 느끼게 하는 굵고 두툼한 밑동이 이 도시에서 어떻게 살아갈 수 있나 싶게 튼튼했다. 전에 '샤 콘느'에 오게 된 것도 이 나무 때문이었다. 영화처럼 아름다운 벚꽃에 반해 들렸다. 지금은 가게 주인이 끓여주는 허브 차에 끌려오는 거지만. 이곳을 스칠 때마다 연하게 풍겨오는 풀잎의 향이 그를 유혹하는 모양이었다.

"또?"

현진의 미간에 살짝 주름이 잡혔다.

"그냥, 향이 좋아서. 싫으면 혼자 갈까? 난 차 한 잔이 그리운데."

"한 번만이야."

현진이 눈을 가볍게 흘겼다. 그녀 역시 가게보단 설하를 더 마음에 들어하는 주제에 괜히 어리광을 피운다. 외동딸로 자라, 당차고 제멋대로인 현진은 사유에게만은 어리광을 부리는 편이었다. 삐죽 입술을 내밀며 현진이 가게 문을 열다, 뒤뚱 앞으로 기울였다. 사유가 넘어지려는 현진을 재빨리 부축했다.

"아!"

마침 나갈 차비를 하던 설하가 기울어지는 현진 때문에 살짝 놀라 작게 소리를 질렀다. 작은 가방을 달랑 든 차림새는 외출이라고 생각하기 힘들 정도로 가벼워 보였다.

"차 마실 거예요?"

분주하게 문단속을 하며 건성으로 묻는다. 차 마실 거냐, 물으면서 가게 문을 닫다니…… 사유가 아는 척을 했다.

"어디 가요?"

"응. 문 닫을 건데. 지연아, 빨리 나와!"

문을 잠그다 말고 부산스럽게 안쪽을 향해 소리를 지른다. 가게 쪽에서 투덜거리는 목소리가 들리고 지연이 빼꼼 몸을 내밀었다.

"야! 너 지금도 취했어!"

그러고 보니 연한 술 냄새가 풍기는 것 같기도 하다. 하지만 말짱한 사유가 보기엔 짜증 부리는 지연도 취하긴 마찬가지였다.

"그래. 그러니까 한 잔 더 하자구! 아, 현진이도 왔다. 같이 마시자!"

술기운에 발간 볼로 설하가 현진의 팔짱을 꼈다. 현진이 질색했다.

"술은 무슨 술! 지금도 많이 취한 것 같은데?"

"아니야! 쪼금, 아주 쪼금 마셨어! 지연이 빨리 나와라!!"

쪼금! 손끝을 살짝 짚으며 현진에게 비굴하게 항변하던 설하가 계속 지연을 재촉했다.

"아, 나왔어! 지금!"

지연이 벌컥 화를 낸다.

"술 마시자, 술!"

기분 좋은 설하가 양팔에 하나씩, 지연과 현진을 끌고 앞장을 섰다. 무슨 술이야? 투덜대면서도 따라가는 현진의 볼이 벌겋게 상기되었다. 또래 친구들이 별로 없는 현진에겐 낯선 놀이라 입으로는 투덜대면서도 기대감으로 인한 흥분은 감출 수 없는 모양이었다.

시끌벅적하게 앞장서는 세 여자 뒤를 우스꽝스런 표정으로 사유가 따랐다. 상큼한 봄 산책이 갑자기 소란스러운 축제가 된 기분이었다. 술에 취해 비틀거리는 설하의 다리 위로 살랑, 하늘한 연노랑 빛 치맛자락이 흔들거렸다. 비틀거리는 걸음걸이 때문에 유독 날리는 치마 끝이 바람처럼 자유롭다는 생각이 잠깐 들었다. 현진은 따라가면서도 여전히 못 미더운지 계속 설하를 부축했다.

"그냥 집에 가! 대체 얼마나 마신 거야?"

"위스키 반 병!"

"뭐? 무슨 술이 그렇게 세?"

"와, 나보고 쎄대! 지연아, 들었어? 나 술 쎄대! 멋있지?"

깔깔깔, 늘 무심하던 설하의 얼굴에 생기가 돈다. 발갛게 물든 얼굴로 하늘을 보며 깔깔깔! 선명한 원색의 웃음소리가 공기 속에 울렸다.

그게 멋있는 거야? 하는 현진의 타박이 들리지도 않은지 술에 취할 땐, 노래가 있어야 된다며 설하가 술집들을 지나 반짝이는 간판의 노래방으로 직행했다. 깨끗한 하얀색 담이 예쁜 노래방이었다. 현진이 한국에 오면 꼭 노래방엔 가야 한다더니, 결국 제 소원대로 와버린 셈이었다. 아저씨 넉넉히 넣어줘! 가게로 이끈 사람도, 그리고 한턱 쏜다며 큰소리를 치는 사람도 설하다. 이런 모습이 있었나, 싶게 오늘따라 유독 유쾌하고 밝다.

찬 물방울이 맺힌 맥주와 간단한 스낵을 주인이 내왔다. 어둑한 조명 속에서 세 여자는 진지한 표정으로 두꺼운 책자 앞에 모여 무언가를 두런두런 속닥거렸다. 그 틈바구니 속에서 사유는 조금 기가 죽은 얼굴로 자리 한구석을 차지했다. 나가던 주인이 그런 사유를 조금은 불쌍한 시선으로 바라보았다. 불편하긴 그 역시 마찬가지인데……. 노래방이란 익숙하지 않은 놀이 분위기도 그랬고, 무엇보다 그는 이 세 여자를 감당하기가 어려웠다.

"현진, 노래 불러!"

텅!

부산스런 설하의 손에서 마이크가 땅바닥으로 떨어지며 지진처럼 텅! 소리를 냈다. 찌잉! 하는 기계음이 좁은 방에서 시끄럽게 울렸다. 아, 이런…… 사유가 살짝 얼굴을 찡그렸다. 지금 그는 둥근 의자들 속에 파묻히듯 제 몸을 숨기고 있는 중이었다.

"아, 난 캔디!"

아직 다들 곡을 선정하지 못한 사이, 설하가 먼저 현진에게 주문을 했다. 뭐? 황당한 얼굴로 현진이 설하에게 되물었다.

"캔디? 무슨 캔디?"

"괴로워도, 슬퍼도 울지 않는 우리 캔디!"

"뭐? 진짜 그 캔디?"

"그래! 진짜 그 캔디! 왜, 불만있어?"

쨍! 설하의 눈에서 불꽃이 인다. 현진이 주춤, 어이없는 표정을 지었다.

"아, 시끄러! 그냥 틀어줘!"

멀리서 여전히 노래 책 속에 얼굴을 파묻고 있던 지연이 그 소란 속에 소리를 버럭 질렀다.

"어우야!! 말도 안 돼! 분위기 깨게 캔디는 무슨 캔디야!"

틀어주면 그만일 걸, 현진의 고집도 어지간했다.

"그냥 틀어주라니까 웬 말이 이렇게 많아! 아씨! 귀찮아!"

"그래, 지연이가 틀어주라잖아? 왜 현진이 마음대로야? 난 캔디 노래 부를 거야! 틀어줘! 틀어줘! 괴로워도, 슬퍼도 울지 않는 우리 캔디! 현진이 미워! 빨리 틀어줘!"

세 여자의 고함 소리 덕분에 방 안은 시끌시끌 소란스럽기 그지없었다. 결국 이상한 반주 기계의 번호를 꾹꾹 누르더니 설하가 먼저 마이크를 잡았다.

"괴로워도 슬퍼도 나는 안 울어. 참고 참고 또 참지 울긴……."

낭랑한 목소리가 마이크를 통해 울렸다. 현진이 어처구니없다는 얼굴로 투덜거렸다.

"뭐야, 정말! 캔디가 뭐야, 캔디가?"

"내버려 둬! 저거 한 곡 부르면 끝이야. 난 삼십 분 내내 저 노래만 들은 적도 있는데 뭘."

지연이 타박하는 현진에게 귀찮다는 듯 대꾸하고는 맥주 캔을 들어 사유에게 건배, 하고 외쳤다. 부딪친 맥주는 맑은 유리 소리 대신 둔탁한 알루미늄 소리만 울린다. 평소에는 늘 노려보던 것이 비하면 오늘은 꽤 후한 편이다.

"뭐? 진짜?"

삼십 분이나 같은 노래를 들었다는 지연의 말에 현진의 입이 동그랗게 벌어진다. 제 친구들 사이에선 어른스럽고 이기적이더니 이곳에서는 또래 아이 같은 모습이었다. 사유는 의자에 편히 기댔다. 현진의 풀어진 얼굴과 지연의 툭툭함, 그리고 어처구니없는 설하의 노래가 묘하게 잘 어울려 생각보다 기분 좋은 밤이었다.

"캔디 아시죠? 우리 캔디!"

"네? 아…… 네, 뭐."

노래를 마친 설하가 갑자기 폭삭, 옆에 앉더니 대뜸 물어왔다. 생각지도 않았던 설하의 접촉에 사유가 주춤 뒤로 물러섰다. 정말 '샤콘느'의 설하, 그 여자가 맞을까? 마치 그녀의 얼굴을 한 다른 사람이 이곳에 있는 것 같다. 설하의 눈빛엔 아리송한 슬픔이 있었다.

"있죠, 난 스잔나가 정말 싫어요. 그렇게 순진하고, 선한 얼굴로 테리우스를 가져가 버리면 쉽게 미워할 수 없잖아. 그런 거 너무 불공평하다고 생각하지 않아요?"

"네?"

"테리우스요! 아, 정말 슬펐어! 아시죠? 뒤에서 파악 끌어안는 것! 나 그런 거 싫어. 테리우스는 너무 차갑고 너무 제멋대로야! 안소니가 좋긴 하지만…… 아시죠? 안소니는 결정적인 실수를 한 거야, 캔디에게…… 난, 사랑하는 사람이 나에게 그런 말하면 정말 죽고 싶어질 거야. 그렇지 않아요? 아! 너무 무례해! '너무 왈가닥인 것도 지나치면 좋지 않아!' 그게 뭐야? 캔디는 이유없이 널을 괴롭힐 아이가 아니야. 아시죠, 캔디가 그렇게 이유없이 남을 괴롭히는 아이가 아니란 걸?"

"아, 네……."

어지럽다! 테리우스? 안소니? 난생처음 듣는 이름에 마치 외계로 온 기분이었다. 다들 아는 외계어를 하는데 자기만 지구어를 하는 기분. 아니, 실상 외계인은 자신인가?

"그래서 죽었잖아! 안소니가 늙어서까지 캔디 옆에 있다고 생각해 봐! 아, 끔찍해! 늙은 안소니는 정말 아니지. 그렇지 않아?"

막 노래를 선곡한 현진이 마이크를 든 채 참견했다. 사유는 어, 뭐…… 또다시 어정쩡한 대답을 하고 말았다. 정말 난감하고 어려운 술주정이었다. 현진의 참견에 설하가 겨우 그에게서 등을 돌렸다.

"그렇지 않아! 안소니는 정말, 정말, 정말 근사하고 멋진 남자가 되었을 거야! 테리우스 따위! 흥흥! 테리우스 따위보다 훨씬 더 매력적이고, 따뜻하고, 제멋대로이지 않은 예의 바른 남자가 되었을 거라구! 아, 정말 알버트는 너무 말이 없어. 그럼 정말 사랑을 알 수 없잖아! 그렇지 않아요?"

"네?"

겨우 현진에게 시선을 돌리나 했더니 또다시 사유에게 묻는다. 말간 얼굴에 금방이라도 눈물이 떨어질 듯 설하의 커다란 눈동자가 눈앞에서 흔들거려 순간 현기증이 돌았다. 아, 별이 떨어졌나 보다.

"매번 이 사람이 날 정말, 정말 사랑하는 걸까? 혹시 그 사랑이 식지 않았을까? 고민해야 하는 건 귀찮고 짜증스러워! 그래서 난 절대 안소니만큼 캔디에게 어울리는 남자는 없다고 생각해! 테리우스는 캔디를 행복하게 해주는 게 아니라, 자기가 캔디 때문에 행복해질 남자야. 그래서 스잔나 따위에게 가버린 거라고! 젠장!"

아, 젠장! 설하가 낮게 투덜거렸다. 머리가 지끈거린다. 안소니, 테리우스, 이 낯선 이름들이 마치 총알처럼 다다다! 그를 향해 쏘아지는 것 같은 착각이 일었다. 노래를 부르다 만 현진과 설하는 내내 캔디에 대한 토론을 벌이고, 지연은 텔레비전 화면에서 떨어지지 않고 바락바락 악을 써대며 노래를 불러댄다. 시끄러운 고함 소리, 그리고 거의 악! 소리에 가까운 지연의 노랫소리.

한적했던 봄날 저녁의 산책은 꿈이었나 싶게 사라지고 없었다. 사유는 가벼운 한숨을 내쉬었다. 팔랑이는 봄바람이 그립다. 꽉 닫혀진 공간 속의 소음이 고막을 찔러댄다.

힘들어!

위스키를 비워내고, 노래방에서 맥주까지 먹어치운 설하와 지연은 그렇게 의식을 잃었다. 다행히 그리 많이 취하지 않은 현진이 그나마 걸을 수 있는 지연을 부축하고, 사유는 거의 잠에 빠져 버린 설하를 업고 가게로 향했다. 그녀의 작은 가방을 뒤져 열쇠를 찾아 문을 열자 열린 문틈으로 알싸한 허브 향이 시원스럽게 새어나왔다. 달콤한 골드레몬타임 향.

"아, 집이다."

털썩! 지연이 먼저 침대에 몸을 던졌다. 출렁이는 매트의 여운에 사유 역시 겨우 한숨을 돌렸다. 어디에 눕혀야 하나? 작은 침대라 둘이 함께 눕기엔 좁은 탓에 고민하는 사이 등에 업힌 설하가 조그맣게 웅얼거린다.

"아, 정말 사랑하는데…… 왜 믿지 않아?"

믿어! 사유가 대답했다. 캔디가 누굴 사랑했든 그로서는 믿을 수밖에 없었으니까. 지연을 한쪽 끝으로 살살 밀어놓고 설하를 그 옆에 조심히 뉘었다. 나란히 누운 지연과 설하는 쌍둥이처럼 닮았다. 가게 문을 잘 닫고 열쇠를 문 밑에 살짝 밀어 넣은 후, 사유는 현진을 택시에 태웠다.

집으로 들어서자 손자인 사건이 놀란 얼굴로 둘을 맞았다. 저녁 참에 가벼운 산책인가 했더니, 술 냄새를 풍기며 들어온 딸이 어이없다는 투였다. 괜히 사유가 멋쩍은 미소를 짓고 말았다.

"웃겨! 누가 뭐래도 캔디는 테리우스의 영원한 파트너야! 죽은 안소니가 무슨 대수라고!"

사유에게 반은 몸을 기댄 현진이 술기운에 여전히 캔디 타령을 했다.

"알았어, 그러니까 그냥 자."

현진을 밀어 넣고 그제야 사유는 집으로 돌아섰다. 까만 어둠이 덮인 거리는 설하처럼 술에 취한 취객들의 작은 소란이 있긴 했지만 그래도 그가 원한 만큼 조용하고 한적했다. 서늘한 바람을 맞으며 사유는 비로소 그가 원했던 산책을 즐겼다. 집으로 가는 길 저쪽에 다시 '샤콘느'가 보인다. 이번에는 불빛 하나 없이 어둑하다. 갈증없이 잘 잘 수 있을까? 고개를 갸웃하던 사유는 문득 조금 전 내내 설하가 노래하던 캔디가 생각나 근처 책방을 찾았다.

"캔디요? 그게 언제 나온 만화인데요! 뭐, 소장용으로 다시 나오기는 하는데. 저희 가게엔 없구요. 왜요? 꼭 필요하세요?"

"뭐, 구할 수 있다면……."

말끝을 흐리는 사유를 가게 주인이 수상쩍은 시선으로 바라보았다. '남자가 무슨 캔디야?' 조그만 소리로 웅얼거리는 소리가 들렸다. 조금 괘씸한 마음이 들어 일부러 단호한 음성으로 사유가 말했다.

"그냥 구해주세요. 언제쯤 구할 수 있나요?"

"뭐, 내일 직원 오니까 한 이틀 걸릴 거예요? 다 구해 드려요? 꽤 비쌀 텐데. 저희는 10%밖에 할인 안 해요."

"네, 구해주세요."

미리 선불까지 주고 난 뒤 사유는 제 집으로 돌아왔다. 집에 들어서자마자 넓은 침대에 털썩 몸을 뉘었다. 금세 피곤이 몰려왔다. 온몸의 진이 다 빠진 기분이랄까? 높은 천장을 바라보던 사유가 갑자기 사레 걸린 듯 웃음을 토해내기 시작했다. 큭큭 큭! 캔디라니! 현진이 말해주지 않았다면 그게 정말 대단한 명화(名畵)라고 생각할 뻔했다. 정말 어디로 튈지 알 수 없는 여자다, '샤콘느'의 설하라는 여자는.

하하하! 맑고 청명한 웃음소리가 방 안 가득 울려 퍼졌다. 캔디라니!

어? 들어선 사유가 주춤 물러섰다. 그녀를 마주치기엔 조금 어색한 공간이었다. 괜스레 미안한 마음에 먼저 기가 죽어버렸다. 그러나 그런 사유의 심정이야 어찌 되었든, 정작 마주친 본인은 심드렁한 표정이었다.

설하와 마주친 곳은 그녀의 가게에 못 미쳐 있는 전형적인 도시풍의 카페였다. 커피를 전문으로 파는 곳이라 가끔 이렇게 커피가 그리울 때 찾는 곳이었다. 설하의 가게에선 왠지 커피를 먹는 게 아까운 기분이 든다. 이렇게 좋은 차들이 많은 곳에서 커피를 먹는다는 건, 꼭 무언가 손해를 보는 기분이 들어 막상 커피를 먹고 싶은 날인데도 다른 차를 마시기 십상이었다. 이곳에선 그런 고민 없이 커피를 마실 수 있어 간혹 찾는 곳인데, 하필 설하와 마주치고 말았다.

그를 보았을 것 같은데 설하는 무신경하게 커피 잔만 홀짝거리고 있었다. 맞은편에 잔이 없는 걸 보니 일행은 없는 모양이었다. 사유는 주춤 설하의 곁으로 다가섰다. 그 역시 오늘은 현진이 없이 혼자였다. 동네의 책방에서 편한 책 몇 권을 사들고 오는 길에 커피 생각이 나 들른 참이다. 경제 분야가 아닌 단지 흥미로만 읽는 책을 사는 것도 오랜만에 누려보는 사치였다.

"혼자예요?"

쭈뼛한 모양새로 다가서며 사유가 물었다. 뭐, 그냥. 대답하는 설하의 얼굴은 그날 술에 취한 모습은 상상할 수 없을 만큼 담담했다. 환한 유리창에 투영된 햇살 속에 연둣빛 원피스가 봄 처녀의 그것처럼 싱그럽기 그지없었다. 문득 그날, 캔디와 안소니를 열창하던 그녀의 모습이 떠올라 사유는 자신도 모르게 미소를 짓고 말았다. 웃으면 안 되는데……. 참으려 할수록 더욱 치밀어 오르는 웃음 때문에 큼, 괜한 헛기침이 샜다.

"그쪽은요?"

"네?"

사유의 대답에 설하가 비릇인지 코를 찡긋거렸다.

"현진이 말이에요."

"아, 현진이 바빠요. 겉으로는 철없어 보여도 직장도 번듯하게 있구요."

"아, 그런가?"

청해주지 않는 설하 때문에 사유는 애매한 자세로 계속 서 있었다. 그럼, 하고 다른 자리로 가기엔 어색하고, 허락도 없이 마주 앉기엔 또 염치가 없다는 게 이유였다.

"왜요? 아, 혼자라고 했죠? 그럼 앉을래요?"

한참 서 있는 사유를 향해 설하가 그제야 제 앞자리를 내준다. 사면받은 사람마냥 사유는 겨우 자리에 앉았다.

그리고 보니 옷차림만이 아니다. 연두색 옷자락에 반사된 설하의 얼굴이 투명해 보여 사유는 잠시 반한 시선으로 설하를 마주 보았다. 예쁘다, 단지 그런 말로 하기엔 간단히 설명되지 않는 무언가가 있었다. 누굴 만나러 온 걸까? 아직 일행은 없어 보였지만, 예기지 않은 곳에서의 마주침에 그런 궁금증이 일었다.

"약속이 있었나요?"

결국 사유가 먼저 묻고 말았다.

"아닌데…… 아! 여기에 있어서 그렇구나? 그냥 뭐, 조금 속상해서 가게를 나와 버렸어요. 전에도 가끔 왔었는데."

"그런가요?"

"그런 날 있잖아요? 문득 자기 삶이 지겨워질 때……."

다시 나른해지는 얼굴로 설하가 창가로 시선을 돌렸다. 마치 하늘 속에 박힌 것 같은 눈빛에 사유는 왠지 답답함을 느꼈다. 삶이 지겨워질 때…… 설하처럼 아직 푸릇한 나이 때 쉽게 가질 수 있는 생각은 아니었다.

"아, 심각해졌다."

자신도 모르게 인상을 찡그렸을까? 설하가 굳어진 사유의 얼굴에 깔깔! 웃음을 터뜨렸다.

"그냥, 내 성격이 그런데 뭘. 참을 수도 있었을 텐데, 참기 싫어서 가게를 나와 버렸거든. 이런 날엔 괜히 삶이 지겨워져. 꽤 못된 성격이죠?"

"가게에서 속상한 일이 있었나요?"

"아르바이트를 구했거든요. 사실, 혼자 하려고 했는데 요즘 갑자기 손님들이 늘었지 뭐야. 원래 게으른 편이라 바쁘게 움직이는 거 싫어하거든."

그랬었나? 요즈음, 사건의 회사 일을 돕게 되어 좀 바빴었다. 그날, 설하와 노래방에 간 후 구입했던 캔디도 덮어버렸을 만큼. 나이 상으로는 작은아버지뻘은 되는 사건은 족보상의 서열 때문에 꼬박 허리를 굽혀댈 정도로 단 한 번의 예를 벗어나 본 적이 없는 터라 차마 거절하기 힘들었다. 덕분에 저녁 식사도 거의 매일 사건의 집에서 하는 경우도 많아 그만큼 '샤콘느'로 향한 발걸음도 뜸했다.

묵묵해진 사유에게 설하가 조잘조잘, 고자질을 시작했다.

"편해질 줄 알았는데 더 불편해진 거 있죠?"

"네."

"오늘도 그래. 애가 손은 좀 느린데 성질은 급해요. 만날 물을 보글보글 금방 끓여서 그거 고치느라 힘들어. 물 급하게 끓이지 말라고 늘 지적하는데도 자꾸 잊어요. 착하긴 한데, 그래서 조금 열이 받았어. 이런 날엔 가게에 있기 싫어져요. 팍 끓여진 허브 향은 정말 참을 수 없을 정도라니까! 엉터리로 끓여진 허브 차 냄새보단 차라리 커피 향이 더 나아요. 물 향이 진한 차 향에 가려져서 잘 느껴지지 않으니까."

설하의 말에 사유가 살짝 입술을 올렸다. 보글보글, 그녀는 매번 찻물을 그렇게 표현한다. 마치 꽃을 가꾸듯, 섬세하게 다루는 설하의 차는 그래서 좋아하는 편이었다. 아니, 반했다고나 할까? 전혀 심술맞지 않은 고자질에 남모를 웃음을 참고 있는 사유의 기색을 눈치 채지 못했는지 설하가 계속 조잘댔다.

"마음이 아파서…… 내가 배웠던 허브 차는 그런 게 아니었는데. 굉장히 싸구려 취급을 당한 것 같아 불쾌한데 싸우기 싫어 그냥 나와 버렸어요. 아, 속상해라."

설하의 말버릇은 참 독특하다. 화난 얼굴인데도, 그 화가 가라앉아 버리는 느긋한 어투. 그래서 설하를 보면 끊임없이 호기심이 이는가 보다.

"전엔 뭐 했어요? 현진의 말에 의하면 원래 거긴 찻집이 아니었다고 하던데."

"원래는 아버지 가게였죠. 유산으로 물려받았어요. 전엔 좀 지루한 데 있었다. 저 법학과 졸업했어요. 웃기죠? 거긴 왜 갔을까? 사범대학을 가라는 말도 있었는데, 싫다고 안 갔어요. 나 스스로도 제대로 못하는 주제에 아이들 건사하는 거 힘들었거든. 매일 아이들과 싸우거나 놀림당했을 텐데 뭘. 학교 다닐 때에도 꽤 놀림받는 편이었어요. 내가 좀 그런가?"

설하가 턱을 고인다. 몽환적이 눈빛이 햇살에 반짝인다. 지금보다 더 어린 모습의 설하가 언뜻 상상되어졌다. 사실 다른 사람에게 이렇게 호기심을 가져본 적이 없었는데, 왜 이러는 걸까? 스스로도 알 수 없는 일이었다. 그냥, 조금 더 알고 싶어지는 그런 기분. 놀림당했다지만 정작 본인은 별 상관조차 하지 않았을지 모르겠다. 자신만의 세계에서 나름대로 행복했을 어린 소녀를 떠올리며 사유가 궁금증을 털어놓았다.

"그래서 법조계로 갔어요?"

사유의 질문에 깔깔깔, 설하가 재미있다는 듯 웃는다.

"법조계? 깔깔깔! 하긴 그곳도 법조계는 법조계겠다. 법률 사무소에서 잠깐 일했어요. 사법고시 보는 게 싫어서 이리저리 핑계를 댔는데, 눈치 빠른 새아버지가 금방 알아챘어요. 새아버지가 만날 그러는데, 난 책보다 읽히는 게 더 쉽대요. 얼굴에 금방 티가 난대. 아, 그래도 그건 좀 그랬어. 그렇게까지 노골적으로 싫은 건 아니었는데. 그래서…… 그 사람이 그곳에 보내주었어요. 선배 형이 그곳에 있어서."

"그 사람이요?"

설하의 이야기 속에 가끔 나타나는 사람이다. 한 번도 이름으로 불리지 못해서, 그래서 더 신경에 거슬렸다. 사랑한 사람일까? 현진이 아직도 가끔 떠올릴 때면 이를 바락 갈면서 말하는 '그 녀석'이란 호칭보다 훨씬 더 아련한 그리움이 담긴 이름에 사유는 절로 인상을 찡그렸다.

"그렇게 싫었으면 다른 걸 해보지 그랬어요?"

"그런가? 그런데 그땐 그게 좋았나 봐요. 그냥 그 사람이 원했으니까. 그 사람, 법학 교수거든요. 같은 걸 배우고 싶어서 거길 갔는데. 아마 아버지도 눈치 챘을지 몰라."

또다시 그리움이 울리는 목소리다. 그 사람은 어떤 사람이에요? 묻고 싶은 마음을 사유는 애써 짓눌렀다. 따끔, 심장이 톡 쏘인다. '그 사람'을 말할 때의 설하의 모습은 늘 보던 것과 다른 수줍은 연정이 드러난다. 따끔거리고 콕콕 쏘이는 불쾌한 그런 이물감(異物感).

잠시 말을 잊은 두 사람 앞으로 다가온 종업원이 유리창의 블라인드를 내려 환한 낮 햇살을 가린다. 덕분에 반짝반짝 윤을 내던 투명한 아크릴 의자가 금세 칙칙한 색으로 변했다. 불투명하고 평범한 플라스틱 같은 의자. 햇살 속에서는 유리잔처럼 투명한 테이블과 의자가 꽤나 독특한 분위기를 자아냈었는데. 사유가 얼굴을 찡그렸다. 햇살이 좋았는데…….

"밖으로 나갈래요?"

잠시 수줍은 설렘을 담았던 설하의 눈동자가 다시 잔잔하게 변했다. 마치 햇살을 벗어나 칙칙해진 이곳의 의자처럼. 그 사람에게서만 저 햇살처럼 반짝이는 걸까? 따끔! 또다시 심장이 쏘였다.

"가려고요?"

"좀 지겨워져서. 햇살을 가려 버리니까 아까처럼 예쁘지가 않잖아. 게다가 커피 향도 조금씩 지루해지는 것 같고. 아까부터 계속 커피만 마셨더니 답답해져요. 밖으로 나가고 싶은데, 같이 안 갈래요?"

설하를 따라 일어선 사유는 남은 커피를 두고 가게를 나섰다. 그 역시 커피 향이 약간은 지루해진 상태였다. 밖은 카페에서 가려진 햇빛이 여과없이 투영되고 있었다. 설하의 연둣빛 원피스는 안에서 보았을 때보다 더 환하고 봄처럼 부드러운 색을 드러낸다. 사유가 가볍게 어깨를 으쓱거렸다. 그 곁에 낮은 설하의 구두 굽이 듣기 좋은 박자 소리를 냈다.

"참, 설하 씨 덕분에 캔디 읽어보았어요. 전에 술 먹었을 때……."

"캔디? 그날 내가 또 캔디 이야기했어요? 지연이랑 술 먹다 노래방 간 것까지는 기억나는데……. 하긴 아마 했을 거야. 내 술주정인데 뭐. 많이 귀찮게 했어요? 원래 좀 그래요. 술만 들어가면 캔디만 주절댄대. 아는 사람들은 그래서 일부러 제 옆 자리 비워둬요. 깔깔깔!"

설하가 내는 진동에 푸른 하늘이 넘실 춤을 추었다.

"우습죠? 그게…… 사람이 없는데도 계속 주절댄대. 소파 등받이 보면서 계속 주절댈 땐, 무섭대요. 나도 그럴 것 같아. 소파 등받이 보면서 막 토론 벌이는 사람 봤어요?"

"아직 보지는 못했어요."

하지만 설하라면 꽤 귀여울 것 같다. 그러나 사유의 대답에 설하가 금방 의기소침한 표정을 지었다.

"그럴 거야. 나도 이상한데 뭐."

"흔하지는 않죠."

그래서 더 예뻐요. 하는 말은 그냥 꿀꺽 삼킨다. 어깨를 으쓱하던 설하가 말을 돌렸다.

"캔디, 재미있었어요?"

설하가 사유의 질문을 되물었다.

"사실은 잘 모르겠어요. 갑자기 손자 일을 도와주게 되어서 앞에 몇 권만 읽다 말았어요."

"테리우스만은 좋아하지 마요. 난 알버트도 싫지만 테리우스는 더 싫어! 캔디한테는 정말 안소니만한 남자가 없어요."

"그런가요? 흠……."

사유는 신중히 입을 다물었다. 사실, 그는 안소니보단 테리우스가 더 매력적이었다. 테리우스는 그에겐 없는 일탈적인 무모함이 있었다.

"당연히 그렇죠!"

설하가 약간 소리를 높였다.

"아, 싫어, 정말! 안소니를 왜 죽여 버렸는지 정말 알 수가 없어. 있죠, 알버트도 좀 그래요. 내내 아픈 캔디를 보아왔잖아? 어떤 면에서는 그가 도와줄 수 있었을지도 몰라. 그런데 철저히 이기적이게 자신을 숨겨온 거야. 그렇게 캔디가 자신을 도와준 사람을 알고 싶어했을 때에도 은둔자 흉내를 낸답시고 모른 척했잖아요. 그래 놓고, 그게 뭐야? '웃는 얼굴이 더 예뻐!' 라니. 말도 안 돼! 캔디가 울 수 있을 만큼 다 울고 나서야 겨우 얼굴을 삐죽 내민 사람치고는 꽤 성의없는 거 아닌가?"

자그마한 얼굴이 붉어지도록 성미를 드러낸 설하가 휙 돌아보았다. 제 딴에는 한껏 성을 낸 얼굴인데 우습게도 사유의 심장이 덜컥 널을 뛰었다.

"잘 모르겠어요."

흠흠, 붉어진 얼굴로 겨우 소리를 냈다. 수정처럼 빛을 내는 설하의 반짝거림에 십대 소년처럼 자꾸 얼굴이 붉어지고 숨이 가빠왔다.

"아, 뭐야! 시시해!"

"그런가요?"

사유가 긁적거렸다. 설하의 투정에 자꾸 웃음이 새어 대꾸해 주는 것조차 힘들 정도였다.

"캔디 만화, 지금은 없을 텐데 어떻게 봤어요?"

"소장본으로 나온 게 있어서 샀어요."

"나중에 빌려줄래요? 난 봄이 되면 캔디가 더 보고 싶어져요.

알죠? 맨 처음 알버트를 만난 장면! 난 그 나무가 항상 벚꽃나무라 생각했었어요. 그래서 그런가? 이렇게 벚꽃이 날리면 그 장면이 자꾸 생각나! 알버트를 좋아하지는 않지만, 누군가를 만나는 것치고는 참 극적인 장면이라 생각하지 않아요?"

설하의 작은 손바닥이 하늘을 향해 쭉 뻗었다. 그 손에 하얀 벚꽃이 살포시 내려앉았다. 쏟아지는 함박눈처럼 내리는 꽃잎들의 사위 속에 사유는 나란히 설하를 따라 거리를 걸었다. 무어라 할까? 아무튼 굉장히 아름다운 광경이었을 거라는 생각은 들었다. 내년 이맘때면 이곳에 없겠지만 그래도 해마다 봄이 되면 이 길 끝에 놓인 '샤콘느'와 깔깔거리는 설하, 그리고 이 화사한 벚꽃을 늘 기억할지 모른다. 그래서 사유는 이 봄을 조금 더 머릿속에 각인시켰다. 조금 더 많이 기억할 수 있게.

함께 도착한 '샤콘느'로 들어서자 낯선 여자가 먼저 눈에 들어왔다. 그곳은 설하가 늘 물을 끓이고 달지 않은 오트밀 쿠키를 구웠던 자리였는데, 오늘은 말했던 그 아르바이트생이 그 자리를 차지하고 있었다. 조금 섭섭한 기분이 들었다. 후에 기억할 땐, 이곳에 있는 설하만을 기억하고 싶었는데.

"언니, 누가 기다리시는데……."

반갑게 아는 척을 하며 아르바이트생이 말을 걸어왔다. 급한 성미에 보글보글 찻물은 끓이지 못해도 설하 말처럼 꽤 서글하고 착해 보이는 인상이었다. 누구? 묻던 설하의 얼굴이 순간 석상처럼 굳어졌다. 시선이 향한 곳은 전에 비 오던 날, 그녀와 함께 앉았던 자리다. 하필 왜 딱, 그 자리였을까?

"설하야!"

운명처럼 같은 자리에 앉은 남자들을 본 순간, 그대로 굳어진 그녀를 부르는 목소리엔 반가움이 담겨 있었다. 따스한 미소와 푸근한 가슴을 가진 나이 든 남자가 그녀를 향해 선뜻 다가서고, 그의 곁엔 젊은 남자는 조금 엄격한 미소를 지었다.

사유가 조심스럽게 설하의 뒤쪽으로 걸음을 옮겼다. 목소리에 담긴 오랜 세월의 정을 무시한다 치더라도 곁에 선 남자의 모습은 자신과 비교하지 못할 정도로 잘생긴 미소를 가지고 있었으니까. 사유가 슬쩍, 젊은 남자 쪽으로 시선을 돌렸다.

부드러운 갈색 머리가 짧게 컷트되어 어딘지 귀공자적인 느낌을 풍기는 남자는 답답하리만큼 딱딱한 콤비 양복을 걸치고 영민하게 눈을 반짝여 댔다. 그보다는 조금 더 엄격해 보이지만 그리움이 담긴 부드러운 미소는 그가 보았던 만화 속의 안소니를 지독히도 많이 닮았다. 군이 묻지 않아도, 그리고 알아차리려 하지 않는다 해도, 늘 설하가 아련하게 부르던 '그 사람'이라는 것쯤은 쉽게 알 수 있는 남자였다.

"류환."

설하가 겨우 입을 떼었다. 응. 대답하며 남자가 양팔을 벌렸다. 그 손짓에 사유 곁에 섰던 설하가 폴짝 뛰어 남자의 가슴에 매달렸다. 하하하! 남자의 웃음소리가 사방으로 퍼져 갔다.

"잊지 않았어?"

방금 전까지, 얼음처럼 굳었던 주제에 너무도 익숙한 태도로 남자의 품에 안기는 설하를 보던 사유의 얼굴이 참혹하게 일그러졌다. 왜일까? 문득, 남자의 품에 안긴 설하를 거칠게 떼어놓고 싶은 알 수 없는 충동에 시달리며 사유는 제 주먹을 꽉 움켜쥐었다.

herb

3. 그를 만나면

그를 만나면 온몸이 짜릿짜릿해진다. 오랜만에 느껴보는 긴장감이 발끝까지 찌르르 퍼져 기분 좋은 느낌을 준다. 그리고 그를 볼 때마다 늘 첫 순정을 바치는 사춘기 아이처럼 발그레해 지는 볼도 그렇다.

늘 하던 버릇대로 류환의 품속에 펄쩍 뛰어 안긴 설하가 깔깔 깔! 아이처럼 웃어댔다. 가슴은 그게 아닌데, 그를 만나면 조금 은 화난 척을 할 생각인데도 막상 부딪치면 어쩔 수 없이 환한 웃음이 새어나오고 마는 것도 그녀의 병이었다.

그와 함께 시간을 공유하기 위해 지루한 법학과를 갔고, 직장 마저 그가 선택해 주었다. 모는 게 그를 위해서였고, 그와 함께

였다. 엄마가 돌아가시고, 친아버지의 집으로 돌아가겠다는 그녀를 말린 것도 류환이었다. 새아버지의 반대쯤은 아무것도 아니었는데, 류환의 반대는 도저히 어찌할 수가 없었다. 하긴 그녀 역시 마음 한 편에서는 원했는지도 모르겠다.

엄마가 죽었다 해도, 넌 내 딸이야! 당차게 외치던 새아버지의 고집에 그 집에 남아 있을 때엔 그렇게 계속 함께 있을 수 있을 거라 생각했었다. 그렇게 계속 그의 곁에서 행복하게 살 수 있을 줄 알았다. 하지만 하루하루의 시간은 점점 그녀에게 고통이 되어갔다. 바로 곁에 선 그를 보며 숨겨진 사랑을 더 이상 감출 수 없게 되었을 때, 설하는 처음으로 사랑이 지옥이 될 수 있다는 걸 알았다.

그땐 그랬다. 늘 돌아서 있는 그의 등을 바라보는 것으로 지쳐 있었고, 고백하지 못한 사랑에도 지쳤었다. 떠나고 싶어! 매일 그렇게 외쳤던 것 같다.

떠나고 싶어!

주문처럼 외치던 그녀에게 갑자기 날아온 비보와 이 작은 가게. 새아버지와 오빠 밑에서 사느라 제법 모아진 돈으로 작은 허브 카페로 다시 꾸미고 달랑 짐만 싸서 이사 와버렸다.

"어떻게 연락 한번 없었니?"

"새아버지."

못내 섭섭함을 털어내는 새아버지에게 돌아서는 설하를 따라 사유도 류환 곁에 선 늙은 남자를 바라보았다. 류환이 조금 더 나이를 먹는다면 저렇게 되지 않을까, 싶을 정도로 두 사람은 닮아 있었다. 어떻게 된 걸까? 복잡한 관계 선을 그어대며 사유가 당혹한 시선으로 류환 쪽을 바라보았다. 의붓오빠인가? 어설픈 제 존재 때문에 사유가 애매하게 서 있는 사이 설하가 아이참, 낮게 투덜대며 새아버지 곁으로 다가섰다. 눈물 많은 새아버지는 그새 글썽글썽, 물기를 고여댔다.

다가선 설하의 손을 새아버지가 꼬옥 잡았다. 평생 교편을 잡으신 새아버지의 손은 가늘고 분필 가루처럼 푸석하다. 마른 손가락을 안타깝게 어루만지는 설하를 깊은 눈매로 바라보던 사유가 천천히 몸을 돌렸다. 선 자리가 가시방석처럼 따끔거렸다.

새아버지가 이끄는 대로 자리에 앉는 그녀의 등 뒤로 딸랑, 풍경 소리가 울렸다. 그제야 사유를 기억한 설하가 아! 하고 바람 빠진 소리를 냈다. 굳이 비켜주길 바란 건 아닌데 문 사이로 스치는 사유의 옷자락에 살짝 미간을 찌푸렸다. 왠지 빠져나간 옷자락에 미안한 감정이 스몄다.

"왜?"

사유가 떠난 자리를 어색하게 바라보는 설하에게 새아버지가 의아한 시선으로 물어왔다.

"그냥 좀……."

어설픈 대답과 함께 자리한 테이블 위엔 그녀가 끔찍이도 싫어하는 뜨거운 허브 차가 놓여 있었나. 허브는 팔팔 끓은 100도의 물로 끓이는 게 아니다. 산소를 많이 소화시킨 부드러운 물을 팔팔 끓여, 한풀 죽은 80도의 적당한 온도로 우려야 한다. 팔팔 끓여진 물은 허브의 마른 잎을 파사사 퍼지게 해서 독한 향이 난다며 류환이 설명해 주었었는데.

"설마 이런 차를 손님에게 내는 건 아니겠지?"

그녀의 시선이 테이블에 머무는 것을 보던 류환이 물었다. 약간은 놀리는 어투였지만 설하는 괜스레 무안해지고 말았다. 그에게서 배운 허브 차를 가지고 찻집을 열었을 땐, 결단코 이런 차를 내기 위해서가 아니었다.

허브 차의 종류와 그 이름에 대한 유래, 그리고 그 차를 하나하나 일일이 구해와 그녀를 가르치던 그로선 절대 용납할 수 없는 차였다. 설하는 붉게 물든 얼굴로 맞은편 의자에 가벼운 몸짓으로 앉았다. 아버지의 차에선 헤이즐넛 향이 강한 블루마운틴 커피가, 그의 앞엔 레몬 버베나가 놓여 있다.

'아, 이런……'

그의 잔을 바라보던 설하의 얼굴이 더욱 일그러졌다. 레몬 향기를 좋아하는 그가 특히 즐겨 마시는, 레몬 버베나는 더더구나 다른 허브 차보다 짧게 우려야 하는 차다. 그걸 팔팔 끓은 물에 우려냈으니. 끌! 낮게 혀를 차며 설하는 명백히 화난 시선으로 아르바이트생을 노려보았다.

어머니의 옷자락에 스치는 레몬 버베나의 향기.

그가 자주 응용하는 문구였다. '바람과 함께 사라지다'의 스칼렛이 어머니를 회상하며 했던 대사라는 것도 그가 가르쳐 주었다. 비비안 리의 스칼렛을 좋아한 그가 그 대사를 읊조리며 짓던 환한 미소, 그리고 그에게 어울리는 고급스런 풀의 향기. 스칼렛이 아닌 설하는 그의 체향처럼 배인 레몬 버베나의 향으로 늘 그를 기억했다.

"그까짓 차가 무어 그리 중요하니? 설하가 끓인 차도 아닌데. 하긴 네가 없으니 이런 차 마시는 것도 꽤 되기는 했지."

류환은 제 아버지에게 차를 끓여줄 만큼 살가운 성격이 아니다. 그래서 함께 사는 동안, 늘 책에 파묻혀 지내는 새아버지를 위해 차를 끓이는 건 그녀의 몫이었다. 새아버지의 말에 실핏줄 같은 온기가 자잘하게 퍼져 갔다. 떠나올 땐 몰랐는데, 그런 소소한 일상이 그리운 추억이 되었나 보다. 일 년 만에 만나는 새아버지의 변함없는 모습에 비해 그녀의 작은 카페에 옹기종기 앉아 있는 그들의 삶은 일 년의 세월만큼 변해 있다. 그래서 설하는 작은 어깨를 그때보다는 조금 더 편하게 폈다. 그 일 년만큼 그를 잊었을까? 자못 궁금해하면서. 십오 년의 세월 동안 그를 사랑했으니까, 앞으로 십오 년 동안 매일 조금씩 그를 잊으면 돼.

"카페가 좋구나. 너답게 꾸며져 있어."

가게를 둘러보며 류환이 말했다. 그의 듣기 좋은 음색은 아까와는 달리 약간 가시가 박혀 있었다. 굳이 말하지 않아도 일 년 동안 연락 한 번 하지 않았던 그녀에 대한 서운함이 담긴 어투였다. 류환의 섭섭함을 일부러 모른 척하며 설하가 물었다.

"여긴 어떻게 알았어요?"

"환이가 알고 있던데. 네가 알려준 게 아니었니?"

어깨를 으쓱하며 설하가 고개를 저었다. 떠날 때에도, 그리고 지금까지 류환에게 알려준 적이 없었다. 류환이 흠흠, 헛기침을 했다. 그녀만이 알 수 있게 귓불이 조금 발갛다. 설하가 일부러 어떻게 알았어? 하며 약 올리며 물었다. 가끔 이렇게 그를 당혹하게 만드는 건 그녀만의 특권이다. 내 첫사랑을 가져가 버린 대가야!

"그냥, 좀……."

"알아보았어?"

"……."

"그냥 나한테 물어보지 그랬어. 아, 좀 그렇다. 나도 모르는 사이, 누군가 날 훔쳐보았다는 거 불쾌하지 않아? 그거 무슨 죄야? 염탐죄? 법학과니까 잘 알지 않아?"

사실은 류환이 그녀를 위해 생전 하지 않을 뒷조사까지 했다는 게 조금은 기쁘면서도 설하는 괜히 그를 불편하게 만들었다. 달아오른 귓불로 큼큼, 헛기침을 하는 그의 허세에 설하가 몰래 킥, 웃음을 터뜨렸다. 그런 두 사람과는 상관없이 새아버지 류현식은 새삼 가게를 둘러보고 있었다. 걱정스런 기색이 역력한 시선에 설하가 가슴을 폈다.

"걱정하지 마요. 지금까지 잘살았는데 뭘."

"외롭지 않니?"

새아버지의 마뜩찮아하는 질문에 설하가 쉽게 아니! 하고 대답했다. 생각해 보면 함께 살 때가 더 외로웠던 것 같다.

"함께 살면서 여긴 그냥 출퇴근해도 되잖니?"

"늦잠 못 자서 싫은데…… 그냥 여기서 살래요. 한 번 한 약속, 자꾸 반복하는 거 그거 사람 굉장히 힘들게 하는 건데. 그러니까 그냥 홀로 서게 해줘요, 새아버지. 가끔 지연이도 놀러오고, 친구도 사귀었는데…… 아, 그런데 지금 방금 그냥 가버렸어."

"아까 그 사람 말하는 거야?"

류환이 갑자기 대화 속으로 불쑥 끼어들었다.

"응! 이름이 사유래."

"어떤 사람이야?"

"자꾸 예뻐지는 사람. 그래서 편하고 좋은 사람. 여기도 좋고…… 참, 입구에 선 벚꽃나무 봤어요? 굉장히 예쁘지 않아요?"

"캔디 생각났겠네?"

깔깔깔! 류환의 말에 전처럼 환하고 거리낌없이, 다시 그 시절로 돌아가 설하는 편한 웃음소리를 냈다. 그녀가 류환에 대해 모르는 게 없는 만큼 류환 역시 마찬가지였다. 끈끈하고 진득한 인연이라고 가끔 생각했을 정도였으니까.

"아직도 기억해?"

설하의 물음에 류환이 고개를 끄덕였다. 벚꽃이 날릴 이맘때면 유독 캔디 열병을 앓던 설하였다. 괜히 울적해지는 설하를 달래주는 건 언제나 류환의 몫이었고.

"나도 가끔은 그때를 기억해."

중얼대며 설하가 창밖으로 시선을 돌렸다. 창문 너머 벚꽃나무의 흐드러진 가지가 인사하듯 휘청거렸다. 파사사, 소리없는 바람결에 꽃잎들이 또다시 흩날렸다. 보고 싶은 새아버지의 얼굴과 슬플 만큼 그리웠던 그를 함께 바라보며 설하는 잠시 행복에 젖어들었다. 사랑하는 거, 참 행복한 일이다.

바닥에 아이들이 놀다 만 사방치기가 그려져 있다. 찰박찰박, 낮은 구두를 신고 설하는 하나둘 구령에 맞춰 발을 놀렸다. 일 년 만에 새아버지의 집에 들렀다. 그녀의 가게에 새아버지와 그가 온 후 벌써 이 주일이 지났다. 봄 내내 날릴 것 같던 벚꽃도 푸른 잎에 제자리를 넘겨주고, 어느새 성큼 여름으로 다가온 날씨 탓에 가벼운 반팔 차림으로 설하는 새아버지 집에서 오후 한나절을 보내고 오는 길이었다. 새아버지는 이번 기회에 예전의 돈독함을 회복할 셈인지 하루가 멀다 하고 그녀를 불러들이고 있는 중이었다.

그동안 많이 자랐을까?

작은 키보다는 한껏 더 자랐을 것 같은 마음의 키를 재보며 오늘 설하는 불편함보다는 약간의 설렘으로 외출을 했다. 기분 좋은 외출은 집에 머무는 내내 웃음이 떠나지 않을 정도로 유쾌했다. 오히려 걱정했던 그와 새아버지가 놀랄 만큼. 하긴 그땐 지금보단 더 불행했던 얼굴이었던 것 같다. 그래서 새아버지는 차마 떠나겠다는 그녀를 붙잡지 못했는지 모른다. 일 년 사이에 이혼한 부모라 해도 양쪽을 다 잃은 고아가 되어버렸으니까. 사실은 그래서가 아니었는데.

사방치기 칸을 메우며 설하는 잠시 아이 같은 기분에 젖어들었다. 그러고 보니 새아버지를 처음 만난 것도 이런 사방치기를 할 나이쯤이었다. 열두 살, 아직은 친아버지에 대한 그리움이 남았을 때였다. 그래서 슬펐냐고 묻는다면 그건 아니었다고 말하고 싶다. 그녀는 그런 면에서는 둔감한 편이었다. 편한 인상의 새아버지도 좋았고, 새로 생긴 오빠도 좋았다. 잘생긴 류환은 오빠라기보다는 동경의 대상이어서 더 좋았는지도 모르고. 그리고 무엇보다 친아버지와 살 때보다 더 행복해 보이는 엄마의 얼굴이 좋았다.

"뭐 해요?"

갑자기 사유의 목소리가 사방치기에 여념이 없던 설하 앞으로 툭, 튀어나왔다. 난데없는 목소리에 깜짝 놀라 멈추어선 설하의 종아리 끝으로 하늘거리는 실크 스커트가 살랑, 흔들렸다. 언제 왔을까? 탁탁! 돌을 맞춰 뛰던 그녀의 볼이 거친 숨결에 발그스레해졌다. 아! 낮게 아는 척을 하며 설하가 뜀뛰던 걸음을 멈추었다. 부끄러워라.

"사방치기요."

"사방치기?"

눈썹을 치켜뜬 사유에게 친절하게 설명을 해준다.

"저 칸 안에 돌을 던져 놓고 그걸 집어 오는 거예요. 금은 밟지 않고."

"아아, 굉장히 단순한 놀이네요."

흠, 단순이라…….

"한번 해보실래요? 한쪽 발은 들어야 해요."

멀찌감치 돌을 던져 놓고 설하가 먼저 앞장을 섰다. 사유가 진지한 얼굴로 던져 놓은 돌을 가늠하더니 조심스럽게 그녀의 뒤를 따랐다. 금을 밟지 않기 위해 한쪽 발을 들자 몸이 뒤뚱거려 생각보다 걸음을 옮기는 일이 어려웠다. 진땀을 흘리며 그려진 선에 집중하던 사유의 입가가 저도 모르게 배싯 벌어졌다.

그사이, 주홍빛 석양이 까마득하게 지평을 사라지고 어둑한 어둠이 금세 다가섰다. 동네 꼬마들처럼 가로등이 켜진 후에까지 편을 갈라 사방치기를 하고 난 설하와 사유는 땀으로 흠뻑 젖은 후에야 놀이를 멈추었다.

"제가 이겼네요."

참으려 해도 자꾸 입가가 벌어진다. 이긴 것만이 이유가 아닌데…… 승리감에 취한 설하가 사유를 향해 자랑스럽게 브이 자를 그렸다. 그녀를 따라 씨익 웃는 사유의 이가 눈부실 만큼 반짝인다. 네. 순순한 대답. 조금은 싱겁지만 그래도 설하는 깔깔깔, 목젖을 울렸다.

"그런데 어디 다녀와요?"

"네?"

"쇼핑백!"

"이거 캔디예요. '샤콘느'에 가는 길이었는데."

"캔디? 와!"

함성을 지르며 설하가 팔짝팔짝 뛰어댔다. 대단한 환영 인사에 사유가 쑥스러운 미소를 지었다.

"아, 반가워라. 사실은 굉장히 보고 싶었어요."

"그렇게 좋아하는 사람이 소장본도 없었어요?"

"당연히 있죠. 그런데 놓고 와버렸어요."

"놓고 와요?"

"네! 막상 새아버지 집을 나올 땐, 좀 그랬거든. 그것마저 들고 나오면 마치 영원히 그곳을 떠나는 기분이 들까 봐, 마지막 보루처럼 남겨놓을 수밖에 없었어요. 그냥 가지고 나와도 되는 거였는데. 떠나면서 정작 끝까지 미련을 남기고 싶었던 건 나 자신이었을 거라 생각해요. 혹시 나중에 그들이 날 잊어버리면 핑계로 한 번 더 찾아가야지, 뭐 그런 바보 같은 미련이었을지도 모르고. 우습지 않아요? 마지막이라 내내 다짐해 놓고 그런 미련을 남겨둘 게 뭐람. 그런데 지금은 잘했다고 생각해요."

설하가 기세 좋게 종알거렸다. 오늘 그 집에 찾아가 예전과 다름없이 잘 꽂혀진 캔디를 보며, 조금 안도했던 것 같다. 여전히 자신의 잔해가 남겨져 있고, 그것은 늘 그들에게 그녀를 잊지 않도록 상기시켜 줄 테니까. 잠깐 벗어나고 싶어요, 라는 변명으로 집을 나온 주제에 미련의 끝을 놓지 못하는 건 언제나 그녀 쪽이었다.

설하와 사유는 긴 그림자를 드리며 천천히 길을 따라 걸었다. 해가 길어진 늦은 봄의 저녁은 살랑 불어오는 바람마저 기분 좋은 서늘함을 남기고 있었다.

"바람이 좋아요."

특유의 몽롱한 어투로 설하가 말했다.

사유가 고개를 들어 하늘을 바라보았다. 아직은 푸른 기를 채 벗지 못한 하늘은 너무 맑아 마치 담그고 싶을 만큼 순수해 보였다, 그녀처럼.

"그를 사랑하나요?"

아, 순간 사유가 제 입술을 깨물었다. 이렇게 말할 생각은 아니었는데. 류환과 마주친 후 이 주 동안 사유는 '샤콘느'에 찾아가지 않았다. 잠시 도와주고 있는 사건의 일은 단지 핑계였다. 그날 류환에게 박힌 설하의 진한 감정은 그 시간 동안 내내 사유를 괴롭히던 가시 같은 기억이었다. 설하의 숨은 사랑은 이런 식의 가벼움으로 이야기할 것은 아니었다.

"그렇게 쉽게 눈치 챘어요? 나름대로는 잘 감춘다고 했는데. 애쓴 보람이 없어졌네."

생각보다 가벼운 어투. 오히려 사유가 당황하고 말았다.

"사랑은 감추어진다는 게 아니라더니…… 좀 그랬어요. 처음엔 그냥 잘생긴 새오빠였는데 어느 순간부터 사랑이 되어버렸어. 그래서 힘들었는데."

아, 네…… 사유는 머리를 긁적거렸다. 이런 예의없는 행동은 처음이었다. 다른 사람의 감정을 엿본다는 거, 꽤나 못된 버릇이다. 그런 사유의 등을 설하가 툭! 쳤다.

"지금 많이 미안해하는 거죠? 괜찮은데…… 뭐, 어쩔 수 없지. 바보처럼 들킨 건 나니까."

씩씩한 웃음에 오히려 씁쓸한 기분이 들었다. 설하가 오해를 하고, 정말 괜찮다는데? 또다시 등을 두드렸다.

"대신 응원이나 해줘요."

"응원이요?"

"네. 흠, 어떤 걸 응원할지는 조금 더 생각해 보고. 잘되게 해달라고 할까요, 아님 잘 잊을 수 있게 해달라고 할까? 좀 헷갈려요. 내가 정말 원하는 게 뭔지 알게 되면 그때 말해줄게요."

그런 것 따위는 응원하고 싶지 않았다. 그냥 그녀는 이대로, 이 모습 그대로 있으면 좋겠다. 류환을 그토록 애타게 바라보지도 않고, 또 황홀한 미소도 짓지 않는. 그에게는 술에 취하면 시끄럽게 캔디 주제곡을 불러대고, 주절주절 끊임없이 안소니와 테리우스를 논하는 설하만으로도 충분했다.

"울지만 말아요."

장난스런 어투로 사유가 대꾸해 주었다. 그녀도 캔디처럼 울지 않고, 슬퍼하지 않는, 그래서 웃는 게 더 예쁜 사람이 되었으면 좋겠다.

"네! 울지 않았으면 좋겠어, 사유 말처럼."

꽤 진지한 얼굴로 대답하던 설하가 금방, 환하게 웃음을 지었다. 바람이 제법 선선하지 않아요? 하며 사유의 팔에 팔짱까지 낀다.

들어선 '샤콘느'엔 그때 보았던 아르바이트생이 아닌 다른 여학생이 와 있었다.

"바다의 이슬이에요."

나, 왔어! 인사를 하자마자 바쁘게 차를 준비하던 설하가 솔향이 나는 차를 그의 앞에 내어놓았다.

"로즈마리는 바다의 이슬이란 어원을 가졌대요. 잔잔해서 먹기 좋아요. 이젠 홍차 말고 허브 차를 조금씩 먹어요. 난 사실 홍차보다는 허브 차를 더 잘 만들거든요."

설하의 설명과 함께 사유는 천천히 차를 들이켰다. 홍차에 비해 밋밋하긴 했지만 은은해서 오히려 더 편안해지는 그런 맛이었다. 먼저 스치는 풀 향과 익숙한 꽃 향이 함께 어우러져 입 안에 가득 배었다. 이 향이 로즈마리 향이었나?

"알아요? 로즈마리 차는 엘리자베스 여왕이 주로 음용했던 차래요."

"그런가요?"

"이 차를 마시면 왠지 나도 우아해진 기분이 들어서 참 좋아요. 여왕 같지 않아요?"

전통 영국식 넓은 잔에 담긴 로즈마리 차를 우아한 척 마시는 설하의 얼굴은 여왕이 아닌 공주 같은 치기가 서려 우아하기보다는 귀여운 이미지였다. 풋, 사유가 찻잔에 얼굴을 감추며 작게 웃음을 냈다. 그런 그의 눈앞에 설하가 불쑥 고개를 내밀었다. 웃지 않아도 웃음이 배어 있는 장난스런 눈동자의 밑으로 주근깨가 살짝 드러났다.

"로즈마리의 꽃말은 좋은 추억이래요. 이곳에서 좋은 기억 많이 가져가요."

좋은 추억이라……

눈앞에 어른거리는 설하의 입술에 절로 시선이 멈추었다. 키스하고 싶다. 문득 그런 충동이 들었다. 귀엽고 작은 주근깨도 하나하나 제 혀로 음미하고 싶은 부끄러운 욕심이었다.

"좋은 추억은 이미 많이 가졌어요."

간질거리는 미묘한 느낌에 대답하는 음성이 꽉 잠겼다.

"내겐 설하 씨가 좋은 추억이니까."

아이참! 부끄럽게 낯을 붉히며 설하가 그의 어깨를 툭 쳤다. 그러면서도 싫지 않은 표정에 사유의 심장도 같이 덜컥 뛰어댔다. 아, 무얼까, 이 비릿하면서도 야릇한 감정은?

한 번도 느껴보지 못한 생소한 감정이었다. 사강 형이라도 있다면 물어볼 텐데. 늘 귀찮기만 하던 사강 형이 처음으로 아쉬워졌다. 사유가 슬쩍 설하의 뺨에 키스를 묻혔다. 놀라 동그래진 눈동자가 토끼처럼 귀엽다.

"뭐야, 깜짝 놀랐잖아요."

"좋은 추억에 대한 감사예요."

넉살 좋게 대답하면서도 뛰는 그의 심장은 그보다 더 거세게 뛰어대었다. 입술 끝에 살짝 닿은 말캉한 볼 살이 여린 복숭아처럼 달콤하다.

딱딱, 멀리서 사방치기 돌을 맞추는 소리가 들려왔다. 조금 전 설하와 함께 노닐었던 공간에 또 다른 누군가 노는 모양이다. 연인이겠지? 사유의 부러운 시선이 창밖을 향했다. 살짝 열린 창문으로 스민 연한 바람에 사유의 부드러운 머리카락이 살랑, 향을 날리며 흔들거렸다. 수줍게 물든 분홍빛 뺨으로 괜스레 바쁜 척 차를 마셔대는 설하가 보인다. 그녀도 지금 이렇게 가슴이 뛰어댈까? 살짝 입가가 벌어졌다. 기분 좋은 봄날의 저녁……

사유와 사방치기를 하고 며칠이 지났을 때였다. 느닷없이 아침부터 걸려온 지연의 전화에 설하는 아르바이트생에게 가게를 맡겨놓고 외출을 나섰다. 가게 주위에 널려 있는 게 꽃인데, 꽃 구경하자며 졸라대는 지연이 때문에 덜컥 점심 약속을 하고 말았다. 그래도 처녀의 마음은 어쩌지 못하는지 투덜대면서도 부드러운 실크 스커트와 하얀 카디건으로 가게를 나선 설하의 옷차림은 꽤 신경 쓴 티가 났다. 봄은 아마도 사방에 피어난 꽃이 아닌 부드러운 설하의 스커트에 묻어 있는 모양이다.

지연의 까탈스런 요구 사항에 맞춰 높은 굽의 구두까지 멋스럽게 입고 버스 정류장을 향하는데, 멀리서 키 큰 남자가 그녀를 향해 반갑게 손을 흔든다. 사유다. 껑충한 키에 온 얼굴에 환하게 퍼지는 그만의 특제 미소를 지으며 정말 열심히 손을 흔들고 있었다.

"어디 가요, 그렇게 예쁘게 차려입고?"

다가선 사유가 휘익, 휘파람까지 불며 감탄사를 퍼부어댔다.

"만날, 예뻤는데……. 봄 햇살에 타버릴까, 함부로 제 미모를 드러내지 못했죠, 푸헤헤헤!"

선머슴처럼 푸헤헤헤 웃다니.

"네, 정말 예뻐요."

농담 삼아 한 이야기인데, 무색하리만치 진지한 표정으로 대꾸하는 사유로 인해 설하는 머쓱, 얼굴을 붉혔다. 아이, 농담인데, 그걸 또 진지하게 받냐?

"가게 가요? 어쩌나? 나 없는데……."

혹시 '샤콘느'에 가는 길인가 싶어 먼저 묻는데 사유가 고개를 저었다. 제법 많이 기른 머리카락이 봄날처럼 가볍게 흔들린다.

"아니에요, 누가 온다고 해서."

"아……."

"누군지 묻지 않아요?"

붉적이면서 얼굴까지 붉히다니, 앗! 조금 심술이 난다. 설하는 새침하게 고개를 삐죽였다.

"뭐, 반가운 손님인가 보네. 아! 저기 버스 온다. 먼저 가요!"

아닌데…… 사유의 말을 채 듣기도 전에 저만큼 들어서는 버스를 향해 설하가 빠르게 돌아섰다. 얼굴까지 벌게진 채 반가운 기색을 드러내다니……. 왠지 심술 사나운 마음이 들었다. 아마 늘 사유는 그녀 편인 줄 착각했었나 보다. 현진일까? 문득 잊었던 현진이 떠오르자 설하의 얼굴이 곧장 굳어졌다. 가끔 사유가 현진의 연인이라는 걸 깜빡 잊어버리곤 한다. 남은 사념을 털어내며 설하는 서둘러 버스에 올랐다. 버스 뒤 창가로 밝은 사유의 모습이 언뜻 스쳤다. 햇빛 속에 덜렁, 남아버린 사유가 그녀가 보고 있는 걸 눈치 챘는지 버스의 뒤꽁무니를 향해 크게 팔을 저었다. 운전석에서 보아도 알 수 있을 만큼 커다란 몸짓인데도, 설하는 못 본 척 다시 몸을 돌렸다. 처음의 봄처녀 같던 설렘은 이미 사라진 지 오래였다.

지연과 약속한 장소는 전에 자주 왔었던 레스토랑이었다. 심각할 정도는 아니지만 한 번 가본 정도로는 잘 기억하지 못하는 방향 치라 약속 장소를 정할 때에도 늘 언제, 누구와 가본 곳! 이렇게 설명을 해야 하는 그녀를 위해 편한 곳을 정한 모양이었다.

"아, 여기!"

저쪽 창가에서 그녀를 부르며 바짝 쳐든 팔이 하나 보였다.

"어? 삼촌!"

지연은 없고 삼촌인 신효원만 있다. 서른일곱의 나이로 보이지 않는 젊고 발랄한 차림새인 효원은 멀리서 보아도 눈에 띌 정도로 화려한 베이지 빛 정장 차림이었다. 효원은 제 스스로가 디자이너이면서 정장을 즐겨 입는 편이었다. 단순한 정장 스타일에 멋이라고는 누구나 쉽게 할 수 없는 특이한 색깔의 와이셔츠와 넥타이 정도? 그래도 그냥 지나칠 수 없는 독특한 자신만의 스타일이 선명한 효원 삼촌을 지연은 패션 감각이 뛰어나다고 박박 우기지만, 설하는 효원과 함께 다니면 좀 창피스러운 기분이었다. 부담스럽게 잘생긴 외모도 그렇고, 어디서든 눈에 띄는 저 패션 감각도 그렇고⋯⋯.

지연이는 없네? 어설픈 인사를 건네며 효원의 맞은편에 앉았다.

"불편하냐?"

"네."

솔직한 대답이 튀어나왔다. 아무리 정장을 갖추어 입어도 설하에겐 가출한 지연이 잡으러 왔다가 미리 만들어놓은 빵만 얌체없이 가져가는 늙은 삼촌일 뿐이었다.

"그런다고, 냉큼 그렇게 대답해?"

효원의 호통에 설하가 베! 혀를 내밀었다.

"지연이는요?"

"빠졌어!"

"네?"

"빠졌다구, 일부러."

"왜요?"

이유를 몰라 설하의 눈이 동그래진다. 안 나오면 인연을 끊겠다, 협박까지 해놓고선, 갑자기 빠지다니…….

"뭐냐, 정말!"

입을 삐죽이는 설하의 작은 머리를 콩! 효원이 쥐어박았다.

"버릇없이…… 나랑 있는 게 그렇게 싫으냐?"

"그럼 둘이 뭐 하라고!"

"밥 먹지."

"밥 먹고 나면요?"

"데이트."

"삼촌, 그 농담 디게 재미없는 거 알죠?"

"왜? 그게 농담으로 보여? 나 지금 굉장히 심각한데."

일부러 진지한 표정을 짓는 효원의 얼굴에 아, 썰렁해! 설하가 투덜거렸다. 효원의 늘씬한 외모야 솔직히 지금에 와서야 이야기이고, 어렸을 때부터 보았던 효원 삼촌의 모습은 괴상한 디자이너 지망생, 그 이상도 이하도 아니었다. 지연은 제 삼촌이 최고 미남인 양 말하지만 설하는 사실 효원 같은 스타일을 정말 싫어했다. 부담스러워, 저런 스타일.

"삼촌, 나 밥 먹고 그냥 갈래요."

"그래? 그럼, 이건 필요없겠네?"

아씨! 설하가 인상을 파바박 구겼다. 유혹하듯, 효원이 눈앞에서 흔드는 건 유니버설 발레단의 '지젤'이었다. 설하는 발레라면 자다가도 벌떡 일어날 정도로 좋아한다. 한때 정말 제가 가고 싶은 곳으로 갈 수 있었다면 발레리나가 되었을지도 모른다. 어렸을 때, 자세가 곧아진다고 잠시 배우다 이혼한 엄마를 따라 류환의 집에 들어가면서 그만두게 되었었다. 지금도 가끔 설하는 그만두지 말 걸, 하고 후회할 때가 있었다.

눈앞에 흔들리는 발레 티켓에 더욱 미간이 찌푸려졌다. 그녀를 유독 예뻐하는 효원은 슬금슬금 설하가 도망갈 낌새만 보이면 이런 식으로 유혹해 왔었다. 지연과 오랜 시간을 함께 한 탓에 그녀에 대한 약점을 누구보다 잘 아는 탓이었다. 이미 승리를 예견하듯 효원이 얄밉게 씨익 웃었다.

"제일 비싼 거 안 시켜주면 안 가요! 왜 만날 파트너도 없어서 나만 괴롭히냐?"

고객 중에 인사(人士)들도 많아 이렇게 고객 관리 차원에서 효원은 제 돈으로 고객의 공연 티켓을 잘 사는 편이었다. 가수 공연이야 설하가 가져갈 새도 없이 지연이 채가지만, 이런 클래식 공연은 주로 설하 몫이었다. 효원 역시 발레나 오페라를 좋아하는데, 그럴 땐 파트너가 없다며 꼭 설하를 괴롭히곤 했다.

"괴롭히는 것으로 보여? 흠, 이거 꽤 정중한 데이트 신청인데……."

성찬 코스로 주문하며 효원이 살짝 눈꼬리를 치켜떴다. 바람둥이! 놀려대는 설하의 눈매가 어느새 풀려 있다. 아, 그렇지 않아도 정말 보고 싶었던 공연이었는데. 중얼대는 설하를 향해 효원이 미소를 지었다. 큰누나의 구박 속에서 어쩔 수 없이 챙기게 되는 지연과 달리 설하는 마음속부터 예뻐해 주게 되는 그런 아이다. 지연은 나름 눈치를 주는 편이었지만 효원에게 설하는 여자가 아닌 조카였다. 어딘가 가슴에 박히는. 그 역시 어렸을 때 그 역시 부모를 잃은 처지라 그런 건가? 또 설하가 오랜 시간 동안 류환을 좋아했었던 것도 알았고.

"류환이 일 년 만에 찾아왔대! 재수없어."

얼마 전, 온갖 짜증을 부리던 지연을 떠올리며 효원이 설하의 눈치를 살폈다. 간만에 보는 설하의 얼굴은 그늘 하나 없이 밝았지만 그래도 가슴이 찌르르 울린다.

"설하야."

효원이 설하를 불렀다. 네? 먹던 접시에서 고개를 든 얼굴빛이 참 맑아 보였다.

"슬픈 사랑 하지 말고, 예쁜 사랑해. 넌 그럴 자격 있으니까."

배싯 웃는 입술이 붉다.

"삼촌, 그런 말 하니까 정말 어른 같아 보여. 이상해."

"어?"

놀란 얼굴이 설하 바로 앞에 섰다. 효원과 장난치며 공연장 입구로 들어서던 설하가 얼음처럼 딱! 멈추었다. 그 앞에선 언제나 이래…… 설하가 울상을 지었다. 이렇게 예고없이 불식간에 마주치게 되면 어쩔 수 없이 얼굴에 드러나고 마는.

"그렇지 않아도 혹시 이 공연 보러 오지 않을까, 생각했었는데."

그럼 왜 연락하지 않았어? 하고 묻는다면 너무 곤란할까? 심술맞은 생각이 들었다. 설하가 발레를 좋아한다는 건 효원만이 아닌 류환 역시 잘 알고 있는 사실이었다. 그런데 그녀가 아닌 다른 여자와 함께 나타난 류환은 아무리 아닌 척해도 가슴이 아팠다. 방금 전까지 조잘대던 환한 설하의 얼굴이 곧이라도 터뜨릴 것처럼 잔뜩 부풀어 올랐다. 류환 곁에 누군가 서 있는 건 상상만으로도 가슴 아픈 일이다. 더구나 지금 곁에 팔짱을 낀 채 나란히 선 여자는 한눈에 보아도 가벼운 상대는 아니었다. 댕겅댕겅 심장이 잘려 나가는 기분이었다. 호기심 어린 시선의 여자와 류환, 그리고 굳어진 설하 사이로 어색한 침묵이 불편하게 흘렀다. 꿀꺽, 겨우 침을 넘긴 설하가 겨우 입을 열었다. 굳어진 뺨에 경련이 이는 것 같다. 이런 건 싫은데…….

"누구?"

"아……."

그리고 수줍게 대답하는 류환의 붉어진 얼굴도.

"인사할래?"

아니! 설하가 속으로 대답했다.

"동생이죠?"

주춤하는 설하에게 류환 대신 옆에 선 여자가 불쑥 손을 내밀었다. 그 손을 마주 잡으며 설하가 보이지 않게 입술을 깨물었다. 이렇게 대찬 여자는 류환에게 안 어울려.

"사진에서 보았어요. 류환 씨 책상에 늘 놓여 있던데. 사이좋은 오누이라 생각했어."

그새 말을 내린 여자에게 향한 설하의 굳은 얼굴은 펴질 줄을 몰랐다.

"오랜만이야."

어색한 인사를 나누는 설하 등 뒤로 효원이 류환에게 말을 건넸다. 부딪치지 않았다면 더 좋았을 거란 생각은 효원에게도 마찬가지였다. 워낙 지연과 설하가 친하다 보니, 원치 않게 서로 자주 왕래를 하는 편이었지만 효원은 왠지 류환에게 늘 껄끄러운 마음이었다. 게다가 자신보다 세 살이나 어린 주제에 늙다리 같은 태도도 그렇고. 그건 류환도 마찬가지인지 먼저 인사를 건네는 효원에게 아, 네, 길게 말을 늘어뜨리며 효원이 아닌 설하에게 말을 건넨다.

"둘이 온 거야?"

"응! 데이트."

류환의 질문에 설하가 보란 듯이 효원의 팔짱을 꼈다. 유치한 건 알지만 이렇게 가슴 아플 땐 이 정도쯤은 해도 될 것 같았다.

데이트? 융통성없이 그 말을 곧이곧대로 들은 류환이 놀란 표정을 지었다.

"몰랐어? 우리 가끔 데이트하는데."

효원이 맞장구를 쳤다. 효원의 옆구리를 쿡, 찌르는 설하의 정감 어린 행동에 류환의 미간이 살짝 찌푸려졌다.

"둘이 사귀는 거야?"

"상관없는 일 아닌가? 꽤 간섭 많은 오빠네?"

류환의 말에 여자가 날치름하게 끼어들었다. 이런 여자 정말 싫어. 설하가 노골적으로 불쾌한 기색을 드러냈다. 아직까지 여자는 제 이름도, 정체도 밝히지 않은 상태였다.

"들어가요. 공연 전에 미리 팸플릿 좀 보고 싶어."

어정쩡한 자세로 선 류환을 외면한 채 설하가 효원을 이끌었다.

"아버지가 요즘은 왜 뜸하냐, 물으셔."

돌아선 그녀의 등을 류환의 재빨리 붙들었다. 설하가 멈칫, 걸음을 멈추었다. 아, 눈물이 날 것 같다.

"가게가 바쁘잖아."

돌아서면 금방 눈물이 떨어져 버릴 것 같아 여전히 등을 돌린 채 대답만 냉큼 했다. 팔짱을 낀 효원의 팔이 으스러져 버릴 것처럼 붙든 설하의 손가락에 힘이 팍, 실렸다. 뿌연 시야가 아득하게 과거 속으로 넘어가는 것 같다. 그냥 이대로 영원히 남아 있길 바라는 건 욕심일까? 그럴지도 모르겠다. 하지만 류환은 그랬으면 좋겠다. 열두 살에 만난 새오빠로 남아 편하게 마주 볼 수 있으면 좋겠다. 십오 년 동안 사랑했던 사람이니까 딱 그 십오 년만큼만 누구의 남자가 아닌 류환으로만 남아 조금씩 남은 사랑을 지워 버릴 수 있게.

"아르바이트생 있잖아?"

"그래도 바빠. 늘 그래, 늘 바빠서……."

숨이 차다. 옆에 선 효원이 작은 손을 꼭 쥐어주었지만 전혀 위로가 되지 않았다. 오빠로 오지 않았으면 좋았잖아? 그 누구도 상처 주지 않고 마음껏 고백할 수 있는 그런 평범한 사람으로 나타났으면 좋았잖아? 당장에라도 돌아서 외치고 싶었다. 다정한 새아버지의 가슴에 상처 따윈 주지 않고 마음껏 사랑할 수 있는 그런 사람으로 나타났으면 얼마나 좋았을까? 부질없는 희망 속에 설하는 떠듬떠듬 변명을 했다.

"바빠서…… 그래서, 마음처럼 가기 힘들어. 그러니까 기다리지 마."

나타나지 말지 그랬어. 설하가 속으로 속삭였다. 어차피 쉽게 지워내지 못할 사람이었다면, 처음 떠날 때처럼 그대로 만나지 않았으면 좋았을 걸 그랬다. 지난 일 년 동안 조금쯤은 잊은 줄 알았는데 조금도 나아지지 않았다. 다시 보는 류환은 여전히 가슴에 박히고 슬프다.

"왜 내 얼굴을 보지 않아?"

류환이 주책없이 물었다.

"왜 날 피하는 거야?"

울 것 같으니까. 미처 대답하지 못했는데 류환이 손을 뻗어 설하의 몸을 핑글, 돌리고 말았다. 아…… 신음 소리와 함께 돌아선 설하의 뺨 위로 아직 잡지 못한 눈물이 주룩 흘러내리고 말았다. 놀란 눈빛에 더욱 눈물이 새고 말았다. 그렇게 바라보지 마. 더욱 슬퍼져. 십 년을 넘게 그만을 바라보았는데 왜 그는 알아채지 못했을까? 자꾸 눈물이 흘렀다. 결코 자신의 사랑이 이루어질 거라 생각하지는 않았지만 이렇게 다른 여자와 함께 수줍은 눈빛을 하는 류환은 더 이상 참아줄 수가 없었다.

"왜……."

류환의 말이 끊어졌다.

"왜…… 우는 거야?"

"저 여자가……."

저 여자가 오빠의 여자라서. 설하가 손가락으로 류환 곁에 딱 붙은 여자를 가리켰다.

"저 여자가…… 자꾸 반말을 해. 난 아직 이름도 못 들었는데……."

류환이 어처구니없는 표정을 지었다. 만일 오빠를 사랑해서…… 그래서 가슴이 아파! 라고 대답한다 해도 같은 표정을 짓겠지. 처음엔 황당하다는 눈동자로 바라볼 것이고, 다음엔 몹시 난감한 듯 관자놀이를 긁적거릴 것이다.

"호호호호!"

여자의 맑은 웃음이 공기 중에 퍼졌다.

"미안! 내가 예의가 없었어. 홍유경이에요. 류환 씨랑은 꽤 오래 알고 지낸 사이라 스스럼없었나 봐. 앞으로는 자주 만날 것 같은데, 어쩌죠? 어린 동생에게 말 높이는 건 내 체질에 안 맞고."

"유경아, 먼저 들어갈래?"

유경아, 하고 부르는 음색이 더없이 친절하고 따스하다. 그 속에 배인 진한 눈빛에 오금이 저려왔다.

나 갈래. 힘없이 돌아서는 설하를 류환이 다시 붙들었다.

"이거, 보고 싶어했던 거 아냐?"

설하가 자신의 팔에 매달린 류환의 손가락을 바라보았다. 작고 뭉툭한 손끝이 앙증맞다. 처음 만났을 때 저 손바닥을 내밀며 첫 인사를 건네고, 엄마가 죽어버렸을 때도 저 손가락으로 머리카락을 쓰다듬어 주었다. 괜찮아! 옆에 있어줄게. 울어도 돼…… 그렇게 말하면서.

"안녕! 새오빠야."

반갑게 맞아주는 그 웃음에 반했다. 참 좋은 오빠라 생각했었다. 그때 멈추었어야 했는데. 그 처음처럼 그냥 좋은 새오빠였어야 했고, 늘 따스한 모습이었어야 했다. 어느 날 갑자기 훌쩍 키가 커서 더 이상은 오빠가 아닌 남자로 나타나지 말고, 우연히 길에서 마주쳐도 햇살처럼 환하게 웃어주지 말고, 죽어버린 엄마 곁에서 그녀보다 더 슬픈 얼굴로 안아주지도 말고…….

"넌 가끔 네가 바보라는 생각은 안 해보냐?"

설하를 붙든 류환의 팔을 효원이 볼썽사납게 툭! 쳐냈다.

묵묵히 숙여진 설하의 고개가 왜 정작 당사자인 류환에겐 보이지 않는지, 그조차도 답답한 일이었다.

"네?"

"됐다! 설하 마음 변했나 보다. 보고 싶지 않은가 보지."

"내가 데려다 줄게. 유경아, 혼자 봐도 괜찮지?"

덜컥, 심장이 뛰었다. 그러나 대뜸 그런 류환을 효원이 밀어내었다.

"둘이 들어가. 어차피 설하 파트너는 나니까. 설하 데려다 주고, 나도 가게로 돌아가 봐야 돼. 가자!"

"효원 삼촌……."

"너한테까지는 삼촌 아니다. 자식이 다 커서 무슨 삼촌이야, 징그럽게……."

멍한 류환을 남겨두고 설하는 반강제적으로 효원이 차에 올라탔다.

"섭섭하냐?"

묻는다. 설하가 고개를 저었다.

"가끔, 삼촌 꽤 얄미울 때 있는 거 알죠?"

남은 눈물 때문에 코를 훌쩍이며 설하가 대답했다.

"자식! 그렇게 질질 티를 내놓고 나한테만 타박이지? 그렇게 그 녀석이 좋냐?"

효원의 말에 절로 한숨이 새어나왔다. 왜 모두들 그녀의 사랑을 훔쳐보는지…….

"안 되는 거 아는데 그렇게라도 그의 곁에 있고 싶을 때 있잖아요. 그녀 곁에 남겨두고 올 바엔 차라리 나랑 함께 가는 게 더 좋을 뻔했어."

"서로 힘든 사랑은 하지 않는 게 좋아. 너 혼자 시작했으니까, 너 혼자 끝내. 류환까지 힘들게 하지 말고."

창밖으로 풍경이 흘러갔다. 맑은 오후의 하늘이 고즈넉하게 높다. 사유는 반가운 사람을 만났을까? 문득 생각이 났다.

"응?"

혼잣말이 새어나왔나 보다. 운전하던 효원이 아는 척을 해왔다.

"그냥, 갑자기 생각나는 사람이 있어서. 반가운 사람이 온다던데 만났을까, 궁금해지네?"

"별걸 다 상관한다. 어차피 공연은 물 건너간 이야기이고, 너 데려다 놓고 난 곧장 부띠끄로 가봐야 할 텐데 괜찮아?"

"네."

얌전히 대답하며 설하가 편하게 등을 기댔다. 고급스런 가죽 향에 머리가 조금 아팠지만, 그래도 차 안에 닿는 햇살이 포근해 왠지 나른해져 왔다.

"어? 사유다!"

효원이 막 설하의 가게 앞에 차를 댔을 때였다. 차에서 내리던 설하가 반가운 기색을 냈다. 덕분에 주차하던 효원이 호기심에 고개를 들었다. '샤콘느' 골목 쪽으로 나란히 선 두 남자가 눈에 띄었다. 뭐야? 그중, 길쭉한 키로 허름하도록 못난 녀석 하나가 빼죽, 미소를 지으며 설하를 반겨댄다.

"아, 이제 왔어요?"

묻는 어투에 따스함이 배어 있다.

"네. 반가운 사람은 안 만났어요?"

예상했던 현진의 모습을 찾으며 설하가 물었다. 차에서 내리던 효원이 가늘게 눈을 좁히며 사유를 잔뜩 노려보았다. 서글서글한 성격치곤 그리 남자와 인연이 없는 설하였다. 하긴 그가 아는 세월 내내 류환만 바라보던 녀석이었으니까. 효원이 바라본 사유는 작고 얇은 눈매에 어딘가 어긋난 이목구비로 겉보기엔 마뜩찮은 외모였다. 오히려 눈길을 끄는 건 옆에 있는 남자라고나 할까? 모델이라고 해도 믿을 만큼 근사한 외양을 가진 남자가 빙글 웃어대는 걸 효원은 날카로운 눈매로 바라보았다. 그러나 정작 설하의 시선은 사유를 비켜나지 못하고 있었다.

"만났어요. 아, 이쪽은 둘째 형이에요. 오늘 중에 도착한다더니 조금 연착되었네요."

사유의 설명에 설하가 그제야 옆에 선 남자에게 시선을 돌렸다. 사유보다 약간 키가 작고, 사유보다 약간 더 머리가 긴……

잘생기기는 했지만, 사유보다 더 환한 웃음을 지니지 못한 그런 남자. 사강을 바라보며 설하는 나름의 잣대로 측정하고 있었다. 낮에 좋은 사람 온다며 즐거워하더니 현진이 아닌 미국에서 온 형이었던 모양이다.

"아, '샤콘느' 가게 주인?"

소개받은 남자가 아는 척을 하며 손을 쑥 내밀었다. 사유가 이야기를 하도 많이 해, 금세 알아볼 수 있었단다. 그래요? 얼굴이 화끈 달아오른다. 술주정까지 했는데…….

지난 실수까지 떠올리며 설하가 손을 마주 내밀었을 때였다. 찰싹, 내밀어진 형의 손을 살짝 사유가 치더니 설하와 눈을 마주쳤다.

"눈이 빨개요. 울었어요?"

"네?"

아까 운 흔적을 쉽게 찾아내는 사유 앞에서 설하는 얼른 고개를 숙였다. 씩씩하게 잊을 거라 말했었는데…… 겨우 류환 옆에 선 여자 하나 때문에 울고 말아, 조금 부끄러워졌다.

"부끄럽게……."

툭, 쳐대는 설하의 손길도 효원에게 머문 것과는 다른 친밀함이 흘렀다.

"진설하!"

자신의 존재를 잊어버린 설하를 효원이 약간 마른 음성으로 불렀다. 돌아서던 설하가 아, 낮게 소리를 냈다.

"아, 미안! 잊었어. 삼촌, 차 한 잔 마시고 갈래요?"

효원은 부띠끄로 금방 가야 한다더니 마음을 바꾸었는지, 가게로 쓰윽 들어섰다.

"홍차 줘."

그리고는 졸랑졸랑 따라오는 사 씨 형제를 갸름하게 노려보았다. 그 시선에 사강이 재빨리 이유를 댔다.

"우리도 차 마시려구요. 그렇지 않아도 좀 궁금했거든. 이 녀석을 여기에 붙드는 게 무얼까? 우리 가족 모두의 최대 관심사거든요. 제가 그 특수 임무를 맡고 왔죠."

충성! 하듯 경례를 한다. 풋! 설하가 웃음을 터뜨렸다.

"아니에요. 형도 잠시 휴가 나온 거예요."

너스레를 떠는 사강의 말에 서둘러 사유가 손사래를 쳤다. 깔깔깔! 설하가 이젠 대놓고 웃음을 터뜨린다. 창밖으로 나서는 웃음을 따라 '샤콘느' 앞에 놓인 벚나무의 가지가 휘청, 흔들렸다. 꽤 사이좋은 형제네 하는 생각이 들었다.

"휴가는 무슨, 너 때문에 특수 임무 받고 나왔다니까! 우린 사유 없으면 살아갈 수 없거든요. 아버지의 그 대쪽 같은 성질 받아낼 사람은 사유밖에 없어요. 그래서 저도 사유 따라 가출한 거예요."

"사유네 집에도 가출생 있는 거예요? 여기, 효원 삼촌 조카도 만날 가출해요. 회사 가출."

"효원 삼촌 조카? 꽤 어려운 명칭인데…… 누구예요, 회사 가출까지 한 사람? 그 비법 전수 받아야 하는데. 우린 그랬다간 당장 쫓아온 아버지한테 다리 한쪽은 뚝! 부러지고 남거든. 진짜 고역이라니까! 하긴 아버지는 그나마 낫지. 난 왠지 어머니가 더 무섭더라구. 아버지의 등 뒤에 숨어서 이리저리 조종하고 있을 어머니의 얼굴만 떠올려도, 으…….”

조금은 과장되게 사강이 어깨를 부르르 떨어댔다. 언제 울었냐는 듯, 사강의 수다에 설하가 또다시 깔깔깔! 웃어댔다. 가게로 들어서자 차를 끓여온다며 곧장 주방 쪽으로 향해 버린 설하의 뒤로 어색한 세 남자만 덜렁 남겨졌다.

갑자기 싸안 침묵이 세 사람을 감쌌다. 잔뜩 구겨진 효원의 못마땅한 시선에 사유가 흠흠, 불편한 기침 소리를 냈다. 사강이라도 도와주면 좋을 텐데, 조금 전 수다는 말끔히 사라진 얼굴로 소파에 털썩 주저앉고는 열심히 가게만 살펴댔다. 매서운 효원의 눈초리가 어쩌 심상치가 않다. 죄지은 사람마냥 바닥만 내려보는 사유로 앞으로 달칵, 예쁜 유리잔이 놓여졌다. 달콤한 초컬릿 케이크와 독특한 향이 은은하게 풍기는 차 한 잔.

“왜 그렇게 째려봐요? 사람 불편하게.”

설하가 효원을 향해 툭! 쏘아댔다. 사유가 몰래 한숨을 내쉬었다. 도움 하나 되지 않은 주제에 사강이 환호성을 질렀다.

“우와! 이거 향이 굉장히 좋네. 흠, 특이해. 이게 허브 차라는 거야?”

사강의 수다는 설하 앞에서만 유용되는 건가? 내내 조용히 있더니 또다시 수선이었다.

"휀넬이에요. 꽤 쓰니까, 케이크랑 같이 먹어요. 원래는 초콜릿과 먹어야 하는데, 마침 떨어졌네. 피곤하죠?"

사강에게 묻는다. 오랜 비행기 여정으로 지친 사강을 위해 내어온 모양이다. 각각을 위해 케이크를 한 조각 한 조각 잘라놓는 설하를 바라보는 사강의 눈동자에 감동이 실렸다. 사실, 남자 형제만 넷이 있는 집안에서 자란 사강이나 사유에겐 이런 자잘한 배려가 생소했다. 4형제를 키우다 보니 거즘, 군기반장이 다 된 어머니는 곱상한 외모와 달리 무뚝뚝하고 거친 성격이었다. 자신을 향해 돌아보는 형에게, 사유가 씨익 자랑스럽게 웃어 보였다. 답답하리만큼 고지식한 녀석에게 살강거리는 귀여운 여자라. 사강이 짐짓 떠오르는 흐뭇한 미소를 애써 감추었다. 사유에게 더없이 어울리는 여자였지만 그대로 인정해 주기엔 너무 심심하다. 조금씩, 조금씩 사탕을 꺼내듯 약 올리고 싶을 만큼 딱 맞춤처럼 어울리는 짝이었다. 풀잎을 그대로 말려 다린 듯한 쓰디쓴 휀넬 차를 마시며 사강은 고된 여독을 풀었다.

"참, 아침엔 바쁘게 어디 갔었어요?"

섭섭하게 금방 사라져 버린 이유를 묻는 사유에게 설하가 그제야 지연을 떠올리곤 잔뜩 눈썹을 곤두세웠다.

"몰라! 좀 화났어요. 어제 지연이 전화해서 꽃 구경 가자 엄청 조르잖아? 여기 '샤콘느' 주위에 널린 게 꽃인데. 귀찮아시 대충 거절하는데도 좀처럼 말을 듣지 않아서 결국 양보했거든요. 옷도 예쁘게 입으라 그러고, 잔소리가 좀이나 심했어야지! 그런데 막상 나가보니까 저만 쏙 빠진 거 있죠? 어쩜 그렇게 못됐나?"

잊었던 지연의 행태를 고자질하며 설하가 열을 냈다. 아, 정말? 뻔한 어리광인데도 너무도 진지하게 대꾸하는 사유 때문에 더 우스울 정도였다. 그렇다니까! 큰소리 텅텅! 치는 설하의 모습도 그렇고.

지연을 흉보면서도, 즐거운 일인 양 눈웃음까지 치며 사유에게 살강거리는 설하에게 효원의 묵묵한 시선이 머물렀다. 류환을 만나 아프게 젖어 있던 붉은 눈매가 어느새 웃음기로 환해졌다. 저런 사람을 만나면 행복해지겠니? 아마 효원은 묻고 싶어졌는지 모르겠다.

조금 전의 눈물은 까맣게 잊은 설하의 경쾌한 웃음이 머무는 '샤콘느'의 창가로 살랑, 늦은 봄바람이 치맛자락을 흔들며 들어섰다. 어느덧 잔해만 남은 벚꽃 대신, 이제 가게 근방엔 다양한 색을 뽐내는 철쭉이 화사하게 피어 있었다. 봄은 어느새 점점 깊어진다.

herb

4. 여름으로 들어서는 길목에선

여름으로 들어서는 길목에선, 느린 저녁이 시작된다. 이른 오후에 여기 '샤콘느'에 들른 사유는 내내 죽치고 있는 중이었다. 가게 한구석에 놓인 넓은 테이블 위엔, 캔디 만화책이 즐비하게 늘어져 있었다. 전에 가져왔던 책을 겨우 짬을 내어 함께 보는 사이, 팔짱을 낀 채 여유로운 사유와 달리 마주 앉은 설하는 바짝 약이 오른 얼굴이다. 사유가 느긋한 어투로 다시 말했다.

"난, 테리우스가 좋아요."

"아씨, 정말! 아직 이 캔디의 오묘한 뜻을 모르는 모양인데요. 테리우스는 난시 안소니를 부각시키기 위한 존재일 뿐이라ㄱ

요. 단지 잘난 집안 배경하고 어린 시절의 아픈 상처로 덮고는 있지만, 결국 테리우스는 거만한 녀석이라는 것 외에는 별 볼일 이 없단 말이에요."

"물론, 안소니와 극명한 대비를 이루기 위해 선택된 인물이기 는 하죠."

앞에 놓인 타임 차를 마시며 사유가 조곤조곤 설명을 했다. 오늘따라 유난히 윤기가 흐르는 설하의 머리가 신경질적으로 흔들거렸다. 탁자 위에 위치한 노란 백열등 전구 불빛에 그녀의 머리카락이 별처럼 빛을 쏟아냈다.

사유가 다시 말을 이었다. 설하와 하는 토론은 회사 내의 것 과 달리 유쾌하고 흥미로워 시간 가는 줄 모르겠다.

"그러나 거의 안하무인에 가까운 단순한 성격이나 집안의 배 경 따윈 하등 가치없다는 그 무신경에 가까운 거만함이 결국 긴 세월 동안 여성 팬들을 잡을 수밖에 없는 강력한 매력이라는 건 부인할 수 없어요. 사실, 외모로도 안소니에 비해 테리우스가 한 수 아래라는 점은 감안하고서도 부드러운 금발 대신, 더 색 채감이 있는 갈색머리를 사용한 것도 그런 면에서 테리우스의 장점을 더 부각시키죠."

"제멋대로인 녀석이야! 테리우스는 자신의 비극적인 출생을 극적으로 활용할 줄 아는 얍삽한 녀석이라니까요! 안소니 는…… 안소니는 너무도 우아하고 아름답게 여자를 사랑할 줄 아는 남자란 말이에요. 어떻게 거칠고 폭력적이기까지 한 테리우스가 더 낫다는 거야? 믿을 수 없어!"

설하가 강하게 항변했다. 왜 테리우스를 좋아하는 거야? 그
러나 사유의 논리 정연하고 반듯한 어투에는 그녀조차도 눌릴
수밖에 없었다. 자신은 열이 머리끝까지 뻗치는데 조금의 흔들
림도 없이 자박한 사유의 어투는 토론 내내 변함이 없었다.

"안소니의 부드러움이 아무리 현실 세계에서 더 유용하다 해
도, 결국 여자들이 반하는 건 테리우스의 강인함이죠. 덕분에,
자신을 위해 희생한 스잔나를 위해 사랑까지 버리는 의리에 대
해 안타까움보다는 오히려 이해할 수밖에 없는 뭐 그런
거……."

탕!

채 말이 끝나기도 전에 설하가 들고 있던 책을 짜증스럽게 탁
자 위에 내던졌다. 그래도 책이 상하지 않도록 살짝 손끝의 힘
을 빼는 걸 보며 사유는 들키지 않게 미소를 깨물었다. 이런 모
습을 보면 미국의 가족들은 어떻게 생각할까? 자신보다 다섯 살
이나 어린 여자를 놀리고 있다는 걸 안다면 아마 까무러치듯 놀
랄 것이다.

자신 앞에 놓인 레몬 향의 차를 벌컥벌컥 들이마신 설하가 잔
뜩 인상을 구겼다. 못내 못마땅한 기색을 가릴 생각조차 없어
보였다. 그 모습이 얼마나 사랑스러운지……. 사유가 황홀한 빛
을 황급히 찻잔으로 가렸다.

"형은 어디 갔어요?"

말로는 도저히 이길 수 없었던지, 설하가 슬쩍 말꼬리를 돌렸다. 더 이상 흠 잡을 수 없는 사유의 논리에 한풀 꺾인 티가 역력했다. 사유가 또다시 입술을 살짝 깨물었다. 고집스럽게 톡, 튀어나온 이마가 너무나 사랑스럽다. 불만스럽게 불거진 양 뺨 위에 쪽! 입을 맞추고 싶은 충동이 일었다.

난생처음 일어서는 충동에 사유가 찻잔을 잡은 손아귀에 힘을 실었다. 다른 남자를 사랑하는 여자를 가슴에 담는다는 건…… 허락되지 않는 감정일 것이다. 서걱, 찬바람이 인다. 더운 바깥 날씨와 달리, 갑자기 사유의 가슴으로 서늘한 바람이 스쳤다. 다른 남자를 사랑하는…….

"형, 어디 갔냐구요."

잠시 대답을 놓친 사유에게 설하가 다시 한 번 물어왔다. 아…… 사강 형? 사유가 숙였던 고개를 반짝 들었다. 함께 서울 나들이하자고 졸라대는 형을 겨우 떼어내고 그는 '샤콘느'로 향한 참이었다. 기실, 먼저 도착한 그도 서울 구경을 제대로 한 게 언제인지 까마득했다.

"서울 구경 갔어요."

"서울 구경이요? 그런데 혼자 가도 돼요? 같이 가야 되는 거. 형은 아닌가? 참! 이름이 뭐라고 했더라?"

"사강. 형은 원래 혼자 잘 다니는 편이니까 걱정하지 않아도 돼요."

사유가 대답했다. 지금쯤이면 사강은 압구정동이며 인사동을 헤매며 그 특유의 매력을 흘리고 다닐 것이다. 형은 모르겠지만, 사유로서는 그런 잘생긴 형과 하루 종일 함께 다닌다는 건 꽤나 체력을 소모하는 일이었다.

"아, 그런데 좀 외모가……."

"많이 다르죠?"

사유가 씁쓸한 어투로 물었다. 다른 형제들의 빼어난 외모와 늘 비교되는 건 이젠 거의 포기 상태였는데.

"네."

"그런 말 많이 듣죠."

"그러게, 좀 창피하겠어요."

"네?"

"그렇지 않아요? 난 그렇게 화사하게 생긴 사람이랑 같이 다니면 창피하더라. 사람들 눈에 띄는 게 여간 불편해야지. 그래서 효원 삼촌이랑도 자주 만나는 거 싫은데."

"그런가요?"

바짝 긴장된 어깨에서 스르르 힘이 빠졌다. 독특한 설하의 안목에 감사해야 하는 건가?

테이블 위의 캔디 만화책을 정리하던 설하가 슬쩍, 사유의 눈치를 보았다. 캔디라면 누구에게 지지 않을 줄 알았는데, 사유의 똑 부러지는 설명에는 자꾸 말이 막혔다. 계속하자면 어떻게 하나 걱정했는데 다행히 사유는 캔디는 잊은 모양인지 기분 좋은 미소만 짓고 있었다. 작은 눈을 넓는 짧은 속눈썹이 가지런히 음영을 드리워 눈매가 한층 더 깊어졌다. 웃을 때면 눈동자가 보이지 않을 정도로 자잘하게 주름이 잡히는 사유의 독특한 미소가 설하는 좋다.

"네! 심지어 효원 삼촌이랑 옷 입는 느낌도 비슷해. 훨씬 자유로운 복장이기는 하지만. 어쨌든 그런 요란스런 차림새는 정말 창피해서……."

사강 형의 차림새를 요란스럽다, 말한 사람은 지금까지 설하가 처음이었다. 그런 방면으로는 도무지 관심없는 아버지조차 인정하지 않을 수 없을 정도로 사강 형의 패션 감각은 뛰어난 편이었다. 보통은 소화시키기 힘든 미쏘니 작품도 형이 걸치면 묘하게 관능적인 느낌마저 돌았다.

"형이 들으면 꽤 놀라겠어요."

"그런 말 자주 듣는 편이 아닌가요?"

오히려 설하가 더 놀란 표정을 지었다. 사유가 빙글, 웃음을 지었다.

"지금까지는."

그리고 아마 앞으로도. 사강 형이 들으면 펄쩍 뛸 말이었지만, 어쨌든 지금은 없으니까.

"하긴 지연이도 효원 삼촌 멋있다고 매일 세뇌시켜요. 난 아닌데. 난 좀 더……."

음! 하며 설하가 딱 맞은 단어를 찾느라 한참을 고심했다.

"좀 더 부드러운 느낌이 좋아요. 흐르는 물처럼 잔잔한, 뭐 그런 거? 갈색 트위드 재킷도 좋아하고 단정한 면바지도 좋구요. 여름엔 가벼운 피켓 셔츠도 예뻐요. 셔츠 칼라 위로 굵게 솟은 목 언저리를 보면 굉장히 믿음직해 보여. 그렇지 않나요?"

갈색 트위드 재킷이라……

전에 보았던 남자의 옷차림이 언뜻 스치는 스타일이었다. 화사한 봄날 차림새치곤 무거운 갈색이라 생각했었는데. 핑글, 웃던 사유의 웃음이 천천히 걷혀졌다. 그녀의 남은 사랑이 지워지려면 훨씬 더 많은 시간이 필요한가 보다.

"사강 씨에겐 비밀로 해야겠다. 전에 효원 삼촌 보고 창피하다고 그랬더니 엄청 화를 냈어. 지연이 엄마 아니었으면 정말 혼났을 거야. 효원 삼촌, 사실은 굉장한 시스터 콤플렉스 있거든요. 부모님이 일찍 돌아가서 큰누나인 지연이 엄마가 어렸을 때부터 키웠다는데, 그래서 그런지 꼭 고양이 앞에 쥐 같다니까요."

그리고는 깔깔깔! 허리를 굽히며 웃어댄다. 설하는 늘 깔깔깔 웃는 편이다. 아니, 푸헤헤헤 하고 웃기도 하던가? 어쨌든 설하가 내는 웃음소리는 듣는 사람으로 하여금 함께 웃을 수밖에 없는 묘한 매력을 풍겼다.

딸랑!

막 정리를 끝낸 책을 쇼핑백에 담고 있는 사이, 풍경 소리가 울렸다. 들어선 사람은 전에 가게로 찾아왔던 그 젊은 남자다. 류환이라고 했던가?

"어? 류환!"

들어서는 류환을 부르는 목소리가 파르르 떨린다. 뜻하지 않은 방문도 그랬지만 그때 보았던 여자의 얼굴이 언뜻 스친 탓이었다.

"잘 지냈어?"

류환의 대답 역시, 전과 달리 어색한 느낌이었다. 화난 걸까? 사실은 다른 이유였지만, 류환을 보고 운 데다 이유마저 엉뚱했었으니까. 시선을 돌리는 설하의 얼굴에 붉은 기가 살짝 돌았다.

"그것 때문에 온 거야?"

부끄러운 마음 탓인지 말이 뻐죽 새었다. 아, 이게 아닌데…….

"왜 그렇게 가시가 돋쳤어? 아직 화가 안 풀린 거니?"

"화난 거 아니야."

"그렇게 울어놓고선?"

"그건…… 그냥, 조금…….."

우물쭈물하던 설하가 냉큼 말을 바꾸었다.

"오늘은 왜 혼자야?"

"무슨 뜻이야?"

"그 여자 있잖아? 나한테 반말하던 여자."

"아직도 가슴에 담고 있었어? 그런 식으로 말하지 마. 좋은 여자야."

"그 여자, 기분 나빠! 난 처음 보는 건데 대뜸 반말이나 하고. 그런 거 예의없는 거잖아?"

"늘 내 책상 위에 있는 네 사진을 봐서 그래. 제 딴에는 동생처럼 친숙했나 보지."

어이없는 표정으로 그녀를 감싸는 류환 때문에 선인장처럼 가시가 솟아나는 기분이다. 손가락 하나 대는 것조차 용납하지 않게 날카로워지는. 부끄러워 붉어졌던 얼굴이 고집스럽게 굳어졌다. 내 앞에서 그 여자 자꾸 변명하지 마! 더 놓아주기 싫어져.

"류환, 바보 같아. 잘못한 건 그녀 쪽인데 자꾸 편들어주잖아."

설하의 말에 류환이 어이없이 실소를 터뜨렸다. 그리고는 쓱쓱, 설하의 머리카락을 흩뜨린다.

"대체 언제 자랄 거니, 우리 꼬마?"

"꼬마 아니야!"

"편들어주는 거 아니야. 그녀의 입장을 설명해 주는 거지. 괜한 트집이야."

딴에는 엄청 화를 낸 기색이었지만, 그래도 머리카락을 흩뜨리는 손길이 싫지만은 않은지 배싯, 금방 입술이 헤벌쭉 벌어진다. 옆에 선 사유의 얼굴이 점점 더 굳어졌다. 무어랄까? 꽤 미묘해 보이는 장면이었다. 다정한 오누이 같으면서도 연인 같은.

불편한 기색으로 머쓱하게 서 있는 사유를 그제야 느꼈는지 류환의 시선이 그를 향해 돌아섰다. 갈색 유리알 같은 눈동자가 단정한 빛으로 그를 쏘았다. 마주친 사유의 눈동자가 더욱 깊이 잠겼다. 류환 곁에서 헤헤거리는 설하의 웃음이 자꾸 몸을 가라앉히게 한다. 사유의 눈매가 가늘게 좁혀졌다. 불쾌하고 끈끈하다.

허공에서 부딪치는 두 사람의 시선 속에 설하가 뒤늦게 끼어들었다.

"아, 그때 말했던 친구. 사유야. 이름이 사유인가? 그러고 보니 성도 묻지 않았네?"

"이름은 유예요. 보통은 부르기 편하게 그냥 사유라 부르지만."

"아, 혹시 사씨남정기의 그 사 씨예요?"

"나도 그런 줄 알았었죠."

고등학교 시절이었을 거다. 언젠가 사강 형이 다락방 짐 더미 속에서 사씨남정기라는 옛 소설을 찾은 적이 있었다. 어머니가 미국 유학 오면서 가져온 짐 속에서 찾아낸 모양인데, 우리 집안 족보라고 떠드는 통에 한바탕 난리가 났었다. 제 뿌리도 모르는 놈이라고, 그 당시 살아 계셨던 할아버지에게 몽둥이세례를 받은 뒤 4형제가 쪼르르 차디찬 대리석 바닥에 다섯 시간이나 무릎 꿇고 앉아 족보에 대해 일장 훈계를 들어야 했으니까.

"그건 이야기이고, 원래는 거창 사 씨야."

류환이 옆에서 툭 끼어들었다. 레몬 버베나를 내오며 설하가 어, 그런가? 하고 묻는다. 네, 대답하는 사유의 시선이 쟁반에 놓인 고운 찻잔에 머물렀다. 요즘 들어 설하가 자주 먹던 상큼한 레몬 향이 좋은 차였다.

"아, 이거 향 좋죠? 레몬 버베나예요. 류환이 굉장히 좋아하는 차인데. 학자들이 즐겨 먹는대요. 우리 류환, 학자잖아."

우리 류환! 작은 호칭 하나에도 깊은 애정이 담겨 있어 사유의 얼굴은 점점 더 일그러져 갔다. 왜 그럴까? 살면서 한 번도 이런 적이 없었다. 사유는 혼돈스러운 눈빛으로 나란히 앉은 두 사람을 바라보았다. 그로 인해 눈물을 흘려도, 또 베이는 상처를 입는다 해도 어쩔 수 없이 설하의 행복은 류환일 수밖에 없었다. 이미 알고 있었는데, 그래도 자신의 눈앞에서 류환에게 웃는 설하는 가슴이 아프다. 이제껏 어느 여자도 그에게서 이런 눈빛을 받아본 적이 없었다. 안타까우면서도 어딘지 갈망하는, 그런 사유의 시선이 다른 남자를 향해 환하게 웃는 설하에게 박혀 움직일 줄을 몰랐다.

류환이 즐겨 마신다는 레몬 버베나를 앞에 두고 쓴맛을 삼키는 그와 반대로 류환이 으음, 만족스런 신음 소리를 내며 사르르 눈을 감았다. 차 맛이 꽤 마음에 드는 모양이다. 그 표정에 설하가 몰래 반한 눈빛을 들었다. 거의 숭배에 가까운 흠모의 빛이었다. 또다시 콕, 쏘이는 통증에 사유가 이마를 좁혔다.

"이번엔 제대로 끓였네? 향이 그윽해."

"그렇지?"

작은 칭찬 한마디에 설하의 눈빛이 초롱초롱 빛을 냈다.

사유가 긴 몸을 일으켰다. 탁자엔 여전히 마시지 않은 차가 모락, 김을 냈다. 제 존재가 잊혀진 것보다는 류환을 바라보는 설하의 저 눈빛을 더 이상 감내할 자신이 없던 탓이었다. 일어선 사유의 시선이 다시 한 번 설하에게 머물렀다. 그러나 설하의 시선은 잠시도 류환에게서 벗어나는 법이 없었다.

"그땐 아르바이트생이 끓인 거잖아. 아직도 잊지 않았는걸? 자박자박 물 끓이는 거. 류환이 가르쳐 준 거잖아."

마주 보는 류환의 눈빛 역시 한결 온화하고 따스하게 설하를 감싸고 있었다. 그녀가 그토록 사랑했던 안소니는 현실의 류환이었을까? 테리우스를 그토록 싫어하고 안소니를 사랑했던 건 류환 때문이었나 보다. 쌉쌀한 맛이 입 안을 맴돌았다.

조용히 일어선 탓에 미처 알아채지 못한 걸까? 가게를 나서는 문 사이로 딸랑, 풍경이 울렸지만 설하는 여전히 류환에게 박힌 채였다. 넘어가는 오후의 노을 속에 손에 들린 쇼핑백이 썰렁하게 흔들거렸다. 바람 속에 묻은 먼지가 답답해져 왔다. 답답해. 사유가 낮게 투덜대며 하늘을 바라보았다. 노란 주홍빛의 해가 푸른 나뭇잎 사이로 막대처럼 긴 빛줄기를 드리웠다. 그 화사한 빛을 한껏 노려보던 사유가 잠시 걸음을 멈추었다. 마치 미진한 일을 남겨놓은 것처럼 좀처럼 발걸음이 떨어지지 않았다.

들어설 때와 달리, 늘어진 어깨를 으쓱거리며 사유가 거리를 향해 걸음을 옮겼다. 작은 모래알이 자꾸 가슴속을 맴돌았다. 서걱거리고 까칠한 느낌이 자꾸 신경을 건드린다.

사유가 부신 노을을 손바닥으로 가렸다.

형은 돌아왔을까? 내내 귀찮아했던 사강 형이 갑자기 그리워진 것도 알 수 없는 이유였다. 외로운 건가?

딸랑, 또다시 울리는 풍경 소리.

한참 만에 그 소리를 깨달은 설하가 비로소 류환에게서 시선을 뗐다. 언제 나갔을까? 작은 소리도 못 들었는데 언제 나갔는지 사유가 보이지 않았다.

"왜?

차를 마시던 류환이 의아한 표정으로 물어왔다.

"그냥……. 사유가 가고 없네?"

어깨를 으쓱하며 설하가 심심한 표정을 지었다.

"그런데 정말 무슨 일이야?"

레몬 버베나의 가벼운 향을 음미하던 설하의 질문에 류환이 속내를 감추지 못하고 수줍은 기색으로 고개를 들었다. 영국의 낡은 귀족 같은 외모를 한 류환은 언제나처럼 갈색 빛 트윈 자켓을 입고 있다. 가을빛을 닮은 우리 류환. 설하가 황홀한 시선으로 턱을 받쳤다.

"그냥 들렀다니까."

"거짓말!"

설하가 샛웃음을 지으며 통박했다. 류환은 거짓말을 잘못한다. 나름대로 표정을 굳히긴 했지만 귀까지는 어쩔 수 없는 모양인지 벌써 귓불이 벌겋게 달아올라 있었다.

"귀가 빨개. 류환 거짓말 잘 못하잖아. 금방 들킬 거면서."

류환이 제 귀를 재빨리 쓸어 올린다. 이젠 목덜미까지 붉은 기가 번져 있었다.

"그날……."

류환이 더듬거리며 속내를 털어놓았다. 그날, 우연히 발레 공연장에서 마주쳤던 설하의 눈물이 목에 걸려 며칠 동안 고민한 끝에 찾아온 자리였다. 왜 울었을까?

쉽게 우는 아이가 아니었다. 남편과 이혼한 후 자신의 아버지와 재혼한 새어머니의 손에 달랑, 매달려 있던 열두 살의 어린 소녀였을 때에도 그랬다. 똘망한 눈동자를 굴리며, 엄마의 재혼을 슬퍼하기보다는 낯선 세계에 더 많은 호기심을 드러내던 작은 꼬마. 함께 사는 내내 한 번도 그녀가 우는 걸 본 적이 없었다. 사라져 버린 친아버지를 그리워하며 훌쩍이는 법이 없이 늘 해맑게 남자 둘만 사는 집 안에 웃음을 불러일으켰었다. 피 한 방울 섞이지 않았지만 설하는 그의 여동생이었고, 아버지의 딸이었다. 새어머니의 장례를 치른 후 떠나겠다는 설하를 붙잡은 것도 그런 이유였다. 설하가 없는 집 안은 더 이상 상상할 수조차 없었다. 설하의 유쾌함과 소란스러움이 없는 그런 집은 더 이상 그들의 집이 아니었으니까.

류환이 다소 걱정스러운 빛으로 설하를 바라보았다. 새어머니가 교통사고로 갑작스런 죽음을 맞이했을 때에도 눈물 한 방울 없이 상주(喪主) 자리를 지키는 의연한 모습이 더 애달파지는 아이였는데. 설하의 눈물이 자신과 무관한 일은 아닌 것 같아 내내 가슴에 얹혔었다. 그에겐 작은 상처도 주고 싶지 않은 가슴 아픈 동생이었다.

"아⋯⋯."

설하가 살짝 미간을 찌푸렸다. 말하고 싶지 않은 기색을 여실히 드러내면서.

"가끔, 감정이 폭주할 때 있잖아. 그냥 그런 거야."

애써 별일 아닌 척했지만 눈빛에 드러난 아픔을 감추지는 못했다. 그 여자 사랑해?

묻고 싶었지만 설하는 끝내 아는 척하지 않았다. 아픈 대답은 듣기 싫다.

"우는 모습이 계속 가슴에 걸려서 한 번쯤 들러야지, 생각했었어."

류환의 찻잔이 바닥에 닿으며 맑은 소리를 냈다. 류환이 단정한 자세로 허리를 곧게 폈다. 그에게서 뿜어져 나오는 강렬한 레몬 향에 아득한 현기증이 일었다.

너무나 사랑스러운 사람, 그리고 사랑할 수 없는 사람⋯⋯.

설하의 안타까운 시선이 바닥으로 내려섰다.

조금만 더 운명이 허락해 주었다면, 지금쯤 당신 앞에 동생이 아닌 여자로 서 있을 수 있지 않을까? 사는 동안, 한결같은 모습으로 자신을 사랑해 주었던 새아버지만 아니라면…….

"넌 내게 언제나 변치 않은 동생이야. 새어머니가 곁에 없다 해도, 언제나 항상……."

엄마의 영정 앞에 눈물 한 방울 없이 묵묵히 앉아 있던 그녀를 감싸 안으며 류환이 했던 말이었다. 울지 못하는 그녀가 안쓰러워서 한 말이었겠지만, 그 순간 심장이 싸늘하게 식고 말았다. 동생이기보다는 한 여자이고 싶은 마음을 왜 모르는 걸까?

"사실은 굉장히 별것 아닌 이유였는데."

지난 기억을 털어내며 설하가 한껏 아무렇지도 않는 기색으로 편하게 대꾸했다.

"그냥…… 오랜만에 만났는데 다른 여자랑 있어서 좀 심술이 났다고 생각해. 내가 좀 욕심이 많잖아? 새아버지 집 떠나면서 홀홀 다 털어버린 줄 알았는데, 사실 많은 걸 두고 온 모양이야. 내 거라 생각했던 장난감이 알고 보니 따로 주인이 있었다는 걸 알게 된 그런 기분? 그래서 좀 속상했어. 미안."

설하의 대답에 류환이 가벼운 한숨을 내쉬었다.

"유경이 좋은 여자야, 겉으로 보는 것보다는 더."

그 여자 변명해 주지 마.

"그래서 처음 만난 사람에게 막 반말하고 그러냐? 예의없어 보여. 심술맞아 보이기도 하고."

"그렇지 않아."

류환이 황급히 변명했다. 사이좋은 남매 사이에선 가끔 일어나는 일이라고는 하지만, 그래도 역시 그가 사랑하는 두 사람이 서로 이런 식으로 오해하는 건 괴로운 일이었다.

"겉으로 보이는 것보다 여리고 착한 사람이야."

오빠 무신경해.

"제멋대로인 것처럼 보이지만 실상 정도 많고. 나중에 한 번쯤 너에게 소개시켜 주고 싶었는데 시기가 좀 앞당겨졌어. 네가 좋아해 주길 바랐는데."

류환의 진한 눈썹이 엄한 기색을 드러냈다. 류환은 조용하고 부드러운 듯하면서도 고지식할 정도로 딱 부러지는 사람이었다. 설하가 살짝 입술을 내밀었다. 불쾌해. 그의 말처럼, 정말은 굉장히 괜찮은 여자일지도 모르지만 그래도 이렇게 직접 듣는 건 싫었다.

첫사랑은 언제나 실패야. 냉정한 지연의 목소리가 귓가에 울렸다. 그녀가 사춘기 시절부터 열병처럼 류환을 앓았을 때, 했던 말이었다.

"왜?"

"응?"

"내가 왜 그녀를 좋아해야 하는데?"

"내가 사랑하는 사람이니까."

덜컹, 덜컹. 고장난 문짝처럼 심장이 요란한 소리를 냈다. 꽉 짓누른 손마디가 파르르 떨려온다. 이러지 마. 설하가 간신히 떨리는 손을 무릎 위로 내렸다. 이건 좀 비겁한 일이다. 아직 그녀는 자신의 사랑조차 고백하지 못했는데…….

"아, 싫어! 류환 혼자 사랑하는 거!"

겨우 지어낸 미소가 그러지 않으려 해도 자꾸 입가에서 일그러졌다. 눈물이 나면 안 되는데…….

"네가 좋은 사람 만났으면 좋겠어."

요란한 소리를 내는 심장은 곧이라도 터져 버릴 것 같은데 그녀에게 향한 류환의 눈빛은 슬프도록 다정하다. 하얗게 말라진 입술을 설하가 짓이겼다. 이젠 정말 그녀의 몫이 아닌 다른 사람의 것이 되어버리는 걸까?

싫어, 설하가 중얼댔다. 미소 짓는 입술에 경련이 일었다. 아직은 그냥 이대로 그녀의 류환으로 남아 있으면 좋겠다. 훗날, 그녀가 정말 먼지 하나만큼도 남기지 않고 다 잊어버렸을 때, 그때 떠나길 바란다면 욕심이겠지만 그래도 설하는 애원하고 싶은 심정이었다. 조금만 더 지금처럼……. 유경이 아닌 자신을 사랑해 주길 원하는 건 아니지만 조금은 지금처럼 그대로 말이다.

"류환이 그렇게 좋아하는 얼굴을 하니까 좀 심술이 나."

"그러지 마."

뭉툭한 손끝이 설하의 뺨을 쓸었다. 어렸을 때, 투정 부리던 설하에게 늘 하던 버릇이었다. 이제 그녀는 더 이상 여동생이 아니게 되어버렸는데 류환에게 그녀는 늘 여동생일 뿐이다.

"그 여자 허브 좋아해?"

"실은 그녀에게 배웠어, 허브. 우연히 유경이 여는 카페에 들렀다가 허브에 대해서 알게 되었지. 그녀도 너처럼 작은 허브 카페를 운영해. 자신이 만든 허브 제품도 판매하고. 생각보다 자신과 비슷한 점이 많다고 꽤 좋아했었어, 그 여자."

아, 몰랐어. 설하가 힘없는 목소리로 대답했다. 그랬어?

설하의 시선이 테이블에 멈추었다. 자신이 류환을 담았던 허브 속에서 정작 류환은 그녀가 아닌 다른 여자를 기억하고 있었다니, 참 아이러니한 일이다.

"차가…… 식었어. 맛없겠다."

멍한 목소리로 설하가 중얼댔다.

"괜찮아. 이젠 일어나야 하니까."

류환이 벌떡 일어서며 덧붙였다.

"그녀와 약속이 있어."

그래…… 대답하는 목소리에 힘이 실리지 않았다. 몸이 천근 만근 무겁다. 류환이 일어서는 걸 설하는 묵묵히 바라보았다. 내가 지금까지 당신을 떠올려 왔던 것들까지 그녀와 공유하는 거, 꽤 잔인한 짓이지? 그렇지, 류환? 그러나 류환은 그녀의 목소리를 듣지 못했는지 다정한 어투로 말을 건넸다.

"집에 자주 놀러와. 아무리 네가 이곳에 머문다 해도 넌 여전히 우리 가족이야."

그녀가 원한 건 가족이 아니었다. 여전히 자리에 앉은 설하의 고개가 바닥으로 떨어져 내렸다.

"그래도 난 여전히 진설하고, 오빠 류환이잖아. 우린 가족이 아닌걸?"

"그렇지 않아. 아버지나 나나 널 남으로 생각해 본 적 단 한 번도 없어. 네가 끝까지 친아버지의 호적에 남길 바라서 다른 성을 가진 거지만 그래도 우린 가족이야."

아니…….

설하가 고개를 저었다. 우린 가족이 아니야. 호적에 남겨진 것처럼 둘은 철저히 남이었다.

늦었어. 시계를 보며 서두르는 류환의 등을 바라보던 설하가 천천히 입을 열었다.

"그, 그녀와…… 결혼할 거야?"

"그렇게 되길 바라. 결혼하게 되면 지방으로 내려가게 될 테지만."

"지방?"

"응."

"왜?"

"유경이 아버지가 지방에서 허브 농장을 크게 하시거든. 그녀가 그곳에서 살길 원해."

뭐? 설하가 입술을 벙싯거렸다. 엘리트의 길만 걸어온 류환이다. 그의 등을 따라가는 것만으로도 벅찼던 그녀의 류환이 모든 것을 다 버리고 지방으로 내려간단다. 오직 그의 그녀가 원한다는 이유만으로. 설하가 주먹을 꽉 쥐었다. 성마른 화가 고스란히 내쏘아졌다. 바보 같은 류환!

"정말 원해, 그런 삶?"

"유경이가 원한다면 그것도 괜찮을 것 같아서."

"그 여자, 난 싫어. 이런 식으로 빼앗아가는 건 좀 비겁한 거야. 여기서 살 수 있잖아? 굳이 그렇게 멀리 데려가지 않아도 류환은 그녀의 것이 될 거잖아."

못된 소리! 류환이 또다시 엄격한 표정을 지었다.

"내가 원하는 거야."

"정말 원해? 새아버지 혼자 두고 정말 갈 수 있어?"

그리고 나도? 난 여기 있는데 그렇게 멀리 떠나 버릴 수 있어?

"멀리 가는 거 아니야. 명절에도, 또 휴일에도 간혹 이곳에 올 거야."

"류환의 삶은 전부 여기에 있잖아. 여기서 류환이 하나하나 쌓아놓은 걸 모두 버리고 그 작은 도시의 교수로 만족할 수 있어?"

가느다란 지푸라기를 잡듯이 간절하게 류환을 붙들었다. 가지 마!

"글쎄, 사실 자신은 없지만 그래도 나름대로 괜찮을 것 같다는 생각은 해."

"왜 그녀는 모든 걸 다 가지는 건데? 하나쯤은 양보할 수도 있잖아. 왜 꼭 그곳에 가야 하는 건데?"

"그녀가 원한 거 아니야. 내가 원한 거지. 나랑 결혼한다고 그녀의 꿈까지 포기하는 거, 내가 원하지 않아."

"언제……."

숨이 가빠져 왔다. 높은 산에 오른 사람의 것처럼 내쉬는 숨마다 하얀 김이 모락, 올라올 정도였다.

"언제…… 결혼할 거야?"

"그녀가 내려가기 전에. 벌써 가게도 내놓았다니까 아마 금방 되지 않을까?"

"류환……."

서둘러 가게를 나서는 류환을 설하가 다시 한 번 붙들었다. 응? 하고 돌아보는 얼굴에 눈물이 흐를 것만 같아 입술을 꼭 깨물었다.

"지금, 류환 굉장히 바보 같아 보여."

"하하하!"

오랜만에 류환이 환하게 웃는다. 알고 있어. 쉽게 대답하면서.

"사랑은 원래 그렇게 바보처럼 하는 거야, 진설하. 언젠가 너도 알게 되겠지만."

바쁘게, 그리고 행복한 미소를 지우지 못한 류환의 까만 차가 작은 점박이가 되어 금방 시야에서 사라져 갔다.

무신경하고 잔인해!

설하가 뒤늦게 중얼거렸다. 그렇게 긴 세월 동안 어떻게 한 번도 알아차리지 못할 수 있어? 말하지 않아도 알아차려 주길 은연중에 바랐을까? 사랑하지는 않아도 조금은 배려해 줄 수 있는 그런 마음을 바라는 것인지도 모르겠다. 하지만 정말, 모든 걸 버린 채 그녀만을 위해서 행복하게 떠날 수 있는 류환은 바보다. 그녀에게 반해 허브를 배웠다니…….

류환이 끓여주는 허브가 좋아, 작은 가게까지 차린 자신에게 내뱉어진 류환의 무신경한 말에 설하는 또다시 깊은 상처를 헤집은 듯한 기분이었다. 피가 뚝뚝 흐르는 것만 같다. 잔뜩 힘을 준 눈동자로 뜨거운 기운이 솟구쳤다.

바보야, 정말, 류환은…….

두툼한 벚꽃나무에 기대 까치발로 류환이 떠난 자리를 바라보던 설하가 속살댔다. 살랑거리는 바람이 모래처럼 따끔하게 스쳐 갔다. 사막 같아! 류환이 떠난 빈자리는 사막처럼 넓고 공허하다. 보이는 거라고는 오로지 이글대는 태양만 남은.

그래.

설하가 피식거리는 미소를 지었다. 일그러진 눈매에 올라선 입술이 희극처럼 일그러져 내렸다. 그래, 사랑은 바보처럼 하는 것이다. 지금 저렇게 환하게 웃는 류환보다 남겨진 자신의 얼굴이 더 바보 같을 거라는 생각이 문득 들었다.

그래서 내가 바보가 되어버렸나 봐. 놓아주어야 하는데 미련스럽게 놓지 못하는.

사강의 속도에 맞춰 습관적으로 걷는 사유의 얼굴이 조금 전부터 좀처럼 펴지질 않았다. 한눈에 보아도 결코 즐겁지 않은 사색이란 것쯤은 쉽게 알아차릴 수 있을 만큼 눈매가 잔뜩 찌푸려져 있다.

사강이 시선이 사유의 어깨 자락에 닿았다. 언제나 사려 깊고 온화한 사유. 늘 큰형인 사현의 뒤에 가려져 있지만, 실제론 4형제 중 제일 뛰어난 두뇌를 가진 녀석이었다. 대단한 사현 형조차 사유의 빠른 두뇌 회전에는 혀를 내두를 정도였으니까.

그래서 CUNY MBA(뉴욕시립대 MBA)를 졸업장을 들고 PwC나 KPMG와 같은 세계적인 회계 법인회사로 갈 줄 알았던 사유가 절반의 연봉에도 미치지 못하는 S&P(국제 신용평가기관)으로 근무지를 정했을 때, 다들 허걱! 했었다. 물론 아버지는 가족 그룹인 글로벌&크로버스로 바로 영입시킬 생각이었지만.

"어떻게 할 거야?"

"응?"

그제야 묵묵히 바닥을 내려보던 사유의 고개가 사강 쪽으로 돌아섰다.

"아버지의 제안에 대해 생각하고 있었던 거 아니었어?"

"아……."

그제야 사유가 잊은 숙제를 떠올리듯 인상을 찡그렸다.

"뭐야? 설마 딴생각했던 거야?"

사강이 어이없는 투로 말했다. 사유의 한국행은 아버지의 강권에 의해 시작된 거나 다름이 없었다. 잘 다니던 S&P를 때려치우고 글로벌&크로버스의 상임이사 자리로 당장 들어오라는 엄명에 거의 도망치다시피 온 곳이니까. 사강이야 그런 사유를 보러 온다는 핑계하에 가출한 것이지만 사유의 한국행은 꽤 의미 깊은 일이었다. 사유 본인에게나 가족에게나.

"우리 집안 최초로 정치가가 나올 판인데. 참나! 아버지는 권력에 너무 무심한 게 탈이라니까."

농담조로 건네며 사강이 곁눈질을 했다. 그의 말에 사유가 편하게 웃는다.

"쉽게 들켰군. 형은 모를 거라 생각했는데."

"뭘! 원래 대부분 S&P라면 정치가가 되는 발판으로 생각하고 가는 거 아닌가? 오히려 눈치 채지 못한 게 이상하지."

"아버지도 알아차렸을까?"

"아버지도 바보는 아니니까. 단지, 집안에 정치가 하나 생기는 것보단 글로벌&크로버스에 유능한 인재가 합류하는 걸 더 좋아하실 뿐이지. 애써 모른 척하시는 것뿐일 거야."

사유가 긴 팔을 뻗어 높은 나뭇가지를 툭 쳤다. 이제 거의 남은 게 없는 꽃잎이 그 손짓에 우수수 떨어진다. 그런 사유를 사강이 한결 진지해진 얼굴로 바라보았다. 이곳에서 보는 사유의 모습은 그저 단순한 온화함이 아닌 어떤 미묘한 차이점이 있었다.

차이가 뭘까? 어쩐지 그 이유를 '샤콘느'에서 찾고 싶은 유혹이 들었다.

"어? 샤콘느의 사장이네?"

사유의 침묵에 딴짓을 하던 사강이 아는 척을 했다. 길 끝에 '샤콘느'가 보인다 했더니 전에 보았던 여사장이 보였다. 이름이 진설하라고 했던가? 사강의 말에 사유가 고개를 쭉 뺐다.

류환은 갔을까?

'샤콘느'의 입구, 벚꽃나무 곁에 쪼그려 앉은 설하는 담배를 입에 물고 있었다. 쥐며느리처럼 똘똘 말아진 몸은 마치 세상에 대한 단단한 방패를 두르고 있었다. 꽤 난해한 모습이군. 사유가 살짝 미간을 좁혔다. 뽀얗게 담배 연기를 내뿜는 품이 상처 입은 사람처럼 아파보였다. 조금 전 우리 류환이라 반갑게 부르던 모습 따윈 까맣게 잊은 것처럼. 자꾸 심장이 아프다. 전엔 이토록 아파본 적이 없는데…… 하지만 심장의 고통은 손에 잡힐 것처럼 선명하게 그를 짓눌렀다. 마주친 설하의 모습을 어색한 표정으로 마주하며 사유는 제 고통을 이해하려 애를 썼다. 다른 이로 인해 아파하는 설하의 모습이 왜 이토록 제 심장을 두들겨 대는지…… 복잡해진 심경으로 잠시 미적거리는 사이, 미처 인사를 건넬 타이밍을 놓치고 말았다.

"설하 씨!"

그런 사유 대신 사강이 한쪽 손을 번쩍 들어 소리를 쳤다. 사강의 목소리에 설하가 무릎 아래로 떨어진 팔을 들어 김빠진 손짓으로 답례를 했다.

"뭐 해요?"

"담배 피워요."

오히려 묻는 사강이 머쓱해질 정도로 싱거운 대답이었다. 화장기 하나 없는 얼굴이 담배와는 어울리지 않게 깨끗하고 맑다.

"멀리서 보고 금세 알아보았다니깐. 지금 굉장히 특이한 분위기인 거 알아요?"

수작을 거는 사강에게 설하가 귀찮은 미소를 지었다.

"그런가? 담배 피우는 것에 무슨 분위기씩이나. 어디 갔다 와요?"

사유에게 묻는데 대답은 냉큼, 사강에게서 나왔다.

"손자네 집."

"손자?"

"사유가 말 안 했어요? 하긴 좀 창피스럽긴 하지. 손자가 완전 아버지뻘이라니까. 하하하! 게다가 스물여섯 살짜리 증손녀라니. 그건 좀 심했어. 그렇지 않냐?"

내내 현진과 잘 놀고 와서는 사유의 등까지 쳐대며 사강이 웃어댔다. 처음 만난 사건 앞에서는 오히려 '손자! 손자!' 하며 재미있게 농담까지 하며 넉살 좋게 굴더니.

"증손녀요?"

조금 전의 심드렁한 표정을 지우고 설하가 반짝, 호기심을 드러냈다.

"아, 있어. 좀 버릇없는 증손녀. 영감이라고 사유를 놀리는데도, 이 녀석은 귀엽다고 가만히 있더라구. 우리 집에 딸이 없어서 그런지 굉장히 귀여운가 봐."

"영감?"

낯익은 호칭에 설하는 아는 척을 해왔다.

"혹시 현진이 말하는 거예요?"

"네."

설하의 말에 대꾸하며 사유가 조심스럽게 기색을 살폈다. 눈자위가 조금 빨갛다. 울었나?

"아, 나 잠깐 볼일있는데."

갑자기 툭, 사강이 끼어들었다. 사건의 초대에 함께 식사하고 느긋이 집으로 돌아가는 길이었는데 볼일이라니?

"볼일? 내내 할 일 없이 왔잖아?"

"현진이 녀석 생각하니까, 갑자기 잊었던 게 생각나서. 잠깐만 여기서 기다려 줄래? 시간 얼마 안 걸려."

붙잡을 사이도 없이 후다닥, 왔던 길로 다시 뛰어가 버린다. 뭐, 뭐야? 사유가 당황한 표정으로 도망가는 사강을 바라보았다.

"피울래요?"

떠난 사강은 그리 관심 없는지, 설하가 작은 은빛 케이스를 열더니 담배를 권했다. 사유가 거절의 뜻으로 살짝 고개를 저었다. 설하의 남은 한 손엔 작은 휴대 재떨이가 놓여 있다. 여자용이라 화사한 분홍색이 꽤 예쁜 재떨이였다.

"이거 예쁘죠?"

그의 시선을 느낀 모양인지, 설하가 손에 든 휴대 재떨이를 뒤집어 보이며 그에게 물었다. 네. 대답하는 품새가 꽤 어색했다. 사실, 지금으로선 마치 처음 만나는 사람처럼 그녀가 낯설고 힘들었다. 자꾸 간질여 대는 그의 심장도 그랬고.

"아, 뭐야. 진짜!"

설하가 스스럼없이 사유의 어깨를 쳤다.

"이상해요, 그런 사유의 얼굴. 갑자기 내가 마귀할멈이라도 된 기분이잖아?"

빙글대며 사유에게 내밀었던 담배를 제 입술에 끼우고는 능숙하게 불을 붙인다.

"담배 피우는 모습이 많이 이상해요?"

"이상하진 않지만, 별로 어울려 보이진 않아요."

후후, 담배 때문에 웃음소리가 작게 흘러나왔다.

"가끔은 피워요. 사실은 끊었는데⋯⋯. 효원 삼촌이 담배 끊으라고 졸라대서 담배를 끊었거든요? 우습죠? 지연이한테는 꼼짝도 못하면서 나한테만 금연하라고 막 잔소리해요. 그런데 일본 여행 기념 선물로 사 온 게 이거야."

손에 든 휴대 재떨이가 일본 여행 선물이란다. 꽤 심술맞은 선물 아니야? 설하가 투덜댄다. 연한 분홍빛 입술 사이로 또다시 하얀 연기가 새어나왔다.

"아마 삼촌은 알았을지 몰라요."

"뭘요?"

빨간 불꽃이 담배 끝에서 빠르게 달아올랐다.

"류환이 날 떠날 거……. 이상해. 감춘다고 나름 애를 쓰는데 모두 다 알아버려. 지연이도, 효원 삼촌도. 우스운 건 정작 당사자인 류환만 모른다는 거야. 아님 알고 싶지 않은 건가?"

설하가 담배 향이 배인 손가락으로 머리카락을 쓸었다. 가는 손가락이 핏기 없이 하얗다.

"어렸을 때부터 류환만 보고 살았어요. 엄마의 손을 잡고 새 아버지의 집에 갔는데…… 웃기죠? 사실은 긴장이 되어야 하는데 좀 기뻤어요. 류환의 얼굴을 본 순간, 정말 필이 확 꽂힌 거야. 아마도 내겐 알버트 같은 사람이었던 것 같아요."

설하의 목소리엔 연한 그리움이 배어 있다. 사유의 목도 덩달아 꼭 잠겨왔다.

"첫눈에 반해 지금까지 사랑해 왔는데, 난 보이지도 않나 봐. 그래서 슬펐어요, 참 많이…… 그러니까 담배 한두 개비 피울 수밖에 없었어. 실연당한 여자가 담배 피우는 거 보기 싫은 모습은 아니죠?"

네, 예뻐요. 하고 대답해 주고 싶은데 대답할 수가 없었다. 어느 정도는 눈치 채고 있긴 했었던 일이었는데 막상 듣게 된 사랑 고백은 그리 유쾌하지 않았다.

"아, 이젠 끝!"

설하가 남은 꽁초를 재떨이에 마저 털어 넣으며 제 얼굴을 탁 탁! 쳤다. 서늘하도록 하얀 볼 위로 분홍빛 핏기가 돌았다. 이젠 깨끗이 잊을 거야, 하는 씩씩한 대답보다 조금 더 아파 보이는.

일어선 설하의 키가 사유의 어깨에 못 미처 살짝 닿았다. 꽃 향인가? 바짝 곁에 선 설하에게선 연한 향이 흐르고 어깨 밑으로 약간 내려온 머리카락은 노란 가로등 불빛에 닿아 별처럼 반짝여 댔다. 사유가 홀딱 반한 시선으로 설하를 몰래 훔쳐보았다. 아름답기보다는 예쁜 쪽에 더 가깝고, 우아하기보다는 작은 소녀처럼 사랑스러운 여자였다. 늘씬한 금발 미녀들 속에서는 결코 볼 수 없는 밤하늘 같은 까만 눈동자도 그렇고. 조목한 콧날과 양끝이 살짝 올라선 입술은 장난기 많은 소년 같다.

"왜요?"

너무 빤히 바라보았나 보다. 제게서 떨어지지 않은 사유의 시선에 설하가 의아한 눈동자로 물어왔다. 괜스레 얼굴이 벌겋게 달아올랐다.

"그냥……."

"뭐냐? 시시하게!"

핏! 소리를 내는 입술 위로 물기 묻은 눈자위가 흔들거린다.

그 모습이 안아주고 싶을 만큼 여려 보여 사유는 자신도 모르게 주먹을 꽉 쥐었다. 안아주려 해도 거절할 설하는 아닌데. 아니, 어쩌면 그녀가 먼저 그의 품에 포옥 안길지도 모른다. 그래서 더욱 손을 뻗을 수가 없었다.

"나도 멋진 사랑해 볼래요. 좋은 사람 만나라네? 그래서 정말 좋은 사람 만나, 멋진 사랑해서 류환 약 올리고 싶어졌어요. 못된 건 좀 아는데, 그 정도 심술은 십오 년 짝사랑 값이라고 하지 뭐! 하하하!"

까만 어둠 속에 '샤콘느'의 보라색 불빛이 깜빡깜빡 제 이름을 드러냈다.

"가게 안에 담배 냄새 배일까 봐."

사유의 시선을 따라 보라색 간판을 보던 설하가 묻지도 않는 말을 했다. 보랏빛 간판 불빛이 하얀 설하의 얼굴에 부딪쳐 보랏빛 그림자를 드리웠다. 사유가 흘러내린 머리카락을 올렸다. 그건 그의 버릇이었다, 왠지 마음이 복잡해질 때 하는……

"진설하!"

멀리서 그녀를 부르는 소리가 들린다. 지연이다. 양손을 마구 헤집으며 지연이 커다랗게 입을 벌렸다.

"축하해!"

상이라도 받은 듯 흥겨운 목소리였다. 친구 맞아?! 심통난 설하의 대답과 하하하! 통쾌한 지연의 웃음소리가 까만 밤하늘에 울렸다. 그 웃음소리에 설하의 얼굴이 볼품없이 구겨졌다. 괜히 전화했나 보다. 너무나 행복하게 그녀를 향해 떠나는 류환의 모습이 가슴 아파 투정 삼아 전화한 건데……. 자신의 심정과는 상관없이 이보다 더 반가운 소식은 없는 것처럼 마냥 설쳐 대는 지연의 몰골이 참을 수 없을 정도로 얄미웠다.

"술 먹자! 이 언니가 쏠게!"

"당연하지! 위로주인데……."

위로주는 무슨…… 중얼대는 설하의 눈빛은 환하게 웃는 미소와 달리 풀 죽은 솜처럼 가라앉아 있었다. 그런 지연을 바라보는 사유의 표정도 그리 좋지만은 않다. 함께 화내고, 함께 울어줄 수 있는 친구라면 좋을 텐데. 그가 보는 건 그랬다. 억지로 씩씩하게 웃을 필요 없이 지연에게만큼은 엉엉! 소리 내어 울어도 되지 않을까? 바보 같은 류환이 날 찼어! 아이 같은 투정도 부리고. 그러나 저렇게 환하게 웃는 지연에겐 차마 그런 투정은 할 수 없을 것 같다. 지연에게 끌려가던 설하가 사유를 불렀다.

"사유도 같이 갈래요? 아, 사강 씨도 불러요."

싹싹하게도 잊지 않고 권하는 마음이 예뻐 사유가 일부러 조금 더 크게 웃어주었다. 툭툭, 먼지처럼 남은 감정을 털어내고……

"알아요? 사유의 미소, 디게 가슴 떨리게 멋지다는 거?"

사유의 미소에 함께 마주하며 설하가 말했다.

"야! 오해할 말은 그렇게 쉽게 하는 거 아니야! 그런데 사강이 누구야? 푸헤헤헤! 이름이 디게 웃기는데? 지가 무슨 문인이라고 사강이냐? 사강이! 그 사람도 브람스를 좋아해?"

"남의 이름 가지고 비웃는 사람, 성격 좋은 거 별로 못 봤는데?"

뒤에서 듣기 좋은 미성이 울렸다. 언제 왔는지 커다란 고양이 얼굴 쿠션을 든 사강이 미간을 찌푸린 채 등 뒤에 서 있었다. 아까 볼일이라는 게 이 인형인가? 사유가 고개를 갸웃했다.

흠칫, 돌아보던 지연의 표정은 놀란 기색이 역력했다. 사유의 형! 설하의 설명에 사유와 비슷한 얼굴이라 생각했는지 뜨악해하는 얼굴이다. 모델 같다던 효원 삼촌보다 더하면 더했지, 덜하지 않는 사강의 외모에 진짜 형제 맞아? 버릇없는 질문을 던졌다.

"버릇없는 아이는 좀 맞아야 하는데 귀찮아서 봐줬다."

스스럼없이 농담을 건네던 사강이 예의 녹아나는 미소를 지으며 지연과 설하의 어깨에 양팔을 둘렀다.

"술 조오~치! 역시 한국 하면 쐬주지! 니콜라스! 같이 갈 거지? 여기 이 사나운 여자 분이 쏜다는데."

오랜만에 애칭으로 부르고는 입모양으로 '그런데 쏜다는 게 뭐냐?' 하고 묻는다. 하하하하! 맑고 청아한 사유의 웃음소리가 고운 음률처럼 아름답게 울렸다. 설하가 지연 모르게 살풋, 미소를 지었다. 사유의 웃음이 약초처럼 가슴을 낫게 하나 보다. 조금 전까지 우울하던 마음이 조금씩 가셔지며 마음이 한결 덜어졌다.

꽤 좋은 사람이야. 중얼거리는 소리에 응? 하고 돌아보는 지연과 영문도 모른 채 마냥 기분 좋은 사강의 사이에 끼어 세 사람은 나란히 술집으로 향했다. 그 뒤를 졸랑졸랑 사유가 따르고. 그 위로 까만 별빛이 네 사람을 따라 그림자처럼 움직였다.

"꺄아아!!"

넓은 공간 속에 갑자기 비명 소리가 째지게 울렸다. 후다닥하고 들리는 급한 발걸음 소리와 함께 부스스한 모습의 사강이 불쑥 얼굴을 들이밀었다. 헐렁한 파자마 차림에 입엔 치약 거품이 묻어 있다.

"무, 무, 무슨 일이에요?"

많이 놀란 모양인지 그대로 욕실에서 튀어나온 사강이 저도 모르게 소리를 쳤다. 무슨 일이야?

"여기가 어디예요?"

침대에서 벌떡 일어선 설하가 사강 못지않게 소리를 질러대며 물었다. 깨끗하고 말끔하긴 하지만 그녀의 집은 아니다.

"우리 집이에요."

사강이 그제야 놀란 가슴을 진정시키며 대답했다.

"왜요?"

"네?"

"그러니까 내가 왜, 여기에 있냐구요!"

"기억 안 나요?"

사강이 어이없는 웃음을 지었다. 사유가 많이 취했다더니 정말 기억이 없나 보다. 사강의 질문에 설하가 곤란한 표정으로 고개를 저었다. 이렇게 많이 취해본 적이 없었다. 이곳까지 어떻게 왔는지 기억조차 없다니…… 어세 일을 하나하나 되짚어

보아도 아르바이트생에게 문단속하고 가라, 전화한 것까지가 기억의 전부였다. 설하가 지끈거리는 이마를 눌렀다. 숙취 때문에 토하고 싶을 만큼 머리가 쿡쿡 쑤셨다.

"어제 설하 씨 노래방 나오자마자 픽 쓰러졌어요."

어깨를 으쓱하며 다시 욕실로 향하는 사강의 뒤로 설하가 쫄래쫄래 뒤따랐다. 어제 입었던 옷이 구겨진 종이처럼 잔뜩 뭉쳐져 있다. 아, 머리 아파! 욕실 문앞에 털썩 쪼그리고 앉아 관자놀이를 꾹꾹 누르며 그래서요? 하고 사강을 재촉했다.

"지연 씨도 픽픽 쓰러지고…… 어떻게 해요? 사유랑 하나씩 들쳐 업고 가게로 갔는데 아르바이트생이 야무지게도 문을 잠그고 갔더라구요. 열쇠라도 찾을까, 가방을 뒤졌더니 '강도야!' 하고 소리치는 통에 그것도 그만두고. 사유 끙끙대는 것도 너무 힘들어 보이고, 창피하기도 해서 그냥 우리 집으로 왔죠."

'강도야!' 하고 소리 질러대는 것도 그랬지만, 설하가 사유를 가방으로 너무도 세게 쳐대는 통에 지나가던 순경까지 쫓아온 어제의 소란에 대해, 사강은 간단하게 설명하고 말았다. 사실은 조금 즐거웠다고 해도 과언이 아니었다.

술에 취해 캔디 어쩌고저쩌고하는 이상한 노래만 불러대던 설하를 행여 떨어뜨릴세라 조심조심하던 것도 그렇고, 설하의 가방에 두드려 맞으면서도 애써 태연하던 사유의 모습은 그의 평생 다시 볼 수 없는 진기한 광경이었다.

온화하기는 해도 본인 스스로가 정도(正道)를 벗어나 본 적이 없는 사유는 남들에게도 엄격한 면이 있었다. 그런 사유가 괴상한 노래를 꽥꽥 질러대는 설하를 싫은 기색 하나 없이 묵묵히 업고 여기까지 걸어오는 모습이라니. 그런 구경거리를 제공한 것만으로도 어제의 설하는 충분히 그 값을 한 셈이었다. 사진 찍어둘 걸 그랬다. 아마 가족들에게 평생 가는 진귀한 선물이 되었을 텐데, 사강은 그제야 뒤늦은 후회를 했다.

"정말? 못살아!"

설하가 구시렁댔다.

"혹시 캔디 주제곡도 불렀어요? 아, 그랬을 거야. 내 주정이니까."

몹시 괴로운 듯 얼굴을 쓸어대는 설하의 품새에 사강이 풋! 치약을 뿜어냈다. 덕분에 찌뿌듯하던 허리가 다시 아파왔다. 편한 침대를 놔두고 바닥에서 잤더니 제 것이 아닌 것처럼 온몸이 삐거덕 요란한 소리를 냈다.

"지연이는 어디 갔어요?"

"옆방에서 자요."

"정말요? 그럼 사강 씨랑 사유는요?"

사강에게는 씨라 존칭하면서 사유는 그냥 사유란다.

"거실 바닥에서 잤어요."

왜요? 설하가 물었다. 아침에 그녀가 일어난 침대 사이즈로는 지연과 함께 잤다 해도 넉넉했을 텐데.

"침대 넓던데……."

"그게……."

사강이 살짝 이마를 좁혔다.

"지연 씨가 엄청 코를 심하게 골더라구요. 설하 씨 잠 못 자겠다고 일부러 우리 침대로 옮겨놓았어요. 내 침대엔 지연 씨가 자고. 사유가 기어이 제 침대에 설하 씨 재워야 한대서 그냥 거실 바닥에서 잤어요. 뭐, 미안해할 필요는 없구요. 나야 아쉬운 대로 소파에서 잤으니까."

"사유는요?"

"해장국 사러 갔어요."

조곤조곤 잘도 대답한다. 아씨! 쪽팔려! 설하가 털썩 제 팔에 얼굴을 묻는데 그새 세수를 끝낸 사강이 욕실을 나오며 '아, 그런데 류환 이야기는 조금밖에 안 했어요' 하고 소리쳤다. 설하의 얼굴이 마구 제 얼굴을 쓸어댔다. 왜 바보 같은 짓은 제 시간에 멈추어지지 않는 걸까?

"일어났어요?"

사강의 말처럼 입을 벌린 채 코를 골아대는 지연을 깨우고, 설하가 세수를 막 마쳤을 때 사유가 커다란 냄비를 들고 돌아왔다.

"뭐예요?"

긁적긁적, 제 배를 긁어대며 지연이 눈곱을 팍, 튀겼다. 화들짝 놀란 사유가 얼른 뒤로 물러섰다. 사자 갈기처럼 사방으로 뻗은 파마 머리를 하고 기지개까지 켜는 지연의 모습은 제 집인 양, 편안하고 나른하기만 했다. 냄비를 들고 있는 사유는 그보다는 훨씬 말끔하고 단정한 차림새였다.

"해장국 사 왔어요. 밥은 했는데, 아무래도 해장국이 속에 더 좋을 것 같아서."

사가지고 온 해장국을 자랑스럽게 들어올린 채, 사유는 바쁘게 상을 차리기 시작했다. 언제 해놓았는지 잘 지어진 하얀 밥과 김치, 그리고 곱게 무쳐진 나물, 장조림에 멸치 볶음까지 어느 것 하나 맛깔스럽지 않아 보이는 게 없었다. 현진의 집에서 세심하게 채워주는 밑반찬들을 예쁜 접시에 담아 사유가 식탁 위에 내려놓았다. 세수조차 하지 않은 지연이야 말할 것도 없고, 남은 두 사람 역시 말끄러미 그 모양새만 바라볼 뿐, 도와줄 생각조차 없다. 솔직히 설하는 날씬한 사유의 손가락이 바삐 음식 차리는 모양이 어쩐지 예술가 같아 황홀히 바라본 것뿐이고.

"이거 사유 씨가 다 만든 거예요?"

지연도 놀랐는지 눈을 휘둥그레 뜨고 물어보았다. 사유가 수줍게 미소를 지었다.

"아니요. 밥만 겨우 할 줄 알아요. 이건 현진이 집에서 가져온 거구요. 현진이 보기보단 정이 많아서 자주자주 챙겨주는 편이에요."

"그래, 그래! 우리 착한 증손녀!"

옆에서 사강이 맞장구를 쳤다.

"그런데 그 녀석이 잘생긴 할아버지는 싫어하고 못난 할아버지만 좋아해."

투덜거리는 것도 왠지 농담처럼 들리는 사강이 바쁘게 자리에 앉았다. 이른 아침부터 냄비 들고 온 동네를 헤매어 사 온 사유에게는 권하는 법도 없이 냉큼 제 국그릇에 덜어가고는 와, 맛있겠네, 인사 한마디가 전부였다.

"속 쓰리지 않아요?"

후르륵 소리를 내며 벌써 국 한 그릇을 거의 비워내고 있는 두 사람에 비해 숟가락조차 들지 않는 설하에게 사유가 걱정스런 표정으로 권했다. 술에 취한 후, 내내 류환 이야기만 해대던 설하가 손끝의 가시처럼 아렸으니까.

"내 심장이 유리였다면 아마, 지금쯤 파사사 부서져 버렸을 거야. 이렇게 사랑하는데, 이렇게 내 가슴에 박혀 버렸는데 왜 그는 알지 못하지? 네? 왜 그런다고 생각해요?"

그의 등에 업혀 조곤조곤 묻는 설하의 음성에, 사유는 난생처음 심장이 떨렸었다.

"그 사람이 바보라서 그래요. 그래도 난…… 그 사람이 바보라서 다행이라 생각해요."

대답하는 사유에게 설하가 하하하! 웃었다. 그래, 바보라서 그런다니까! 등에 닿은 설하의 심장 소리가 그대로 그의 심장까지 울려와 집에 오는 내내 두근두근 뛰어댔었는데.

설하 앞에 차가운 냉수까지 따라놓고 사유가 재촉했다.

"먹어요. 속이 쓰려도 먹으면 괜찮아져요."

"알아요. 아는데요……."

설하가 굉장히 곤란한 표정으로 말끝을 흐렸다.

"아는데, 전 정말 선지 해장국은 못 먹거든요? 솔직히 냄새까지 역……."

설하가 탁! 숟가락을 내려놓더니 황급히 욕실을 향해 뛰어갔다. 닫힌 문 너머로 웩! 소리가 들려왔다. 네? 놀란 얼굴로 벌떡 일어선 사유에게 발 하나를 턱, 의자에 걸친 채 건방진 자세로 밥을 먹던 지연이 대수롭지 않은 투로 설명했다.

"설하, 선지는 냄새만 맡아도 토하는데, 몰랐구나? 오늘 밥 먹기는 글렀네. 하루 종일 선지 냄새 난다고 밥 안 먹을 텐데."

"정말? 이렇게 맛있는데……."

대꾸하는 사강과 함께 각자 국을 더 덜어 맛있게 후르륵, 소리를 내며 키득거렸다. 사유의 눈썹이 사납게 곤추섰다. 아무 말 없이 일어서더니 냄비와 두 사람의 그릇에 담긴 국을 몽땅 가져다 하수구에 드르륵 부어버렸다.

"뭐야!"

"뭐 하는 거예요!"

경악하는 두 사람 속에서 사유는 비워진 그릇들을 말끔히 씻어내기 시작했다. 환기구와 베란다 문까지 활짝 열어 남은 냄새까지 다 털어낸 후에야 제자리에 앉는다. 아침내 좋았던 기분과 함께 식욕까지 싸악 가셨다. 욕실에서는 우웩! 하는 설하의 소리가 멈추지 않고 계속 들려왔다. 사상와 지연이 서로 눈짓을 찡긋거렸다.

"성질, 장난 아니네. 그런다고 그걸 다 버리냐?"

"그래서요?"

종알대는 지연을 사유가 싸늘히 노려보았다. 아니, 뭐…… 지연이 슬그머니 꼬리를 내리고 사강은 고개 숙인 채 식사만 계속해 댔다. 사유가 저렇게 눈매를 굳히고 딱딱, 말을 끊을 때엔 상당히 화가 나 있다는 뜻이다. 이럴 땐 건드리지 않는 게 상책이었다.

사유의 날카로운 눈매를 피해, 사강과 지연은 국 하나 없이 퍽퍽한 밥을 모두 비워낼 때까지, 설하의 토악질은 멈추지 않았다.

"괜찮아요?"

설하 토악질 소리 땜에 밥맛 떨어졌어. 고시랑대더니 그래도 밥 두 그릇을 뚝딱 해치운 지연은 회사에 늦었다며 황급히 집을 떠나고, 설하와 함께 가게로 향하던 사유가 걱정스럽게 물었다.

"뭐, 그저……."

힘없이 대답하는 설하의 얼굴은 백지장처럼 질려 있었다. 어제 먹은 술로도 모자라 아침부터 선지국 냄새까지 맡으니 위가 뒤집어질 정도였다.

타박타박…….

둘의 발자국 소리가 한적한 거리에 조용히 소리를 냈다. 비단 선지국 때문이 아닌 다른 이유로 고달픈 설하를 흘낏 바라보는 사유의 시선도 조금 가라앉아 있었다.

"내가 묻기엔 그렇지만……."

흠, 헛기침을 하던 사유가 조심스럽게 입을 열었다. 쓰린 위 때문에 네? 하고 묻는 설하의 얼굴이 살짝 찡그려졌다.

"류환……."

"아, 류환!"

설하가 고개를 끄덕였다.

"괜찮아요. 어차피 술 취해 몽땅 다 떠들어댄 걸 뭐! 잘 안 고쳐져요. 술 취하면 마구 떠들어대는 거. 그래서 류환 앞에선 술도 못 먹었어요. 술 취해서 막 사랑하다고 떠들어댈까 봐. 내 사랑은 그렇게 엉터리로 고백할 게 아닌데……."

웃는 입 끝에 살짝 경련이 일었다. 사유의 미간도 절로 찌푸려졌다. 이대로 남겨두면 뉴욕으로 돌아가 내내 가슴에 박힐 것 같다. 깔깔깔! 웃어대는 설하만 기억에 남았으면 좋겠는데. 류환 때문에 아파하는 모습은 지워 버리고…….

여기를 떠난 후, 그녀는 자신을 기억해 줄까? 문득 멈추어진 생각에 사유가 낮게 한숨을 쉬었다. 도무지 제 속을 가늠할 수가 없었다. 아파하는 설하를 이곳에 남겨둔 채 떠날 수밖에 없고, 떠나는 주제에 그녀가 자신을 잊어버리는 것도 싫다. 내가 원하는 게 뭘까? 사유가 난감한 표정을 지었다. 한 번도 자신의 일에 대해 이토록 아득해 본 적이 없었는데, 설하 앞에서만큼은 모든 게 아릿하고 안개에 휩싸인 듯 분명하지가 않았다.

"오랜 시간 사랑해서, 지워지는 게 쉽지 않아 좀 힘들어요. 다른 사람 사랑한다는데, 그래서 씩씩하게 잘살아! 해주어야 하는데 잘 안 되네? 자존심 상해!"

탁!

설하가 발끝으로 작은 돌멩이를 찼다. 괜한 돌 하나가 발끝에 채여 저만큼 날아간다.

"그래도 언젠가는 지워져요."

겨우 하는 위로가 그거였다. 사유의 말에 설하가 어깨를 으쓱거렸다.

"그렇겠죠. 그런데 사강 씨는 만날 어딜 그렇게 돌아다녀요?"

지연이 출근하고 바쁘게 사라져 버린 사강에게 화제를 돌리며 설하가 애써 아무렇지 않은 기색을 했다. 지워지질 않길 바라는 건 오히려 그녀의 심장일 것이다.

"떠나기 전에 보고 싶은 거 몽땅 다 보고 간다고."

"떠나요?"

설하가 걸음을 딱 멈추었다. 사유가 당연한 듯 고개를 끄덕였다.

"여긴 잠시 휴가차 왔으니까."

"아……."

설하가 맥 빠진 소리를 냈다.

"그러면 사유도 곧 떠나는 건가?"

"곧은 아니겠지만 조만간? 어차피 여기 살 수 있는 건 아니잖아요. 아버지도 자꾸 채근해 대고······."

심드렁한 사유의 대답에 설하는 뺨이라도 맞은 듯 화끈거렸다.

아······ 사유도 떠날 거구나.

herb

5. 바흐의 음악이 흐르는

바흐의 음악이 흐르는 '샤콘느' 엔 나른한 설하가 있다.

늦은 봄을 이제야 타는지 그녀는 요즘, 만사가 귀찮고 따분해 죽을 맛이었다. 아직, 봄이 다 간 게 아닌데도 벌써부터 한낮엔 여름 날씨처럼 후텁지근했다. 눅눅한 습도까지 만만찮아 그렇지 않아도 귀차니즘에 빠져 있는 설하로선 손가락 하나 까닥하지 않고 마냥 게으름만 피워대고 있는 중이었다.

그녀와 달리 뭐가 그리 흥에 겨운지 언니, 우리 이번에 새로운 이벤트를 낼까? 주제 별로 허브 이벤트 하는 건 어때? 제가 주인도 아니면서 더 설쳐 대는 아르바이트생 은미를 바라보며 설하가 카운터 위로 몸을 쭉 뻗었다.

"아, 나도 젊어지고 싶어!"

"네?"

길 가다 예뻐 사 왔다는 해바라기를 가게 곳곳에 장식하던 은미가 활기찬 몸짓으로 되물었다.

"매일 무얼 할까 가슴 설레는 거, 그런 거 해보고 싶다고."

"언니는, 누가 보면 다 늙은 노처녀라고 하겠다."

은미의 발랄한 웃음 속에 설하가 애매한 표정을 지었다.

다들 바쁜가 봐, 낮게 투덜대기도 하고. 요즘 바쁜 그녀의 가게엔 지연도, 사유도 통 흔적이 없었다. 혹시 미국으로 돌아가 버린 게 아닐까 싶을 정도로 요즘 사유는 얼굴 보기가 힘들었다.

"야! 내 얼굴 뾰루지 볼 시간도 없어!"

심심함을 견디다 못해 전화를 걸면, 툭! 쏘아대곤 곧장 전화를 끊어버리는 지연은 고질병 같은 뾰루지를 투덜댔지만, 홀로 여기 '샤콘느'에 남은 설하는 조금 외로워지고 있던 참이었다.

한결 더워진 날씨 탓에 후르츠 계열의 허브 차와 함께 레몬파이나 애플파이 같은 고난이도의 빵을 함께 내놓자는 은미의 말에 주중엔 매일 제빵학원을 다니면서도 늘 활력이 없었다. 토요일인 오늘은 수업이 쉬는 날이라, 유독 나른하고 심심해 내내 뒹굴거리던 설하가 긴 하품을 할 때였다.

"오랜만이에요."

눈꼬리에 잡힌 눈물을 털어내는데 문 사이로 오랜만에 사유가 얼굴을 내밀었다. 나른하게 뻗어 있던 설하가 벌떡, 몸을 일으켰다. 금세 얼굴이 환하게 펴졌다. 옆에 있던 은미가 응? 하고 놀란 얼굴로 바라보는 것조차 깨닫지 못한 채 설하가 껑충, 사유 앞으로 내달았다.

실은 전에 사유가 잠깐 언급했던 휴가라는 말에 내내 그를 기다렸던 것 같다. 그저 익숙한 단골손님이라 규정지으면서도, 막상 그가 말없이 떠나 버렸을지도 모른다는 불안감이 그녀의 깊은 곳에 자리하고 있었을까? 긴 시간 찾아오지 않은 사유의 침묵에 나름 마음을 졸였던 모양이다. 늘 그녀 곁에서 공기처럼 일상 속에 녹아 있을 줄만 알았는데…….

가게로 들어서며 사유가 예의 자잘한 웃음으로 그녀에게 눈인사를 건넸다. 가게 안이 조금 전의 나른함 따위는 어느 사이 지워져 버린 듯, 환한 빛이 스며왔다. 진공처럼 답답하던 공간으로 시원한 바람이 한줄기 스친다. 설하가 반가움과 섭섭함을 동시에 담아 알은척을 했다.

"뭐야? 떠난 줄 알았잖아?"

삐죽이는 입술로 불평하는 설하에게 사유가 고개를 갸웃거렸다.

"떠나긴, 어딜…….”

"미국! 소식없이 떠난 줄 알았어요."

"설마……."

부정하며 갈색 머리카락을 흔들던 사유가 가지고 온 대나무 바구니를 카운터 위로 올려놓았다.

"뭐예요?"

"김밥이에요."

"김밥이요? 뜬금없이 무슨 김밥이람?"

묻는 설하 앞에서 사유가 조그맣게 피크닉이나 갈까 하고, 하며 얼굴을 붉혔다. 뭐냐? 쉽사리 붉어지는 사유의 빨간 볼을 바라보며 설하가 고개를 갸웃거렸다.

"현진이한테 배웠는데, 생각보다 맛이 괜찮아요."

"현진이한테요? 맛은 있어요?"

바구니 입구를 열어보며 설하가 트집을 잡았다. 아마 심술이었나 보다. 현진이 사유의 증손녀라는 걸 알면서도 다정하게 부르는 사유의 목소리가 괜히 귀에 거슬렸다. 나, 점점 못되어지나 봐. 설하가 중얼댔다. 뭐랄까? 그냥 그런 욕심이었다. 부드러운 사유의 눈빛과 미소를 혼자만 보고 싶다는 그런 생각? 잠시 멍하게 바라보는 그녀의 시선을 오해한 사유가 다시 한 번 말을 건넸다.

"먹어볼래요?"

바구니 안에서 네모난 도시락 통을 꺼내 그녀 앞에 내민다. 투명한 뚜껑으로 담겨진 예쁜 김밥이 보였다. 맛은 모르겠지만,

그래도 제법 솜씨있게 담겨져 있다.

"됐어요. 맛없다고 안 갈 것도 아닌데 뭐. 차는 내가 준비할게요. 마침 페퍼민트 차 우려놓은 게 있어요."

아침 시간 동안 우려내 시원해지게 냉장실에 넣어놓았던 페퍼민트 차를 금방 보온병에 담아온다. 시원한 박하 향이 알싸하게 퍼져 갔다.

"손님들에게 내놓으려고 연하게 우려냈어요."

향이 좋아요, 하는 사유에게 설명하며 나선 가게 앞엔 튼튼한 자전거가 놓여 있었다.

"자전거 샀어요?"

"손자가 사주었어요."

"손자가요?"

"괜찮다는데도 굳이 고집을 피워서⋯⋯."

한국에 온 이후, 가끔 도와주었던 회사 일이 생각보다 잘 풀린 탓에 굳이 사례를 하겠다며 사건이 내민 선물은 페라리였다. 원래 그런 차를 좋아하지도 않았고, 또 여기 서울 길도 모르는 그에겐 별로 필요없는 선물이라 대신 받은 게 이 자전거였다. 자전거를 쓰다듬는 사유의 표정엔 만족스러움이 어렸다.

"그래서 바빴구나?"

"아, 기다렸나요?"

"그러잖아요? 실은 좀 겁이 났나 봐. 갑자기 사유가 떠날 수 있다는 생각이 들어서⋯⋯. 사유가 여길 떠날 거란 생각은 한 번도 해본 적이 없었거든. 문득 굉장히 외로워지는 거 있죠? 사유가 없는 여기 '샤콘느'는 좀 상상하기 어려워. 여우처럼 길들여진 건가? 혼자 남는 게 외롭고 괜히 울적해져서 지연이에게 전화까지 걸었는데 바쁘다고 냉큼 전화를 끊어버리잖아? 외로운 거 잘 몰랐는데 누군가 곁에 있어주는 게 습관이 들었나 봐요. 아무도 오지 않는 가게는 좀 심심해."

자전거의 뒷자리에 걸터앉으며 설하가 속내를 털어놓았다. 가게에서 보았던 심심함은 어디로 사라졌는지 사유의 단단한 허리를 붙잡은 채 자전거 뒤에 매달린 설하는 주체 못하게 터져 나오는 웃음 때문에 애를 먹고 있었다. 휙휙 내달리는 페달 사이로 스치는 바람에 살랑, 설하의 긴 단발머리가 날렸다.

자전거 앞엔 도시락 바구니와 페퍼민트 차를, 뒤엔 설하를 실은 사유는 근방 공원으로 향했다. 뜨거운 햇살을 피해 온 사람들로 이미 공원은 북적거리고 있었다. 가벼운 여름 교복 차림을 한 학생들과 근방 회사 직원들, 해맑은 미소를 짓는 아이들과 나들이 나온 엄마, 그리고 젊은 연인들까지.

삶의 생기가 곳곳에 넘치는 자리 한곳에 사유가 가져온 모포를 깔았다. 예쁜 빨강 체크가 초록 잔디 위에 예쁘게 펼쳐지자 설하가 털썩, 엉덩이를 붙였다. 발가락으로 가는 체인이 달린 샌들을 휙 벗어 던진 채 맨다리를 스스럼없이 쭉 뻗는다.

사유의 시선이 슬쩍 분홍 패티큐어가 발라진 설하의 작은 발가락을 스쳤다. 앙증맞은 작은 발가락들이 꼼지락꼼지락 움직여 불편한 기운을 떨친다. 가지런하고 예쁜 발가락들이다.

"오늘, 고백하려는 거야?"

아침나절부터 손에 익지 않은 요리를 하느라 진땀을 빼는 그에게 사강이 말했다. 김밥은 그가 여기 한국에 와 좋아하게 된 음식 중의 하나였다. 일일이 볶아놓은 햄과 간장과 꿀에 재어놓은 불고기, 참기름에 달달 볶은 김치까지 세 종류의 김밥을 담아 피크닉 준비를 하던 사유의 손이 잠시 멈추었다.

"고백?"

"그래, 고백! 고백하기 위해 이렇게 열심히 도시락 싸는 거 아니었어?"

굳어진 사유의 표정을 눈치 채지 못한 사강이 말아놓은 김밥을 냉큼 입에 집어넣으며 조잘댔다.

"역시, 로맨티스트라니깐. 이런 도시락을 꺼내놓고 하는 사랑 고백도 꽤 낭만적이긴 하지. 나 같으면 좀 더 편한 방법을 쓰겠지만. 아, 꽃도 사가야지?"

"무슨 소리야?"

탁! 거칠게 칼을 내려놓는 소리에 그제야 사강이 딱딱해진 사유의 분위기를 알아챘다.

"데이트한다며? 그렇게 미적거리다간 놓칠걸?"

"누굴?"

"샤콘느 사장. 이제 와서 시치미 뗄 생각이야? 그렇게 그윽한 눈빛으로 여잘 바라보는 넌, 내 명예를 걸고 하는 소리인데 절대 처음이야. 아니, 솔직히 이제까지 여자에게 관심이나 있었어? 말조차 걸지 못할 만큼 찬바람 휭 돌던 게 우리 니콜라스 아니었나?"

실실 쪼개기까지 한다.

"쓸데없는 소리!"

"그래?"

빙글대는 웃음에 꽤나 비위가 상했나 보다. 손에 힘이 팍 실린다. 얇은 김 조각이 그 힘에 밀려 종잇장처럼 찢어져 버렸다.

"죄없는 김밥한테 화풀이하지 말라구."

"왜 화풀이라고 생각해?"

"왜냐하면! 지금 네 얼굴이 당장에라도 날 한 대 칠 기세니까!"

딱!

순간 김밥을 집던 사유의 젓가락이 반으로 뚝 부러져 날카롭게 베어졌다.

"으…… 파편 튀겼어."

진저리를 치며 설하가 김밥 위로 떨어진 젓가락 파편을 손가락으로 집어 내던졌다.

"아, 미안."

"괜찮아요. 여유로 한 벌 더 가져와서 다행이야."

퍽퍽한 김밥을 입에 하나 가득 물고 설하가 우물거렸다. 현진이한테 배운 것치고는 맛이 좋았다. 아니, 사유의 요리 솜씨가 좋은 건가?

"현진이한테 배웠다고 해서 좀 미덥지 않았거든. 그런데 생각보다 맛이 좋아요."

"현진이 생각보다 요리 잘해요. 현……."

"현?"

"그게…… 현, 뭐라고 했었는데……. 아무튼 장래 희망이 좋은 남자 만나, 아이 키우며 사는 거라구."

"아, 현모양처?"

설하가 하늘을 향해 맑게 웃어댔다.

"깔깔깔! 현진에게 그처럼 안 어울리는 말이 어디 있어?"

아, 맞다! 현모양처!

겨우 떠오른 단어에 사유가 손바닥 위로 주먹을 쳤다. 하긴 단어보단 그 의미에 사유 역시 같은 생각을 했었다. 화려한 외모처럼 현진의 꿈도 조금 다른 모습이지 않을까, 하는 선입견이 있었다. 소박한 현진이 꿈이 대견해 보여 쓱쓱, 머리를 쓰다듬어 주었는데 현진은 그 손길에 굉장히 기분이 좋았던 모양이다.

사유가 진짜 내 오빠였으면 좋겠어, 하고 어리광을 피웠으니까.

"전에 사 년 동안 사귀던 남자가 요리 잘하는 여자가 좋다고 해서 열심히 배웠다는데……. 결국 헤어지고 말았지만."

"아……."

설하가 미안한 표정을 지었다. 그렇게 놀릴 건 아니었는데.

"하필, 이곳에 온 즈음 헤어져서 그 녀석 넋두리 들어주느라 좀 힘들었어요."

처음 '샤콘느'에 왔을 때, 둘 사이를 오해했던 기억이 떠올라 새삼스러운 기분이 들었다. 아득한 시간이 흐른 것 같기도 하고, 어제처럼 선명하기도 하다.

"사실, 그때 좀 오해했었는데……."

"오해요?"

"현진은 울고, 사유는 심드렁한 얼굴이었으니까. 게다가 남자친구랑 헤어지면 달콤한 게 좋냐고, 현진이 물었잖아요? 그래서 사유가 뻥! 하고 찬 줄 알았지. 하하하! 그때 지연이 인상 고약하게 생긴 값 한다고 엄청 놀렸어."

그 말에도 별로 기분 나쁘지 않은지, 사유는 별다른 기색이 없었다. 덩치가 건장한 편인데다 가늘게 올라선 눈꼬리 때문에 간혹 그런 이야기를 듣기는 했었다.

"그런 이야기는 많이 듣는 편이니까."

"그러게, 좀 억울하기는 하겠지만……."

설하의 말에 사유가 어깨를 가볍게 치켜올렸다. 억울할 것까지야.

"솔직히 상황이 그랬지 뭐. 눈자위가 벌건 현진 앞에서 너무 당당해 보여서 얄밉기도 하고, 좀 배신감이 들었어요. 내가 본 사유는 그런 느낌이 아니었는데. 꽤 좋은 인상이었거든. 작은 눈이 예쁘진 않지만 그래도 따스한 느낌이 있어서, 내가 잘못 보았나? 했죠. 못생겼지만 그래도 선한 인상이었는데."

저도 모르게 입가에 배싯 미소가 스몄다. 고약한 첫인상에 대해 그다지 신경 써본 적이 없었는데, 후한 설하의 점수가 자못 만족스러웠다. 기세 좋게 먹던 식성이 잠시 가라앉았는지 가져온 페퍼민트 차로 입가심을 하는 설하의 한가로운 모습에 사유의 시선이 잠시 머물렀다.

복숭앗빛 뺨과 연한 분홍 립글로스를 바른 입술이 햇살 속에서 반짝반짝, 빛을 냈다. 순간 사유가 깜빡, 눈꺼풀을 움직였다. 잘못 보았을까?

마치 멀리뛰기를 한 선수처럼 심장이 두근두근…….

"그래서 ……예요?"

"네?"

쉴 새 없이 뛰어대는 심장 덕분에 설하의 말을 놓치고 말았다. 벌게진 얼굴로 사유가 되물었다.

"현진이요. 정말 그 남자랑 헤어지고 만 거예요?"

아, 현진이…….

"아마도?"

"그렇구나."

설하가 울듯 말 듯 인상을 찡그렸다.

"슬퍼라. 화사한 햇살이 있는 날에 실연당하는 건 배는 더 슬퍼. 그런 규정 있었으면 좋겠어요. 실연은 겨울에……."

"그럼 겨울이 너무 억울하지 않겠어요?"

"그래도 그랬으면 좋겠어요, 나에게만은. 하얀 겨울에 떠나라는 노래도 있잖아요? 너무 추워서 마음까지 꽁꽁 얼어버리는 겨울에 떠났으면 좋겠어. 추워서 슬픔도 무감각해질지 모르잖아?"

오히려 제가 억울한 듯 발로 통통거리는 설하 앞에서 사유는 함께 웃어줄 수 없었다. 그냥 그랬다. 조금은 화도 나고, 더욱 우스운 건 그 이유조차 알 수 없다는 거였다. 왜 이렇게 자꾸 화가 치미는 걸까?

"그래도 살아져요."

"네?"

"그렇더라구……. 현진일 보면."

입 안에 싸안 페퍼민트가 퍼져 갔다.

"사 년이나 사귄 연인이 새삼, 대단할 것도 없는 현진이 집안이 부담스럽다며 꽁무니를 뺄 때 정말 죽고 싶을 만큼 비참하다던 현진이도 매일 살아가요. 다 잊지는 못했겠죠. 하지만 우울하다가도 가끔은 그 녀석을 잊을 때가 있대요. 조금씩, 조금씩 그 시간이 길어지다 갑자기 느끼죠. 아, 내가 지금 웃고 있구나."

숙여진 고개 너머 무슨 생각을 하는지 궁금했지만 사유는 못 본 척, 파란 하늘로 고개를 돌렸다. 이루어질 수 없는 사랑이라면 잔인하더라도 지금 멈추길 바라는 마음이었다. 그녀가 선택했다면 철저히 잊어주는 것. 더없이 냉정하다, 설하는 말하겠지만 말이다.

"심장이 얼어서 슬픔을 느끼고 싶지 않다고 하는 건 비겁한 일이죠. 잊어야 한다면 열심히 잊어주는 거. 난 현진의 그런 점이 좋아요."

더욱이 류환 같은 남잔!

심장으로 뜨거운 피가 솟구쳤다. 모든 사람이 다 알아차리는 설하의 사랑을 유독 알아채지 못한 류환의 철저한 이기심. 비겁한 사람이야.

꼬인 생각으로 입술이 비틀렸다.

찌르르, 찌르르…….

한결 여름으로 다가선 햇살이 따가운 소리를 냈다.

"그런가 봐."

설하가 힘없이 중얼댔다.

"아마, 진짜는 내가 지우고 싶지 않은지도 모르지."

찌르르…… 찌르르.

숙여진 목 언저리에 닿은 햇빛이 너무 따갑다. 심장이 아리도록…….

[대체 언제까지 그곳에 있을 셈이냐?]

쩌렁!

바로 옆에 있는 것처럼 귓전을 때리는 아버지의 고함 소리에 사강이 얼른 전화기를 뗐다.

"사유, 그냥 원하는 대로 하게 두시죠? 아버지가 원하시는 대로 할 녀석이 아니란 건 더 잘 아시지 않습니까? 우리 형제들 중에 그 녀석 고집을 꺾을 만한 사람은 없어요."

[그래서 널 보냈잖아! 우리 집안에 정치가는 필요없어. 오히려 골치만 더 안길 뿐이라구. 정치가 따위가 무슨 소용이냐. 게다가 기껏해야 하원의원이나 될 바엔.]

"하지만 그 녀석 능력으로는 상원까지 초고속일 겁니다. 이미 민주당 쪽에서도 그 녀석에게 군침을 흘리고 있다구요. 아버지, 이건 절대 흔한 기회가 아닙니다."

[하! 지금 우리 글로벌&크로버스가 그 망할 하원 의원보다 못하다는 거냐? 세계 굴지의 그룹이야. 그 자리를 박차고 한다는 짓이 겨우 그따위 정치 놀음판이라는 게 말이나 되는 거냐!]

바짝 약이 올라 전화선 너머에서 길길이 날뛰고 있을 아버지의 모습에 사강은 빙글, 입끝을 올렸다. 아마 아버지 스스로도 사유의 고집을 꺾을 수 있을 거라고는 기대조차 하지 않았을 것이다. 그래서 더욱 저렇게 팔딱대는 것일 테고.

4형제 중, 사유만큼 제 고집대로 살아간 녀석이 없었다. 어떻게 보면 쉬울 정도로 말캉해 보이지만, 제 일에 대해서만큼은 한 발의 양보도 없는 녀석이었다.

[아무튼 더 이상은 사유 녀석이 마음 바꾸기만 기다릴 여유가

없다. 멱살을 끌고 오는 한이 있더라도 이번 주 안에 당장 귀국해! 사유를 데려오지 못한다면 네 녀석 다리까지 몽땅 분질러놓을 테니 그렇게 알앗!]

찌잉!

아버지가 제 성미를 부리다 못해 수화기를 내던졌나 보다. 미처 다 끊어지지 못한 전화가 날카로운 기계음을 울려댔다. 그러나 파르르 떠는 아버지의 성미에도 기죽음 하나 없이 키득거리는 사강의 웃음소리가 이젠 하하하! 통쾌하게 터져 나왔다.

할아버지 때부터 시작한 그룹을 세계 정상급 반열에 순식간에 올려놓은 아버지는 그 능력이 의심스러우리만치 성격이 급한 편이었다. 끝내 아버지 회사로의 합류를 거절한 사유에게 일년의 시간까지 약속하며 물밑 작업을 벌일 땐 언제고, 벌써부터 닦달을 하지 못해 이 난리라니……

결국 사유의 뜻대로 될 걸 뻔히 아는 사강은 조급한 제 아버지와 달리 느긋이 소파에 몸을 뉘었다. 겉으로만 황소처럼 거칠뿐, 사유에 대해서만큼은 늘 패자는 아버지 쪽이었다.

지금 그가 여기 한국에서 이렇게 한가로운 휴가를 즐길 수 있는 이유도 그 때문이었다. 그나마 형제들 중, 사유에게 유일하게 영향을 줄 수 있는 사람이 사강이었으니까.

토요일이라며 도시락까지 준비해 나간 사유는 아직까지 소식이 없었다. 사강은 절로 콧노래를 불렀다. 그가 쉽게 미국으로 돌아가지 않는 건 설하 때문이었다.

이런 좋은 구경을 놓칠 수야 없지.

흐뭇한 미소를 짓고 있을 때, 덜컥 소리를 내며 현관문이 열렸다. 기다리던 사유다.

"왔냐?"

깜박! 켜지는 현관 등에 비친 사유의 표정이 조금 어두웠다. 인사를 건네는 사강에게 간단히 고개만 까닥이더니 곧장 주방 쪽으로 가 달그락달그락 가져간 도시락을 씻어댄다.

"니콜라스, 이 형에게 보고해야 하지 않아?"

장난기 있는 미소를 지우지 못한 사강이 싱글대며 사유의 어깨를 툭! 쳤다.

"무슨 보고?"

방금 전, 아버지의 전화만 아니라면 날 선 사유의 음성을 금방 알아차렸을 텐데, 사강은 마냥 히히거리고 있었다.

"고백하러 갔음, 보고를 해야지! 하하하하! 그래야 이 형이 그동안 쌓아온 연애 지식을 몽땅 전수해 줄 게 아니냐? 연애 상식에 대한 기초부터 단단히 가르쳐 주지. 원한다면 앞으로 진행 방향까지도 말이야. 고백했다고 다 되는 게 아니라구. 고백은 사랑의 가장 기초 단계야. 아주 간단하고 단순한 작업일 뿐이란 말이지."

"필요없어!"

"이런, 이런. 안 되지!"

눈치없이 사강이 손가락 하나를 까닥까닥, 눈앞에서 흔들었다. 저 손가락을 부러뜨리고 싶은 강렬한 충동에 시달리며 사유가 이를 악물었다. 설하와 헤어진 후 서너 시간을 헤맸지만 여전히 감정이 식지 않은 상태였다.

"아마, 진짜는 내가 지우고 싶지 않은지도 모르지."

중얼대던 설하의 음성이 끈적이는 거미줄처럼 꽁꽁 옭아매어 머릿속이 현기증이 날 만큼 복잡했다. 지우고 싶지 않다니. 왜 그런 바보 같은 사랑을 버리지 못하는 거지? 어깨를 흔들어주고 싶은 충동을 누르느라 꽉 쥔 주먹이 으스러질 정도였다.

"내가 그동안 쌓은 노하우를 무시하지 말라구! 설하 씨 같은 스타일은 조금 낯설기는 하지만, 그 정도야 뭐 식은 죽 먹기 아니겠냐?"

하하하! 목을 넘기며 사강이 즐거운 미소를 터뜨렸다. 정말 신이 나 견딜 수가 없었다. 사유가 사랑에 빠지다니……. 미국에 있는 식구들에게 이 소식을 전할 생각만 해도 온몸이 근질거렸다. 근엄한 얼굴로 뒤로 꽈당 넘어질 사현 형이나 만세라도 불러댈 사린 녀석까지. 부모님 역시 마찬가지일 것이다. 이 사탕 같은 소식을 쉽게 전할 수야 없지. 미국으로 돌아가면 야금야금 맛보기처럼 식구들에게 전해줄 생각에 사강은 입 안에 침이 고일 지경이었다. 아, 고소해.

사강이 사유의 어깨에 팔을 얹으며 채근했다.

"말해보라니깐. 네 녀석 성격에 설마 키스까지 진도를 나간 건 아니겠지?"

컥!

순간 사유의 강인한 손이 비호처럼 날아들어 까불대던 사강이 목줄기를 짓눌렀다. 놀란 사강을 까만 눈동자가 격하게 쏘아보았다.

"왜, 형은 모든 게 이렇게 간단하고 쉬운 거지? 사람의 감정은 그렇게 장난감처럼 가지고 노는 게 아니야! 두 번 다시 내 앞에서 그런 쓸데없는 소리를 하면 가만두지 않겠어!"

담담했지만 분명한 경고 앞에 사강이 간신히 고개를 끄덕였다. 차갑게 굳어진 눈매가 서늘하기 그지없었다.

사강의 목을 거칠게 내려놓은 사유가 무표정한 얼굴로 씻어놓은 그릇들을 다시 반듯하게 정리하기 시작했다.

"캑캑!"

모자란 산소를 들이마시느라 목에서 마른기침이 터져 나왔다. 풀려진 다리 탓에 비틀거리던 사강이 식탁 의자에 제 몸을 기댔다.

자식, 귀염성없기는…….

사강은 사유 모르게 툴툴댔다.

"간단하고 쉬운 거 아니다."

그 와중에 한마디 잊지 않는 사강의 말에 돌아선 사유의 등이 눈에 띄게 굳어졌다.

"사랑이라는 거 그렇게 쉽게 얻어지는 거 아니라고 생각해."

사유가 콧방귀를 뀌었나.

"하! 내 사랑까지 정리해 줄 만큼 한가하다면 이젠 돌아가지 그래? 휴가가 너무 길었나 보군."

"뭐……."

사강이 어깨를 으쓱했다.

"그렇지 않아도 그럴 것 같긴 해. 혼자 돌아가진 않겠지만."

"무슨 뜻이야?"

이미 깨끗이 닦여진 싱크대 위를 닳도록 문질러 대던 사유가 핑글 몸을 돌렸다. 잔잔하던 눈동자가 파도처럼 거칠게 일어섰다.

"아버지가 방금 전화했어. 당장 널 데리고 오지 못한다면 내 목까지 부러뜨릴 기세인데 나도 살고는 봐야 되지 않겠냐?"

타닥거리던 불꽃이 금세 사그라졌다. 사강의 말엔 더 이상의 군더더기가 없었다. 사유 자신조차 잘 알고 있는 사실이었다. 가족 회사의 합류와 정치가로 입문하는 것의 선택 사이에서 잠시 머리를 식히기 위한 휴가를 자청한 건 그가 선택한 것이었다. 사유의 얼굴이 다시 어둑하게 가라앉았다. 돌아간다……. 그래, 형의 말처럼 그는 언젠가 이곳을 떠날 사람이다. 그것도 조만간.

그가 다시 제 삶으로 돌아가는 것처럼, 여기 이곳에서 설하는 류환과 함께 지금까지 살아왔던 삶을 여전히 계속할 것이다. 그가 오지 않았던 그 시절처럼.

창밖으로 싸아! 나뭇잎들이 요란한 소리를 냈다. 바람이 창문을 스쳐 그의 심장으로 파고든다. 그가 떠난 이곳에서 류환은 여전히 설하의 오빠로서, 또 숨겨진 사랑으로서 살아가겠지만 자신은 언젠가는 그녀의 기억 속에서 아련하게 잊혀지겠지. 쓴물이 입 안에 고였다.

"나가봐야겠다. 남은 시간도 얼마 없는데 못 본 건 다 채워야 되지 않겠냐?"

내내 빈둥거린 주제에 새삼, 바쁜 척 집을 나서는 사강의 등 뒤로 한결 독기 빠진 사유의 음성이 울렸다.

"……왜 사랑이라고 생각해?"

"네 눈이 반짝이니까."

냉큼 터져 나오는 대답에 뭐? 사유가 어이없는 소리를 냈다. 그러나 바라본 사강의 눈빛은 평소와 달리 진지하기 그지없었다. 농담하는 게 아니야?

"네가 수석으로 대학에 입학했을 때보다, 기어이 아버지의 고집을 꺾고 S&P에 들어갔을 때보다 지금이 더 반짝거리고 행복해 보이니까."

입을 딱 벌린 사유를 남겨두고 사강은 유유히 집을 나섰다.

내내 지루한 시간을 보낸 보람이 있었다.

목석 같은 니콜라스! 이제 제대로 제 짝을 만난 게야! 흐흐흐. 저절로 웃음이 새어나와 사강은 얼른 제 입술을 눌렀다. 아무리 재미있는 구경거리라 하더라도 이렇게 속내를 드러냈다간 조만간이 아니라 지금 당장 사유에게 쫓겨 미국으로 가야 할지도 몰랐다. 그렇게 될 수는 없지. 사강은 새어나오는 웃음을 꾹꾹, 누르며 얼른 현관문을 닫았다.

이런, 젠장! 너무 재미있잖아!

6. 노란 송화 가루가 물속에

herb

노란 송화 가루가 물속에 둥둥 떠다닌다. 오랜만에 내리는 비 덕분에 공기 속을 떠다니던 먼지가 물에 녹아 세상이 한결 깨끗해 보였다. 설하는 새아버지의 집, 거실 한구석에 앉아 탁탁, 경쾌한 소리를 내며 창문으로 떨어지는 빗물을 멍하게 바라보았다.

새아버지의 집 곳곳은 낡은 집에서 나는 눅눅한 비 냄새가 배어 코끝을 아렸다. 익숙한 공간 속에, 불편한 자세로 앉아 있던 설하가 손에 든 캐모마일 차를 한 모금 들이켰다.

빗소리가 좋아 산책한다던 사유는 지금도 그 산책길을 걷고 있을까?

문득 닮은 사유의 생각에 설하가 앉은 다리를 꼼지락거렸다. 괜히 자리를 비웠다. 그냥 대충 핑계를 댈 걸, 뒤늦은 후회가 들었다.

"차, 괜찮지?"

비어진 잔에 우려낸 캐모마일을 다시 부어주며 류환이 물어왔다. 노란 액체가 투명한 잔에 소박한 소리를 내며 떨어졌다. 비가 오는 날엔 류환은 꼭 캐모마일을 끓여준다. 그것도 그녀가 가르쳐 준 거냐고, 묻고 싶은 심술이 돋았지만, 대신 새아버지의 부재를 물었다. 집에 도착했을 때부터 새아버지는 어디론가 출타 중이었다. 이런 적이 없었는데. 설하가 오는 걸 알면서 자리를 비웠을 새아버지가 아니었다.

"새아버진?"

"목욕."

"비가 오는데?"

"글쎄……."

"글쎄가 뭐야? 심심하게……."

설하가 괜히 목소리를 올렸다. 이상하다. 오늘따라 앞에 앉은 류환이 자꾸 낯설게 느껴진다. 마치 장난을 벌여놓은 개구쟁이 아이처럼 스멀스멀 미소를 띠어대는 것도 그렇고, 묵직한 갈색 안경테 너머 반짝거리는 부드러운 황금빛 눈동자도 그렇고.

색소가 다 채워지지 못한 류환의 갈색 눈동자는 가끔, 호박 같은 노란빛을 띠기도 한다. 스스로는 감춘다 하지만, 어쩔 수 없이 기쁨이 넘쳐 버릴 때면 투명한 갈색 눈동자는 색깔이 더 연해져 호박처럼 연한 색으로 변해간다.

설하는 불안한 마음으로 앞에 앉은 류환을 흘끔거렸다.

"가게는 어때?"

"괜찮아. 늘 그랬던 것처럼."

"가게가 참 좋아, 너답게 잘 꾸며져서."

"그래."

심심한 대화다. 정말 말하고 싶은 건 뭐야? 하고 물어볼까, 갈등이 일었다.

"아직도 여길 올 생각은 없어?"

"응."

딱, 잘라 거절해 놓고 설하는 고개를 돌려 버렸다. 벽 한쪽에 묻은 노란 얼룩이 삶을 달관한 그것처럼 그녀를 노려보고 있었다. 낡았지만, 작은 곳 하나하나도 정성 들여 손질하던 엄마의 손길이 사라진 집은 여전히 깨끗하기는 해도 퇴화해 버린 폐가처럼 허름하고 볼품없어졌다.

"집이 많이 낡아버렸네?"

중얼대는 설하의 음성엔 아릿한 그리움이 담겨 있었다. 그래, 대답하며 집 안을 돌아보던 류환 역시.

"어머니가 그리워."

꼬박꼬박 새아버지라 불러대는 설하의 성마른 고집에 비해 류환은 처음 만난 순간부터 쉽게 어머니라 불렀다. 애초부터 한 가족이었던 것처럼.

그게 싫어서 일부러 '새아버지'라 꼬박꼬박 불러대는 통에 엄마에게 야단도 많이 맞았었다. 엄만, 어쩌면 류환에 대한 그녀의 마음을 조금은 알고 있었을지도 모른다. 그래서 더욱 작은 호칭 하나에도 신경을 곤두세웠을지도. 피싯, 설하가 바람 빠진 소리를 냈다. 류환의 말처럼 떠나 버린 엄마가 그립지만, 가끔 원망을 털어낼 때도 있었다. 왜 하필, 류환의 아버지를 사랑해 버린 거야?

"고마웠다고 늘 생각했는데 자주 말해주지 못해서, 어머니를 떠올릴 때면 미안한 생각이 들어."

"괜찮아. 말하지 않아도 충분히 느꼈을 거야."

때론 엄마의 진짜 자식은 류환이 아닐까? 투정 부릴 정도로 엄만 늘 류환에게 고마워했고 다정했다. 아마 설하가 류환을 단지 오빠로 받아들였다면 지난 시간은 훨씬 더 행복한 모습으로 기억될 수 있었을 거다.

늦은 야간 자율학습이 끝날 때까지 교문 입구에서 기다린 것도 엄마가 아닌 류환이었으니까. 더운 여름엔 작은 공원에 들러 조곤조곤 어둠 속에서 많은 이야기를 나누었다. 늦은 시간, 책상 앞에 엎드려 잠깐 졸다 보면 어느새 놓여진 허브 차와 서툰 샌드위치도 류환의 솜씨였다.

설하의 시선이 다시 창문으로 향했다. 낡았지만 그래도 곳곳에 배인 추억 때문에 이 집은 더욱 아름답고 소중한 곳이다.

"돌아오지 않을래?"

류환이 다시 물었다.

"왜, 자꾸 돌아오래?"

돌아오면…… 그땐 날 보아줄 거야? 그 여자를 따라 떠나지 않고 여기서 내내 나만 바라봐 줄 거야?

"네가 없어서 그런지 집이 많이 허전해."

"일 년 동안 잘살았잖아. 새삼스럽게……."

"그땐 너에게 시간이 필요할 거라 생각했어. 어머니와 함께 아버지도 없어졌으니까. 우리에겐 넌 가족이었지만, 너에겐 시간이 필요해 보였지. 아버진 견디기 힘들어하셨지만 내가 고집을 피웠어. 늦은 저녁엔 가만히 네 방에 앉아 계신 아버지를 보면 당장 널 데려올까 굉장히 고민이 되었지만, 그래도 일 년 정도는 참아주자 그랬었어. 그런데 지금은 그때 내가 잘못한 게 아닐까, 후회가 돼."

부드러운 캐모마일 향은 어쩐지 가을 향 같다. 편안하고 마른 건초 같은 포근한 낡음.

"아니…… 시간이 필요했어. 고마워."

이렇게나마 류환과 마주 앉아 일상의 대화를 나눌 수 있었던 것도 그 시간의 여유 덕일 것이다. 새아버지의 고집대로 여기 남았다면 이런 모습이 아닌 훨씬 아픈 모습이었겠지. 그런 거 싫어.

설하가 눈썹을 찡그렸다.

류환의 기억 속에선 더 예쁜 모습, 그리고 더 그리운 모습으로 남고 싶다. 나중엔 떠올리는 것조차 고통스러울 정도로 지겨운 모습 말고.

"가끔 오는 게 좋은 거야. 그래야 내 소중함을 더 느끼는 거거든. 움하하하!"

일부러 과장스럽게 웃어대는 설하와 달리 류환의 살짝 얼굴을 굳혔다.

"저……."

그때였다.

"설하, 왔냐?"

덜컹, 현관문이 열리며 뜨거운 열기로 발간 볼을 한 새아버지가 반가운 얼굴로 들어섰다. 촉촉이 젖은 머리카락으로 목욕 가방을 든, 모습이 엄한 선생님보단 귀여운 동네 아저씨처럼 보여 설하가 환하게 웃으며 팔짱을 꼈다.

"뭐야, 새아버지! 어디 예쁜 과부라도 만난 거예요? 왜 이렇게 멋을 내는 거야? 복숭아처럼 볼이 빨갛게 익었어."

아직 채 마르지 않은 머리카락으로 익숙한 샴푸 향이 흘렀다. 통통한 볼이 사내아이처럼 귀여운 새아버지가 수줍게 볼우물을 팼다.

"늙은 아버지 놀리면 재미있냐? 오늘 환이 색시 온다는데 깨끗이 목욕해야지. 늙은 홀아비 냄새난다고 구박하면 어떻게 하냐?"

순간, 어리광 피우며 잡은 새아버지의 팔을 흔들던 설하의 손짓이 그림처럼 딱! 멈추었다.

그런 거였어?

굳어진 설하의 표정에 새아버지가 놀란 목소리로 물었다.

"몰랐냐? 이제껏 넌 말 안 해주었어?"

"방금, 말하려고 했는데 아버지가 들어오신 거예요."

"설하, 많이 놀랐지? 하긴 나도 이 녀석이 불쑥, 결혼 허락해 주십시오, 하기에 첨엔 내가 딸 시집보내나 했었다. 보통은 결혼하고 싶습니다! 이렇게 말하지 않냐? 그런데 이 녀석은 그것도 허락해 주십시오, 라고 말을 하더라니까. 붙임성없기는……."

그러게…… 얼떨떨한 소리를 내며 설하가 홀린 듯 류환을 바라보았다. 벌써야? 아직 준비가 덜 되었는데 벌써 이렇게 떠나 버리면, 남은 마음은 어떻게 해야 하나. 채 털어지지 않은 남은 감정의 찌꺼기 때문에 설하는 미처 표정을 가다듬을 수가 없었다.

"그냥, 마음이 좀 흥분되었나 봐요. 오랜 시간 만나면서 그녀가 아닌 결혼은 생각해 본 적이 없긴 했지만 그래도 막상 그녀가 순순하게 허락해 주어서 놀라기도 했고."

"설하가 여간 섭섭하지 않아 보나. 꽁꽁 얼어버렸네. 끌끌……."

힘 빠진 류환의 변명보다 그래도 새아버지의 반응은 훨씬 더 나았다.

"너희들 둘이 워낙 사이가 좋았어야지. 네 엄마랑 전생에 남매였나 보다, 하는 이야기도 많이 했었다. 사이좋은 남매간이라 많이 섭섭할 거야."

목욕 가방을 정리하며 위로하는 새아버지의 뒤로 류환이 바쁘게 뒤따랐다.

"저도 설하 시집간다고 하면 많이 섭섭할 것 같아요."

"그렇지?"

다정한 부자(父子)의 모습에 눈물이 날 것 같다. 그렇게 마음 대로 날 가족으로 대하지 말아줘요. 아무리 그래도 그녀의 가슴엔 류환은 류환일 뿐이다. 오빠가 아닌…….

딩동!

"왔나 보다!"

흥분한 새아버지의 외침과 함께 후다닥 류환이 대문으로 향했다. 그녀가 온 걸까? 아직 채 마무리되지 않는 감정 탓에 설하가 어정쩡한 자세로 현관 쪽으로 다가섰다. 어떻게 그녀를 대해야 할 지, 몹시 당황스러웠다. 그리 좋지 못했던 첫 만남도 그랬고, 이렇게 예고 없이 류환의 결혼을 맞이해야 하는 것도 그렇고…….

더욱 비참한 건 류환과 함께 들어서는 그녀의 모습이 흠잡을 데 없이 완벽히 어울린다는 것이다. 그건 비단, 외모뿐이 아니었다. 솔직히 외모 면에서는 썩 어울린다고는 말할 수 없었다.

단정하고 틀에 짜 맞춘 고풍스러운 류환과 달리 그녀는 막 패션 화보에서 빠져나온 것처럼 세련된 정장 차림에 반짝이는 검은 구두까지 완벽에 가까운 차림이었다. 고급스런 그녀의 구두 위로 흐르는 빗방울을 보며 설하가 일그러진 미소를 지었다.

"홍유경이에요."

처음 만남보다 훨씬 더 당당한 태도로 인사를 건네는 유경 앞에서 설하는 초라한 몰골로 손을 내밀었다. 전처럼 매몰차게 대하지 못했던 건, 그 옆에서 흐뭇하게 바라보는 새아버지 때문이었다. 섭섭하다, 말은 해도 어느 면에서는 늦어진 류환의 결혼으로 노심초사를 했던지 며느릿감을 바라보는 눈빛은 대견하다 못해 자랑스러움으로 번뜩거리고 있었다.

"그렇게 마음에 들어요?"

설하가 낮게 속삭였다. 어깨에서 힘이 쫙 풀린다. 자신이었다면…… 류환을 사랑한다, 고백한 게 그녀 자신이었다면 지금 새아버지의 눈빛엔 저런 자랑스러움 대신, 이 어려운 문제를 어떻게 해결할까, 당혹스럽고 난감한 빛으로 가득 찼을 것이다.

"환이가 보기보다 눈이 높은가 보다."

거실로 들어서는 두 사람 뒤로 새아버지가 귓속말로 대답했다. 눈썹 끝이 파르르 떨렸다. 울음이 자꾸 치받치는 것 같아, 온몸의 세포가 바람처럼 떨리는 것 같다. 도망치고 싶은 마음을 꾹 누른 채 그나마 미소를 띄울 수 있었던 건 그녀의 자존심 때문이었다.

"오랜만이네? 아, 반말하는 거 싫어하는데……. 그렇죠?"

"둘이 만났었니?"

새아버지의 물음에 대답한 건 유경이었다.

"전에 한 번요. 류환 씨 책상에 사진이 있어서 저 혼자 친근하게 느꼈나 봐요. 대뜸, 반말로 말을 건네다 통박 먹었었죠. 사실, 그땐 미안했어요. 다른 사람의 마음은 내 맘하고는 다른 건데 미처 그 점은 생각하지 못했어요."

"괜찮아. 설하도 충분히 이해하는 데 뭘."

왜 류환이 대답해? 상처 입은 설하의 시선이 류환에게로 향했다.

"사이가 좀 좋았어야지. 설하 자라는 내내, 환이가 어찌나 곰살맞게 굴어대는지 설하 아버지는 내가 아니라 환이 저 녀석인가 했었다. 많이 섭섭해도 어쩔 수 없잖냐?"

"이해해요."

싱긋, 웃는 이가 인상을 좀 더 부드럽게 만든다. 류환의 그녀는 질투날 만큼, 행복하고 아름다워 보였다.

"그나저나 우리 설하도 좋은 사람 빨리 만나야 할 텐데……."

말끝을 흐리는 새아버지의 시선을 따라 두 쌍의 눈이 함께 따라왔다. 마치 불청객이 된 듯한 기분. 자잘한 소름이 쭈륵, 살갗을 흘렀다. 입술 끝으로 비릿한 핏물이 고였다.

"결혼하게 되면 지방으로 간다고 했지?"

"네. 굳이 그렇게 하지 않아도 되는데……. 그래도 솔직히 류환 씨가 그렇게 말해주어서 고마웠어요. 저에겐 여기 서울이 좀 버거웠거든요. 언젠가는 고향 집 근처에 작은 카페 하나 내야겠다, 마음먹고 있었는데 이번에 좋은 자리가 하나 나서. 후후……."

그녀의 웃음소리가 작게 들려왔다.

"덕분에 류환 씨 마음이 급해졌나 봐요. 더 기다릴 수도 있었지만 그래도 류환 씨가 청혼해 주어서 다행이기도 했구요."

"그래, 그래……."

끄덕이는 새아버지의 고갯짓과 수줍은 미소 속에 역력히 드러나는 류환의 행복한 눈빛. 심장이 날카로운 가시로 찔린 듯 아파왔다.

"그래서 설하에게 여기 들어오라고 권하고 있었어요. 어차피 자주 올라올 수는 없을 테니까. 아버지나 설하 혼자 따로 떨어져 있는 것도 마음에 걸리고, 내겐 소중한 가족들인데 여기 함께 있다고 생각하면 마음이 든든할 것 같아요."

일제히 세 사람의 시선이 그녀에게 쏟아졌다. 무언(無言) 중에 바라는 마음이 무겁게 그녀를 짓눌렀다. 심술이 돋았다. 심각하게 고개를 끄덕이는 새아버지와 절반의 호기심과 절반의 기대감으로 반짝이는 그녀의 눈빛. 그리고…….

"왜……."

행복해 보이는 류환의 미소…….

설하가 꼴깍, 침을 삼켰나. 한계였다. 귓불이 화끈 달아올랐다. 그러나 한 번 터진 말은 막을 새도 없이 봇물처럼 터져 나왔다.

"왜 그렇게 이기적이야?"

설하가 차가운 목소리로 쏘아붙였다. 달아오른 귓불과 달리 얼굴빛은 밀랍처럼 파리했다.

"무슨 말이야?"

"그렇지 않아? 이기적이야, 정말. 내가 여기 살아야 하는 이유도, 결국은 류환 혼자 그녀와 함께 행복해지기 위해서 아니야? 늙은 새아버지 따윈 걱정하지 않고 마음껏 행복해지려고! 내가 곁에 있으면 걱정할 필요 없으니까. 하지만 난 싫어! 내가 왜 그렇게 해야 하는데? 류환의 아버지잖아. 끝까지 책임져야 할 사람은 류환 아니야? 그런 거…… 제길……."

숨이 거칠게 멈추었다. 화가 나 참을 수가 없었다. 그녀를 따라 떠나 버리는 류환 따윈 정말 못 봐줄 정도로 한심했다.

"진설하!"

놀란 두 사람 속에서 류환이 소리쳤다.

"그래! 정말 빌어먹을이야! 류환 혼자 행복해지기 위해서 희생하지 않을 거야. 좋은 사람도 안 만날 거구. 난 류환 혼자 그녀랑 마음껏 행복해지는 건 싫어! 새아버지도 류환이 책임져, 나한테 떠넘기지 말고. 마음이 아프면 그녀 따라 떠나는 거 말고! 여기서 새아버지랑 같이 있으면 되잖아. 아님, 홀로 남은 새아버지를 위해서 가끔은 아파해 보든지."

그 순간 딱 마주쳤다. 유경의 사려 깊은, 또 어쩌면 안쓰럽게 바라보는 그런 눈빛과.

꽝!

덜컹이는 철문 소리가 등 뒤로 울렸다. 아직 기운을 다 털어 내지 못한 철문이 찡! 하게 울려대는 소리를 뒤로하고 설하는 무작정 집을 뛰쳐나왔다. 자신을 바라보는 그녀의 시선이 왜 부끄러워야 하는지. 그러나 그녀의 눈빛이 가시 박힌 말속에 담긴 자신의 마음을 거울처럼 들여다보는 것만 같아 더 이상은 그 자리에 남아 있을 수 없었다. 안쓰러움 속에 담긴 어느 정도의 질책도 함께.

그제야 눈물이 줄줄 뺨 위로 흘렀다. 비가 와서 다행이다. 흐르는 눈물쯤은 우산으로 가릴 수 있으니까. 찰박이는 물웅덩이에서 탁한, 흙탕물이 종아리 위로 튀어 올랐다.

그런 거, 절대 용서 안 할 거야.

버스 정류장으로 뛰어가며 설하가 종알댔다.

류환 혼자 행복해지는 거, 그녀를 향해 그토록 황홀하게 바라보는 거, 새아버지 혼자 남겨두는 거…… 그리고 날 남겨두는 거.

하하! 거칠게 몰아쉬는 입술 사이로 짭짤한 눈물이 스며왔다. 류환의 얼굴을 볼 때마다 덧난 상처처럼 잊었던 마음이 표면으로 올라와서 자꾸 그녀를 배신한다. 편하게 잊을 수는 없겠지만, 그래도 조금만 더 시간을 주면 좋을 텐데. 조금만 더 천천히…….

넓은 버스 정류장 판 뒤로 골목 끝, 새아버지의 집이 보인다. 처음 이 골목을 들어설 땐, 이렇게 아픈 사랑이 있을 거라는 생각은 하지 못했었다. 이혼한 엄마의 손에 달랑 매달려 낯선 생활에 대한 약간의 두려움과 그래도 재혼한 엄마 곁에서 함께 살 수 있다는 철부지 아이 같은 안도감이 전부였다.

마주친 류환의 따스한 눈빛에 첫눈에 반해 버릴 것도, 그리고 끝내 이렇게 가슴을 헤집는 아픈 사랑을 하게 될 것도 그때는 몰랐었다.

"나도 류환을 사랑해. 그녀보다 더 많이, 더 아프게……. 왜 모르는 거야?"

떠난 집 쪽을 향해 설하가 슬픈 목소리로 속삭였다.

심장이 터져 버렸나 보다. 새어나오는 게 눈물이 아니라 핏물 같다. 멈추지 않은 아픔 때문에 버스 안에서 내내 그녀는 엉엉! 소리를 내어 울었다. 흘끔거리는 사람들의 시선조차 느끼지 못했다. 그냥, 눈물이 나서……. 떠나 버린 그녀의 사랑이 슬퍼서 엉엉, 소리가 새어 빗물 속에 녹아내릴 뿐이었다.

어느새 비가 그친 청명한 밤하늘을 등에 이고 터벅터벅 집으로 돌아온 설하를 맞은 것은 가게 앞에 쪼그리고 앉아 있는 사유였다.

"뭐 해요?"

고인 물웅덩이 앞에 쪼그려 앉은 사유가 고개를 바짝 들었다. 깊이 가라앉은 까만 눈동자에 설하는 저도 모르게 울컥, 감정이 솟구쳤다. 오는 내내 외로웠었는데 사유가 품어내는 반가움이 그래도 작은 위로가 되었다.

"이제 왔어요?"

"여기서 기다린 거예요?"

"비가 와서……."

연둣빛 우산을 받쳐 든 설하 역시, 비 구경을 나오지 않았을까? 하는 생각에 나왔다는 말은 하지 않았다.

"아, 산책?"

생각했던 것처럼 비 구경하러 산책 나왔나 보다. 가지 말 걸 그랬는데……. 그곳에 가는 것보단 차라리 이곳에서 사유와 함께 나란히 '캔디'라도 볼 걸 그랬다. 시간을 돌려 버릴 수 있다면 말이다.

"새아버지 집에 잠깐 갔었는데."

잠긴 목소리가 딱딱 끊어졌다. 차마 눈빛을 마주칠 수가 없어 시선을 일부러 가게 쪽에 맞추었다. 시선을 피하는 설하의 모습에 사유가 고개를 갸웃거렸다. 그리고 보니 눈자위가 전처럼 붉다. 사유의 얼굴이 딱딱하게 굳어졌다. 왜 그를 만나면 늘 우는 걸까? 지워낼 거라, 씩씩하게 말한 것만큼 지워내지 못한 그녀가 안타까워 절로 미간이 좁혀져 왔다. 짝사랑이란 그런 걸까? 사 년의 세월 동안 연애했다는 현진보다 설하의 미련은 좀 더

질기고 길어 보였다.

"알아요, 은미 씨가 말해주어서. 저녁까지 먹고 늦게 올 거라고 해서 좀 더 늦을 줄 알았어요."

"그런데 왜 여기서 기다리고 있어요?"

"그냥…… 빗소리가 좋아서."

굳이 설하를 기다렸다기보단 그냥 전에 설하가 앉아 있던 자리가 눈에 띄어 잠시 그때처럼 앉아 있었을 뿐이었다. 그때 그녀는 무슨 생각을 했을까? 훨씬 더 많이 알아버린 모습 때문에 바라보는 빗물은 꽤 마음이 아팠다.

설하의 시선이 넓은 사유의 가슴에 잠시 닿았다. 차갑고 마른 류환에 비해 조금 더 넓고, 단단해 보이는 가슴이었다. 그리고 따스한 온기가 배어 있는…….

"잠깐만, 나 안아줄래요?"

불쑥 설하가 사유에게 말했다. 그냥, 저 단단한 벽이 주는 온기를 느껴보고 싶은 충동이었다. 부끄러운 제 사랑을 단단히 가리고 싶은 그런 마음이랄까? 아니면 조금은 야단맞고 싶은 마음이었는지도 모르겠다.

"아…… 좀 뻔뻔한 건가?"

놀란 사유의 얼굴에 설하가 얼른 제 얼굴을 쓸었다. 욕심인 거야. 누군가에게 기대는 건 허락되지 않는 건데…….

취소! 애써 농담처럼 하하하! 웃었다.

"놀라긴! 그냥…… 비가 너무……."

슬퍼서…….

뒷말이 채 나오기도 전에 사유의 강한 팔이 그녀를 확 끌어당겼다. 사유의 품 안에서는 시원하면서도 쌉싸름한 향이 배어 있다. 그리고 비릿한 빗물 냄새도. 연한 체향도…….

복잡 다양한 사유의 내음 속에 설하가 코를 묻었다. 넓은 사유의 가슴에 얼굴이 포옥 파묻혀, 부끄러운 세상이 보이지 않는다. 이대로 멈추었으면 좋겠다. 아니, 다시 그 시절로 돌아가 류환 따위는 만나지도 않고, 이런 아픈 가슴은 없는 어린 시절로 돌아가 철부지처럼 웃을 수 있으면 좋겠다.

팔을 한껏 뻗어 사유의 등을 감쌌다. 손끝이 닿지 않게 넓고 단단한 등은 상상했던 것처럼 따스한 온기가 묻어 있었다. 설하는 사유의 향을 깊이 들이마셨다. 있죠, 나 참 못된 사람인가 봐요. 그렇게 상처 주는 게 아니었는데, 그렇게 행복한 두 사람에게 모진 말 하는 거 아니었는데…… 후회하면서도 자꾸 가슴이 아파요.

둥둥. 작은 심장 소리가 북처럼 귓가를 울렸다. 규칙적인 음률이 자장가처럼 나른해 설하가 살풋 눈을 감았다.

"가슴이 아파서…… 아니다, 사실은 많이 부끄러운가 봐요."

조곤조곤 설명하는 설하의 머리카락을 사유가 조용히 쓰다듬었다. 들끓던 후회 때문에 일렁이던 심장이 그 손길을 따라 천천히 내려앉았다. 잠이 올 것 같다. 이 손길에 잠이 들면 추한 오늘은 말끔히 지워진 내일이 오겠지.

"쉿! 괜찮아요."

사유의 듣기 좋은 저음이 울렸다.

"오늘 엄청 바보 같은 짓을 한 거 있죠? 류환의 그녀한테 많이 미안한 짓을 하고 와버려서 오는 내내 울었어요. 류환은 바보 같아서 당해도 싸! 나보고 새아버지 집에 들어와 살라잖아요?"

멈칫!

설하의 머리카락을 쓰다듬던 사유의 손길이 그대로 허공에 멈추었다.

바보 같은 류환이란 말은 맞다. 물론 그가 의도하지 않았을 거란 건 알지만 말이다. 류환을 사랑할 수 없는 유일한 이유인 새아버지의 집에서 함께 살라니……. 매일, 새아버지와 부딪치며 자신이 류환을 사랑할 수 없는 이유를 끊임없이 되새겨야 하는 설하의 모습이 떠올라 사유는 설하를 제 품에 다시 꼬옥 끌어안았다. 그 손길에 파르르 떠는 몸짓이 작은 동물처럼 한없이 여렸다.

"들어갈 건가요?"

사유가 물었다. 그런 어리석은 짓은 하지 말아요. 다행히 설하가 힘껏 머리를 저었다. 가슴 언저리에서 설하의 머리카락이 출렁거렸다.

"아니! 말도 안 돼! 그렇게 해주기엔 너무 약 올라서 싫어. 류환 혼자 떠나기 쉽게 그렇게 해주기 싫어서 막, 소리 지르고 왔어요. 새아버지 많이 서운했을까? 새아버지 때문이 아닌데······.
그냥, 그녀와 함께 있고 싶어서 떠난다는 류환, 편하게 보내기
싫었어."

"······류환이 떠나나요?"

"그렇게 되어버렸어요. 그녀가 마음에 안 든다고 막 흉도 봤
는데 나로선 능력 부족인가 봐. 그녀 따라 지방으로 내려간대
요. 그게 너무 바보 같아서 막 화를 냈는데 그 순간, 그녀와 눈
이 딱 마주쳤지 뭐야? 철없는 동생을 보는 것처럼 바라보는 눈
빛에 순간, 가슴이 먹먹해졌어요. 더 이상 그 자리에 서 있을 수
가 없더라구. 굉장히 바보가 된 기분이 들어서. 골목길을 뛰쳐
나와서 버스 정류장에 섰는데······."

잠시 설하의 말이 멈추어졌다.

"문득 엄마 생각이 났어요. 처음 류환을 만났을 때 말예요.
어느 날, 갑자기 새아버지가 생긴대. 왜 먼저 보여주지 않았을
까? 보통은 자식들한테 먼저 보여주고 그러는 거 아닌가? 만약
그렇게 했다면 조금 못되게 보였어도 끝내 결혼은 반대했을 거
야."

설사, 전에 류환을 만나 사랑에 빠졌다 해도 엄마의 재혼까지
막을 용기는 없었을 주제에 설하가 괜히 허세를 부렸다.

"버스 정류장 너머로 새아버지의 집이 보였어요. 그런데 굉장
히 슬퍼져서······ 그땐 몰랐거든. 마냥 좋았던 것 같아요. 나에
게만 다정한 류환이 좋았고, 그 사람을 매일 볼 수 있다는 것도

행복했고, 학교 갔다 오면 나를 기다리는 그 사람의 환한 미소에 가슴이 설레고 뭐 그런 거. 그땐 그것만으로도 충분히 만족할 줄 알았어. 그런데…… 어른이 될수록 자꾸 욕심이 생겨요. 이젠 철부지 소녀도 아닌데, 그런 것쯤은 안 되는 거 아는데, 그런데도 욕심이 생겨서 그런 내가 너무나 부끄러워서 더 화가 나요."

힘없이 터져 나오는 웃음에 사유가 안은 팔에 힘을 팍 실었다. 류환을 바라보는 설하의 시선이 싫고, 그로 인해 부끄러워하는 설하도 싫다. 그리고 더욱 싫은 건, 이렇게 아픈 그녀를 홀로 안고 싶은 부질없는 욕심이었다.

"부끄러운 사랑이란 건 없어요. 하지만……"

사유가 그녀의 머리카락에 깃털처럼 입술을 내렸다.

"하지만 당신이 원했던 것처럼 씩씩하게 잊어주길 바라요."

뭐야, 너무해!

설하가 사유의 가슴을 팍! 쳐댔다.

"잊으려 했는데 뭐. 그래도 너무 무신경한 류환을 보면 화가 치밀어서 나도 모르게 감정이 치닫고 말아요. 그런 거 있잖아? 연인인 줄은 아는데 너무 빤하게 행복해 보이면 괜히 괴롭혀 주고 싶은 거! 그래도 사유가 기다려 주어서 다행이에요. 오는 동안 내내 굉장히 외로웠거든. 가게로 돌아오는 길이 그토록 길었던 건 처음이었어요."

투덜대며 설하가 품속에서 빠르게 빠져나갔다. 몽실거리던 작은 몸이 빠져나간 자리로 서걱한 바람이 스쳤다.

"아…… 배고프다! 저녁 식사도 못하고 괜히 뛰쳐나온 덕분에 쫄쫄 굶었잖아."

너스레를 떨며 가게로 들어서던 설하의 손목을 사유가 재빨리 붙들었다. 닿은 손끝이 불처럼 뜨겁다. 설하가 놀란 눈빛으로 바라보았다.

"왜요?"

"굶었다면서요? 식사하러 가요."

사실, 배고프다는 말은 핑계였다. 사유의 품에 계속 안겨 있기가 좀 머쓱해 밥을 핑계 삼아 몸을 뺀 것이다. 그러나 자신을 바라보는 사유의 걱정스런 눈빛에 차마, 핑계였다는 말을 할 수 없었다. 설하가 어쩔 수 없이 어깨를 으쓱이며 사유의 팔을 잡았다.

"맛있는 거 사줘요. 전에 내가 밥해주었으니까."

맛있는 거 사달라더니, 사유를 끌고 간 곳은 근방 한식집이었다. 비 오는 날이라 부침개를 먹어야 한다며 제법 한국 사람다운 척을 하는 사유 탓에 함께 주문한 파전을 깨작거리며 두 사람은 늦은 저녁 식사를 했다. 배고프다는 핑계가 무색하게, 주문해 놓은 식사를 바닥내며 설하가 깜짝, 놀라 소리쳤다.

"그럼, 어머님이 진짜 미스 유니버스 출신이란 말이에요?"

"네. 대회 끝나고 미국 유학 왔다가 아버지를 만나 사랑에 빠졌죠."

"아."

"형제는 넷인데 저만 아버지를 닮았고, 다른 세 형제는 어머니를 닮았어요. 어렸을 때 나란히 걸으면 전 조카냐, 묻는 사람이 대부분이었어요."

하하하!

웃는 사유에게 설하가 황홀한 시선을 했다. 4형제라니, 꽤나 북적거렸겠다.

"사이가 좋아 보여요."

"모두 사이가 좋은 편이죠. 막내 사린 녀석만 빼면 나이 차이도 그리 많지 않아서. 저랑 막내랑 팔 년 정도 차이가 나거든요. 여동생이길 바랐는데 또 아들이라 굉장히 섭섭해했던 것도 기억나요. 그래서 어렸을 때, 여자 아이 옷 입혀서 유모차를 끌고 나가곤 했었는데 이젠 너무 많이 자랐어요."

몹시 섭섭해하는 사유를 보며 설하가 깔깔깔! 웃음을 터뜨렸다. 남동생을 여자애로 분장시켜 데리고 다녔을 개구쟁이 사유의 모습은 좀 상상하기 힘들었다. 사유는 어릴 때부터 지금처럼 점잖고, 성숙한 아이였을 것 같다.

"그런데 좀 억울하다. 왜 한 명만 다른 얼굴이람? 외롭잖아."

하하하! 사유가 웃음을 터뜨렸다. 그런가요?

"이젠 다른 이야기 해봐요. 설하 씨 이야기."

"별로 할 이야기 없는데…… 그냥 뭐 대충 평범하게 보냈던 것 같아요."

설마.

사유가 기분 좋은 얼굴로 대답했다. 평범한 설하라니, 그녀는 태어날 때부터 특이한 아이였을 것 같다. 엉뚱하고, 독특해서 더 사랑스러운.

"그래도 이야기해 봐요. 류환 이야기랑 뭐 그런 거."

"다 이야기해 주었잖아요? 그게 전부인데. 처음에 엄마 따라 류환 집에 갔을 땐 별루였어요. 키만 껑충한 데다 두꺼운 안경까지 쓰고 있어서 영락없는 샌님이었거든요. 낯선 집에 처음 가본 데다 낯선 사람들 속에 조금은 어색했던 것 같아요. 옆에 엄마가 서 있는데도 자꾸 엄마가 아닌 다른 사람의 손을 잡고 서 있는 것 같아 무섭고 두려웠는데, 갑자기 류환이 씨익 웃었어요. 그러자 내내 샌님처럼 딱딱하던 얼굴이 순식간에 보석처럼 반짝이는 거야. 모르겠어요. 그때 사랑에 빠졌나? 사실은 그랬을지도 몰라."

후식으로 내온 수정과를 홀짝 마시며 설하가 씨익 웃었다. 아련한 향수에 촉촉이 감겨드는 눈매를 보며 사유의 심장이 덜컥 내려앉았다. 한때 류환이 그녀에게 보여주었던 미소도 저렇게 환하고 보석처럼 반짝거렸을까? 그래서 자신 역시 한눈에 사랑에 빠져 버린 걸까?

"왜 사랑이라고 생각해?"

형에게 소리쳤던 말이 떠올랐다. 왜 이렇게 뛰는 걸까?

"효원 씨는요?"

"효원 삼촌은, 중학교 때 알게 되었어요. 중학교 2학년 때, 지연이랑 우연히 같은 반이 되었거든요. 친구가 된 후로 그 집에 자주 갔는데 삼촌이 거기 살았어요. 지금은 근사한 디자이너가 되어서 멋진 집에 혼자 나와 살지만. 그땐, 지연 엄마에게 설설기는 삼촌의 모습이 바보 같아 보여서 자주 놀려주곤 했었어요. 그래도 참 좋은 삼촌이야. 열 살이나 어린 우릴 열심히 보살펴 주었다니까요. 하하하! 사춘기라서 사실 우린 삼촌이 좀 귀찮았었는데, 삼촌은 우릴 보호해 주고 싶었나 봐. 삼촌 딴에는 영화도 보여주고 나름대로 애를 썼는데 우린 오히려 삼촌한테서 도망 다니느라 늘 숨바꼭질이었지 뭐."

지난 추억을 생각하는 설하의 얼굴에 잠시 행복감이 머물렀다. 보기 좋게 올라선 입술이 살짝 벌어지고 몽환적인 눈빛이 허공으로 향하는.

"내겐 또 다른 가족이었다고 생각해요. 사실, 나 외톨이였거든요. 이상하게 그랬어요. 특별히 거리감을 둔 것도 아닌데 반 아이들이 그다지 다가와 주질 않았어요. 아마 수줍음 때문이었을지 모르는데. 엄마가 재혼하면서 다른 동네로 이사 갔잖아. 새로 만난 가족들도 그랬고, 새로 옮긴 학교도 그랬고……. 적응하느라 나름 애를 쓰고 있었는데 아이들 눈에는 좀 거만하게 비쳤나 봐요."

눈빛이 서늘해졌다. 조금 전의 씩씩함 속에 덧붙여진 쓸쓸함 때문에 사유가 슬쩍 설하의 손등을 감쌌다.

"내가 다가갈 수도 있었는데 그렇기엔 귀찮더라구. 그래서 중학교에 올라가서도 별로 친구를 못 사귀었어요. 그런데 처음 만난 지연이 성큼 다가와 주었어요. 야! 너 친구 할래? 물어보는데 눈물이 핑, 돌잖아? 몰랐는데 굉장히 외로웠던 거야. 그래서 금방, 그래! 하고 대답했거든?"

깔깔깔!

웃음을 터뜨린다. 그러나 사유는 웃는 대신 살짝 미간을 찌푸렸다. 엄마의 재혼 때문에 많이 당황했을 어린 설하가 외롭게 남겨졌다는 생각만으로도 가슴이 저릿해져 왔다.

"사유는 어땠어요? 굉장히…… 흠, 거만했을 것 같아. 막상 거만한 건 내가 아니라 사유인데. 그렇죠?"

"글쎄요? 사실은 친구들을 사귀는 것에 대해 별로 관심이 없었어요. 형제들끼리 어울리는 것만으로 충분했고, 또 우리 입장에선 그네들과 달랐으니까. 서로 맞지 않은 사고방식을 억지로 맞추느라 애쓸 필요성을 못 느꼈다고 할까? 사실은 동생 녀석이랑 사강 형 때문에 마음 고생을 많이 해서 친구 만날 시간이 없었어요. 사강 형은……."

"어리광이 심해!"

설하가 불쑥 끼어들었다.

"네?"

명쾌한 설하의 분석에 절로 하하하! 웃음이 터져 나왔다. 정말 못 말리는 여자다. 어떤 면에서는 사강 형과 많이 닮았는데 아마 본인은 모르는 모양이다.

"어리광이 심하다는 생각은 못해봤는데. 막내 녀석이 귀염성이 없어서 어떨 땐, 사강 형이 막내처럼 느껴질 때가 많긴 했죠."

문득, 가족들의 모습이 스쳐갔다. 근엄한 큰형, 사현과 '리틀 사현'이라 불리우는 꼬마 사린, 그리고 아름다운 어머니와 심지어 성미 급한 아버지까지 보고 싶어졌다. 가족들은 설하를 보면 무어라고 할까? 거만하게 내려보고 있을 사린 녀석과 사현 형. 그리고 마치 새로 들어온 강아지 보듯, 이리저리 살펴볼 어머니의 모습이 손에 잡힐 듯 선명히 떠올랐다. 그리고 자신을 바라보는 가족들의 시선에 당당히 맞서 있을 설하의 모습도. 아마도 꽤 어울릴 것이다. 사린 녀석쯤은 한 손으로도 조물락거릴지도 모르고.

"가요. 가게를 너무 오래 비웠어요."

딴생각에 빠진 사유를 재촉하며 설하가 종종댔다. 하긴 낮부터 자리를 비웠으니까. 이른 산책을 나선 사유가 '샤콘느'에 도착한 게 점심시간을 막 지났을 때였다.

비가 그친 거리의 고인 물가를 피해 폴짝폴짝 설하가 춤을 추듯 건너뛰었다. 한 손은 사유에게 잡혀 있고 한 손에 우산을 든 설하는 가벼운 발걸음으로 발레리나처럼 이리저리 물웅덩이만 골라서 뛴다.

"몰랐죠? 사실은 나 발레리나가 되고 싶었어요, 세상을 막 돌아다니면서 아름다운 춤을 추는."

몰랐다. 아니, 더 솔직히 말하면 발레리나인 설하의 모습은 상상조차 되지 않았다. 딱딱하고 지루한 법률 사무소에서 일하고 있는 모습도 그랬지만, '샤콘느'만큼 그녀에게 어울리는 곳이 없었다. 나른한 여름 오후, 한껏 게으름을 피워대고 가끔 생각날 땐 달콤한 쿠키를 구워내는 것만큼 그녀에게 어울리는 모습이 있을까?

"그랬다면 이렇게 류환만 바라보는 바보가 되지 않았을지도 몰라. 류환 따라 법대로 진학하면서 후회하지 않을 거라 생각했는데, 지금은 후회가 돼요."

아직 떠나지 않은 미련이 남았나 보다. 설하의 얼굴에 그늘이 스쳤다.

쭉 뻗은 사유의 손이 설하의 작은 손등을 감싸고 톡톡 가볍게 두드렸다. 가늘고 섬세한 손가락이 예술가처럼 우아해 설하가 잠시 반한 시선으로 바라보았다. 참 아름다운 손가락이야. 뭉툭하고 끝이 짧은 류환의 손가락에 비해 길게 쭉 뻗은 사유의 손가락은 날렵해 보였다.

"내가 버린 것만큼 사랑의 깊이가 더해져서 왠지 더 가슴 아파지잖아요? 잊어야지, 하면서도 막상 지나온 세월을 생각하면 좀 억울하기도 하고. 왜 그런 거! 버려야지, 하면서도 절대 버리지 못하는 낡은 물건쯤은 하나씩 있잖아? 내겐 류환이 그런 거라 생각해요. 낡아지고 더 이상 쓸모가 없는데도 어쩐지 버릴 수 없는 추억이 서린 곰인형처럼. 그래도 어쩔 수 없지. 내가 싫어한다고 류환이 안 떠날 것도 아닌데. 이젠 정말 끝이야. 끝!"

커다랗게 X 표를 긋는 설하를 사유가 충동적으로 잡아끌었다. 또 하나의 물웅덩이를 건너던 설하가 뒤뚱, 사유 쪽으로 비틀거렸다.

"아, 뭐야……."

찡그린 설하의 시선 앞에 작지만 기품있는 사유의 눈, 섹시하다 우스갯소리를 하던 반듯하고 날렵한 코. 그리고…… 유혹적인 입술이 눈앞에 어른거렸다.

"곰 인형의 추억은 그저 과거일 뿐이죠. 돌아서면 앞으로 더 많은 시간이 남아 있어요. 조금은 힘겹겠지만 그래도 잊혀져요, 지난 기억 따윈."

잊혀질 것이다, 지난 과거 따윈. 하지만 앞으로 그녀가 쌓아갈 많은 시간까지 혼자 버틸 자신은 없었다. 외톨이어도 외롭지 않았던 건, 늘 집에서 그녀를 기다리던 류환이 있었기 때문일 것이다. 류환과 함께 시간을 쌓아가고, 추억을 남겨두는 것. 설하가 슬쩍, 사유를 바라보았다. 당신은 떠날 거잖아! 앞으로 남겨진 긴 시간 동안, 당신은 이곳이 아닌 다른 곳에서 살아갈 거잖아요?

"풋!"

애써, 설하가 장난스런 웃음을 터뜨렸다.

"그래도 그 많은 시간 속에 사유는 없잖아. 멀리, 다른 곳에서 다른 사람과 그런 추억 쌓아갈 거잖아요? 나만 외롭게 남겨두고……."

농담이었는데 순간, 바라보는 사유의 눈동자가 굉장히 깊어서 설하의 입술은 저도 모르게 굳어지고 말았다. 뭐, 뭐야…….

시원한 사유의 향이 텁텁한 비 냄새를 뚫고 코끝을 스쳤다. 그리고 어느 사이 사유의 촉촉한 입술이 그녀의 입술 끝에 닿았다. 약간 까실하고 말캉한 살이 입 안으로 스민다. 설하의 눈꺼풀이 스르르, 경련을 일으키며 내려앉았다. 혀끝을 감싸는 사유의 입술이 애타게 그녀를 빨아들이고 맞부딪치는 혀가 현기증 나도록 선명한 색을 드러냈다. 감겨진 눈꺼풀 사이로 남은 건 오로지 청쾌한 사유의 체향과 진한 감촉만이 전부였다. 얼마나 그렇게 있었을까? 잠시 시간을 잊었던 것 같다.

"날 보지 않을 건가요?"

부드러운 사유의 저음에 설하가 화들짝 감았던 눈을 떴다. 넋을 잃을 만큼 몽롱해진 자신과 달리 말짱한 사유의 얼굴에 어쩐지 억울한 마음이 들었다. 두근두근…… 뛰어대는 고동 소리도 그렇고. 아, 얄미워! 첫키스는 아니었지만 그래도 꽤 가슴 설레는 키스였는데. 익숙한 사람처럼 말끔한 얼굴이 때려주고 싶을 만큼 얄미웠다.

"선수죠?"

"네?"

"선수 맞아. 사강 씨랑 무지 바람둥이였다는데 다 형한테 배웠죠? 키스가 너무 능숙하잖아!"

아닌데…… 황당한 눈빛으로 사유가 재빨리 부정했다.

"미국서는 만날 하는 게 키스잖아요. 그러니까 늘 했을 텐데 뭐! 아, 억울해! 내 순수한 입술이 사유의 음흉한 키스에 농락당한 거야."

얼버무리는 설하의 양 어깨를 사유가 꽉 붙들었다. 타도록 진한 눈빛에 빙글대던 설하의 미소가 그대로 입가에서 굳어버렸다.

"그런 식으로 말하지 말아요. 아무에게나 키스하는 취미 따윈 없으니까!"

까만 불꽃같다. 온몸을 태울 것처럼 이글대는 사유의 까만 눈동자에 자신도 모르게 부르르 몸이 떨려왔다. 약간 겁먹어 보였을까? 잔뜩 곧추세운 사유의 어깨가 갑자기 스르르, 내려앉았다.

"아, 혹시 농담이었나요?"

뒤늦게 알아차린 자신이 너무나 바보 같아, 사유의 귓불이 발갛게 달아올랐다.

"그럼, 뭐라고 해요? 무안하니까 농담한 건데, 사유가 너무 진지하게 받아들여서 더 무안해졌어요. 못살아!"

깔깔, 이젠 대놓고 웃음을 터뜨린다. 한껏 흐려진 하늘 속에

청쾌한 웃음이 맑은 햇살처럼 번져갔다. 그냥, 이대로 잠시만······.

설하가 중얼댔다. 잠깐만 잊어버리는 것도 괜찮잖아?

herb

7. 그녀의 빈자리는 기다림을 더욱 지치게 한다

그녀의 빈자리는 기다림을 더욱 지치게 한다. 요사이 건장하던 사유는 눈에 띄게 말라가고 있었다. 며칠째 설하가 보이지 않는다.

아직, 그녀와 나누었던 키스의 잔해도 선명했고 미처 다 하지 못한 말도 남았는데 설하는 여기 '샤콘느'에 없다. 그냥 사라져 버렸다, 감쪽같이.

가게 한 쪽 구석에 앉아 사유는 멀겋게 우려진 페퍼민트 차를 들이켰다. 같은 잎으로 끓인 차일 텐데, 아르바이트생인 은미가 내온 페퍼민트 차는 어딘가 허전하게 빈 맛이었다. 남은 차를 홀짝이며 테이블 위로 시선을 박은 사유의 눈매가 깊게 잠겨 있었다. 연두색 기하학적인 식탁보 무늬가 시선 아래 춤을 추었다. 어디로 갔을까?

[돌아와라! 그레이스가 임신했다.]

며칠 전 전화를 건 아버지는 대뜸, 그 말부터 꺼내고 보았다. 순간, 사유의 얼굴엔 여러 가지 감정이 스쳤다. 사현 형의 아내인 그레이스가 임신을 했다는 건 많은 의미가 내포되어 있었다.

결혼 삼 년 동안 아이가 생기지 않아 노심초사, 몸 달아하던 형 내외다. 어떻게 그런 열정이 생겼는지 아직도 불가사의이긴 하지만, 그토록 냉정하던 사현 형이 한국 여자가 아니면 안 된다고 펄쩍펄쩍 뛰는 아버지를 반강제적으로 밀고 나가 결국 해낸 결혼이었다. 그런 그레이스가 임신을 했다면, 스케줄 펑크가 아니라 아예 회사까지 그만두고 보살핀다 할 만한 형이기도 했다. 아, 절로 동감하고 만 사유의 음성에 아버지가 숨 가쁘게 몰아치기 시작했다.

[아직 임신 초반이라 의사가 조심해야 한다는데, 당장 회사에 휴가를 내겠다고 난리 법석이다. 사린 녀석은 이번이 마지막 학기인데, 그래도 학교는 마쳐야 하지 않겠냐?]

"사강 형, 보내겠습니다."

[하!]

아버지의 코웃음 소리가 사강의 자리에까지 들렸는지 사강이 빙글, 웃어댔다. 그것 보라니깐! 느긋한 형의 혼잣말에 사유가 살짝 미간을 찌푸렸다.

[그 녀석이 올 바엔 차라리 막내 녀석을 데려다 쓰런다.]

막내, 사린을 중퇴까지 하며 회사에 근무시킬 아버지가 아니긴 했지만 사강처럼 하하하! 그러실래요? 하며 실실댈 수는 없었다.

"그래도 없는 것보단 나을 텐데요."

[젠장! 이 망할 자식이! 사강 그 녀석이 여기와 무얼 하겠다는 거야? 비서나 꼬드기지 않으면 다행이지. 너도 우리 사 씨 가문의 자식이야. 이렇게 가족이 힘겨워하는데 너만 모른 체하겠다는 거냐?]

"정확히 말하면 가족이 힘든 게 아니지 않습니까? 사현 형의 빈자리는 사강 형이 충분히 감당할 수 있어요. 아버지의 욕심만 아니라면 말입니다."

부릅뜬 아버지의 눈매가 선했지만 사유는 물러서지 않았다. 출세 가도를 달리던 S&P까지 그만두며 얻은 휴가였다. 자신의 미래를 건 마지막 선택의 시간까지 제 의지와 상관없이 흔들려야 하다니. 사유의 굳어진 입매는 풀어질 줄을 몰랐다. 왠지 겨우 얻은 이 일 년간의 휴가가 조금 더 빨리 끝을 맺을 것 같다는 불길한 예감이 들었다.

낮은 사유의 한숨 속에 아버지의 채근은 이어졌다.

[임신 초반이라 위험한 시기란 말에 벌써부터 회사에 휴가 내고 스케줄까지 몽땅 펑크야! 당장 고양이 손이라도 빌릴 판이

다. 곧 프랑스로 떠난다더라.]

뒤통수를 맞아도 이렇게 맞을 거라 생각하지 못했었다. 사현 형이라면 든든히 회사를 지킬 거라 생각했었는데. 사유가 지끈거리는 관자놀이를 눌렀다. 그 옆에서 사강은 전에 사 온 고양이 인형을 든 채, 헛장난이나 하고 있었다. 이번만큼은 사유조차도 아버지의 의견에 동조할 수밖에 없었다. 정말 비서나 꼬드기지 않으면 다행이지. 그러나 가족 중 유일하게 사유를 이해하는 사람이 사강이듯, 사유 역시 가족 중 가장 애정이 가는 사람 역시 사강이었다. 사유와 사강은 전혀 다른 모습이지만 어딘가 통하는 면이 많았다.

그 며칠, 아버지의 전화를 떠올리며 사유는 피곤한 기색을 드러냈다. 톡, 쏘는 페퍼민트 차도 갈증을 해소해 주지 못할 만큼 그는 기다림에 지쳐 가고 있는 중이다. 창문 너머 닿은 햇살이 바늘처럼 쏘았다. 이제 겨우 며칠이 지났을 뿐인데, 마지막 봄날이 성큼 떠나 버린 열기는 이글이글, 아스팔트를 눌러댔다. 서늘한 에어컨이 켜진 가게 안에서 사유는 답답한 갈증을 느끼고 있었다. 무덥고, 지루하다. 끝없는 사막처럼.

"뭐야? 또 있네? 매일 오는 거예요?"

딸랑!

반가운 풍경 소리가 울리고 들어선 사람은 기다리던 설하 대신 아직도 어색함이 가시지 못한 지연이었다. 들어서자마자 곱지 않은 눈길로 흘겨보는 지연의 물음에 사유가 어설픈 미소를 지었다. 설하 말로는 그런 지연의 톡톡한 어법이 나름의 독특한 애정 표현이라는데 사유는 여전히 적응하기 힘들었다.

"그렇게 기다린다고 갑자기 돌아올 것도 아니고…… 저 올 때 되면 어련히 알아서 올까? 어디 여행이라도 갔나 보지."

연락도 없이 사라졌다며 불뚝불뚝 화를 내고선, 사유에겐 편하게 여행 갔나 보지, 라니. 털썩, 건방진 태도로 사유의 맞은편에 앉은 지연이 말끔이 그를 바라보았다. 시선이 따갑다, 여름 햇살처럼.

"전에도 그랬어요, 친아버지 돌아가실 때. 며칠 소식도 없이 사라지더니, 떠날 때처럼 느닷없이 나타나 여기로 이사 오겠다는 거야. 아무튼, 사람 기함하게 하는 데 뭐 있다니깐! 내내 법률 사무실에 일하던 애가 갑자기 카페라니……."

"……."

톡톡, 사유의 발끝이 바닥을 찼다. 지연의 말처럼 황당하기보다는 가슴이 아팠다. 외로웠나 보다, 떠나고 싶을 만큼. 누구에게도 속내를 드러내지 않고, 씩씩하게 웃었을 설하의 모습을 상상하며 사유는 아픈 가슴을 눌렀다. 그때 있어주면 좋았을 걸 그랬다. 조금 더 일찍 이곳으로 여행을 오고, 조금 더 일찍 그녀를 만났더라면 슬픔을 덜어주진 못했어도, 최소한 외롭지 않게 곁에 있어주었을지도 모르는데.

"대체 언제까지 기다릴 셈인지……."

혼잣말하듯 중얼대는 것도 지연의 특이한 버릇이었다. 익숙해지진 않았어도 지연의 버릇 정도는 사유도 대충 알 수 있었다. 쑥스러우면 괜히 딴 곳을 바라보는 것도. 그건, 설하와 좀 비슷하다. 쑥스러우면 괜히 씩씩한 척 웃는 거.

"대체 이번에 또 무슨 일인 거야?"

대답없는 사유 대신, 결국 지연이 투덜투덜 입술을 내밀었다. 사유 역시 지연과 같은 생각이었다. 정말 무슨 일일까? 이번에도 류환 때문이라면 정말 그 앙증맞고 작은 머리를 쥐어박을지도 모른다. 친아버지의 죽음처럼 류환이 또다시 그녀의 여행의 원인이라면 당신 바보 아니야? 류환은 네 몫이 아니라니깐! 하고 소리라도 쳐서 정신을 번쩍 들게 하고 싶다.

"설하가 올 때까지 여기서 매일 이렇게 기다릴 거예요?"

"그럴 생각인데."

조용한 음성이 울렸다. 잔잔한 파도처럼 격정이 숨겨진 음색이었다. 겨우 나온 대답에 지연의 시선이 사유에게 멈추었다. 표면에 보이는 것처럼 그리 녹록하지 않는, 좀처럼 속내를 알 수 없는 남자다. 그래도 모른 척 섬세한 배려를 잊지 않은 썩 괜찮은 남자. 어차피 류환과 안 될 거라면 효원 삼촌과 엮어줄 욕심이었지만, 지금은 뭐, 사유라도 괜찮을 것 같다는 생각이 들었다. 최소한 류환처럼 무디고 둔한 남자는 아니니까.

"설하, 왜 기다리는 거예요?"

처음으로 지연이 진지한 얼굴로 사유에게 물었다. 사유의 맑은 눈동자가 곧장 그녀를 향해 쏟아졌다. 효원 삼촌처럼 화려하지는 않아도 나름대로 기품있는, 그런 매력이 있는 얼굴이었다. 처음 설하가 선한 눈빛이라 말했던 것도 이젠 어느 정도 이해가 갈 만큼 사유는 어딘지 여유롭고 느긋한 분위기가 느껴졌다. 함께 있다 보면, 원래 세상 보는 시선에 야박한 자신조차 왠지 가슴이 넓어져서 그럴 수도 있는 건가? 하고 너그러워지는 전염성도 있었고.

"기다려 주고 싶어서."

"왜요?"

"많이 외로우니까. 그래서 누군가 기다려 주고 있다는 걸 말해주고 싶어요."

아……

지연이 저절로 고개를 끄덕였다. 좋겠네, 혼자 중얼대면서. 왠지 코끝이 찡하다. 그녀에게도 그럴 때 있었다. 힘든 일 때문에 타박타박 집에 돌아왔을 때 꺼진 불을 보면 더 외로워지는. 설하는 좋겠네. 지연이 다시 종알댔다.

딸랑, 딸랑!

조용해진 두 사람의 테이블 너머 풍경 소리가 바쁘게 울려댔다. 설하가 없다 해도 여기 '샤콘느'는 여전히 바쁘다.

"어? 주인 언니 또 없어요?"

들어서던 손님이 설하를 찾으며 아쉬운 소리를 냈다. 그 순간, 두 사람의 시선이 허공에 마주쳐 반가운 소리를 냈다.

"뭐, 기다리는 사람이 사유 혼자만은 아닌 모양이네."

실실 꼬아대도, 악의는 없는 지연의 말에 사유가 씨익 웃어주었다. 사람들의 소음 소리, 보글보글 물 끓는 소리. 그리고 손님들이 주문한 여러 가지 차 향마저 바쁘게 가게 안을 맴돈다.

각각 사색에 잠긴 두 사람의 묵묵한 침묵 사이로 달칵, 지연의 찻잔이 작은 소리를 냈다. 오늘은 지연도 시간이 남았는지, 아님 사유의 말처럼 한 번쯤은 설하를 기다려 주고 싶었는지 달랑 일어서지 않고 꽤 오랜 시간 남아 있는다.

사유의 시선이 지연의 뒤로 저물어가는 어둠에 머물렀다. 꽤 길어진 오후가 넘어가고 이런 까만 어둠이 밀려오면 곧 '샤콘느'가 문을 내릴 시간이 된다. 하루가 참 쉽게 저문다. 내일이면 또다시 정확히 오픈 시간에 아르바이트생보다 먼저 가게 입구에 서 있다, 하루 종일 이곳에서 앉아 있을 것이다. 그렇게 시간을 보낸 뒤, 어둠이 밀려오면 문을 닫아주고 다시 터덜터덜 집으로 향하겠지.

잠시, 멈칫거리던 지연의 시선이 사유에게 훑었다. 설하가 사라진 후 제법 빠진 살이 오히려 늘씬한 키를 더 돋보이게 해 전체적으로 많이 호리해져 건장하다기보다는 날씬한 느낌을 준다. 무겁게 내려앉은 눈빛에 어쩐지 마음이 설레는 건 비단, 지연만은 아닌지 옆 테이블에 앉은 여자 손님의 시선이 자주 사유에게 향했다, 다시 멀어지고 있었다. 불행히도 사유는 설하가 없는 세상엔 관심없어 보이지만⋯⋯.

사유 모르게 지연이 새어나오는 한숨을 삼켰다. 혹시 류환 때문이지 않을까? 하는 불길한 생각이 든 때문이었다. 쳇! 정말 마음에 안 드는 류환이야!

"어? 문 닫는 거야?"

피가 바짝 마르는 오랜 부재를 먼지처럼 날리고 이제 완연한 여름이 다 되어버린 후 어느 날, 떠날 때처럼 설하가 훌쩍 돌아왔다.

가게 문을 닫던 사유와 그 옆에 섰던 아르바이트생의 기절할 듯 놀라는 시선에 비해 배싯거리는 설하는 무심할 정도로 태평한 몰골이었다.

"언니! 대체 어떻게 된 거예요?"

그나마 아르바이트생, 은미가 반갑게 설하를 맞았다.

"문 닫기 전에 오려고 했는데, 생각보다 늦었나 보네. 잘 지냈어요?"

천연덕스런 인사를 건네곤 작은 가방 하나를 바닥에 털썩 내려놓는다. 뽀얀 먼지가 깜박이는 불빛 속에서 부옇게 일었다. 비워진 시간에 비하면 작은 짐 가방이었다.

"시간이 많이 늦었네? 그럼 내일 봐요!"

사유의 눈치를 재빨리 살피던 은미가 그대로 줄행랑을 놓았다. 잔뜩 굳은 사유의 손에 들린 가게 열쇠를 빼앗아 설하가 다시 문을 열었다. 걱정했던 것처럼 야위지도, 푸석거리지도 않은 얼굴이라 반가워해야 할 텐데, 기다리던 마음과 달리 부글부글 화가 끓었다. 아무리 모른 척하려 해도 이유없는 설하의 증발 속엔 분명, 류환이 있다는 것쯤은 뻔히 알 수 있다. 끼익, 묵중한 문소리가 유독 커다랗게 울렸다.

"거기 서 있을 거예요? 아, 목말라. 차 한 잔 마실 건데, 같이 마셔요."

성큼, 들어서 차를 권하는 모습도 떠날 때와 다름없이 평온하고 익숙하다. 그게 더 화가 치밀었다. 끈질긴 그녀의 사랑도 화가 나고, 미련스런 자신의 기다림도 화가 난다. 무얼 기대했을까? 그녀를 기다리며 무얼 기대했기에, 이토록 광풍처럼 격정이 이는 걸까? 한자한자 씹어뱉듯 사유가 입을 열었다.

"겨우 그것뿐인가요?"

"네?"

설하가 동그랗게 눈을 떴다. 그가 화내는 이유조차 모르는 눈빛이다. 왜 혼자 모든 걸 견디는지 모르겠다. 그렇게 긴 세월 동안 사랑했으면서도 정작, 류환에게는 철저히 숨겨놓고 행여 그의 마음을 다칠까, 저 혼자 끙끙 앓는 바보 같은 여자!

한참을 갸웃거리던 설하가 그제야 아! 하고 고개를 끄덕였다.

"기다렸어요? 미안. 연락도 없이 떠나서."

쉽게 사과를 건네고는 가져온 가방 속에서 무언가를 꺼내 주방 쪽으로 향한다.

"기다릴 거라 미저 생각하지 못해서⋯⋯. 하긴 생각해 보면 알 수 있는 건데. 늘 기다렸잖아요? 새아버지의 집에서 돌아올 때도. 게다가 시간이 이렇게 많이 지나 버린 줄도 몰랐지 뭐예요. 오랜만에 하는 여행이라 그런지 모처럼 편하게 시간을 보냈던 것 같아. 흐름을 잊을 정도로 걱정했다면 정말 미안."

부스럭 소리를 내며 끝없이 수다를 떨어댄다. 가게 안에선 주방 저쪽이 잘 보이지 않아, 사유가 고개를 죽 뺐다. 굵은 기둥 사이로 슬쩍슬쩍 스치는 얼굴이 목소리처럼 밝아 보이지는 않아 보여 그렇지 않아도 굳어진 얼굴이 이젠 석상처럼 딱딱해졌다.

"가게가 말끔해요. 내가 없는데도 잘 지낸 가게를 보면 대견해해야 하는데 좀 섭섭해. 내 빈자리 하나 정도는 티가 나도 괜찮을 것 같은데……."

"그래도 오트밀 쿠키는 없었어요."

사유가 스르르 의자에 주저앉으며 말했다. 달달한 오트밀 쿠키도, 그리고 진한 차 향도 사라진 지 오래였다. 그녀가 없는 이곳은 무언가 빠진 음식처럼 맹숭한 맛이었다.

"그런가? 하긴 은미는 요리엔 젬병이래요. 차 끓이는 건 대충 가르쳐 준 대로 따라 하는데 빵 굽는 것엔 도무지 흥미가 없더라구요."

쟁반에 차를 담아 내온 설하가 그제야 사유 앞에 반듯이 앉았다.

"히비스커스와 로즈힙이에요. 여행간 곳에서 구했는데 향이 굉장히 좋아요."

아, 그녀의 목소리가 이랬구나. 들끓던 화가 조금씩 가라앉는다. 태평스런 설하의 태도에 전염이 되어버린 모양이다. 앞에 놓인 붉은 차에선 새콤한 차 향이 진하게 우러났다. 그 작은 차 이로 내내 사막처럼 지루하던 가게 안이 금세 생기가 돈다.

"화 풀어요. 미안."

연한 여름날의 풀잎처럼 설하가 산들 웃음 지었다. 탁자 위에 놓인 작은 손이 앙증맞게 흔들거렸다. 톡톡, 장난처럼 쳐대기도 하면서. 사유가 고개를 절레 저었다.

"사과하지 말아요. 당신이 사과할 일은 아니에요. 나 혼자 기다린 거니까."

그저 잘 다녀왔냐고, 그렇게만 묻고 싶었는데, 씩씩한 설하의 모습에 더 화가 치밀었다. 사유의 말에 설하가 어깨를 으쓱거렸다.

"그냥, 버릇이에요. 생각이 많아지면 훌쩍 떠나 버리는 거. 전에도 한번 지연이에게 엄청 혼났는데 그래도 잘 고쳐지지가 않아요. 여기서 내내 풀어지지 않은 문제로 애를 쓰는 것보단 나으니까 중독처럼 자꾸 떠나게 돼. 맑은 하늘이랑 끝없이 펼쳐진 산을 헤매다 보면 참 세상이 쉬워져요. 그래서 그냥 떠나 버렸어요. 사유가 기다려 줄 거라 미처 생각하지 못했거든. 미안해요."

왜 그가 기다릴 거리 생각하지 못했을까? 그녀에 대한 자신의 마음은 더 깊은데, 자신에 대한 설하의 마음은 깃털보다 더 가벼운 걸까? 그가 이곳을 떠난다 해도 지금처럼 가볍게 어깨만 으쓱거릴까? 기다림도 없이? 사유가 무거운 마음으로 앞에 놓인 찻잔을 바라보았다. 루비처럼 투명한 붉은 빛이 넘실, 빛을 냈다.

"많이 말랐어요. 아까 보고 조금 놀랐잖아. 내가 기억하고 있던 사유가 아니라서. 말라서 눈도 커지고 늘씬해 보여요. 사실은 아까 뒷모습만 보고 우리 아르바이트생 애인인 줄 알았지 뭐야!"

또다시 깔깔깔! 웃는 웃음이 갈라져 탁하게 터져 나왔다. 편하게 웃고 있어도 마음은 겉보기처럼 편하지 않은 모양이라 사유는 쉽게 추측했다. 가슴이 먹먹하다. 씩씩하게 살아가겠지. 그가 없어도 여전히 여기 '샤콘느'엔 맑은 차 향이 흐르고 깔깔, 웃는 저 웃음이 퍼져 갈 것이다. 여전히 류환을 조금씩, 조금씩 지워내다 가끔은 이렇게 힘들어 삶에서 도망치기도 하면서.

그러나 자신이 없는 건 오히려 그였다. 이곳을 떠나 그녀가 없는 삶 속에서도 매일 그녀를 떠올리는 것만으로도 숨 쉬기 힘들 만큼 버거워하지 않을까? 언뜻, 떨어진 빗방울에도 연둣빛 우산을 문득, 떠올리며 자신이 더 쓸쓸해할 거고. 아니면 다른 누군가를 사랑하게 된 그녀를 상상하며 밤잠을 설칠지도 모르겠다.

"피곤해 보여요. 눈자위가 빨개."

"잠을 잘 자지 못했어요. 혹시 잠든 사이에 설하 씨가 올까 봐."

"그럼 어때서? 연락없이 여행 간 건 나잖아요. 더 미안해지잖아?"

서늘한 사유의 눈매가 설하의 시선을 피해 창가로 향했다. 까만 하늘에 비치는 달빛이 현기증이 날 만큼 노랗다. 형, 나…… 병에 걸렸나 봐. 자꾸 아파.

"당신이 더 이상 외롭지 않길 바라요."

"그렇게 걱정하지 말아요. 난 씩씩한데 뭘!"

씩씩하게 말하는 설하의 얼굴을 조용히 사유가 손으로 감쌌다. 말랑한 살이 과육처럼 보드랍다. 씩씩한데, 그녀의 말처럼 갈라진 웃음 말고는 달라진 게 없는데 왜 이렇게 가슴이 아픈지 모르겠다. 무슨 일이 있었나요? 묻고 싶은 마음 대신 사유는 위로하듯 설하의 뺨을 쓸었다.

"그래도 기다려 주어서 고마워요. 하긴 막상 사유 보니까 그랬어. 생각보다 기분이 좋더라구, 누군가 기다려 주는 거. 늦었다고 생각했는데 다행히 늦지 않았나 봐요. 한 발짝만 늦었으면 사유 씨 집에 갔을 거잖아."

그랬겠지. 사유가 말없이 차를 마셨다. 약간은 새콤한 맛이 부드럽게 목을 타고 넘어갔다. 그에겐 그리 좋아하는 맛이 아니긴 했지만 그래도 아르바이트생이 끓여주는 밍밍한 차보다는 훨씬 나았다.

"여행이란 거 그렇게 갑자기 떠나야 좋거든. 계획 세우고, 남은 일 몽땅 다 정리하고 가면 굉장히 부담스러워. 여기저기 그냥 기차를 타고 가다가 풍경이 멋지면 아무 곳이나 내려서 하룻밤 자고 그랬어요. 아, 경주는 기억이 난다. 하루만 있다 가려고 했는데 갈 곳이 너무 많아 일주일이나 머물렀어요. 계림에도 갔고, 웃기죠? 그곳에 가니까 고등학교 때 배웠던 게 다 생각나는 거야. 나, 공부 꽤 잘했나 봐? 하하하."

설하가 슬쩍, 사유의 눈치를 보았다. 그러나 좁혀진 미간은 좀처럼 펴질 생각이 없어 보였다. 설하가 사유의 손등에 제 손을 얹었다. 그러지 마요. 웃지 않고, 구겨진 사유는 그녀가 알던 사유 같지가 않아 어색하고 불편했다.

"나, 지금 미안해서 자꾸 변명하는데 용서 안 해줄 거예요?"

어쩌면 용서받은 사람은 설하가 아닌 자신일지도 모른다. 허락도 없이 그녀를 가슴에 담아버린 것, 그리고 그녀를 기다리는 것.

"변명하지 말아요. 가고 싶을 때 언제든지 가요. 자유로워지고 싶을 때. 늘 기다려 줄 수 있으니까."

하지만 너무 멀리, 그리고 자주 떠나지는 말아요.

"하하하! 그러니까 더 못 떠나겠다. 사유가 여기에 늘 기다릴 거라 생각하면 어떻게 떠날 수 있겠어? 기다리는 사람이 있을 때, 떠날 수 없잖아요?"

그런가? 머쓱해하는 사유의 손등을 감싸며 설하가 키득거렸다. 손등을 두드리는 손가락이 경쾌한 소리를 냈다.

"실은, 왜 갔는지 묻고 싶은 거죠?"

설하가 정곡을 콕, 찌른다.

"그냥 갑자기 배신당한 기분이 들어서 참을 수 없었어요."

"배신이요?"

"그때에도 그랬어요. 우리 아버지! 엄마랑 이혼하고 당당하게 나가 버리기에 정말 잘사나 보다 했어요. 늘 집에 없었던 아버지이니까. 엄만 바람 같은 사람이라고 그러고. 그래서 엄마랑 나 없이도 잘살 수 있는 사람인가 했는데 어느 날 갑자기 죽어버리는 거예요. 그것도 엄마 죽은 그 다음 해에. 엄마 때문에 많이 힘들어서, 그런 생각을 했거든. 이젠 아버지 용서해 주자. 사실, 뭐 그렇게 용서해 줄 건 없었는데 용서한다는 핑계로 만나볼까 했었지. 그런데 갑자기 죽어버린 거예요. 뭐야! 나만 두고 사이좋게 가버리면……. 장례를 치르고 조용한 방에 누워 있는데 문득 아, 이젠 정말 고아구나! 하는 생각이 들더라구. 엄마랑 이혼한 후, 친아버지랑 그리 많이 만난 편은 아니었는데. 게다가 아래층엔 새아버지와 류환까지 있는데도 고아라는 생각에 막 눈물이 나잖아요? 내겐 '고아'라는 말이 더 슬펐나 봐, 친아버지의 죽음보다. 그래서 무작정 여행을 떠나 버렸지. 조금 더 기다렸으면 별일 아니란 듯이 심심하게 찾아갈까, 했었는데……. 그사이를 못 참고 가버린 건 좀 너무하지 않았나? 그땐 그래도 지금보다 시간이 더 많았나 봐. 한 달 정도 여행하고 돌아오니 여기 남을 용기가 생겼어. 그래서 곧장 이곳으로 이사 와버렸죠."

두 번째 우려낸 차는 그리 시지 않았는데, 설하는 아까보다 메이플 시럽을 더 부어버린다. 단 걸 좋아하는 편이 아니면서도 사유는 스푼으로 천천히 저었다. 붉은 차에 갈색 시럽이 천천히 녹아들었다.

"류환도 그래. 그렇게 갑자기 배신하면 혼란스럽잖아. 조금씩 잊어도 되는 건데 그렇게 준비도 없이 막 떠나 버리면 남은 내 감정들은 어떻게 해?"

어지럽다. 빙글빙글 도는 스푼 때문에 그도 현기증이 돌았다. 텅 빈 위장이 콕콕 쑤셔 사유는 습관적으로 차를 마셨다. 붉은 찻물이 마치 핏물처럼 입 안에서 맴돌았다.

"막 화가 나서 소리 질러놓고 나와 버렸는데 연락이 먼저 왔어. 그것도 그녀에게서. 왜 직접 하지 않았을까? 그런 소식쯤은 류환에게서 직접 듣고 싶었는데. 아무리 가슴이 아파도 그래도 그녀에게서 듣는 것보다는 낫잖아!"

거즘 울먹이는 소리다. 그러나 이번만큼은 그녀의 눈물을 닦아줄 수 없었다. 사유가 비틀, 자리에서 일어섰다. 부딪친 탁자 위로 붉은 액체가 제 잔 속에서 출렁, 물결을 일으켰다. 그 빛이 제 핏물처럼 선명해 사유가 잘근, 입술을 짓이겼다.

"류환…… 결혼한대. 아, 그리고 보니 금방이네?"

말하는 설하의 얼굴이 잔뜩 비틀려 있었다. 그렇게 긴 시간

여행을 하고 돌아와도 미처 정리하지 못한 감정들이 남은 걸까? 내내 가슴 아팠을 그녀를 기다린 자신의 모습이 바보 같다. 이제 여름밤인데 부르르 몸이 떨릴 정도로 찬기가 돌았다. 서걱서걱 얼음 소리가 제 심장에서 울린다.

"알아요?"

갈라진 사유의 음성이 울렸다. 네? 설하가 고개를 든다. 아직도 남은 슬픔이 배인 진한 눈동자.

"당신이 얼마나 바보인지? 사랑은…… 그렇게 하는 게 아니야."

알아요? 지금 내게 굉장히 잔인하게 군 거? 심장이 잘려서 피가 고인다. 파란 핏물이 사유의 발밑으로 떨어져 내렸다. 툭툭, 투두둑.

모래알 같은 햇살 속에서도 비가 내렸다. 장마는 다 지나갔다고 했는데, 늦은 장마라도 오는지 손가락 굵기 만한 빗방울이 아침부터 흠뻑 내려댔다. 여행해서 돌아온 이후 일주일이 넘도록 사유가 보이지 않는다. 기다림이란 이런 건가 보다. 떠난 사람보다 남은 사람이 더 지루하고 힘겨운 것. 이제껏 사유의 전화번호조차 몰랐다는 걸 새삼 깨달으며 설하는 멍한 기분이 들었다. 그래서 일부러 '샤콘느'로 찾아온 류환을 조금 쌀쌀맞게 맞았다.

"왜?"

"왜냐니! 사람이 갑자기 사라졌는데 그게 걱정이 안 돼?"

화난 기색이 역력한 류환이 날카롭게 쏘았다. 짜증스런 류환의 목소리에 피곤이 몰려왔다. 오히려 여행 다닐 때보다. 좁은 여관방에 쪼그려 잠이 들고, 햇살이 좋아 하루 종일 걸었던 그때보다 말이다. 지연에 이어 류환까지 다그치는 통에 설하는 여독을 풀 여유도 없이 시달리고 있는 중이었다.

"가끔 그렇게 훌쩍 떠났었는데 뭘. 이렇게 수선 피우는 거 좀 피곤해."

"너, 힘들어할 때마다 여행 떠나잖아. 유경이 전화 받고 곧장 사라졌는데 그럼 걱정이 안 되니?"

설하가 손가락으로 테이블 위에 그림을 그렸다. 그때 모든 걸 포기하지 말 걸 그랬다. 꿈을 좇아 발레리나가 되었다면 좀 더 근사했을까?

"그렇게 힘드니, 내가 결혼하는 거?"

류환이 끝내 묻고 말았다. 그 역시, 요즘 이해할 수 없는 설하의 변덕에 나름 지쳐 있었다.

"멀리 떠나는 것도 아니잖아. 아무리 떠나 있어도 난 여전히 네 오빠야. 결혼을 하든 이곳을 떠나든 우린 가족이니까."

핏!

버릇없이 웃음이 터져 나왔다. 정말 사유 말처럼 류환은 바보다. 아님 못 말리는 이상주의자이거나.

"류환은 내게 한 번도 가족이지 않았어."

설하가 약간 냉정한 어투로 말했다. 뭐? 대답하는 류환의 눈동자에 묘한 쾌감이 들었다.

"무슨 말이야?"

"가족이 아니었다고. 난 지금까지 가족이라고 말한 적 없었어!"

"진설하!"

"그래! 난 진설하고, 류환은 그냥 류환이야. 가족 같을 순 있지만 그렇다고 가족은 아니잖아? 우리 엄마가 류환의 엄마가 아니고, 내 아버지는 진성호이듯."

뜻밖으로 강한 설하의 어투에 류환의 얼굴이 밀랍처럼 하얗게 굳어졌다. 앞에 놓인 찻잔을 들어 조심스럽게 차를 마시는 척했지만 당황스런 기색은 감추지 못했는지, 찻잔을 잡은 손가락이 미약하게 떨렸다. 설하의 입술이 잔혹하게 비틀렸다. 이젠 정말, 잊을 거야.

"무, 무슨 뜻이니?"

"내게 류환은 그냥 남자였어. 내가 사랑하는 남자! 십오 년 동안 그랬었어. 그런데 이제와 새삼, 그냥 가족인 척 지내기가 버거워지고 만 거지. 좀 비겁하다고 생각했어. 최소한 류환의 결혼 소식 정도는 본인에게 직접 듣고 싶었거든. 류환의 그녀가 아니라."

"진설하……."

"그래도 이젠 끝!"

설하가 양손을 올렸다. 씨익 웃는 입가가 다행히 생각보다 떨리지는 않았다. 이런 걸 사실은 원했는지도 모르겠다. 파리하게 질린 얼굴로 떠나던 사유의 작은 눈동자가 빠르게 스쳤다.

"진작 용기를 내지 못해서 미안! 그래도 류환 역시, 그녀가 알려주게 만들었으니까, 서로 비긴 거야!"

"유경이가 전화하고 싶다고 부탁했었어."

얼마 남지 않은 찻물을 긴 시간을 들여 들이키던 류환이 천천히 대답했다.

"유경이 외동딸이거든. 동생처럼 지내고 싶다고, 그래서 자신이 직접 하겠다 부탁했었어. 혹시……."

"응?"

"혹시 그게 너에게 상처를 주었다면 미안하다."

"아, 못 말려!"

설하가 덥석 류환을 끌어안았다. 익숙한 향이 폐부 깊숙이 스며들었다. 전엔 그랬었다. 잠깐 안아보는 것만으로도 제 심장이 들킬까, 힘껏 안아주지도 못하고 밤새 가슴 설레던. 류환의 어깨에 제 턱을 묻는 설하가 살짝 코를 찡긋거렸다.

"사랑해, 류환."

류환의 어깨가 딱딱하게 굳어졌다.

"류환의 그런 답답할 정도의 고지식함도 좋았고, 약간 촌스런 뿔테 안경도 좋았고, 나를 보며 환하게 웃어주어서 더 좋았어. 낯선 집에 처음 찾아간 어린 소녀에게 부드럽게 손을 내밀어주어서 좋았고……. 그래서 많이 사랑했어. 한 번쯤 나를 돌아봐주지 않을까? 항상 가슴 떨리던 그 시간도 행복했고……."

울음 때문에 목소리가 잦아들었다. 아, 씩씩하게 보내주어야 하는데.

떨어지는 않은 품을 겨우 떼어내 설하가 짝! 류환의 양 뺨을 잡았다.

"그러니까, 많이 행복해져! 내가 아주 많이 사랑했으니까, 그런 내 사랑 끝내 못 본 척 떠나는 류환이니까 많이많이 행복해져서, 그래서 시간이 많이 지나면 내가 그렇게 생각하게 해줘. 아, 그때 보내주길 잘했다……."

"진설하……."

"이젠 끝이라니까! 그렇게 놀란 얼굴 자꾸 보이면 더 놀리고 싶어져. 사랑하는 거 끝내지 말까? 하고. 아, 그리고 보니까 나 약속있는데…… 먼저 나가봐야 할 것 같아. 결혼식 초대장은 꼭 보내줘. 두고두고 간직하다, 가끔 그리워지면 그거 보면서 막 원망할 거니까."

아직, 채 충격에서 벗어나지 못한 류환을 남겨둔 채 설하는 도망치듯 가게를 뛰쳐나왔다. 더 이상은 버틸 수 없었으니까.

대범한 척, 품은 잔뜩 잡고 나왔는데 막상 거리로 나서니 갈 곳이 없었다. 왜 오지 않은 거야? 글썽이는 눈물을 쓰윽 닦아내며 설하가 괜히 사유에게 투정을 부렸다. 언제나 기다려 준다더니, 왜 홀로 남아버린 지금은 곁에 없는 거야? 도로 가장자리에

선 설하가 쏟아지는 빗물 너머 사유의 집 쪽을 향해 고개를 쭉 내밀었다. 류환이 사준 연둣빛 우산 끝자락에 통통! 빗방울이 요란한 소리를 냈다.

이제 8월을 앞둔 한여름의 비는 달구어진 도로의 열기를 씻어내며 시원스럽게 쏟아지는데 왠지 그녀에겐 한겨울 눈처럼 한기가 돌았다. 소름이 돋은 팔을 비벼대며 설하가 다시 걸음을 옮기기 시작했다. 지금 그녀가 선 자리는 '샤콘느'의 창가가 잘 보이는 곳이었다. 당혹한 류환의 시선에 쉽게 닿을 수 있는 딱, 그만한 자리.

사랑하는 것도, 떠나는 것도 참 어려운 사람이야.

도로에서 조금 더 비켜서며 설하가 눈자위를 쓱쓱 비벼댔다.

여행에서 돌아올 땐, 그래서 더 씩씩했는지 모르겠다. 사유가 기다려 주어서…….

찰박찰박 걷는 속도에 맞춰 고인 물이 경쾌한 소리를 냈다. 까만 빗방울이 하얀 신발 위로 튀어 올라 금세 얼룩이 졌다. 목요일 장이 설 때, 산 싸구려 비닐 신발이기는 했지만 꽤 마음에 들어하던 신발이었다. 얼룩이 쉽게 지워지면 좋을 텐데, 고민스러운 얼굴로 신발을 내려보고 있을 때였다.

"외출하는 길인가요?"

아…….

숙인 고개가 반짝 들렸다. 높은 키로 한껏 우산을 쳐든 사유가 그녀를 향해 웃고 있었다. 설하가 깜박, 눈꺼풀을 올렸다. 이런 걸 그리워하고 있었나? 몰랐는데 지난 일주일 내내 그녀가 가장 그리워했던 건 이 환한 미소였나 보다. 늦장꾸러기 장마의 어둑함 속에서도 반짝이는 햇살 같은 그런 미소.

순간 다물어진 꽃망울이 열리듯, 설하의 입술이 해시시 벌어졌다. 조금 전의 우울함이 싸악 가시는 것도 사유만이 줄 수 있는 어떤 매력일지도 몰랐다. 커다란 키 탓인가? 한눈에 보아도 단단해 보이는 사유의 넓은 가슴이 방어벽처럼 든든하게 그녀 앞에 버티어 섰다. 눅눅한 세상이 그 가슴 뒤로 한달음에 숨어 버린다.

"아, 그냥…… 이리저리 산책."

"또 비 구경하는 건가요?"

"그런 비슷한 거. 가게에서 훌쩍 나와 버렸는데 막상 갈 데가 없잖아? 그래서 이리저리 동네 구경하는 거죠 뭐."

"동네 구경?"

사유의 등 뒤로 삐죽 사강이 얼굴을 내밀었다. 언제부터 있었던 걸까?

"어? 있었어요?"

"뭐야? 정말 몰랐나 보네. 난 사유에게 먼저 인사하고 봐주는가 보다, 했지. 설하 씨는 우리 사유만 보이나 봐."

그런 건 아닌데…….

"그런데 왜 요즘 가게 안 왔어요? 기다렸는데…… 벌써 일주일이나 지났잖이? 그래서 그런가? 살이 더 빠진 거 같아요."

"아, 그거? 우리 사유 많이 아팠거든. 장염이라고 그랬는데."

옆에서 당사자인 사유보다 사강이 더 수선을 떨어댔다.

"장염이요?"

이런! 사유가 잔뜩 사강을 노려보았다. 제발 좀 사라져 줘! 낯선 더위에 적응이 힘들었던지, 며칠 장염 때문에 꽤 고생했었다. 별로 도움된 것도 없으면서 사강은 물 만난 고기처럼 설하에게 조잘조잘 넋두리를 하고 있었다.

"많이 아팠어요? 그러고 보니 얼굴도 좀 하얗게 질린 것 같아."

"아니……."

사강이 냉큼, 부정하는 사유의 말을 잘라냈다.

"많이 아팠다니깐! 설사가 줄줄 샜다구요. 화장실 들어가면 족히 십 분은 넘게 있더라니깐. 이 녀석이 원래 화장실에 들어가면 딱 제 볼일만 보고 나오는 녀석인데. 첨엔 화장실에서 기절해 버린 줄 알고 막 들어가려 하니까 그제야 비실 걸어나오는 거 있죠?"

"하하하! 그런 표현은 또 어디서 배웠대? 설사가 줄줄 새요?"

이런 망할 형! 저 입만 막을 수 있다면 전 재산을 털어줄 수도 있을 것 같다. 하얀 얼굴을 쓸며 이를 바락 갈아대는 사유 옆에서 이것 봐! 사강이 제 손가락을 내밀며 엄살을 부렸다.

"봐요! 사유가 토해낸 거 치우느라 습진까지 걸렸어. 의사가 보리차 먹이라 그랬는데 보리차가 뭔지 몰라서 그냥 물을 줬더니 설사가 더 심해진 것 같아. 몰랐는데 우리 사유, 장이 굉장히 예민한가 봐."

"깔깔깔!"

이젠 아예 허리까지 접혔다. 오랜만에 듣는 설하의 웃음에 반가워해야 하는 건지, 화를 내야 하는 건지 당혹스런 표정을 짓고 있던 사유가 씁쓸한 미소를 짓고 말았다.

"이제 외출 편하게 하러 나가도 되는 거지? 그동안 병 간호하느라 십 년은 늙은 것 같아. 아, 마음 쓰지 마, 내가 알아서 놀다 올게."

산책 나간다는 사유를 굳이 따라 나온 주제에 몽땅 사유에게 뒤집어 씌워 놓고 사강이 급하게 걸음을 옮겼다.

마음 안 쓰고 싶어. 사유가 이를 악물었다. 가세요. 설하가 사유 대신 얌전히 인사를 건넸다. 부산스런 사강이 사라지자 둘은 어색한 얼굴로 서로를 마주 보았다. 약간 파르스름해진 사유의 눈가에, 조금 전 사강이 했던 말이 떠올라 설하가 킥! 웃음소리를 냈다.

덕분에 잔뜩 긴장한 어깨가 풀리며 사유 역시 웃음을 지을 수밖에 없었다.

"잘 지냈어요?"

"뭐, 그렇죠. 그사이, 지연이랑 효원 삼촌 와서는 엄청 화내고 소리 질러대서 여행할 때보다 더 힘들었던 같아. 다시 한 번만 그렇게 연락없이 사라지면 절교하겠대. 지연이랑 절교하는 건

별로 안 힘든데, 지연이 엄마가 주시는 김치를 못 먹을 생각 하니까 그냥 미안했다고 사과하고 말았어요. 아, 귀찮아!"

실은 화내는 지연이와 효원 삼촌이 눈물 나게 고마웠었다. 그랬어요? 대답하는 사유의 편안한 음색에 괜스레 힘이 빠지며 또다시 침묵이 감돌았다. 사유의 시선은 이제 그녀를 벗어나 물기에 젖은 연한 나뭇잎으로 향했다. 왜 웃어주지 않아요? 자신에게서 벗어난 사유의 시선에 설하가 애를 달았다. 사유의 시선이 머무는 나뭇잎 위로 토독, 떨어지는 빗방울이 수정처럼 빛을 냈다. 전엔 저 물기처럼 반짝이는 미소를 자주 보여주었었는데. 그러나 어느 사이, 사유의 웃음은 단지 입가에 머무는 볼품없는 모습으로 변해 있었다. 왜 그래요? 안타까운 심정으로 설하가 사유 앞에서 괜스레 물방울을 튕겨냈다. 이제 그녀의 하얀 구두는 온통 까만 얼룩으로 도배되어 있었다.

"조금 기다렸어요. 사유에게 많이 익숙해졌나 봐. 딸랑! 풍경 소리만 들려도 사유인가 하고 돌아보면, 아니더라구요. 그래서 점점 더 기다려지고 그랬어요. 아팠으면 연락하지 그랬어요?"

전 딸랑, 소리만 들려도 심장이 멎었어요. 여행을 떠난 그녀를 기다리는 동안 바싹바싹 피가 말라 마른 껍질처럼 살았던 것 같은데.

"아, 가게는 좀 그런데……."

습관적으로 '샤콘느'로 향하는 사유의 발걸음을 설하가 재빨리 잡았다. 네? 의아한 사유의 시선에 설하가 쑥스러운 표정을 지었다.

"가게에 류환 있거든. 류환 피해서 도망 나온 건데……."

피가 머리끝으로 쏠렸다. 도망 나오다니, 칠흑처럼 까만 사유의 눈매가 설하에게 향했다. 십 년을 넘게 한 사랑의 무게는 얼마쯤 될까?

"류환 씨는 어때요?"

애써 평온한 음색으로 사유가 물었다.

"궁금해요?"

사실, 류환에겐 관심조차 없었다.

"잘 있어요. 질투가 날 만큼! 곧 결혼할 건데, 마냥 행복하지 뭐! 말했었던가? 이번 주에 결혼식이에요. 그녀…… 말이에요."

설하가 사유의 발걸음에 맞춰 타박, 발자국 소리를 냈다.

"네."

"그녀가 외동딸이래요."

"네."

"그래서 날 동생처럼 생각하고 싶다고……."

네…… 대답하는 목소리가 점점 흔적없이 사라져 간다.

"굉장히 못되지 않았어요? 모두들 그래. 난 그런 거 필요없는데 그녀 혼자 동생이래. 그리고선 그렇게 친근하게 다가오는 거야. 좀 그렇더라. 자꾸 심술꾸러기가 되어가나 봐. 류환한테서 그녀 이야기 듣는 게 굉장히 듣기 싫은 거 있죠?"

듣기 싫어. 사유가 속으로 속삭였다. 그 역시 그녀의 입에서 류환 이야기는 듣고 싶지 않았다.

"그래서…… 류환에게 그냥 고백해 버렸어."

"아, 비가 그쳤다."

그 순간, 사유가 설하의 말 사이로 툭 끼어들었다. 어? 설하가 놀라 말을 멈추었다. 사유의 말처럼 어느새 비가 그쳐 잿빛 하늘이 파르스름한 빛을 띠고 있었다.

"정말? 여우가 장가가나 봐! 아니다, 호랑이인가?"

하늘 저쪽으로 말갛게 바라보는 설하의 머리끝으로 사유의 손이 잠시 머물렀다.

응? 하고 묻는 설하에게 사유가 쑥스럽게 대답했다.

"아, 나뭇잎 하나가 붙었어요."

내린 손가락엔 물기 어린 연한 나뭇잎 하나가 붙어 있었다. 사유가 허리를 굽혀 설하의 귓가에 입술을 대었다. 솜사탕처럼 달콤한 입김이 귓가를 간질였다.

"알아요, 당신 때론 못 말리는 바보라는 거?"

8. 여름날의 신부는

여름날의 신부는 햇살처럼 강렬하다. 백옥처럼 하얀 피부에 까만 생머리를 길게 늘어뜨린 류환의 새신부는 '티파니에서 아침을'에 나오는 오드리 햅번처럼 머리를 올리고 작은 티아라를 꽂아 보석처럼 반짝여 댔다. 이곳의 주인공답게 흠잡을 데 없이 행복한 미소를 지은 채 하객들 속을 비집고 다니는 두 사람을 제외하면 그늘도 없이 곧장 쏟아지는 햇살은 하객들에겐 꽤나 고역이었다. 뭐가 좋은지, 연방 해실거리는 두 사람을 바라보며 설하가 땀에 절은 원피스 자락을 문질렀다.

"왜? 옷이 자꾸 신경 쓰여?"

옆에 선 효원이 귓가에 속삭였다. 하얀 바탕에 자잘한 꽃이 프린트된 드레스 자락이 살짝 구겨져 있다. 설하는 주름진 부분을 신경질적으로 폈다.

"자꾸 그러지 마, 질투난 시누이처럼 보여."

"아, 진짜 신경에 거슬려!"

설하가 얄밉게 구는 효원을 노려보았다.

"그러게 내가 가져온 옷 입으라니깐."

"싫어요. 삼촌이 해준 옷은 너무 요란해서 더 기죽을 것 같아."

설하가 입술을 삐죽였다. 잔뜩 꼬인 심기를 고스란히 드러내는 설하 옆에서 효원과 지연은 무엇이 그리 좋은지 연방 웃음이었다. 신부가 너무 미인인데? 효원은 시원하게 펼쳐진 야외 식장에 크게 울리도록 허풍까지 떨고 있었다. 하긴 외모로만 보면 꿀꿀한 설하보다 멋스럽기는 했다.

"오빠는 제가 잘 보살필 테니까 그만 노려봐요. 식 내내 설하 씨 눈치 보느라 식은땀 흘렸어. 봐요!"

설하 때문이 아닌 더운 날씨 때문에 화장이 뭉개진 이마를 들이밀며 류환의 새신부는 행복하게 웃고 있었다. 노려보다니! 단지 야외에서 치러진 결혼식이라 뜨겁게 내리쬐는 햇살에 눈살을 찌푸렸을 뿐이다. 가만히 서 있기만 해도 녹아내릴 것같이 작열하는 태양 아래에서 그 긴 결혼식을 버티는 것만으로도 죽을 맛인데 피로연까지 남아 있어야 하다니. 더위에 지쳐 밍밍한 미소로 답하는 설하 대신, 효원이 한 손에 보글보글 거품이 이는 샴페인을 들고 제가 결혼하는 사람마냥 연방 커다란 웃음소리를 내었다.

"그러게, 못된 시누이 때문에 고생 좀 하겠어요. 시집 못 간 노처녀 시누이들은 원래 다 그렇거든."

그걸 농담이라고 하나? 설하가 효원의 옆구리를 쿡, 찔렀다.

"삼촌, 이제 스물일곱인데 무슨 노처녀야? 그럼 나도 노처녀란 말이야?"

설하 옆에 선 지연이 그 말에 저도 기분이 나빴는지 벌처럼 쏘아댔다.

"어이쿠, 내가 이래서 힘들다니깐. 노처녀 조카 둘을 건사하려니 이거야 원. 류환, 넌 축복받은 거야."

효원의 말에 류환이 뒤늦게 설하와 시선을 마주쳤다. 입술 끝이 조금 딱딱하다. 그날의 고백을 기억하는 걸까? 괜히 죄지은 사람처럼 유경을 마주 보지 못하고 설하가 슬쩍 눈꼬리를 내렸다.

"글쎄요…… 그래도 섭섭한 마음이 더 깊은데."

"자식, 농담 한마디를 제대로 못 받아줘요. 이런 무뚝뚝한 녀석이 어디가 좋다고 결혼까지 해주는 거예요?"

"호호호. 뭐, 그게 류환 씨 매력 아닌가?"

어색한 류환과 설하와는 상관없이 모두들 즐거운 잡담을 나눈다.

멀리 새로 맺은 사논과 함께 즐거운 듯 박상대소를 터뜨리는 새아버지의 모습이 언뜻 시선에 닿았다. 설하는 저도 모르게 눈살을 찌푸렸다. 빨리 벗어나고 싶다. 넓은 야외장을 가득 메운 사람들의 끈적거리는 숨결과 시끄러운 웃음소리가 끔찍이도 지루하게 느껴져 당장 여길 벗어나고 싶은 마음뿐이었다.

"행복해 보여."

설하가 불쑥 말을 꺼냈다. 이제 완벽히 자신을 떠나는 류환의 모습은 생각보다 괜찮았다. 행복한 그의 모습에 약간의 질투가 어리긴 했지만 그래도 못 봐줄 정도는 아니었고. 효원의 말에 뭐라 대꾸하던 류환이 되물었다.

"응?"

"앞으로도 계속 이만큼만 행복하라고."

"고마워요. 행복할게, 우리."

아……. 느릿하게 말을 빼는 류환의 팔에 다정하게 팔짱을 끼며 유경이 대신 대답했다. 잘못 보았을까? 약간 독기가 서린 유경의 눈빛에 설하가 주춤, 뒤로 물러섰다.

"설하 씨도 곧 좋은 사람 만나요."

인심 쓰듯, 말하는 유경에게 어설프게 웃는 입가에 파르르 경련이 일었다. 순간, 허공에서 맞부딪친 류환의 눈동자가 팔락, 흔들렸다. 조금 전에 보였던 행복한 미소가 사라진 얼굴이 걱정스러운 표정으로 그녀를 향하고 있었다. 왜 그렇게 보는 건데? 묻고 싶을 정도로 그녀에게 머무는 류환의 시선이 꽤 오래 시간을 끌었다.

"아, 저기 외삼촌이 부르신다. 류환 씨!"

갑자기 유경이 호들갑스럽게 류환을 끌며 드레스 자락을 날렸다. 빠르게 사라지는 유경의 뒤로 류환이 인형처럼 달롱거렸다.

"바보 같아……."

"솔직히 바보 같은 건 너지."

설하의 혼잣말에 지연이 톡, 예의없이 끼어들었다.

"뭐가?"

"보내주기로 했음, 매너있게 보내주든지. 뭐냐, 그게? 제 감정 하나 추스르지 못하고, 질질. 효원 삼촌 아니었음 굉장히 어색했을 거야, 아까."

"그만 해. 강지연!"

설하를 향해 거침없이 쏟아내는 비난에 효원이 재빨리 막아섰다. 설하가 어처구니없다는 얼굴로 지연을 노려보았다. 질질 감정을 흘리다니…… 나름 대견하리만치 잘 견디었다 자신할 수 있었다.

"그렇잖아? 내가 유경 씨라 해도 금방 눈치 챘겠더라. 너 혹시, 류환에게 고백해 버린 거 아냐?"

무신경한 지연의 말에 설하의 몸이 그대로 경직되었다. 그렇게 쉽게 드러났나? 자신을 노려보던 매서운 유경의 눈동자를 떠올리며 화락, 열기를 쏟아냈다. 부끄럽다. 은밀한 속내를 들킨 것 같아 설하가 얼른 눈을 내리깔았다.

"눈치 챘어?"

"그래! 하여간 너랑 류환 보면 진짜 남매가 아닌가 싶어. 어쩜 그렇게 둘이 똑같이 감정 감추는 걸 못하냐? 너랑 눈 한 번 제대로 마주치지 못하는 류환 시선이 어찌나 어색하던지. 아무튼 못 말린다니까."

아…… 설하의 어깨가 추욱 처졌다. 그런 거야? 아무렇지도 않은 듯 제 외삼촌과 하하하! 웃음을 터뜨리는 유경을 바라보며 설하가 울상을 지었다.

그랬어? 알아차렸을까?

"집에 가고 싶어."

"어떻게 집에 가? 아직 다 끝난 것도 아닌데."

말리는 지연 앞으로 효원이 긴 팔을 뻗어 설하의 어깨를 감쌌다. 벌겋게 달아오른 얼굴을 그 속에 감추며 설하가 몸을 돌렸다. 돌아가고 싶어. 더 이상 이곳에 있을 자신이 없었다.

"데려다 줄게. 가게 핑계 대고 가면 괜찮을 거야."

그리곤 새아버지를 향해 성큼 걸어가는 효원의 등을 바라보며 지연이 구시렁댔다.

"쳇! 만날 나만 못된 사람 만든다니까. 가자, 가."

"미안."

"됐어, 네 문제인데 내가 뭐라고 하겠냐. 그나저나 너 정말 우리 삼촌한테 마음 없는 거야? 저 정도면 꽤 군침 도는 신랑감 아닌가? 얼굴도 그렇고, 매너도 좋잖아."

"너 같은 조카 두는 거 무서워서 싫어."

새아버지 쪽으로 나란히 걸으며 설하가 힘없이 대꾸했다. 나도 거절이다, 인마! 효원이 옆에서 한마디 거들었다.

"환이가 많이 섭섭해하겠다. 그래도 남매라고는 달랑 너 하나인데……."

먼저 돌아가겠다는 설하의 말에 새아버지는 노골적으로 섭섭함을 드러냈다.

"가게를 오래 못 비워서 그래요. 미안해요. 대신 축하는 다 해줬는데 뭐."

"그렇긴 해도…… 신혼여행 돌아오자마자 곧장 지방으로 내려간다는데."

"그렇게 빨리?"

"그곳 대학에서 2학기부터 강의를 맡게 되어서 이것저것 강의 준비이다 뭐다 바쁜 모양이더라. 당분간은 올라오기 힘들다던대."

또다시 습관적으로 고개를 끄덕였다. 그렇구나…….

"저녁에라도 다시 올 수 있지?"

묻는 새아버지에게 설하가 고개를 설레 저었다. 다른 날도 아닌 오늘만큼은 절대 가고 싶지 않은 곳이 그 집이었다. 곳곳에 아직도 남아 있는 류환의 흔적들을 보면 끝도 없이 그를 붙잡고 싶어질까 봐 그리고 이젠 비워진 엄마의 공간에 주체 못하게 외로워질까 봐, 차마 갈 수가 없었다. 끝내 고집을 꺾지 않는 그녀에게 아쉬운 티를 내는 새아버지의 시선을 견디지 못하고 설하는 서둘러 출발하고 말았다. 나 바보인가 봐, 새아버지.

"오늘은 혼자 있고 싶지?"

가게에 도착하자마자 효원 삼촌이 눈치 빠르게 물어왔다.

"응, 솔직히."

"난 차 한 잔 먹어도 되지?"

뒷좌석에서 같이 내릴 차비를 하는 지연을 붙들어 앉히며 효원이 그래라, 시원스럽게 대답했다.

"왜? 난 오랜만에 설하 만난 건데."

"너도 가끔은 눈치라는 것도 좀 있어봐라. 하여간 누님이 너무 오냐오냐 키웠다니깐."

"삼촌!"

캭! 악을 써대는 지연을 싣고 서둘러 효원이 떠난 자리에 설하가 잠시 그대로 섰다. 어깨가 콕콕 결린다. 내내 긴장했던 탓인 모양이다. 들어갈까? 굳게 닫힌 가게 문을 바라보며 갈등이 일었다. 사실, 삼촌 말대로 가게는 핑계였다. 류환의 결혼식이라 닫아놓은 가게 문이 숨통을 조일 것처럼 답답하게 느껴져 설하는 깊게 숨을 들이쉬었다.

따르릉, 따르릉.

막 가게 쪽으로 발을 내디디던 그 순간, 근방에서 경쾌한 자전거 벨소리가 울린다.

아, 사유!

언제 그랬냐는 듯, 일그러졌던 얼굴이 활짝 펴지며 설하가 빙글 돌았다. 바다처럼 푸른 셔츠에 시원한 하얀색 마 바지. 보기만 해도 바람이 불 것 같은 차림으로 사유가 자전거에 기대서서 그녀를 향해 웃고 있었다.

"어디 가는 길이에요?"

"동네 한 바퀴 돌던 중이었어요."

사실은 설하를 기다리느라 몇 바퀴째 '샤콘느' 주위를 맴돌고 있던 차였다.

"탈래요?"

응! 금방 대답하며 설하가 얼른 뒷좌석에 올라탔다. 전보다 더 능숙한 솜씨로 페달을 힘껏 밟는 사유의 등 뒤로 설렁한 바람이 무더운 열기를 식혀낸다. 자전거 뒤에 앉아 종아리 언저리에서 팔랑이는 스커트 자락의 감촉을 즐기며 설하가 사유의 등을 꼭 붙들었다. 콩콩, 닿은 등으로 작은 심장 소리가 울려왔다.

날카롭게 섰던 신경이 차분하게 가라앉는다. 달리는 자전거의 리듬감에 설하가 편하게 눈을 감았다.

"오늘 류환의 결혼식이었어요."

"네."

"사유랑 같이 갈 걸 그랬어요. 그럼 조금은 덜 바보스러웠을지 모르는데."

따르릉, 또다시 자전거 벨소리가 울렸다. 짧고, 명쾌한 소리였다. 사유처럼……

"후회돼요?"

사유의 목소리가 귓가에 공명을 울렸다. 깊은 우물 속의 울림 같다.

"뭐가요?"

"그를 붙잡지 못한 것."

"말도 안 돼!"

사유의 말에 번쩍 몸을 떼며 설하가 커다란 목소리를 냈다.

"솔직히 질투가 나지 않았다면 거짓말이겠죠. 뜨거운 햇빛에 온몸이 이글이글 녹을 지경인데도 행복하다고 마냥 웃는 모습이 좀 얄밉기는 했지만 그래도 대충은 견딜 만했어요. 류환이 불행하길 바란 건 아니니까. 내가 아닌 그녀로 인해 더 행복하다는데 내가 뭐라 할 수 있겠어요? 무지하게 길고 더운 결혼식이긴 했지만 축복해 주고 싶기도 했고. 그녀만 아니라면……."

목소리에 어쩔 수 없는 원망이 서렸다. 자신을 한껏 노려보던 유경의 시선이 거미줄처럼 쉽게 털어지지가 않았다.

"음……."

사유가 낮은 소리를 냈다. 그녀에 대한 염려와 걱정이 고스란히 담긴 음성에 설하가 뗐던 얼굴을 다시 사유의 등에 묻었다. 연한 사유의 땀 냄새가 바람 속으로 스며왔다.

"좋은 남자 만나라는 그녀의 말이 가시처럼 온몸을 콕콕 쑤셔대잖아. 굳이 그렇게 말하지 않아도 미안한 마음이었는데 잔뜩 노려보는 눈빛에 괜한 오기가 솟구치더라구. 사랑한 게 죄는 아니잖아? 그렇게 독하게 노려볼 필요까진 없었는데……."

괜한 설움 때문에 코끝이 찡하게 아려왔다. 결국 류환을 가진 건 그녀인데 왜 내가 죄인처럼 고개를 숙여야 해? 그렇게 말했던 것 같다.

찌릉, 소리와 함께 자전거가 천천히 속도를 줄였다.

"왜요?"

"잠깐 쉴까 해서."

사유가 멈춘 곳은 전에 함께 피크닉 왔던 그 공원이었다. 듬성한 나무 그늘 밑에 자전거를 세워놓고 둘은 잔디 위에 자리를 잡았다. 멈추어진 바람 탓에 후텁지근한 열기가 그대로 숨통을 조여왔다. 푸른 물이 들지 않게 사유가 손수건을 바닥에 넓게 펼쳐 놓았다. 앉은 자리가 그늘진 곳이라 생각보다 시원했다.

"아, 피곤해!"

양팔을 쭉 뻗으며 기댄 나뭇등걸 대신 그녀의 등을 받친 건 사유의 단단한 가슴이다. 사유의 가슴에 제 등을 기댄 채 설하가 한가로운 공원을 둘러보았다. 아직 뜨거운 열기가 가시지 않은 낮이라 그런지 공원은 전과 달리 한적하고 고요했다. 머리 위로 드리워진 긴 나뭇가지 사이로 살랑이는 명지바람이 잔머리를 흩뜨렸다. 사유가 긴 손가락으로 그녀의 머리카락을 귀 뒤로 넘기자, 귀여운 하트형 이마가 반듯이 드러났다. 아직 미련을 버리지 못한 손가락은 애써 미소를 짓느라 비틀린 입술 위를 스쳐 부드럽게 얼굴을 감싼다. 설하가 수줍게 고개를 숙였다.

"날 봐요."

숙여진 고개를 사유가 살포시 들었다. 촘촘히 박힌 사유의 까만 눈동자 앞에서 그제야 꾹 눌렀던 눈물이 주르륵 흘러내렸다. 사유가 뺨 위로 흐르는 눈물을 씻었다.

"바보 같죠? 그냥 막 눈물이 나요. 행복해 보이는 류환의 모습이 가슴에 짠하게 박혀서. 싫은 건 아닌데…… 가슴이 먹먹해져요. 그렇게 다들 내 곁을 떠나는 게……."

이런…… 사유가 설하를 품속으로 강하게 끌어안았다. 정작 그녀가 더 견디기 힘들었던 건, 홀로 남겨지는 외로움이었나 보다. 어떻게 해야 하나, 이 작은 여자를…….

그 역시 떠날 수밖에 없는 안타까운 현실에 심장이 모지라지는 것만 같아 사유가 깊숙이 그녀의 입술에 키스를 퍼부었다. 장난 같던 첫키스와 달리, 이번에 설하가 조금 더 가까이 제 입술을 대었다. 혀끝에 짭짤한 맛이 느껴졌지만 그것보다는 촉촉한 그녀의 입술이, 황홀한 그녀의 향이 먼저 와 닿았다. 솜사탕처럼 금방 녹아버리는 달콤함에 사유가 더욱 깊숙이 제 혀를 그녀 안에 묻었다. 조금만 더, 조금만 더 깊이…….

파고드는 키스에 어지럼증이 도는 건 설하 역시 마찬가지였다. 환한 대낮에 나누는 키스에 대한 부끄러움은 느낄 사이도 없이 설하는 정신없이 사유의 입술을 녹아내리고 있는 중이었다. 정말, 사유는 키스를 잘한다. 능수능란한 놀림으로 제 입술

안을 헤집고 다니는 사유의 달큰한 혀는 농염하기 짝이 없다. 전기 같은 짜릿함이 쭉 뻗은 발끝까지 퍼져, 설하는 저도 모르게 발가락을 꼼지락거렸다. 그대로 삼켜 버리기라도 할 것처럼 거칠게 빨아들이는 사유의 입술에 흐물, 온몸이 녹아내린다.

"하아!"

꽃잠에 빠진 새신부 같은 신음이 입술 사이로 새어나왔다. 조금 전의 눈물 따위는 어느새 하얗게 말라진 후였다. 높다란 나뭇잎 사이로 흩어지는 햇발 속에 한여름의 벌레 소리가 따갑게 울려댔다. 찌르르, 찌르르…….

"술 사줄래요?"

길고 짜릿한 키스에 부끄러운 낯을 가린 설하가 거친 호흡 사이로 말했었다. 아직도 남은 키스 여운에 숨조차 고르기 힘들 정도인데 느닷없이 술이라니. 네? 황당하게 바라보는 사유의 시선에 설하가 더욱 빨갛게 뺨을 달구었다. 수줍은 기색이 역력한 낯빛이었다. 부끄러운 건가?

어느새 선명한 주홍빛으로 노을진 하늘은 느린 저녁으로 넘어가고 둘은 자전거를 사유의 집 앞에 놓아둔 채 근처 호프집으로 향했다.

"사랑을 얻은 여자는 누구나 그런 눈빛을 하나 봐요. 당당하고, 또 아름답기도 하고……."

쨍!

얼려놓은 맥주잔을 허공에 부딪치며 설하가 쌉쌀한 어투로 말해왔다. 잔에 맺힌 차가운 물방울이 드러난 팔목 위에 쏟아져 오톨도톨한 소름이 돋았다. 맥주를 시원스럽게 들이키는 표정이 그 목소리보다는 조금 더 평온해 보였다.

"그런가요?"

"네, 그것도 기가 팍 죽을 만큼! 많이 부럽더라. 솔직히 곁에 선 남자가 굳이 류환이 아니었다 해도 엄청 질투가 났을 것 같아요. 누군가 항상 내 곁에 있는 거 꽤나 행복한 일일 것 같아. 그렇지 않아요?"

씨익, 웃는 입술이 낮에 보았던 것보다는 훨씬 해맑아 보였다.

"사랑하는 거, 난 늘 아프다고 생각했거든. 그런데 그렇게 행복한 사랑을 하는 사람도 있나 봐. 하긴 내겐 아픈 사랑이 그녀에겐 마냥 좋은 사랑일 수도 있는 거니까."

"그런 사랑, 해요. 늘 곁에 있어주는 사랑."

"그러게, 오늘 류환을 보면서 그런 생각 했어요. 아, 저렇게 행복할 수도 있구나……. 지금까지 류환의 다정한 눈빛은 늘 나에게만 향해 있을 거라 생각했거든. 고운 이가 환하게 드러나는 그 웃음도! 언젠가 그랬다. 한 번은 학교를 갔다 오는데 마당에 류환이 앉아 있었어요. 엄마가 없는 나른한 오후였는데 마루에 앉아서 흥얼흥얼 노래를 부르다 문득 내게 환하게 웃는 거야. 이제 왔어? 하고. 그리고 새로 배웠다면서 자박자박 물을 끓여 허브 차를 끓여주었어요. 레몬 버베나……. 돌이켜 보면, 그때가 그녀를 처음 만났던 때였나 봐요. 우연히 허브를 배웠다면서 끓여주었으니까……."

아련한 향수에 젖어 먼 곳을 부유하는 설하는 그 어느 때보다 황홀하고 행복한 미소를 짓고 있었다. 심지어 자신과 키스를 나눌 때보다 더 말이다. 사유의 눈매가 다소 냉소적인 빛을 띠었다.

"그런데 그녀 곁에 선 류환은 나로서는 도저히 줄 수 없는 빛이 배어 있었어요. 그래서 도저히 미워할 수 없더라. 단순히 행복함만이 아니었어요. 정말 그토록 많은 감정이 담겨 있는 눈빛으로 오로지 그녀에게만 향하는, 그 순수한 미소를 누가 탓할수 있겠어요?"

가득 찬 술잔이 빠르게 비워진다. 피처 하나를 더 시키고, 안주까지 다시 주문했는데 설하의 손은 안주 접시보다 맥주로 더많이 뻗어졌다. 설하의 술잔이 비워질 때마다, 사유의 술잔 역시 비워졌지만 벌써부터 눈동자가 흔들리는 설하에 비해 그의몸가짐은 흐트러짐이 없었다. 얼굴은 오히려 술을 마시기 전보다 더 창백할 정도였다.

"아, 이런 날은 정말 캔디를 꼭 불러주어야 하는데…… 알죠? 외로워도 슬퍼도 절대 울지 않는 우리의 캔디!"

이젠 몸을 가누는 것조차 버거웠는지 팔꿈치를 탁자에 기댄 설하의 말은 서서히 꼬여가고 있었다.

"너무도 사랑했던 테리우스를 보내면서도, 첫사랑인 안소니가 그렇게 허무하게 죽어버렸어도, 끝내 눈물을 보여주지 않았던 그 캔디 말이에요. 모두가 그녀를 좋아해 준다고 해도, 정작 사랑하는 사람 하나도 갖지 못한 그런 외로운 아이가 아니었다면…….. 솔직히 좀 바보라고 해주었을 거야."

그건 그 역시 마찬가지였다. 류환에 대한 마음의 실상은, 어린 시절부터 늘 담고 있던 외로움이란 걸 그녀는 왜 모르는 걸까? 단지 첫사랑이란 달콤한 겉껍질로 포장된 환상뿐이란 걸 말이다. 설하의 외로움이 오늘따라 절절하게 느껴지지 않았다면 당장, 당신! 지금 얼마나 바보 같은지 아나요? 하고 소리쳐 주고 싶었다.

"일어나요."

비틀거리는 설하를 부축해 가게를 나섰다. 왜요? 하고 설하가 의아하게 물었다.

"노래방 가요. 한 시간 내내 불러도 괜찮으니 마음껏 불러요."

"정말?"

사유는 헤벌쭉 웃어대며 자신의 팔을 마구 흔들어대는 설하를 부축하고 거리로 나섰다. 전에 갔던 노래방을 찾아 헤매는 사유 앞으로 누군가 불쑥 튀어나왔다.

"앗! 설하 씨 맞네!"

"이런……."

사유가 낮게 신음 소리를 냈다. 사강 형과 현진이었다.

"설하 씨 또 술 먹은 거야?"

보자마자 눈살을 찌푸리는 현진의 팔을 설하가 덥석, 반가운 기색으로 붙들었다.

"아, 우리 증손녀다! 하이! 왜 이렇게 안 보였어? 보고 싶어 죽는 줄 알았잖아."

증손녀란 말에 현진이 발칵! 성을 냈다.

"누가 증손녀야? 왜 이래?"

"둘이서만 술 마신 거야?"

사강이 어울리지 않게 딱딱한 얼굴로 물어왔다.

"어…… 그냥 좀 속상한 일이 있어서."

"류환 때문에?"

전에 술 마실 때 주정하던 걸 기억한 사강이 넌지시 묻는다. 뭐, 그냥……. 얼버무리는 사유의 말에 사강이 한심스럽다는 듯 고개를 저었다. 괜히 기분이 불쾌해졌다.

"잠깐 이야기할 것 있는데, 여기서 끝내지 그래?"

"오늘 미국에서 전화 왔었잖아. 사유 때문에 우리 아버지, 미국 할아버지한테 엄청 혼났어. 그 할아버지 성질 장난 아니더라. 하도 고함을 질러서 전화기 부서지는 줄 알았다니깐!"

저만큼 설하에게 붙들려 있던 현진의 아는 척에 사유의 얼굴도 어느새 사강처럼 그늘이 졌다.

"데려다 주고 올게."

결국 사유가 발걸음을 돌려 '샤콘느'로 향했다.

"왜요? 노래방 간다고 했잖아? 한 시간 내내 노래 불러도 된다고 해놓구선!"

끌려가던 설하가 고집을 피웠다. 다음에⋯⋯. 달래는 목소리에 절로 힘이 빠졌다. 무덥다. 아무리 밤이 깊어져도, 8월의 무더운 여름밤은 가만히 있어도 금방 등줄기가 젖을 만큼 후덥지근했다. 비가 왔으면 좋겠다. 설하를 부축하며 가게로 들어서던 사유가 까만 하늘을 올려다보았다.

털썩!

사유의 어깨에서 스르르 떨어져 침대 위에 걸터앉은 설하가 흔들, 제 몸을 흔들어댔다. 숨을 한번 쉴 때마다 진한 술 내음이 곧장 쏟아져 나왔다. 사유가 그사이, 이마 위로 흐른 땀을 훔쳤다. 설하의 눈길이 그 손짓을 따라 움직인다.

"⋯⋯갈 거예요?"

낮은 설하의 물음에 사유의 손길이 제 이마 위에서 딱! 멈추었다. 술 취한 사람답지 않게 투명하도록 까만 눈동자가 말갛게 그를 바라보았다. 한숨이 새어나왔다. 가야겠지. 비단 이 집을 떠나는 것뿐이 아닌 여기 한국을 떠날 시간이 점점 가까워져 가고 있었다. 아무리 그래도 그랬지. 얼굴 한 번 보지 못한 사건에게까지 고함을 지르다니⋯⋯.

"정말⋯⋯ 갈 건가요?"

다시 묻는 설하의 이마에 사유가 작게 입을 맞추었다. 그리고는 섬세하고 부드러운 손길로 흐트러진 머리카락을 단정히 쓸어 올렸다. 긴 설하의 눈꺼풀이 풀잎처럼 흔들거렸다.

"자요……. 내일 다시 올게요."

응, 대답하는 설하의 등 뒤로 보이는 작은 창에 잠시 시선이 머문다. 비가 오려는 걸까? 까만 어둠 속에 어름한 달무리가 외롭게 황금빛을 드리우고 있었다. 이곳에서 홀로 외롭게 잠들 설하 따위는 안중에도 없는 여름밤은 그렇게 무심히 넘어갔다.

herb

9. 나무 향기가 바람에 실려

나무 향기가 바람에 실려온다. 후덥지근한 날인데도 들어선 집은 묵은 나무 향 때문에 숲 속처럼 청쾌했다. 설하는 흙 속에 박힌 점점이 돌바닥을 팔딱, 뛰어넘었다. 어렸을 땐 한껏 뛰어야 건널 수 있던 돌바닥이었는데. 아직 들어서지 않는 현관문 너머로 흥겨운 웃음 소리가 넘나들었다. 그새 도착했나 보다. 마뜩찮은 기분을 털어내며 설하는 조심스럽게 집 안으로 들어섰다.

"왔어?"

현관으로 들어서자마자 거실에 앉아 있던 류환이 반갑게 일어섰다. 제주도로 갔다더니 여름 볕에 잘 태운 갈색 피부가 새삼 다가왔다. 그의 곁에 얇은 모시 한복으로 곱게 차려입은 그녀가 애매한 미소를 지으며 설하를 맞았다. 결혼식 날, 자신을 바라보던 시선이 떠올라 설하는 어정쩡한 자세로 고개를 까닥거렸다.

"내가 데리러 갈까 했는데……."

"괜찮아. 버스 타면 금방인데……."

평소와 다름없는 일상의 대화였다. 막상, 신혼여행까지 마치고 온 명실상부한 이 신혼부부를 만나면 어떤 기분일까? 부담감을 가진 것치고는 다행히도 담담한 목소리였다. 설하는 가슴을 쓸었다. 나 잘하고 있는 거지?

"그럼! 이제 막 결혼한 새신랑이 신부 놔두고 동생 마중 나가는 법은 없지."

소박한 새아버지의 말에 귓불이 확 달아올랐다. 이 집에서의 이방인은 유경이 아니라 자신에게 더 가까운 모양이다. 드러나게 내색은 안 해도 작은 말 한마디에 심장 한쪽이 설정 베인 듯 찬바람이 일었다. 그러나 유경은 듣지 못한 척 여전히 붉은 물이 뚝뚝 떨어지는 수박을 먹기 좋게 잘라낼 뿐, 별다른 기색은 없었다. 조신한 그녀의 손놀림을 바라보는 새아버지의 눈빛은 늘 류환에게 향하던 자랑스러움과 진한 애정이 넘실대고 있었다. 덕분에 현관을 들어서던 설하가 주춤, 불편한 몸짓을 했다.

"와서 앉아요. 더운데 오느라 고생했죠?"

결혼식 때보단 더 당당해지고, 조금 더 경계가 서 있는 말투였다. 괜히 온 게 아닐까? 설하는 들어서는 순간부터 벌써 후회가 들었다.

"그래도 남매라고는 달랑 둘뿐인데 함께 맞이해 주어야 하지 않겠냐?"

어제 새아버지가 그렇게 강권하지만 않았다면 오지 않았을 자리였다.

"괜찮아요."

심산스럽게 대답하며 설하는 마지못해 자리에 앉았다.

"오랜만에 정찬을 먹으려나 보다. 새아기가 제주도 특산물이라고 옥돔을 사 왔더라. 참 마음 씀씀이가 어째 그리 찬찬한지. 저녁까지 마저 먹고 갈 거지?"

흐뭇함을 감추지 못하는 새아버지의 미소에 설하가 애써 입가를 올렸다. 십오 년이란 긴 세월도 결국 핏줄을 넘어서지는 못하는 모양이다. 괜한 심술일 수도 있겠지만, 그녀보다는 류환의 그녀에게 더 많은 시선을 보내는 새아버지의 다정함에 쓸쓸함이 드는 건 어쩔 수 없는 그녀의 마음이었다.

"가게, 그렇게 오래는 못 비워서 금방 가야 할 것 같아요."

"끌끌……."

그녀의 대답에 새아버지가 못마땅한 듯, 혀를 찼다.

"결혼식 때에도 가게 때문에 빨리 간다더니……. 가게가 그렇게 중요하냐, 가족보다?"

"생계잖아요. 그거 없으면 굶고 사는데 뭐."

"여기 들어와 살면 되지. 너 하나쯤 못 먹여 살릴까 봐?"

"그냥…… 요즈음 손님들이 많아져서 가게 비워놓기가 그렇더라구. 그건 약속 같은 거니까. 그래서 웬만해선 가게 문 잘 안 닫아요."

"하긴 갈 때마다 매번 북적거리는 해요. 설하가 생각보단 그쪽에 더 어울리나 봐요."

아내 곁에서 히히거리던 류환이 편을 들고 나섰다. 그래도, 딸은 데리고 살아야 하는데…… 하며 섭섭한 마음을 비우지 못하는 새아버지 앞에서 설하가 괜히 미안한 기색을 했다. 정작 들어와 살 생각도 없었으면서.

방금 냉장고에서 꺼내왔는지 베어 문 수박에 이가 시렸다. 유독 수박을 좋아하는 엄마 탓에 여름이 시작되면 그 여름이 끝날 때까지 집 안에 수박이 떠난 적이 없었다. 하긴 수박처럼 쉽게 물리지 않는 과일도 드물었으니까. 더운 여름날, 저녁이면 온 가족이 거실에 앉아 조곤조곤한 수다를 떨어댔었다. 주로 엄마가 떠드는 편이었고, 연방 고개를 끄덕이는 새아버지, 그리고 조용히 독서를 즐기는 류환만을 바라보고 있던 자신의 모습이 있었다.

문득 떠오른 기억의 파편에 설하가 싸한 그리움에 잠겼다. 다시 그 시절로 돌아갈 수 없을까? 그때처럼 함께 있는 것만으로 마냥 행복했던 시절. 가끔 가슴이 설레는 슬픔은 없었던…….

"아참, 저녁 준비를 미처 못했네? 설하 씨가 좀 도와줄래요?

아직 살림이 익숙하지 않아서요."

갑자기 벌떡 일어선 유경이 설하에게 도움을 청했다. 어? 조금 놀랐다. 도움을 청할 거라곤 생각하지 못한 탓에 어정쩡 일어서는 설하 옆에서 류환이 벌떡 엉덩이를 일으켰다.

"벌써 준비하게? 내가 도와줄게."

"아니, 괜찮아요."

따라 일어서는 류환을 유경이 저지했다.

"설하 씨랑 할래. 이젠 가족인데 만난 시간이 얼마 없었잖아. 여자끼리는 이렇게 하면서 친해지는 거야."

어느새 가족이 되어버린 유경이 앞에서 오히려 더 어색함을 느끼며 설하가 마지못해 자리에서 일어섰다. 불편한데……

"그래, 그렇게 친해지고 하는 거지. 너도 곧 지방으로 내려가면 둘이 친해질 시간이 없을 텐데 내버려 둬라."

"그럼 오늘은 합작품인 건가? 하하하!"

세상 부러울 것 없이 커다랗게 웃어 넘기는 두 사람을 남겨두고 설하는 유경을 따라 부엌 쪽으로 향했다.

"쌀은…… 아마 이쪽에 있을 텐데……."

부엌으로 들어서자마자 대충 기억을 더듬어 쌀 항아리를 찾는 설하에게 유경이 약간 싸늘한 어투로 말했다.

"그 정도쯤은 대충 알아요. 결혼식 앞두고 몇 번 더 왔거든."

반듯한 자세로 선 채 야무지게 말하는 유경에게 설하가 바짝 몸을 세웠다. 뜨끈하게 달아오른 볼이 쉽게 가져지질 않았다.

두근거리는 심장이 가슴이 아닌 머릿속에서 울려댄다. 언뜻, 미소 짓던 엄마의 얼굴이 스쳤다. 왜일까? 왜 지금 이 순간 엄마의 얼굴이 떠오르는 거지?

"……할 말이 있었던 거예요?"

"네."

싹둑 잘라내는 말투가 조금 무섭다.

"난 그래, 설하 씨! 그냥 처음엔 참 사이좋은 오누이라고만 생각했거든. 알죠? 류환 씨 책상에 항상 놓여 있는 사진."

설하가 고개를 끄덕였다. 그녀 역시 알고 있는 사진이었다. 엄마가 돌아가시기 전, 마지막 가족 여행에서 튀어나올 것 같은 심장으로 겨우 찍었던 둘만의 사진. 그 긴 시간 동안 함께 살았지만 류환과 단둘이 찍은 사진은 그것이 유일했다.

조금 독해진 유경의 눈빛 속에 땀이 주륵, 등줄기를 흘렀다. 애초 시작부터 잘못한 건 설하 쪽이니 할 말이 없을 만했다.

"피를 나눈 사이는 아니라고 했지만 그래도 류환 씨에게 설하 씨는 동생 이상이 아니라는 것도 알았고. 그런데 이건 좀 무책임하지 않아?"

싱크대에 손을 얹은 채 엄한 선생처럼 내려다보는 유경 앞에서 설하는 마냥 시선을 들 수가 없었다.

"설하 씨, 좋은 사람이라는 거 알아. 그래서 더 얼굴 표정이 정직한 건지도 모르고. 하지만 난……."

숙여진 고개가 천 근처럼 무겁다. 유경이 내뱉은 한 마디 한

마디가 가시가 되어 박힌 심장에서 후드득 붉은 피가 떨어지는 듯한 착각이 일었다. 설하가 두 손을 꽉 마주 잡았다.

괜찮아요…….

듣기 좋은 저음의 사유 목소리가 울렸다. 그래, 괜찮아!

설하가 숙여진 고개를 힘겹게 들었다. 아몬드형 유경의 눈동자가 가차없이 그녀를 쏘아보고 있었다.

"정말, 설하 씨에겐 친동생 같은 좋은 감정을 가지고 있었는데……. 그래서 직접 우리 결혼에 대해서 전화한 거고. 어쨌든 양쪽 부모를 잃은 사람이니까, 새 가족에 대한 집착이 있나 보다 했거든요. 마음이 안쓰러워 잘해보고 싶었는데, 류환 씨에게 고백했다는 말은 솔직히 충격이었어요."

하아……. 고통스런 숨이 겨우 새어나왔다.

"……류환이 말했나요?"

"결혼식 날, 설하 씨 바라보는 눈빛이 엄청 난감해했었으니까. 알잖아요, 그이 제 감정 잘 못 숨기는 거."

"네, 알아요."

그래도 그런 것쯤은 끝내 가슴속에 담아두었으면 더 좋았을 텐데…….

"난 설하 씨가 걱정이 돼요. 그런 거 아직까지 우리나라에선 통용되기 어려운 감정이라는 거 알죠?"

"무, 무슨 말이 하고 싶은 건데요?"

마주 잡은 손끝이 파르르 떨려왔다. 그녀의 심장처럼……. 이렇게 끝나는가 보다. 좀 더 예쁘게 간직할 수 있었는데 모든 게 내 잘못이야. 고백하지 말았어야 했다. 이토록 처참하게 버려질 바에야……

"류환 씨도 그렇지만, 결혼식 때 설하 씨 감정이 얼마나 그대로 드러나 보였는지 모르죠? 의붓동생치곤 류환 씨를 바라보는 눈동자에 감정이 깊더라구. 우리 부모님도 알아차렸을 정도니까. 솔직히 지금까지 아버님이 눈치 채지 못했다는 게 더 이상했어."

"그러니까!"

약간 목소리가 높아졌다. 그러지 말아요. 더 이상 이 아픈 사랑을 추한 물건마냥 내동댕이치는 거 하지 말았으면 좋겠다.

"그러니까 하고 싶은 말만 해요."

"아버님 알아서 좋을 것 없고, 나 역시 우리 가족들도 더 이상 깊이 알지 않길 바라요. 류환 씨는 그냥 어린 동생의 동경 정도로만 생각하지만 난 달라요. 이런 거, 옳지 않다는 거 알죠?"

싱크대에 기댄 채 설하를 또렷이 바라보는 유경은 당당하고 오만했다. 설하가 좁은 어깨를 더욱 좁혔다. 굳어진 미간이 얼음처럼 딱딱했다. 자라면서 가끔 그런 생각이 들었다. 정말 자신이 느끼는 감정은 어떤 건지. 류환의 가족들 사이에서 행복해 보이는 엄마의 모습을 원망해야 하는 걸까, 아니면 엄마의 행복을 온전히 함께해 줄 수 없는 걸 미안해해야 하는 걸까? 엄마로 인해 만난 류환과 엄마로 인해 결코 이루어질 수 없는 그에 대한 사랑 속에서 말이다. 난 엄마에게 미안해야 하는 거야, 원망해야 하는 거야? 설하가 떨리는 손가락에 더욱 힘을 주었다. 좀 더 당당히 고개를 들고 싶은데 그게 생각처럼 쉽지가 않았다. 자꾸 눈가가 흐려져 마주 보는데 자꾸 고개가 바닥으로 내려섰다.

"이젠 다 정리되었다는 거짓말은 안 해요. 당신도 그런 거짓말 따윈 믿진 않겠죠? 하지만 이렇게 당신에게 비난받고 싶은 생각도 없어요. 내가 원한 게 있었나요? 류환에게 고백한 게 나쁘다고는 생각 안 해. 그가 당신에게 고백한 것처럼 나도 내 사랑을 고백했을 뿐인데 뭐. 당신이 그의 사랑을 가졌다고 내 사랑까지 가치없이 만들진 말아요. 원한다면 더 이상 류환을 만나지 않아도 좋아요. 어차피 당신에게 그를 빼앗을 생각은 없으니까. 아님 류환의 사랑에 대해 당신 역시 자신이 없는 건가요?"

설하의 말에 유경의 얼굴이 점차 하얗게 질려갔다. 왜 내가 당신에게 변명해야 하는 건데? 따지고 싶은 마음을 꾹 누르며 설하가 빙글, 몸을 돌렸다. 이젠 여기에 남은 추억마저 모두 버려야 할 모양이다.

"설하 씨 결혼해요. 그게 우리 모두에게 좋은 일이야."

등 뒤로 유경이 못을 박았다.

"난 도피처로 결혼 같은 거 안 해요. 류환이 내게 첫사랑이지만 마지막 사랑이라고까진 안 했어요. 나중에 또 다른 사랑을 하게 되면 그땐 결혼할 거예요. 도망치기 위해서 하는 게 아니라."

겨우, 유경의 말에 대꾸하곤 설하는 도망치듯 주방에서 뛰쳐나왔다.

"벌써 가는 거야? 저녁 준비 함께한다더니?"

놀란 새아버지가 황급히 물어왔다. 처음과 달리 많이 굳어진 유경의 얼굴과 곧이라도 울음을 터뜨릴 듯 퍼렇게 질린 설하를 번갈아 보던 류환은 어느 정도 이유를 알아차린 눈치였다. 미안한 기색을 감추지 못하는 류환에게 설하의 시선이 잠시 멈추었다. 어떻게 그럴 수 있어? 슬픔이 그대로 흘러넘친다. 어떻게…… 어떻게 그녀에게 내 사랑을 그렇게 쉽게 내뱉을 수 있었어? 내 가슴속에서 십오 년 동안 자라온 그 사랑을 말이야…….

그러나 한 마디의 원망도 못한 채 설하는 그대로 돌아섰다.

"가게에서 갑자기 전화가 왔어요. 급히 가봐야 할 것 같아서."

겨우 내 목소리로 설명한 후 설하는 미친 듯이 집을 벗어났다. 더 이상 그곳에 있다간 숨이 막혀 버릴 것만 같았다. 좁은 골목길을 뛰다시피 벗어나며 설하는 급히 숨을 들이마셨다.

"흐윽!"

그제야 눈물이 터져 나왔다. 바보 같은 거야, 이런 거! 자신을 바라보던 유경의 싸늘한 시선이 끈적거리는 진액처럼 떨어지지가 않았다. 그 경멸스런 눈초리…….

너무나 소중히 간직했던 모든 추억과 첫사랑의 애련함이 그대로 곧장 시궁창에 버려져 매캐하고 썩은 쓰레기가 된 듯한 비참함에 몸서리가 났다. 비틀거리는 걸음으로 골목을 나서며 설하는 고개 한 번 돌리지 않은 채 곧장 가게로 향했다. 이제 두 번 다시 돌아오고 싶지 않아!

흐르는 눈물을 훔치며 버스에서 내려선 다리가 모래라도 밟는 것처럼 푹푹 꺼진다. 열병을 앓은 것처럼 온몸이 쿡쿡 쑤시고 땀이 이마 위로 끊임없이 흘러내렸다. 가게로 향하는 내내 설하의 시선은 주위를 맴돌며 익숙한 얼굴을 찾았다. 토닥토닥, 어깨를 두드려 주면 좋겠다. 릴렉스! 하는 농담에 깔깔 웃을 수 있으면 좋을 텐데. 그러나 가게로 가는 길 내내 사유의 모습은 보이지 않았다. 외로워. 눈물 나게 외로운 날이야. 힘 빠진 목소리를 내며 설하가 가게 문으로 들어설 때였다.

"지금 오는 거야?"

어? 갑자기 불쑥, 까만 그림자가 앞으로 튀어나왔다.

"왜 이리 늦었어?"

실망스럽게도 사유가 아닌 류환이다. 언제 왔을까? 이마에서 더운 땀이 흐르는 걸 보니 그녀가 떠난 뒤 급히 뒤쫓아온 품새였다.

"버스가 늦게 왔어."

앞을 막아선 류환의 몸을 비키며 설하가 대충 대답했다. 한 번도 이런 적이 없었는데, 정말 오늘만큼은 더 이상 류환의 얼굴을 보고 싶지 않았다. 사유가 와주었으면 좋겠어. 아무것도 묻지 않고 그냥 묵묵히 바라보는 그의 부드러운 침묵이 못 견디게 그리웠다.

"어디 아파? 왜 이렇게 땀을 흘려?"

"여름이잖아."

아파, 심장이. 그리고 내 사랑이…….

"얼굴이 하얗게 질렸어."

땀에 절은 얼굴을 짚어대는 류환의 눈동자가 손에 닿을 듯 가까이 맞닿았다. 설하가 고통스런 눈동자로 바짝 다가선 류환에게 시선을 마주쳤다. 그렇게 내 사랑이 귀찮았어?

"이마가 얼음처럼 차."

차가워진 건 이마가 아니라 심장인데 알지 못한다.

"괜찮아!"

이마를 덮은 류환의 손을 쳐내며 설하가 가게 안으로 들어섰다. 언니! 일찍 왔네? 아는 척하는 은미에게 대충 손짓으로 인사를 건넨 후 곧장 위층 집으로 향했다. 정말 아픈가 보다. 걷는 걸음마다 물에 젖은 솜처럼 바닥으로 자꾸 내려앉았다.

들어선 방 안은 열린 창문으로 눅눅한 바람이 몰려왔다.

"에어컨 틀어야겠다."

"하지 마! 그냥 바람 맞는 게 좋아."

낡은 선풍기를 틀며 설하가 에어컨으로 향하는 류환을 막아섰다.

"집에 가. 새아버지랑……."

그리고 그녀가 기다리잖아, 라는 말이 차마 나오지 않아 그대로 털썩 침대 위로 몸을 뻗었다.

"돌아가! 쉬고 싶어."

팔을 뻗어 그늘을 만든다. 눈자위를 가린 팔 너머로 류환의 목소리가 들렸다.

"유경이…… 많이 아프게 했니?"

아니, 류환이 그랬어.

"아니, 전부 틀린 말은 아닌데 뭐. 이야기 들었어?"

"대충은. 유경이가 많이 미안해하고 있어. 그렇게 심각한 일이 아닌데, 감정이 지나쳤대."

침대에서 벌떡 일어선 설하가 성난 눈빛으로 류환을 쏘았다.

"류환도 그렇게 생각해? 심각한 일이 아니야?"

"원래 그런 거야. 보통 누이동생들이 오빠를 이상형으로 좋아하기도 하잖아."

하! 설하가 비꼬았다.

"그래서 그렇게 쉽게 내 감정을 그녀에게 털어놓은 거야? 하!"

거친 쇳소리가 울렸다. 류환을 노려보는 설하의 눈동자가 위험스럽게 빛을 냈다.

"난 류환을 사랑해! 사랑한다구! 류환과 결혼하고 싶었고, 늘 곁에 있고 싶다고 생각했어. 십오 년 동안 오로지 한 사람을 바라보는 게 그렇게 가볍게 규정 지을 수 있는 거라고 생각해? 사이좋은 오누이 사이에 흔히 있는 이상형 같은 거? 류환은 정말 구제할 수 없는 바보야!"

"진설하!"

"오빠 마음대로 규정하지 마. 내 사랑까지!"

목소리가 올라섰다. 비참한 건 유경이 때문이 아니었다. 그 긴 세월 동안 한 번도 드러내지 못한 채 숨어 있어야 했던 그 소중한 사랑을 너무도 하찮게 내던진 류환 때문이다. 격한 파도처럼 모든 감정이 끊임없이 그녀의 가슴 안에서 휘몰아쳤다. 너무해! 베어진 상처에 흐르는 피가 까만 독처럼 떨어져 내렸다.

"핏줄 하나 섞이지 않는 한 남자로서 류환을 사랑했다고. 내가 정말 오빠라 생각했다면, 단지 이상형으로만 바라보았다면 이런 걸 할 수 있을 거라 생각해?"

뭐?

미처 말을 맺지 못한 류환의 목을 확 끌어당긴 설하가 제 입술을 깊숙이 파묻었다. 익숙한 류환의 향이 가슴속으로 스며들며 약간은 눅눅한 입술이 혀끝에 만져졌다. 당황한 류환이 벗어나지 못하게 꽉 붙든 채 설하는 마구 제 입술을 짓눌렀다.

참았던 눈물이 뺨 위로 촉촉이 흘러내렸다. 한 번도 용기 내어 만져 보지 못했던 류환의 머리카락을 움켜쥐며 설하는 마음속으로 외쳤다. 느껴줘…….

달칵!

그 순간, 무언가 바닥으로 떨어지는 소음이 두 사람의 키스를
방해하며 울려왔다. 눈물로 인해 뿌옇게 흐려진 그녀의 시선 속
에 누군가의 그림자가 흐릿하게 들어왔다.

"아……."

낮은 신음이 설하의 입속에서 흘러나왔다.

"아…… 미안. 그저……."

문가에 선 사유의 얼굴은 핏기 하나 없이 바싹 마른 밀랍인형
같은 몰골이었다. 침대 곁에 어정쩡한 포즈로 안겨 있던 류환이
재빨리 몸을 일으켰다. 늘 그녀를 향해 반짝이던 사유의 작은
웃음이 사라진 어색한 공간 속에 짧은 침묵이 흘렀다. 땅속으로
꺼지고 싶은 수치감 때문에 설하의 얼굴 역시 사유 못지않게 질
려가기 시작했다. 왜 하필…… 지금 온 거야?

"사유……."

"아, 그저……."

난생처음 말문이 막혔다. 보지 않았어야 했는데…….

더듬거리던 입술이 미약하게 떨려왔다. 한참 만에 입술을 뗀,
사유가 겨우 설명을 했다.

"잠깐, 줄 게 있어서……."

사유의 고개가 바닥에 떨어져 입을 벌린 쇼핑백으로 향했다.
살짝 보이는 입구에는 환하게 웃고 있는 캔디의 얼굴이 보였다.
외로워도, 슬퍼도 절대로 울지 않는 슬픈 캔디…….

"방해할 생각은 없었어요."

어느새 평온해진 얼굴로 돌아온 사유가 떨어진 쇼핑백을 집어 올려 단정히 테이블 위에 놓았다. 일그러진 얼굴로 바람처럼 사유가 사라진 후에야 설하가 거친 숨을 한꺼번에 내뱉었다. 몰랐는데 내내 숨이 멈추어져 있었나 보다.

짝!

순간, 뺨에서 불이 일며 노한 류환의 얼굴이 보였다.

"진설하! 난 네 아버지가 아니야. 어리광도 정도껏 해!"

버럭, 고함을 치는 류환의 얼굴 뒤로 멍한 시선이 박혔다. 귓가를 스치는 류환의 고함 소리 따윈 상관이 없었다. 아파 보였어…… . 한 번도 보지 못한 사유의 상처 입은 눈동자에 부르르 몸이 떨려왔다.

쾅!

성난 류환이 세차게 문을 닫고 나가자 설하가 스르르 침대 위로 떨어져 내렸다.

"더워…… ."

덥다. 숨이 목까지 차게 덥다. 찌르르…… . 따가운 햇살 소리가 날카로운 가시가 되어 귓가에 울렸다. 빨리 지나갔음 좋겠어. 지겨워, 이 여름…… .

우당탕!

벌써 세 번째였다. 쫓기듯 설하의 가게를 나와 세워놓았던 자전거를 잡지 못해 바닥에 떨어뜨린 것이. Shit! 낮게 욕설을 내뱉으며 사유는 다시 네 번째로 쓰러진 자전거를 일으켜 세웠다. 그러나 또다시 손잡이가 주룩 미끄러지며 괘씸하게도 여지없이 땅바닥으로 나동그라지는 자전거를 결국 거칠게 한 대 걷어차 는 것으로 제 성미를 달래고 말았다.

하아! 이게 대체 무슨 짓이냐!

허탈한 미소를 지으며 쓰러진 자전거를 잔뜩 노려보고 있을 때였다

콰당!

방금 전, 자신이 나왔던 가게의 문이 요란한 소리를 내며 누 군가 후닥닥 튀어나왔다.

"아……."

누구의 입에서 먼저 튀어나왔는지는 모르지만, 마주 선 두 남 자 입에서는 동시에 작은 외침이 울렸다. 자전거에 괜한 화풀이 를 하던 사유와 가게를 튀어나오던 류환이 이 어색한 부딪침에 서로 머쓱한 기색을 드러냈다. 부끄러운 장면을 들킨 류환도 그 렇지만, 마주친 사유 역시 그리 유쾌한 기색이 아니긴 마찬가지 였다. 잠시 멈추어진 시선 속으로 도톰하게 부풀어 오른 입술이 눈에 띄었다. 방금 전, 설하의 입술이 닿은 곳이리라.

불끈, 사유가 저도 모르게 어깨에 힘을 실었다.

잠시 당황한 기색을 감추지 못하던 류환이 먼저 몸을 움직였 다. 가볍게 목례를 하며 돌아서는 등 뒤로 하얀 햇살이 우수수 떨어져 내린다. 잠시 눈살을 찌푸리던 사유가 망설이다 천천히

입을 떼었다.

"······그냥 갈 건가요?"

"네?"

류환이 되물었다. 무슨 뜻인지 이해가 되지 않는다는 표정에 사유가 잘근, 입술을 깨물었다.

"이대로, 그냥 갈 건지 물었습니다."

"무슨 뜻인지······?"

"그녀를······ 내버려 두고 이대로 갈 겁니까?"

사유의 말에 류환이 딱딱한 얼굴로 가게 위쪽을 바라보았다. 사유의 시선 역시, 류환을 따라 가게 위쪽으로 향했다. 열려진 작은 창문으로 하늘거리는 레이스 커튼이 수줍게 팔락거린다.

"······시간이 필요할 것 같아서."

"그녀에겐 언제나 많은 시간이 있었죠."

사유가 딱 잘라, 냉엄한 어투로 대꾸했다. 언제나 설하에겐 많은 시간이 있었다. 주체 못하게 많은. 그 많은 시간 동안 혼자 류환을 생각하고, 혼자 류환을 지우고, 혼자 외로워했었다. 그로서는 인정하기 싫다고 해도, 이 순간만큼은 그가 아닌 류환이 그녀의 곁을 지켜주어야 할 때였다. 그러나 류환은 그와 다른 생각인 모양이다. 절레, 고개를 젓는 류환을 보며 사유는 한 대 치고 싶은 충동을 느꼈다.

"때론, 당장의 위로보다는 냉정한 판단이 필요할 때가 있죠. 난 설하가 조금 냉정하게 자신을 돌아보길 바라요."

"그녀가 감정적이라고 생각하나요?"

"흔히 그러는 경우가 있죠. 오빠가 이상형이 되는. 설하라면 그런 혼돈을 쉽게 정리할 수 있을 거라 생각해요. 지금은 그런 시간이 필요할 때이고……."

눈이 부시다. 조금은 고리타분한 느낌이긴 했지만, 목 언저리까지 반듯하게 단추를 채운 셔츠와 칼처럼 날을 세운 면바지와 가벼운 운동화. 지금껏 다른 사람의 외모를 부러워하거나 질투해 본 적이 없었는데 류환은 아니다. 그리 좋아하지 않은 저 면바지도 부럽고, 운동화도 그렇다. 류환의 물 빠진 갈색 빛 눈동자도, 그가 가진 미소 하나까지 지금은 온통 질투의 대상이었다.

사유가 머뭇거리는 사이, 살짝 고개 숙여 인사를 건넨 류환이 주차해 놓은 차에 올라탔다.

냉정해질 때라…….

류환의 말을 떠올리던 사유가 다시 고개를 들었다.

팔락이는 레이스 커튼 자락이 어쩐지 설하의 눈물 같아 쉽게 자리를 떠날 수 없었다. 넘어진 자신의 자전거를 한번 바라보던 사유가 낮게 한숨을 쉬며 천천히 가게 안으로 들어섰다.

유독 길게 느껴지는 계단을 올라, 방문 앞에 선 채 조심히 귀를 문 가까이 댔다. 숨소리 하나 없이 고즈넉한 침묵만이 흐른다. 울지 않을까? 쉽게 뻗어나지 못하는 손가락에 힘을 꽉 준 뒤, 끼익! 조심스럽게 방문을 열어젖혔다.

탁자 위에 그가 놓았던 모습 그대로 놓인 캔디가 먼저 보인다. 그리고 웅크린 작은 등 하나!

얇고 성긴 이불 하나를 허리에 반쯤 덮어쓴, 설하가 그쪽을 향해 등을 돌린 채 침대 위에 누워 있었다. 무슨 생각을 하고 있나요? 묻고 싶은데 목소리가 꽉 잠겨 나오지 않는다. 어떻게 그녀를 보아야 할지…….

혼자 울고 있을 그녀가 안쓰럽긴 하지만, 그 역시 류환의 입술에서 보았던 그 흔적을 막상 마주 볼 자신이 없었다. 그가 아닌 류환과의 키스로 부풀어 올라 있을 설하의 입술 따위…….

"괜찮아, 그러니까 그냥 돌아가 줘!"

미적이는 갈등 뒤로 먼저 입을 연 건 설하였다. 처음엔, 어떻게 자신인 줄 알았을까? 의아해했었다.

"사과는…… 나중에 할게. 지금은, 가슴이 너무 아파서…… 오빠 보는 거 너무 힘들어. 그러니까 그냥 돌아가 줘. 부탁이야."

아…….

사유가 새어나오는 한숨을 재빨리 집어삼켰다.

"……그토록…… 아픈가요?"

갈가리 찢겨지는 심장처럼 터져 나오는 목소리 역시 갈가리 흩어졌다. 예기치 못한 음성에 누워 있던 설하가 벌떡, 자리에서 몸을 세웠다. 놀라 벌어진 눈동자엔 아직 마르지 못한 눈물이 뺨을 따라 흘러내렸다.

사유가 한 걸음 한 걸음 힘겹게 발을 내디뎠다. 그녀에게로 향하는 길이 먼 레테 강처럼 질척이고 무겁다.

침대 끝에 걸터앉아 묵묵히 자신을 바라보는 검은 눈동자가 마치 비난하는 것 같아 설하는 절로 눈동자를 떨구고 말았다. 지금, 그 누구보다 보고 싶지 않은 사람이 사유였는데…….

당혹스런 그녀의 얼굴을 사유가 천천히 들어올렸다. 여전히 남은 눈물을 닦아내는 손길이 솜처럼 부드러웠다. 그러나 그 눈물을 바라보는 사유의 눈동자엔 그보다는 더 날카로운 아픔이 스쳤다. 그녀의 뺨 위로 흐르는 눈물은 그대로 독액으로 변해 그의 심장을 잠식해 들어갔으니까.

딱딱하게 굳어진 심장은 더 이상 뛰지 않고, 입가엔 진한 주름이 잡혔다.

"당신 때문에…… 아파요, 여기 이 심장이…….”

파란 힘줄이 돋은 설하의 손을 제 심장 위에 올려놓은 채 사유가 속삭였다. 물기에 젖은 머리카락을 섬세하게 쓸어 올리는 손짓에도 고통이 묻어 있었다. 제 머리카락과 제 눈물을 쓸어내는 사유를 설하가 멍하게 바라보았다. 달싹거리며 입술을 움직여 보았지만, 말이 나오지 않았다. 오로지 느껴지는 건 제 손바닥 밑에서 팔딱대는 사유의 심장뿐.

사유의 입술이 천천히 그녀의 얼굴 위로 내려앉았다. 키스하려는 거야? 놀란 설하의 입술이 살짝 벌어졌다. 키스 자국으로 붉게 부풀어 오른 입술 바로 위에서 사유의 입술이 멈칫, 멈추어섰다.

한결 써늘해진 사유의 시선이 부푼, 설하의 입술을 뚫어지게 노려보았다. 조금 전, 류환이 남긴 흔적이 마치 살아 숨 쉬는 것처럼 꿈틀댄다. 한참을 갈 곳 모르듯 설하의 입술 바로 위에서 멈추어 있던 사유의 입술이 설하의 입술을 스쳐 정수리 위로 향했다. 품 안에 쏘옥 들어온 설하를 힘껏 껴안은 후 다시 놓았다.

"이제 그만 자요. 지쳐 보여요."

그리곤 미처 붙잡을 사이도 없이 곧장 방문을 나서 가게 앞에 뒹굴거리는 자전거를 일으켜 세웠다. Shit! 또다시 욕설이 터져 나온다. 도저히 류환과 키스를 나누던 그 모습을 지울 수가 없었다.

도망치듯 '샤콘느'를 벗어난 사유가 집으로 도착하자마자, 사강이 불쑥 튀어나왔다.

"아버지 전화야!"

형의 말에 사유가 지친 기색을 여실히 드러냈다. 도대체 하루에 몇 번씩 전화가 걸려오는지 모르겠다.

[사현 녀석, 기어이 니스로 날았다. 내가 얼마나 붙잡은 줄 아냐? 망할 자식, 뒤통수를 쳐도 분수가 있지. 이렇게…….]

"그만 하세요!"

날카로운 파열음이 울렸다. 옆에서 빙글대던 사강이 화들짝 놀라 벽에 기댄 등을 얼른 떼어냈다.

[뭐…… 뭐? 너 지금!]

"당장은 못 갑니다. 아시잖아요?"

[너도 기어이 여자 때문이냐?]

쩌렁거리는 목소리에 사유가 죽일 듯, 형을 노려보았다.

"그것과는 상관없는 일입니다."

[시끄러워! 당장 돌아와! 그 망할 정치가를 하든, 회계사를 해 먹든 네 마음이야. 하지만 지금은 안 돼! 사현 녀석이 돌아올 때까지, 아니, 하다못해 사강 녀석이 제자리를 잡을 때까지만이라도 도와!]

거칠게 끊어지는 전화기를 잔뜩 노려보며 사유가 거친 숨을 몰아쉬었다. 빌어먹을! 머리가 터져 버릴 것만 같다. 원흉인 사강을 바라보는 시선에 찬기가 휘익, 눈서리처럼 스쳤다.

"사현 형이 일을 쳐도 참 크게 치네. 곧 있으면 돌아갈 텐데, 그사이를 못 참냐?"

매서운 사유의 눈치에 재빨리 몸을 사리며 멀리 있는 사현 형에게만 핑계를 대는 사강 앞으로 바짝 발을 디뎠다.

"돌아가!"

"뭐?"

"형, 혼자 돌아가라고! 어차피 형이 있어야 할 곳은 그곳이잖아?"

"그럼 너는?"

웃음기가 싹 걷힌 얼굴로 사강이 진지하게 대꾸했다.

"난······."

말끝이 흐려졌다. 난, 어떻게 해야 하는 거지? 갑자기 난해한 문제에 부딪힌 것처럼 말문이 막혀왔다.

"네가 있어야 할 곳도 그곳 아냐? 언제까지 여기 있을 수 있다고 생각해? 어차피 일 년 기한으로 온 곳이야. 남은 시간이라고 해봤자 겨우 몇 개월뿐이라고."

"그래서?"

냉기 서린 눈동자가 거침없이 사강을 향해 쏘아댔다. 그러나 사강 역시 물러섬이 없었다.

"너의 그 미련스런 사랑 놀음도 끝을 맺어야 할 때란 뜻이야."

"미련스런 사랑 놀음?"

"그래!"

위험수위에 다다른 목소리를 알아채지 못했는지, 사강이 그대로 제 속내를 쏟아내고 말았다.

"점잖은 척하는 것도 그 정도면 바보스러울 정도야! 그렇게 포기하지 못할 것 같으면 확실히 잡든지 그럴 용기조차 없다면 그런 여자쯤 과감히 포기해 버리든지. 어차피 미국에 돌아갈 녀석이 웬 미련이 이리 많아? 떠나면 그만이야. 못 잊을 것 같지? 죽어도 평생 그녀만 생각하며 살아갈 것 같지? 천만에! 이 하늘만 벗어나 봐. 그 여자 얼굴조차 감감해질걸?"

"시끄러워! 형에겐 사랑 따윈 그저 장난처럼 원래 쉬운 거잖아!"

그렇게 생각하지는 않았는데 말이 불쑥 튀어나갔다. 아마 류환에 대한 질투가 다른 형태로 사강 형에게 곧장 쏟아진 모양이다. 그 순간, 뺨이라도 맞은 사람처럼 사강 형의 입술이 딱! 멈추었다. 평소와 달리 빙글대지도 않고 생소한 눈빛으로 사유를 쏘아보는 눈빛엔 명백히 상처가 담겨 있었다.

"지금까지 살면서 사랑을 장난처럼 생각해 본 적 단 한 번도 없었다. 사랑이라는 건 그렇게 쉽게 오는 게 아니야. 평생 가지지 못할 수도 있고, 아프게 보내야 하는 단 하나의 사랑도 있을 수 있어. 그걸 아니까 너한테 말하는 거다. 그렇게 쉬운 거라 생각했으면 난 이미 여기 있지 않아."

조금 전의 기세는 어디로 갔는지, 묵직하게 가라앉은 목소리였다. 끈끈한 침묵이 싸하게 방 안을 돌았다. 금방, 능글스럽게 웃어댈 것 같더니 제 감정을 겨워내지 못한 사강이 이런 빌어먹을! 낮게 욕설을 내뱉었다. 죽일 듯 노려보는 시선엔 전에 보지 못했던 상처가 드러나 있어 사유는 잠시 놀란 시선으로 형을 마주 보았다.

"뜨끈한 머리나 식혀! 사랑이라는 것도 냉정해야 할 수 있는 거니까!"

오히려 감정을 식혀야 할 건 사강 쪽인 것 같은데, 사강은 그 말을 내뱉곤 곧장 집 밖으로 나가 버린다.

왜? 왜 그렇게 상처 받은 눈빛을 하는 거야?

사강 형이 빠져나간 집은 폭풍이 휩쓸고 지나간 것처럼 고요하다. 황당한 표정을 선 사유가 그제야 스르르, 소파 위로 떨어져 내렸다. 냉정해야 사랑을 할 수 있다? 그래서 그런 건가? 아무 생각이 나지 않았다. 그저 바닥까지 떨어진 심장만이 남았을 뿐. 사유가 흐트러진 머리카락을 움켜쥐었다. 머리가 터질 듯이 아파왔다. 무더워…… 정말 지긋지긋하도록 무덥다.

더워…….

제 얼굴을 감싼 채, 사유는 또다시 중얼댔다.

herb

10. 꽃이 진 자리에 남은 건

꽃이 진 자리에 남은 건 바람뿐인 모양이다. 끝이 없을 것 같던 여름도 8월 중반이 넘어서면서부터는 저녁부터는 한결 선선한 바람이 불어왔다. 그래도 아직은 뜨거운 낮 햇살이 기승을 부리는 더위에 지쳐 있던 설하는 차 심부름을 핑계 삼아 가게 밖으로 외출 중이었다. 여전히 북적이는 가게 안은 뜨거운 사람들의 숨결로 에어컨을 틀지 않으면 견디기 힘든데, 설하는 그 에어컨 바람만 쐬면 머리가 지끈거렸다. 그것 역시 지난 일 때문인가? 그나마 잘 견디던 일상들이 요즘 한창 권태기처럼 지루해, 이렇게 바람이라도 쐬지 않는다면 숨 쉬는 것조차 버거워했을 것이다.

"이제 와요?"

사 온 허브와 홍차를 달랑 봉투에 담아 가게로 돌아오던 설하를 반긴 건, 많이 야위었지만 여전히 잔잔한 미소를 담고 있는 사유였다. 벚꽃나무를 돌아서던 설하가 마주친 사유 앞에서 그대로 돌처럼 굳어졌다. 그날, 류환과 키스하던 날 만난 이후로 처음이었다. 설경설경 심장이 뛰어댄다. 사유를 만나면 어떤 기분이 들까? 지난 시간 동안 몇 번이나 상상해 보긴 했지만, 역시 예상했던 것보다 훨씬 곤혹스러웠다. 귓불이 화락 달아오르는 것도 그렇고. 류환과의 키스 장면을 보인 부끄러움보다는 제 입술에 머물지 못하던 사유의 키스가 떠올라 더욱 그랬다.

쭈뼛거리며 사유 앞으로 다가선 설하는 그래도 슬쩍, 사유의 기색을 살피는 걸 잊지 않는다. 도드라진 광대뼈 덕분에 깊어진 눈매는 처음 보았던 선한 느낌보다는 거리감이 느껴지는 딱딱한 이미지에 더 가까웠다. 반갑게 웃고 있어도, 그 웃음만이 전부가 아닌 듯한 그런 느낌이랄까? 그러나 부정할 수 없는 건, 설사 사유가 질책의 눈빛을 보냈다 해도 어쩔 수 없는 그리움이었다.

설하가 애써 입가에 미소를 지으며 사유 앞으로 한 걸음 다가섰다. 지난 시간 무엇보다 가슴에 걸렸던 건, 냉정히 자신을 잘라낸 류환의 거절보다 사유의 경멸 어린 시선이었다. 그녀를 경멸하지 않을까? 이미 다른 여자의 남자가 된 류환에게 오기에 찬 키스나 퍼붓는 별 볼일 없는 여자로 치부하지 않을까? 내내 고민스러워 차마 마주 볼 자신이 없었다.

"언제부터 기다린 거예요?"

겨우 낸 질문에 대답하는 사유의 모습은 오히려 그녀보다 더 평온해 보였다. 혹시 질타의 빛은 없는지, 조심스레 살피던 설하의 얼굴이 조금 더 펴졌다.

"조금 오래됐어요."

"뭐냐? 반갑다는 인사도 없이……. 잘 지냈어요? 난 사유 없어서 좀 심심했는데."

"반가워요. 잘 지냈어요?"

여전히 뒷짐을 진 채, 사유가 고개를 까닥거렸다. 쳇! 설하가 입을 삐죽거렸다. 나름대로 힘들게 인사를 건넨 건데, 조금 더 반가워해 주면 안 되나? 실상은, 심장이 아프다던 사유의 말이 가슴에 박힌 주제에 괜스레 섭섭한 마음이었다. 앞으로 바짝, 한 걸음 더 다가선 설하가 물었다. 가까이에 선 사유는 훨씬 더 근사하고 멋스럽다. 참 멋있는 사람이야. 절로 감탄사가 터져 나왔다.

"왜 밖에서 기다려요? 더운데."

"더운가? 나한텐 좀 포근한데. 기다리기 심심해서 그냥 햇빛 구경 나왔어요."

"햇빛 구경은 무슨."

설하가 쨍! 소리를 내는 고즈넉한 하늘을 바라보며 부신 태양빛을 가렸다.

"가게로 들어가요. 시원한 차 준비해 줄게요."

"견딜 만해요. 들어가서 땀 식히고 있어요. 곧 들어갈게요."

"말도 안 돼! 그럼 나도 여기서 햇빛 구경이나 하지 뭐!"

털썩, 자신의 옆 자리에 앉는 설하를 사유는 못 말리겠다는 듯, 바라보더니 주머니 속에서 부시게 하얀 손수건을 꺼내 내민다.

"땀 닦아요."

반듯하게 다려진 손수건은 사유를 닮아 밋밋한 고급스러움 흘렀다. 잠깐만요. 사유가 건네준 손수건으로 땀을 훔치며 설하가 가게로 들어섰다. 사 온 차 봉투를 아르바이트생에게 건네주고 시원한 레몬에이드를 만든다. 얼음까지 동동 띄워 서둘러 가게 밖의 사유에게 내밀었다. 지난 여름, 내내 만들어 팔았었는데 한 번도 주지 못했던 음료수였다.

"레모네이드예요. 직접 짜서 만든 거라 반응이 꽤 좋아요."

내민 레모네이드를 시원스럽게 들이키는 굵은 목줄기를 설하가 반한 시선으로 바라보았다. 남자치고는 긴 목 언저리에 많이 자라난 머리카락이 굽실대고 있었다. 많이 말랐나? 설하가 고개를 갸웃거렸다.

"맛 괜찮죠?"

"네! 집에서 만든 것처럼 담백해요."

"여름 동안 내내 팔았었는데 이상하게 사유에겐 한 번도 못 만들어주었어요. 하긴 그사이 일도 많았다. 그렇죠?"

"네."

조금 전처럼 대답이 시원찮고 너무 얌전하다. 설하가 사유 몰래 눈살을 찌푸렸다. 웃지 않는 사유는 낯선 사람처럼 거부감이 들었다.

"그런데 무슨 일이에요?"

"그냥요."

네……. 길게 말을 늘어뜨리는 설하의 얼굴로 곧장 햇살이 쏟아졌다. 사유가 손에 든 갈색 가방을 들어 설하의 얼굴 위로 그림자를 띄웠다.

"이건 뭐예요?"

제 얼굴 위로 햇살을 가린 가방을 가리키며 설하가 물었다. 순간, 사유의 얼굴에 붉은 핏줄이 빠르게 번져 갔다. 오늘 처음으로 드러난 표정이었다. 수줍고 부끄러운 기색이 역력한 사유의 표정에 설하가 또다시 갸웃거렸다.

"아……그냥, 하나 샀어요."

"뭔데요?"

묻는 설하의 말에 사유가 잠시 갈색 가방을 묵묵히 바라보았다. 시선이 살짝 흔들린다. 무언가 잔뜩 고민스러운 빛이다. 뭔데? 궁금해하는 설하 앞에서 한동안 말이 없던 사유가 그늘진 벚꽃나무 아래로 그녀를 이끈 후 가방의 지퍼를 주욱 열었다.

"뭐야? 바이올린이잖아요?"

예전엔 제 모양대로 되어 있던 것이 평범한 네모 모양으로 바꿴 가방 속엔 반질한 바이올린이 들어 있었다. 독특한 나무 향이 알싸하게 공기 중으로 퍼져 갔다. 설하가 바이올린을 가볍게 쓸었다. 만지는 것만으로 알 수 있을 만큼 꽤 좋은 바이올린이다.

"바이올린도 켤 줄 알아요?"

"조금요. 사실은 아주 잘은 못해요."

끼기긱, 줄을 고른다. 팅! 맑은 음이 현을 울렸다. 설하가 기대에 찬 눈빛으로 줄을 고르는 사유를 흐뭇하게 바라보았다. 바흐의 '샤콘느'였음 좋겠다. 가게 이름을 '샤콘느'라 지은 이유도 그녀가 가장 좋아하는 곡이 바흐의 바이올린 솔로 곡 '샤콘느'인 탓이었다. 초보자가 켜기에 그리 쉬운 곡은 아니었지만, 사유라면 꽤 능숙하게 켜지 않을까? 눈을 반짝이는 그녀 앞에서 한참 줄을 고르던 사유가 침착한 손짓으로 활을 현에 놓았다. 높은 나뭇가지 위로 방금 줄을 고른 바이올린이 끼익, 요란한 소리를 냈다.

그리고 한동안 기대에 찬 눈빛으로 바라보던 설하가 결국은 깔깔깔! 배를 잡고 굴러댔다. 뭐야? 고상한 갈색 악기에서 울리는 음악은 다름 아닌 캔디 주제곡이었다. 그것도 꽤나 엉망인 솜씨였다. 진땀을 흘리며 사유가 힘들게 곡을 마칠 때까지 설하의 웃음소리는 그치지 않고 계속되었다. 정말 도저히 끝까지는 들어줄 수 없는 최악의 바이올린 연주였다.

"너무한 거 아닌가?"

결국 곡을 마친 사유가 벌게진 얼굴로 타박했다. 그러나 배를 잡고 뒹구는 설하는 흐르는 눈물을 감추느라 애를 쓰고 있었다. 아, 도저히 들어줄 수 없었어.

"그렇게 엉망인가요?"

엉터리 바이올린 연주를 한 주제에 오히려 당사자가 더 억울한 표정이었다. 설하가 눈가에 맺힌 눈물을 닦아내며 변명했다.

"깔깔깔! 그게 아니구, 아, 눈물이 난다. 그냥 좀 그래서……."

"일주일 내내 연습한 거예요. 그렇게까지 못 들어줄 정도는 아닌 줄 알았는데……."

"아, 미안! 그런데 어쩔 수 없어. 그게……."

웃느라 숨이 자꾸 막혔다.

"그게, 바이올린으로 들으니까 꼭 트로트 같아서 자꾸 웃음이 나요. 미안…… 성의없이 들은 것 같아서."

"트로트요?"

"있어요, 그런 거. 암튼 좀 깬다. 바이올린이 너무 근사해서 꽤 솜씨있는 연주자인 줄 알았어. 왠지 사유 분위기가 그렇잖아요. 못하는 게 없을 것처럼 보이는 거."

그런가? 머리카락을 긁적이며 사유가 붉어진 얼굴을 감추려 애를 썼다. 괜히 바이올린으로 했나 보다.

"부족한 게 더 많죠. 사실, 내내 배웠던 피아노도 그리 훌륭한 실력은 못 돼요."

"피아노 배웠어요?"

"아버지가 거의 강제적으로 시켰었죠. 그래도 좀 실망한 건 사실이에요. 조금은 감동할 줄 알았거든요."

정말 실망한 기색의 사유 앞에서 어, 미안해지네? 설하가 그제야 후두둑거리던 웃음을 멈추었다.

"감동했어요. 우습긴 했어도, 감동했는데 뭘."

"하긴 내 귀에도 별로이긴 했어요."

으쓱이면서도 실망을 감추지 않는 표정에 자꾸 웃음이 샜다. 아, 웃으면 안 되는데……. 그러나 솔직히 바이올린으로 듣는 캔디는 정말 아니었다. 게다가 이렇게 엉망인 연주 솜씨로는 더욱! 삐질 웃음이 새어나오는 설하에게 결국 사유도 함께 웃고 말았다.

"다른 것도 해봐요. 만회해야지."

설하의 권유에 사유가 절레, 고개를 저으며 거절했다.

"이것뿐이에요. 힘들게 구한 악보라 한번 들려주고 싶어 일주일 내내 매달려서 겨우 배운 거예요. 바이올린은 잠깐 배우다 말아서 겨우 소리 정도 내는 실력이었거든요. 사강 형이 바이올린 전공이라 그나마 특훈으로 배운 거예요."

"사강 씨가요?"

"아, 이것도 좀 배웠는데 한번 들어볼래요?"

자리에서 일어나 다시 바이올린을 든다. 엘가의 '사랑의 인사'.

깔깔깔! 설하의 웃음보가 다시 터지고 말았다. 아, 정말 너무 솜씨없어.

"바이올린이 슬프겠어. 꽤나 좋은 바이올린인데."

하하하! 사유가 시원스럽게 웃음을 터뜨렸다. 줘봐요. 설하가 바이올린을 빼앗아 어깨에 걸친다. 사유가 놀란 시선으로 설하를 바라보았다.

"바이올린 켤 줄 알아요?"

"나도 음악 좋아해요. 악기 하나 정도는 배울 만큼."

활을 움직이는 설하의 손길을 따라 아까보다는 한결 편한 음색이 허공 속에 울렸다. 조금 전 그가 켰던 '사랑의 인사'다. 사유가 연한 미소를 지은 채 귀를 기울였다. 적절한 기교와 자신만의 곡 해석까지 곁들인, 오랜 시간 공들여 배운 썩 훌륭한 솜씨였다. 한들, 짧은 여름 바람에 벚꽃 가지가 흔들린다. 마치 음률에 맞춰 춤을 추는 것 같다. 금세 한 곡이 끝났다.

"다른 것도 켜봐요."

사 온 사람은 사유인데, 정작 솜씨를 부리는 건 설하다. 거절하는 법도 없이 설하가 다시 활을 잡았다. 녹슬지 않았을까, 했는데 오랜만에 잡아본 것치곤 음색이 꽤 괜찮은 편이었다. 황홀한 빛으로 살포시 눈을 감은 사유의 귓가로 '가고파'가 그윽하게 퍼져 갔다.

'가고파'는 새아버지와 엄마가 곧잘 함께 부르던 가곡이었다. 단란한 가정인 양, 온 가족이 거실에 모여 앉아 간혹 그럴때가 있었다. 엄마와 새아버지는 함께 바라보고, 류환은 그 두 사람을 보며 행복하게 웃는다. 그리고…… 설하는 그런 류환을 보며 행복해하던, 다시 돌아올 수 없는 그 시절에 말이다.

"뭐 하는 거니?"

오랜만에 단둘만의 여유를 즐기는 두 사람 곁으로 듣기 좋은 중저음이 불쑥 끼어들었다. 아, 사유가 엉거주춤 나무 아래에서 일어섰다. 류환이다.

"어, 언제 온 거야?"

키긱, 활이 현 위에서 미끄러지며 날카로운 파열음을 냈다.

"유경이 가게 문제로 어제 올라왔어. 웬 바이올린이야?"

그날, 키스 사건 후 류환은 곧장 유경과 함께 유경의 고향인 대구로 내려갔었다. 그것이 이미 예정된 계획이었고, 또 가을 학기부터 시작되는 강의 때문이라는 걸 알면서도 왠지 자신에게서 도망쳐 버리는 것 같아 불쾌했었는데 뜬금없이 연락도 없이 올라왔나 보다. 한 번쯤은 걱정스런 안부라도 물어올 줄 알았는데 매정한 류환에게 보이는 건 오로지 제 신부뿐인가 보다, 심술맞은 생각도 했었다. 류환의 질문에 설하가 켜던 바이올린을 내려놓으며 약간 쌀쌀한 음성으로 대답했다.

"사유가 가지고 왔어. 오랜만에 켜보는 건데 솜씨가 그리 많이 녹슬지는 않았나 봐."

"가고파?"

"응. 금세 알아맞히네?"

"자주 들었으니까."

성큼 다가선 류환의 얼굴은 지난 기억쯤은 단번에 날려 버린 듯 평온하고 무심해 보였다. 아직 제 감정을 다 게워내지 못한 그녀가 오히려 바보처럼 느껴질 만큼. 그래서 조금 어처구니없는 표정으로 류환을 바라보았다. 물론, 뻣뻣하게 구는 류환도 반가울 건 없지만 조금은 어색해할 수 있지 않을까? 철저히 자신의 감정에서 비켜선 류환에게 짜증이 일었다. 이제 와 새삼 류환을 붙잡을 이유는 없었지만 그래도 겉껍질 같은 남매 사이는 될 수 없었으니까.

그러나 설하의 속내를 짐작할 길 없는 사유는 나란히 선 두 사람 옆에서 살짝 어깨를 움츠렸다. 맞춤처럼 어울리는 두 사람 속에 박힌 자신의 존재가 불청객처럼 불편하고 어색해 몹시 난감한 탓이었다. 사강 형은 차치하고라도 사현이나 사린에게도 이런 기분이 들진 않았는데, 류환에겐 어쩔 수 없이 자꾸 주춤거리게 되는 모양이다. 사유는 의식적으로 어깨를 펴다, 다시 움츠리고 말았다. 류환보다 족히 10㎝는 더 큰 자신의 키가 오히려 설하에겐 고목나무처럼 뻗대기만 한 것 같아 꼿꼿하게 등을 펼 수가 없었다.

"사유가 캔디 들려주었어. 말도 마! 정말 감동 먹었다니깐."

"캔디?"

"일주일 내내 연습했대. 감동스럽지 않아?"

돌아보며 웃는 설하의 미소에 사유의 뺨이 다시 붉게 달아올랐다.

아하! 류환이 고개를 끄덕이더니 설하의 손에 들린 바이올린을 잡았다. 기다란 손가락이 섬세하게 현에 놓인다. 불길한 예감이 주륵, 등줄기를 흘렀다. 지그시 감은 눈 사위와 함께 더없이 아름다운 캔디의 선율이 류환의 손에서 마술처럼 뻗쳐 나왔다. 사유 스스로도 어쩔 수 없는 감탄이 터져 나올 만큼 황홀한 선율이었다. 같은 곡이라고는 도저히 생각할 수 없을 정도였다.

"우와!"

설하의 입에서도 절로 탄성이 터져 나왔다. 정말 오랜만에 듣는 류환의 캔디였다. 바이올린 역시 류환을 따라 배우느라 시작한 거였으니까. 조금 전 그녀의 솜씨조차 장난처럼 느껴질 만큼 현을 다루는 류환의 솜씨는 춤을 추는 것처럼 아름다웠다.

설하의 탄성에 사유의 얼굴도 점차로 일그러져 갔다. 그러나 미처 눈치를 채지 못한 설하가 마냥 좋다는 얼굴로 사유를 바라보았다. 근사한 연주가 울리는 야외 레스토랑에 온 것처럼 어쩐지 황홀해진 기분이었다. 살짝 사유의 어깨에 머리까지 대어보았다. 오후로 넘어서며 한결 선선한 바람이 나뭇가지 사이로 스쳐 사유의 머리카락을 가볍게 흩뜨렸다. 팔랑이는 바람 속에 향긋한 비누 냄새가 코끝을 스친다. 사유의 머리카락을 타고 흐르는 향이다. 흠, 고운 류환의 바이올린 음률을 음미하며 설하는 사유의 향을 깊숙이 들이마셨다. 바다처럼 상큼한 향취가 코끝을 간질였다. 씨익 웃으며 올려보는데 그제야 딱딱해진 사유의 얼굴이 눈에 들어왔다.

"아름답지 않아요?"

"……아름다워요."

의아하게 묻는 설하의 질문에 사유가 낮게 가라앉은 음성으로 대답했다. 비참하리만큼 아름다운 곡이었다. 부정할 수 없이……. 사강 형의 구박 속에서 일주일 내내 손가락에 물집이 잡히도록 연습한 곡이었는데, 류환은 매일 그 곡을 켜는 사람처럼 능숙하게 기교까지 부리며 연주하고 있었다. 황홀한 설하의 눈빛도, 그녀를 보며 환하게 웃는 류환의 미소도 싫어져 사유는 굳어진 얼굴을 풀 수가 없었다.

길고 긴 음악이 끝나자 류환이 바이올린을 사유에게 건넸다. 반지르르 윤이 나는 나무 판에 굳어진 그의 얼굴이 비쳤다. 어쩐지 추한 흉물 같다. 언젠가 설하가 말한 별명처럼 야수처럼 못난 자신의 외모를 피해 대충 받아 들어 설하에게 곧장 내밀었다.

응? 설하가 말똥이 바라보았다.

"그냥 가져요. 어차피 난 잘 켜지도 못하는데."

"왜요? 꽤 좋은 바이올린인데……."

"맘에 들지 않아요?"

설마! 설하가 살래살래 고개를 저었다. 팔랑이는 그녀의 미소에 답해줄 수 없는 건 그의 깊은 병 탓이었다. 사랑이라는 이름의 열병.

"갈게요."

바이올린을 설하 앞에 밀어놓고 뒤로 물러섰다.

"왜?"

그의 등 뒤로 묻는 류환의 질문에 설하가 무슨 대답을 했는지는 모르겠다. 도망치듯 그 자리를 벗어났으니까. 바보 같은 짓이야. 돌아서려는 유혹을 겨우 누르며 사유가 주먹을 꽉 쥐었다. 그건 나름의 고백이었다.

류환이 그 시간에 나타나지 않았다면, 솜씨없는 곡이라 해도 그녀가 좋아하는 곡을 연주하고 사랑을 고백할 생각이었다. 그가 일주일 동안 손가락에 피가 맺히도록 연습한 것도 그런 이유였다.

타박타박, 힘없는 걸음으로 제 집으로 향하는 그의 등 뒤로 서양으로 넘어서는 그림자가 길게 제 모습을 가렸다. 정말 안 되는 걸까? 그녀만 원한다면 언제까지든 기다려 줄 수 있었는데. 아버지를 거역하는 것쯤은 아무것도 아니었다. 그녀만 원했다면…….

그러나 지금은 그가 이곳에 더 이상 버티고 설 명분이 없었다. 자신을 사랑하지 않는 여자를 기다리기 위해 언제까지 이곳에 있을 수는 없는 게 그의 처지였다. 아니, 어쩌면 그의 기다림조차 그녀에겐 원치 않는 부담감일 수도 있었다. 스치는 키스의 잔영에 사유는 저도 모르게 몸을 부르르 떨었다. 등 뒤로 나란히 가게로 들어설 둘의 모습이 떠올라 다리에 힘이 팍 섰다. 아직도 그를 사랑하는 걸까?

화려하게 캔디를 연주해 대는 류환에게 박힌 설하의 시선은 굳이 묻지 않아도 대답을 알 수 있을 것 같았다. 어울리는 한 쌍이니까. 설사 류환이 언제까지 그녀를 사랑하지 않는다 해도, 결코 그 자리를 자신이 채울 수 없는 건 그가 가진 열등감이었다. 비열한 열등감……

타박, 걷는 다리가 제 것이 아닌 것처럼 흔들거렸다. 이곳으로 올 때보다 더욱 비참해진 몰골로 떠나는 사유의 심정과 상관없이 류환과 설하는 나란히 가게로 들어섰다. 어쩐지 굳어진 사유의 얼굴이 가슴에 남아, 자꾸 고개가 뒤쪽으로 돌아섰다. 잘 들어가요! 환하게 인사해 줄 줄 알았는데 끝내 사유는 묵묵히 제 집으로 향하고 만다. 조금 섭섭해진 마음으로 설하가 손에 쥐어진 바이올린을 바라보았다. 꽤 비싸게 주었을 것 같은데……. 쉽게 그녀에게 건네준 그의 마음을 몰라 난처하기만 했다. 그나저나 왜 왔을까? 뒤늦게 사유가 찾아온 이유를 듣지 못했다는 게 떠올라 표정이 더욱 어두워졌다. 단순히 캔디 곡을 들려주려고 온 건가? 고개를 갸우뚱거리는 설하에게 왜? 하고 류환이 물었다.

"그냥, 좀 마음이 쓰여서……."

"사유?"

"응."

"곧 떠날 사람이라면서 왜 그렇게 신경 써? 여기가 고향이 아니라고 했지?"

"미국이라는데 어디서 왔는지는 안 물어봤네? 생각해 보니까 사유에 대해 아는 게 별로 없어. 꽤 많이 친해진 것 같은데⋯⋯."

그래? 대수롭지 않게 으쓱거리며 류환이 제 집처럼 편하게 자리를 잡았다. 이것도 장점이라면 장점일까? 무딘 성격인 탓에 나쁜 기억마저 쉽게 지울 수 있나 보다. 설하가 담담한 류환을 바라보았다. 눈빛이 냉정해 보이는 건 착각일까?

"그녀는?"

"가게 일, 마저 마무리하고 곧장 집으로 간다고 했어. 아버지가 혼자 기다리고 계시니까."

왜 여기 함께 오지 않았는지 굳이 묻지 않았는데 류환이 먼저 변명을 했다.

"괜찮아. 나 같아도 보기 싫었을 텐데. 한참은 못 보게 될 줄 알았어."

그녀의 말에 류환이 설하가 내온 차를 말없이 들이켰다. 아까보다는 표정이 조금 더 딱딱하게 굳어 있다. 류환도 신경이 쓰이는 거야. 심술궂은 만족감이 들었다. 혼자 힘들어하는 건 좀 억울했으니까.

"사유, 마음에 걸려. 그렇게 보내는 게 아닌데 좀 그러네. 내내 연습했다는데 류환 때문에 빛을 잃었잖아."

"그런가?"

설하의 손에 들린 바이올린을 바라보며 류환이 고개를 주억거렸다.

"그냥, 너에게 문득 들려주고 싶었어. 사과하고 싶었는데 마침 잘된 거라 생각했거든."

캔디의 주제곡은 전에 류환이 그녀를 위해 늘 연주해 주었던 곡이다. 함께 살았던 시절에, 캔디를 워낙 좋아하는 설하 때문에 류환은 일부러 배웠었다. 그리고 설하가 좋아하는 '샤콘느'도.

"그럴 생각은 없었는데, 미안하게 되었네?"

"그러게. 가끔 류환의 그런 무신경이 상처가 되기도 해."

사유의 이야기인지, 자신의 이야기인지 경계가 모호한 설하의 말에 갑자기 무거운 침묵이 감돌았다. 조금 미안해진 류환과 그것보다는 조금 더 많이 미안해진 설하 사이에서.

흠, 류환이 먼저 침묵을 깼다. 단단히 결심이 선 얼굴이었다. 대구에 내려간 뒤에도 설하는 내내 풀리지 않은 문제가 되어 가슴에 박혀 있었다. 여전히 유경을 사랑했지만, 설하는 그의 동생이었다. 설하가 오랜 시간 동안 그를 사랑했다는 게 꽤나 충격적인 고백이라 해도, 여전히 그에겐 가족이었고, 어린 동생이었다. 이런 식으로 금이 간 가족 관계를 계속 유지할 수는 없다는 게 그가 내린 결정이었다. 때문에 그런 이유로 마뜩찮아하는 유경의 눈치를 보면서도 강행했던 서울행이었다.

"잘 지냈어?"

어색하게 건네는 인사에 설하가 마시던 찻잔을 내려놓고 풋!
웃음을 터뜨렸다.

"있지……."

응? 하고 류환이 물었다.

"아까 사실, 조금 화났었어."

"나에게?"

"응! 당연하지! 너무나 무덤덤해 보여서 엄청 심술이 돋더라
구. 물론 그리 좋은 기억은 아니지만 그래도 어느 정도는 불편
해해야 하는 것 아닌가? 약간은 고심스런 눈빛도 있어야 하고.
그런데 평상시처럼 보이는 게 그랬어. 왠지 무시당한 기분이 들
기도 하고……."

"그건 아니었어."

류환이 성급한 목소리로 대답했다. 설하가 고개를 끄덕거렸
다. 아까보다는 한결 밝아진 얼굴에 류환이 굳은 등줄기를 쭉
폈다.

"알아, 미안. 오해했어. 류환도 사실 꽤 당황했을 텐데……."

"그래, 많이 당황했어. 짧은 순간에 온갖 생각이 한꺼번에 몰
려와서 어떻게 정리가 안 됐거든. 너와 유경이 얼굴이 얼마나
복잡하게 뒤섞였는지……."

덕분에 남은 설하가 어떤 심정이었을지 미처 헤아릴 여유가
없었다. 대구에 내려가서야, 그날 가게 앞에서 마주친 사유의
말뜻을 겨우 이해했을 정도였다.

"남은 널 좀 더 배려했었어야 했는데……."

"응. 류환이 떠난 뒤에 얼마나 비참했는지 정말 죽고 싶었을 정도였다니까."

실은 그것보단 더 깊이 상처를 입은 주제에 설하가 헤헤헤 웃어댔다.

"그날 많이 미안했어. 심술이 좀 심했다, 생각해."

"유경이 역시 그날 일은 굉장히 미안하고 있어. 그렇게 심하게 말할 생각은 아니었는데, 아마 결혼식 준비하느라 신경이 날카로워졌나 봐."

변명 같은 거 쉽게 하는 사람이 아닌데. 류환은 늘 반듯하고 자로 잰 듯 틈이 없었다. 한 번도 다른 사람에게 상처를 준 적도 없었고, 그래서 더 당당한. 변명 같은 건 류환에게 너무나 어울리지 않았다. 그래서 심장이 좀 아팠다. 내가 그렇게 힘들게 한 거야? 하고 묻고 싶어질 만큼.

"변명하지 마. 그런 거 류환에게 안 어울려. 언제나 당당했잖아? 내 잘못인데 자꾸 류환이 변명하는 거 보면 가슴 아파. 미안해서 마주 보기 힘들 만큼. 그녀에게 미안했다고 전해 줘. 류환을 사랑한 건 미안한 게 아닌데, 그래도 류환에게 그런 식으로 키스한 건 잘못한 일이야. 짝! 하고 뺨을 맞아도 당연해."

"진설하!"

"이젠 사랑 안 해. 다른 사람 사랑할 거야. 다른 여자 사랑하는 류환 따윈 좀 지겨워."

"그래."

"자꾸 다른 여자 변명해 주는 류환도 그렇고."

"그래……."

"그리고…… 그리고 나랑 새아버지 몽땅 버리고 떠나는 류환은 더욱더 싫어."

"그래."

그리고…… 그리고…….

자꾸 싫어지는 류환을 떠올려도 꽉 막힌 듯 머리가 멈추어 버렸다. 외로울 때 손 내밀어주는 류환의 다정함도 싫고, 근사하게 캔디를 연주해 주는 류환도 싫고, 늦은 새벽 그윽한 허브 차를 내밀어주며 싱긋 웃어주는 류환도 싫다.

갑자기 예기치 않게 눈물이 핑 돌았다. 울고 싶지 않았는데 처음으로 류환 앞에서 흐르는 눈물을 잡지 못했다.

"아, 바보 같아서 이런 내가 정말 싫어."

팽! 코를 풀어대며 설하가 코맹맹한 소리로 투덜댔다. 류환의 커다랗고 따스한 손이 작은 설하의 머리를 쓰다듬었다.

"일찍 눈치 채지 못해서 미안해, 사랑해 주지 못해서 더 미안하고. 그래도 네가 우리 가족이라서 고맙고, 날 사랑해 주어서 고맙고, 이젠 날 잊어주어서 고마워. 알지?"

응.

어차피 이런 끝이란 걸 알고 있었으면서 막상 다다른 끝은 조금 슬펐다. 흐린 시야 속에 약간 서글픈 표정을 짓는 류환이 보였다. 왜? 하고 묻지 않았는데 류환이 먼저 대답해 주었다.

"우리 작은 동생이 어느새 자라 사랑을 하게 되어서 좀 섭섭해졌어. 언제나 내겐 작은 열두 살짜리 꼬마였는데. 세월이 멈추어 버린 건 나였나 보다."

멋지게 사랑하고 싶었는데 결국은 작은 투정으로 끝이 나버렸다. 또다시 팽! 설하가 코를 풀었다.

빨개진 코끝으로 설하가 맹숭하게 웃어 보일 때쯤, 집에 도착한 사유는 털썩 침대에 눕고 말았다. 늦은 더위가 한꺼번에 몰려오는지 온몸이 추욱 가라앉았다.

사강 형이 걷어놓고 나간 커튼 때문에 집 안이 환해, 그 밝음에 지친다. 여름이 지겹다. 그나마 잔소리할 사강 형이 없다는게 다행이라 싶어 침대에 누운 채 잠깐 쉬려는데 때릉, 전화벨이 울렸다. 아버지일 것이다. 얼마나 시달렸는지 요즈음엔 사건마저 은근히 미국으로 돌아가길 원하고, 현진은 깨진 사랑을 다시 잇느라 연락이 뜸했다. 바보 같은 자식이라, 늘상 욕을 달고 살면서도 막상 다시 연락해 온 녀석 때문에 또다시 심장이 뛰는 모양이었다.

[현이 그 망할 자식이 결국 사표 냈다!]

받아 든 수화기 너머에서 아버지가 대뜸 고함을 쳤다. 아직도 퍼런 서슬기가 가시지 않은 목소리였다. 대충 누워 전화를 받던 사유가 벌떡 자리에서 일어섰다.

"사표요?"

[뻔한 속셈이야. 내가 저를 어떻게 자를까 싶어서 내놓은 게지. 그레이스가 출산할 때까지 무조건 집에 있으라 했단다.]

"사현 형, 휴가 냈다고 하지 않았나요?"

뜬금없이 사표를 내다니. 단지 아이를 낳을 때까지 니스에서 휴가를 보내려니 했었다. 사유의 질문에 뜨끔했는지 아버지가 더욱 소리를 높였다.

[젠장, 망할 자식! 너 올 때까지는 절대 휴가 처리 못해준다고 당장 돌아오랬더니, 달랑 팩스로 사표만 보내오더라.]

끙! 신음이 절로 새어나왔다. 아버지의 고집 때문에 형이 마지막 수를 둔 거란 추측이 쉽게 나왔다. 아버지와 사현 형의 고집 사이에서 죽어나는 건 사린 녀석일 게 뻔했다. 사강 형이야 그깟 일로 눈썹 하나 움직일 위인도 아니었고.

[당장 너라도 와! 사강 녀석은 내버려 두어도 괜찮으니까.]

"제가 떠날 수 없습니다."

[떠날 수 없어?]

"네. 당분간은 좀 시간을 달라고 그랬잖아요."

그러게 왜 잠자는 사현 형의 성미를 건드리냔 말이다. 정말 따지고 싶은 건 사유 쪽이었다. 게다가 정작 남아야 될 자신 대신 사강 형을 남겨두라니. 말도 안 되는 아버지의 고집에 이젠 짜증만 솟았다.

[호오!]

아버지의 음성이 금세 싸늘하게 변해갔다. 순간, 바짝 긴장감이 들었다. 아버지의 음성이 이렇게 비아냥을 띨 땐, 뭔가 히든카드가 있다는 증거였다.

[그래, 알았다.]

그리고는 두말없이 전화를 끊는다. 뭐야? 심심할 정도로 선선한 아버지의 태도에 사유가 뜨악한 표정을 지었다.

"어? 왔네?"

어느새 살림에 재미를 붙였는지 손에 장바구니를 든 사강이 들어서며 아는 척을 해왔다.

"형, 알았어?"

"뭐가?"

"사현 형 사표 냈다는 거."

"그 인간 하는 짓이 그렇지. 그나저나 아버지 꽤 골치 아프겠는데? 야! 우리 오늘 갈비 먹자."

그새 사현 형에게 관심을 끊은 사강은 장바구니를 들며 희희낙락이다.

"마트 갔더니 세일하더라. 돼지 갈비 양념해 놓은 거 사 왔어. 너 요즘 밥 못 먹었지? 내가 맛있게 해줄게. 상추도 사 왔어."

무어 그리 즐거운지 흥얼흥얼, 콧노래까지 부르며 부스럭, 바쁘게 식사 준비를 한다. 사유의 눈빛이 더욱 미심쩍게 좁혀졌다.

"참, 바이올린은 잘 켜고 왔냐? 설하 씨 감동했지?"

무신경한 어투로 쉽게 남의 아픈 곳을 마구 찔러댄다.

"잘못했어."

"뭐가?"

"그때 좀 더 고집을 피워볼 걸. 피아노는 덩치만 커서 쓸모가 없어."

"그러게. 제길, 너한테는 비올라가 딱인데. 얍삽하게 사린 녀석이 먼저 들고 나르지 않았으면 피아노는 아마 그 녀석 몫이었을 거다."

가족 실내악을 꾸미겠다는 원대한 꿈을 발표하며 아버지가 사 온 악기들로 각자 자신의 몫을 정해야 했을 때, 비올라에 군침 흘리던 사유 앞에서 사린 녀석이 갑자기 비올라를 든 채 튀어버렸다. 사실, 작고 앙증맞은 바이올린보다는 비올라가 그에게 훨씬 어울리기도 했지만 소란한 고음보다는 묵직하게 가슴을 두드리는 그 스산한 음에 반해 처음으로 고집을 피웠었는데.

첼로는 무게를 잡는 게 더할 나위 없이 어울리는 사현 형의 몫이었고, 현란하기 그지없는 바이올린은 당연, 사강 형이었다. 그러나 죽어도 비올라만 하겠다고 엉엉 우기는 사린 앞에서 결국, 사유는 한 발 물러설 수밖에 없었다. 막내 사린 녀석이 한번 고집을 피우기 시작하면 아버지조차 감당하기 버거워했으니까.

"비올라는 사유 녀석이 딱이라니까!"

콩!

머리를 쥐어박는 사강을 잔뜩 흘겨보면서도 끝내 비올라를 놓지 않는 사린 녀석에게 허허! 너털웃음을 터뜨리고 말았는데 이제 와 그게 좀 후회가 되었다.

"지금은 좀 후회가 되네."

힘 빠진 목소리로 사유가 맞장구를 쳤다. 맥없는 더위 탓일까? 떠나온 고향이 그리워진다. 약 올리도록 잘생긴 '예일의 꽃' 막내 녀석도, 심지어 무뚝뚝하고 차갑기 그지없는 사현 형까지 말이다.

"형, 그냥 돌아갈까?"

"응?"

쌀을 씻느라 미처 듣지 못한 사강 형의 등 뒤에서 그냥……하고 사유가 중얼거렸다.

"이젠 돌아가야 되지 않을까 싶어."

"뭐?"

난데없는 사유의 말에 사강이 핑글, 몸을 돌렸다. 덕분에 다 털어내지 못한 물방울이 사방으로 튀며 자잘한 무늬를 만들어냈다.

"설하 씨는 어떻게 하고?"

묻는 사강의 말에 대답없이 사유가 털썩 소파 위에 몸을 뉘었다. 진한 오후 햇살에 달구어진 소파가 미지근하다.

"여기, 여름은 너무 무더워."

대체 무슨 소리야? 황당해하는 사강의 시선이 닿지 않게 사유가 질끈 눈을 감았다. 피곤하다…….

herb

11. 산들한 바람이 불어온다

산들한 바람이 불어온다. 거울 앞에 서서 옷차림을 훑어내린 설하가 열려진 창문으로 스민 바람 한줄기에 부르르, 몸을 떨었다. 그렇게 추위를 느낄 만한 날씨도 아닌데 서걱거리는 바람에도 뼈마디가 콕콕 쑤실 만큼 한기가 느껴졌다. 그냥 거절해 버릴까? 잠시 고민을 하던 설하는 금방 고개를 저었다. 어제 통화한 효원 삼촌이나 지연의 기세로 보아선 이 모임을 취소한다는 건 거의 불가능해 보였다. 게다가 이번은 좀 특이한 경우였다. 효원 삼촌이 일주일 전쯤 파리에서 귀국했다는데 생각보다 긴 체류여서 의외였고, 또 일주일이나 지나 걸려온 전화라 고개를 갸우뚱했었다.

매번 파리의 패션쇼를 보러 갈 때마다 효원 삼촌은 이틀을 넘기지 않았다. 워낙 지연이 닦달을 해서 그렇기도 하겠지만, 효원 삼촌이 귀국한 날엔 그가 사 온 선물과 함께 식사를 하는 게 관례처럼 되어 있었다. 그러나 겉으로 보는 건 지연의 닦달이었지만 그 속에 외로운 설하에 대한 지연 어머니의 배려, 그리고 삼촌의 자상함이 담겨 있다는 건 그녀 역시 알고 있는 사실이었다. 그래서 웬만해서 이 자리는 거절하는 법이 없었다.

레스토랑 예약 시간을 넉넉하게 두고 효원 삼촌과 지연이 가게로 찾아왔을 땐, 이미 준비를 다 마친 후였다. 제법 싸늘해진 저녁 바람 때문에 약간은 두툼하게 입었는데도 막상 거리로 나서니 왠지 오슬오슬하다.

"추워?"

효원 삼촌이 물어왔다. 류환의 결혼식 이후 오랜만에 만난 삼촌은 어딘가 달라 보인다. 조금 더 젊어지고, 조금 더 근사해 보인다. 그녀는 늘 한결같은 자리에 서성이는데 모두들 조금씩 변화하는 것 같아 괜한 질투가 일었다. 나도 조금씩 변해갔음 좋겠어, 하는 생각이 들었다. 매일 조금씩, 조금씩…….

"그러게. 좀 으슬거려."

코까지 맹하다.

"괜찮겠어? 그냥 쉴래?"

"안 돼."

설하가 미처 대답도 하기 전에 지연이 먼저 탁 잘라 거절이다.

"네가 설하냐? 묻는 건 설하인데 대답은 왜 너한테서 나와?"

"몰라! 오랜만에 만나는 거잖아. 당분간 바쁠 텐데 언제 또 이렇게 만나?"

"뭐든 제 마음대로야."

투닥거리는 효원 삼촌과 지연 속에서 설하가 먼저 가게를 벗어났다. 시끄럽게 다투느니 서둘러 나가는 게 더 편했다.

"괜찮아. 그냥 가요. 아프면 말할게. 정말, 오랜만이잖아."

외로워서 그랬나 보다. 으실거리는 몸에 식은땀과 한기가 번갈아 괴롭혀 댔지만 견딜 수 있을 만큼이었고, 무엇보다 설하 스스로가 원했다. 누군가와 소란스런 식사를 함께하는 것도 꽤 오랜만인데다 혼자 하는 식사가 서서히 지겨워지던 참이었다.

효원 삼촌이 예약한 레스토랑은 언제나 같은 곳이었다. 가게 문으로 들어서자 눈에 익은 지배인이 먼저 다가와 아는 척을 해왔다. 들어서는 입구가 벌써부터 싸늘하다. 달력으론 벌써 가을인데 아직도 가게는 에어컨이 윙윙 돌아 한기가 스밀 정도였다.

"괜찮아?"

"응, 견딜 만해요."

걱정스럽게 묻는 효원 삼촌에게 대답하는데 핑글, 현기증이 돌았다. 따끔거리는 목은 침을 삼킬 때마다 바늘처럼 찌르고 들어온다. 아파. 설하가 찡긋거렸다.

"프레따 포르떼는 내가 갈게."

주문한 음식이 나오자마자 기다렸다는 듯이 지연이 선언을 하고 나섰다.

"스파(SFAA)나 잘 갔다 오셔. 만날 다른 디자이너한테 떠넘기기 일쑤이면서."

"보고서 제출하라고 하니까 그렇지."

"구경 가는 거야? 회사 일로 갔으면 당연히 보고서를 올리는 거지."

"삼촌은 안 하잖아."

"왜 안 해? 트렌드 분석이 앉아서 잡지나 보면 되는 줄 알아?"

여느 때와 같은 지연과 효원 삼촌의 투닥거림도 거슬릴 만큼 날카롭게 귀를 찔러댄다.

"독불장군!"

지연이 꽥 소리를 질렀다.

"시끄러워! 사장은 나야!"

"데이트하러 간 거, 모를 줄 알아? 설하, 너 몰랐지? 삼촌 애인, 파리에 있었대. 제기랄!"

그랬어? 놀라 바라본 효원 삼촌의 얼굴이 자꾸 흐려졌다. 쓰러지지 않을까? 걱정스러울 정도로 이젠 울렁증이 목까지 차 올랐다. 아파…… 또다시 설하가 중얼댔다.

"데이트하느라 일정도 막 늘리고. 엄마한테 결혼하겠다, 졸라대느라 집안이 얼마나 시끄러운지 알아?"

"강지연! 너 정말……. 내가 네 친구야? 내 결혼까지 니한테 허락 맡아야 해?"

"몰라! 난 반대야. 말이 된다고 생각해? 어떻게 나랑 동갑인 외숙모가 있을 수 있어?"

"설하는 좋다며? 너, 내내 나한테 설하랑 결혼하라고 졸라댔었다!"

이를 갈아대는 효원 삼촌 앞에서 지연이 땍땍, 고집을 피웠다.

"설하는 내 친구잖아. 어디서 보지도 못한 호랑 말코 같은 계집애를 외숙모라 부르란 말이야? 싫어, 난 무조건 싫어!"

"너, 정말!"

부르르 떨어대는 효원 삼촌의 모습은 지금만 아니라면 깔깔! 웃어주고 싶을 정도로 희극적이었지만 이젠 견딜 수조차 없이 몰려오는 한기 때문에 설하는 잔뜩 인상만 구겨댔다.

그만 해…… 이젠 집에 가고 싶어.

"삼촌 결혼하는 거 싫어! 싫다니까! 다 늙어서 새삼 무슨 결혼이야?"

결국 싫은 건 효원 삼촌과 결혼하는 동갑내기 외숙모가 아니라 결혼 그 자체였나? 애꿎은 고기만 심통맞게 잘라내는 지연의 모습에 문득 자신의 모습이 겹쳐져 설하는 쓸쓸한 미소를 지었다.

"지연아……."

"야! 너 결국 질투한 거였냐?"

지연을 부르는 설하의 목소리를 뚫고 경쾌한 효원 삼촌의 목소리가 울렸다.

"질투는 무슨! 철없는 삼촌 장가보내고 내내 걱정만 산더미처럼 할까 봐, 그러는 거지. 아무튼 이번 프레따 포르떼는 포기해! 아님 같이 가든지! 잘됐네? 어떤 여우인지 미리부터 검사도 해보고."

"버릇없이! 외숙모에게 여우가 뭐야!"

하하하! 웃어대는 삼촌의 모습은 영락없이 사랑에 빠진 모습이었지만, 이젠 좀 한계였다. 홀 안에 잔잔하게 울려 퍼지는 피아노 선율도, 빽빽거리는 지연의 목소리도, 하하하! 마냥 좋아 터뜨리는 효원 삼촌의 웃음도 그녀에겐 단지 공해일 뿐이었으니까. 집에 가고 싶어. 설하가 아픈 목을 감싸며 투덜거렸다.

그때였다.

갑자기 튀어나온 서늘한 손이 그녀의 뜨거운 이마를 짚는다. 답답한 숨이 단번에 시원해졌다.

"아파요?"

부드러운 음색이 울린다. 어? 설하가 흐릿한 눈을 들었다.

"사유?"

"네, 나예요. 어디 아파요?"

꿈인가? 자신 앞에 무릎 꿇은 사유를 바라보는 눈동자가 혼돈스러웠다. 갑자기 눈물이 핑 돈다. 왜 이렇게 약해질 때 나타나는 걸까? 아니, 어쩌면 사유 앞에서만 약해지는 건지도 모르겠다. 갑자기 몰아치는 설움에 설하는 아이처럼 엉엉, 눈물이 났다. 나, 아파요. 온몸이 바늘로 콕콕! 쑤시는 것처럼 아파! 그런데 자꾸 지연이랑 효원 삼촌이 시끄럽게 떠들어서 귀까지 아파요, 하며 종알종알 고자질하고 싶은데 마른 입술이 달싹거리기만 할 뿐 열리질 않았다. 뿌연 눈동자만 뚫어지게 사유를 향한 채, 설하는 실에 묶인 듯 가만히 앉아 있었다.

"열이 있어요."

자신의 찬 손으로 열을 가늠하며 사유가 말했다. 토닥거리던 일행이 일제히 사유를 돌아보았다.

"어떻게 왔어요?"

겨우 설하가 목소리를 냈다. 궁금하다. 어떻게 갑자기 짠! 하고 나타났을까?

"많이 아파 보여요. 괜찮아요? 얼굴이 하얗게 질려 있는데……"

그녀의 물음에는 대답없이 사유가 찬 손으로 그녀의 달아오른 뺨을 이리저리 식혀댄다. 그제야 설하의 입가에 힘없는 미소가 피었다.

"현진이가 밥 사달라고 해서……"

대답한 건 사유가 아니라 사강이다. 그제야 설하는 사유 곁에 선 현진과 사강에게 시선을 돌렸다. 그리고 한 여성도. 예쁘다. 사강 옆에 서 있는 늘씬한 미모의 여성은 한눈에 봐도 이곳과는 다른 이국적인 용모였다. 부슬거리는 금발 머리카락과 신비로

울 만큼 깊은 푸른 눈동자가 쉽게 보기 힘든 미모였다.

"아팠어?"

그제야 놀란 지연이 설하의 이마에 손을 짚었다. 그 탓에 서늘한 사유의 손이 금세 떨어져 나간다. 시원하게 식혀주던 손이었는데…… 설하가 아쉬운 소리를 냈다. 사유 대신 짚어진 지연의 손은 오히려 답답할 정도로 뜨끈뜨끈했다.

"감기 기운이 있나 봐. 목이 따끔거려."

겨우 낸 대답에 목이 더 따끔거려 왔다. 설하가 흘낏, 제 눈어귀에 쪼그려 앉은 사유를 살폈다. 어리광이 심한 편은 아니라 생각했는데, 이상하게 사유 앞에서는 더 아프고 싶고, 더 울고 싶다.

"가자, 집에 데려다 줄게."

뒤늦게 알아차린 미안함 때문인지 효원 삼촌이 두말없이 벌떡 일어나 설하를 붙들었다. 흥미로운 눈으로 지켜보던 낯선 여인이 자연스럽게 사유의 어깨에 팔을 얹으며 무어라 속닥거렸다. 뭐야? 순간, 설하가 미간을 날치름하게 좁혔다. 또 다른 통증이 가슴을 찔러대며 조금 전의 반갑던 마음이 싸늘히 식어갔다.

뭐야, 정말…….

"집에 갈 수 있겠어요? 바로 병원으로 갈래요?"

설하를 따라 일어선 사유가 다급한 목소리로 물어왔다. 그러나 설하의 굳은 얼굴은 여전히 사유의 어깨에 걸쳐진 낯선 여자

의 손에 멈추어져 있었다. 다른 여자의 곁에 있는 사유가 딴사
람처럼 낯설고 불쾌하다.

"왜? 더 아파?"

일어설 기미 없이 멍하게 앉아 있는 설하가 이상했는지, 효원
삼촌이 물어왔다. 힘없이 고개를 젓는 설하의 눈동자는 여전히
사유의 어깨쯤에 머물러 있다. 화가 난다. 왜 그런지는 모르겠
지만, 사유 옆에 자신이 아닌 다른 여자가 서 있는 게 불쾌하고
화가 났다. 왜 그럴까? 왜 사유에게마저 류환에게서처럼 질투를
느끼는 건지, 설하는 스스로가 의문스러웠다.

"왜……."

절로 말이 새었나 보다. 마주 선 사유가 네? 하고 얼굴을 찡
그렸다.

"왜요? 많이 아파요?"

걱정스러운 기색으로 묻는 사유의 말에 설하가 고개를 들었
다. 모르겠어요, 왜 화가 나는 건지……. 설하는 들리지 않게 낮
은 소리로 대답했다. 아직도 사유 어깨에 놓인 여자의 긴 손가
락을 탁! 쳐내고 싶은 이 이유 모를 질투는 어디서 나오는 걸까?
멍하게 선 설하의 팔을 사유가 조심스럽게 붙잡았다.

"병원으로 가요. 열이 높아요."

당신 어깨에 저 여자의 손이 놓여 있어요. 모르겠어요? 의식
하지 못하는 사유가 답답해 설하가 자신도 모르게 사유의 팔을
거칠게 뿌리쳤다.

"병원으로 가야 해요. 밤사이 열이 더 오를 거예요."

또다시 재촉하는 사유의 말에 설하가 힘없이 고개를 저었다. 굳이 사유 곁에 선 저 여자 탓이 아니라 해도 그녀는 절대 병원에 가지 않을 것이다. 엄마의 교통사고 소식에 허겁지겁 뛰어간 병원에서 침대 밖으로 삐죽 튀어나온 엄마의 오른쪽 팔이 떨어진 고깃덩어리처럼 흔들흔들, 그녀 앞을 스치고 지난 후부터 그녀는 병원을 갈 수 없었다. 부러진 나뭇가지처럼 기하학적으로 꺾어진 엄마의 뼈가 살갗을 뚫고 튀어나온 그 선명한 기억에 구토기가 치밀어 올랐다. 다시 파랗게 질리는 설하의 기색에 지연이 무뚝뚝한 목소리로 사유에게 대답했다.

"병원은 안 가요."

"네?"

"설하는 병원 못 가요, 설하 어머니의 사고에 대한 기억 때문에."

지연보다는 그나마 친절하게 대답하며 효원 삼촌이 설하를 일으켜 세웠다. 그 팔에 기대어 설하가 겨우 자리에서 일어섰다. 사실은 아까부터 앉아 있는 것조차 버거웠었다.

곁에 바짝 붙어선 사유를 드러나게 외면한 채 설하는 천천히 가게를 빠져나왔다. 사유의 시선이 따갑게 등을 쏘아댔지만 끝내 돌아서지는 않았다. 차에 올라서자마자 굳어진 효원 삼촌을 향해 설하가 미안한 기색으로 변명을 했다.

"정말, 아까는 괜찮았어."

"말하지 그랬어? 사유 앞에서 민망해 죽는 줄 알았어."

지연이 투정을 부렸다.

"그러게."

사실은 말했었어, 하고 대답하고 싶었지만 설하는 그냥 고개만 끄덕이고 말았다.

"네가 쓸데없는 일에 혈압만 안 올렸다면 알아차렸겠지. 괜히 설하 닦달하지 말고 쉬게 내버려 둬. 집에 약은 있어?"

"아마, 있을 텐데……."

자신없게 대답하며 설하가 눈을 감았다. 에어컨 대신 따스한 히터 바람이 차 안으로 퍼졌다. 아까보다는 한결 몸이 편해졌다.

누굴까?

편하게 의자에 기대며 설하가 멍하게 생각에 빠졌다. 아까보다는 한결 편안해진 자리인데도 여전히 불편하고 끈적거렸다. 그녀와 다정히 식사를 하고 돌아올까? 아픈 난 이대로 내버려 둔 채? 괜한 설움이 복받쳤다. 아무리 아니라 해도 버림받은 아이와 같은 기분이 드는 건 그녀 스스로도 어쩔 수 없었다. 떠날 거라 했는데……. 휴가차 온 사람이라 언젠가 떠날 거라는 건 알고 있었는데, 그래도 가슴이 아팠다.

"사유도 떠나게 될까?"

문득 설하가 질문을 던졌다.

"응?"

"아까 사유 곁에 선 여자 말이야. 굉장히 친해 보여서. 아니, 솔직히 말하자면 연인처럼 어울리더라."

"뭐가? 내 눈엔 오히려 사유보다 사강에게 더 어울려 보이더만."

그런 데엔 꽤 둔감한 주제에 지연이 아는 척을 했다.

"그럴까?"

하지만 지연은 듣지 못했는지 대답이 없었다. 떠나지 않았으면 좋겠다. 지금은…….

똑똑.

조용한 노크 소리가 들려왔다. 레스토랑에서 돌아와 끝내 남겠다는 지연을 고집스럽게 보내고, 한숨 깊게 자고 일어나던 차다. 설하가 천천히 현관문을 열어주었다.

"아, 혹시 자고 있으면 그냥 가야지 했는데……."

열린 현관문 앞엔 사유가 수줍게 서 있었다.

"은미 씨가 올라가도 괜찮을 거라 해서."

가게로 돌아오자마자 은미에게 가게를 맡기고 곧장 올라와 내내 잠에 빠져들었었다. 밀린 수면이 많았나 보다. 굳이 약 기운이 아니라 해도 설하는 일 년 분의 잠을 한꺼번에 몰아 자려는지 한 번도 깨지 않고 내리 몇 시간을 죽은 듯이 잠을 잤다.

"들어와요."

아까 보았던 여자의 잔상 탓에 목소리에 약간 날이 섰다. 시간을 보니 끝내 그녀와 식사를 함께 마친 모양이다. 삐죽, 가시가 돋았다. 너무해. 금방 돌아올 줄 알았어, 하는 투정이 못내 심장을 괴롭혀 댔다.

"이젠 열이 많이 내렸어요."

그러나 말속에 숨은 가시를 눈치 채지 못한 사유가 설하의 이마에 손을 짚으며 다정한 어투로 말했다. 가까이 선 사유에게서 이른 가을 향이 스쳐 왔다. 순간, 설하가 저도 모르게 뒤로 몸을 뺐다.

"해열제 먹고 한숨 잤어요. 굉장히 피곤했었나 봐요. 죽은 듯이 잔 거 있죠?"

"내가 깨운 거예요?"

"아니요, 그냥 저절로 눈이 떠졌어요. 사유가 올 줄 알았나 봐."

일부로 가벼운 어투로 하하하, 웃어대는 설하를 사유가 이상한 듯 바라보았다. 영민한 작은 눈동자가 빤히 그녀에게 박혀 괜히 심장이 콩닥콩닥 뛰어댔다. 이상하다. 앞에 선 사유가 늘 보았던 그가 아닌 것처럼 낯설고 어색해져 설하는 괜스레 발가락을 꼬았다. 전엔 그저 편한 이웃 정도였는데…… 낯선 여자 곁에 선 사유가 갑자기 한 남자처럼 느껴져, 설하는 난감한 기분이었다. 전처럼 쉽게 웃음이 나오지 않고 사유의 시선이 닿는 곳마다 불처럼 뜨겁다. 실은, 이렇게 일그러진 미소를 짓는 것조차 힘겨울 정도였다.

"이거······."

주춤하는 설하 앞으로 사유가 손에 든 물병을 꺼냈다. 불투명한 병은 연한 오렌지 빛이었다.

"뭐예요?"

"오렌지 주스예요. 미국에선 원래 감기 처방이 오렌지 주스라······. 방금 짠 거라 신선해요."

조금 전의 어색함이 깡그리 사라진 놀란 얼굴로 설하가 성큼 앞으로 나섰다. 사유가 내민 병의 뚜껑을 열어 냄새를 맡아보기까지 한다. 새콤하면서도 달달한 오렌지 향에 침이 절로 고였다.

"뭐야, 사유가 직접 짠 거예요?"

"오렌지 주스는 잘 만들어 먹어요."

그래도 그렇지······. 종알대며 설하가 감동 어린 눈빛으로 주스 병을 품에 꼬옥 안았다. 이만한 양이면 꽤 많은 오렌지를 짜야 했을 텐데······. 레스토랑에서 머리에 얹어주던 서늘한 손길도 그렇고, 이 많은 양의 오렌지 주스도 그렇고 오늘 사유는 전과 달리 그녀의 심장을 참 요란스럽게 두드려 댄다.

"냉장고에 넣어둘래요. 두고두고 오래 먹어야지."

"그러지 말아요. 차게 먹으면 감기에 좋지 않으니까 냉장고에 넣어두지 말고, 그냥 먹어요. 아끼지도 말고. 원하면 얼마든지 만들어줄 수 있어요."

"정말?"

설하가 눈을 반짝였다.

"내가 원하면 언제든지 만들어줄 거예요?"

"먹고 싶지 않다고 해도, 억지로라도 먹어야 감기가 빨리 나아요."

"정말, 내가 원하면 언제든지 만들어줄 건가요?"

설하가 계속 같은 질문을 했다.

"여기에 있을 동안은……."

사유의 말에 설하의 얼굴에서 반짝이던 빛이 빠르게 사라져 간다.

"아, 사유가 언젠가는 떠날 사람이란 걸 깜빡 잊었어."

빛을 잃은 설하가 어둑한 얼굴로 건네준 주스를 마시는 모습을 바라보던 사유의 시선이 언뜻 테이블 위로 향했다. 전에 그가 가져왔던 '캔디'가 가지런히 정리되어 꽂혀 있다.

아, 문득 잊었던 기억이 떠올라 사유가 살짝 얼굴을 굳혔다.

"아참…… 레스토랑에서 본 그녀는 누구예요? 이국적이라서 금방 눈에 띄더라."

굳어진 사유의 표정을 눈치 채지 못한 설하가 애써 관심없는 척, 레스토랑에서 마주친 여자에 대해 슬쩍 떠본다. 괜스레 비어진 유리컵을 만지작거리며 쫄쫄, 주스를 부어보기도 하고.

"미스 노런이에요. 우리에겐 가족 같은 사람이죠."

설명하는 사유의 입에서 또다시 시름겨운 한숨이 새어나왔다. 미스 노런은 아버지의 히든카드였다. 느닷없이 찾아와 몽땅 떠넘긴 서류는 지금 당장 사유가 귀국해야 하는 이유를 담고 있었다. 그리고 그가 왜 반드시 필요한지도.

"가족 같은 사람이라는 거…… 그거 참 편한 변명인데."

그런 사유의 사념 속에 설하의 음성이 톡, 튀어나왔다. 약간은 질투가 섞였을지도 모르겠다. 늘씬한 미녀 곁에 선 사유의 모습이 어딘지 얼빠져 보여서 그랬을 수도 있고, 아니면 사유의 변명이 어쩐지 류환과 닮아서일 수도 있고. 가족 같은 사람이란 게 때론 무신경한 변명이 될 수 있다는 걸 누구보다 잘 아는 그녀였으니까.

어딘가 잔뜩 꼬인 설하의 말에 속내를 알아차린 사유가 진지한 얼굴로 부정했다. 미스 노런은 오랜 시간 함께한 아버지의 비서, 그 이상도 이하도 아니었다. 때론 가족 모임에 초대 받을 정도로 친근한 관계에 있긴 하지만 가족 중 그 누구도 그녀를 이성적인 느낌으로 대한 적이 없었다. 심지어 사강 형조차 미스 노런에게만큼은 늘 정중한 태도였다.

"우리 형제들 그 누구도 그녀를 여자로 생각해 본 적 없어요."

"좀 그렇더라. 남자들은 참 둔해. 자기들 편한 시선으로 규정해 놓고 상대는 보지 않잖아?"

"둔할 수도 있겠지만, 미스 노런이 내게 손톱만큼이라도 다른 감정을 가지고 있을 거라고는 생각하지 않아요. 그녀는 아버지의 비서이니까. 자주 보았고, 그만큼 아버지에게 중요한 사람이라 가족처럼 지내기는 했지만 그래도 미스 노런일 뿐이니까."

단호하게 선을 긋는 사유의 말에 콩닥, 뛰던 심장이 가라앉는 기분이 들면서도 씁쓸함이 돌았다. 류환도 그랬을까?

"만약, 설하 씨 말처럼 일만 분의 일 확률로 그녀가 날 좋아한다고 해도, 나 역시 류환 씨가 그랬던 것처럼 냉정하게 대처할지도 모르죠. 그녀로 인해 내가 사랑하는 여자를 놓치고 싶지는 않으니까. 이기적일 수도 있겠지만."

콕! 그리고 따끔따끔.

설하가 애꿎게 부어놓은 주스 잔을 빙글 돌려댔다. 열이 다시 머리 위로 솟구치는 것 같다.

"아……."

한 번도 생각해 본 적 없는 '사유의 연인'이라는 존재에 설하가 맹한 소리를 내고 말았다. 참 어이없는 상상이기도 하지. 왜 사유는 늘 혼자일 거라 생각했을까? 언젠간 그에게도 사랑하는 여자가 생길지 모르는데. 떠오르는 생각에 덜컥, 심장이 뛰었다. 그녀가 아닌 다른 여자를 향해 다정한 미소를 짓고, 그 농염한 키스를 하고, 또 지금처럼 안타까운 눈길로 바라보는 사유는 상상만으로도 심장이 꽉 조인다.

들어올 때처럼 여전히 단정한 자세로 반듯하게 선 사유를 흘낏 바라보던 설하가 맹숭한 미소를 지었다. 자신은 단지 휴가 중에 만난 친절한 가게 주인일 뿐이라는 생각에 왠지 어깨에서 힘이 쭈욱 빠진다. 결국 사유가 살아가야 할 곳은 이곳이 아닌 미국이라는 걸 왜 자꾸 잊는 건지……. 그곳에서 정말 사랑하는 사람을 만나고, 함께 결혼을 하게 되고, 그녀와 사유를 반반씩 닮은 아이를 낳고…….

"몰랐어. 사유에게 연인이 있을 거라고는 한 번도 생각 못했는데. 하긴 그건 좀 바보 같다. 그렇죠? 사유처럼 근사한 사람에게 연인이 없을 리가 없는데……."

"없어요, 아직은……."

"아직은?"

"그렇지만 이젠 누군가의 사랑을 받고 싶어요. 내가 사랑하는 사람에게서."

식탁을 사이에 둔 채 둘의 시선이 허공에서 파박, 불꽃을 튀겼다. 마주친 사유의 눈빛은 어딘지 모르게 냉혹하게 보인다. 저도 모르게 화락, 얼굴이 달아올랐다. 게다가 심장은 걷잡을 수 없이 뛰어대고.

"사실은 아버지가 계속 전화했었어요."

그러나 바짝 긴장한 설하의 심장이 무색하게 사유의 입에서 나온 말은 엉뚱하게 아버지였다. 설하가 타는 갈증에 다시 미지근한 오렌지 주스를 들이켰다. 맛없어! 막 갈아서 달큼한 주스가 마치 진하게 달인 한약처럼 쓰기만 하다.

"이곳에는……."

사유가 잠시 제 이마를 짚었다. 이렇게 초조해 본 적이 없었다. 그저…… 간단한 거야. 스스로를 다독거렸다. 그저 잘 정리된 보고서를 브리핑 하는 것으로 생각하면 돼. 늘 해왔던 일이 잖아? 그러나 솔직히 앞에 말똥한 눈동자로 자신을 빤히 바라보는 설하 앞에서는 그게 좀 힘들었다. 자신이 내뱉는 말에 저 눈동자가 어떻게 변해갈까? 상상만으로도 심장이 조이는 것만 같았다. 하지만 뉴욕의 상황은 그렇게 한가하게 미루어놓을 수만은 없는 상태였다. 그런 상황이 아니었다면 굳이 미스 노런이 이곳까지 찾아올 리가 없었다. 사유는 깊이 숨을 들이마셨다.

"그저 휴가차 왔는데, 갑자기 상황이 좀 변했어요. 언젠가는 잠깐 짬을 내어 찾아올 수 있겠지만, 지금처럼 오랜 시간 동안은 힘들어요."

한 걸음 더 가까이 내디뎠다. 약간 땀에 젖은 이마가 달빛에 번들거렸다. 그리고 하얗게 질린 얼굴도. 설하의 동그란 눈동자가 조금 더 크게 벌어져 그의 말을 재촉하고 있었다. 입술이 바싹하게 말라갔다. 사유가 젖은 설하의 머리카락을 섬세하게 쓸어내렸다. 손바닥에 닿은 온기가 약간 싸늘하다.

"당신만 괜찮다면, 함께 뉴욕으로 가고 싶어요."

"아……."

또다시 바보 같은 소리가 새어나왔다. 멍한 설하 앞으로 사유가 허리를 깊이 숙였다. 반듯한 코와 작지만 또렷한 눈동자가 선명한 빛을 띠었다.

"사랑합니다. 당신 곁에서 난생처음 심장이 뛰었어요. 난…… 당신이 나와 결혼해 주길 원해요."

"하지만……."

"당장 허락해 달라는 건 아니에요. 당신 곁에서 지켜보았으니까."

다음 말이 두렵다는 듯, 사유가 냉큼 말을 잘랐다. 성급한 거절은 사양이라는 뜻이었다. 그러나 사유의 말에 설하는 금방 얼굴을 붉히고 말았다. 내내 사유에게 투정했던 기억들이 한꺼번에 떠오른 탓이었다. 그런 자신을 지켜보며 사유는 어떤 생각을 했을까? 부끄럽지는 않지만, 후회는 되었다. 그냥, 감추어둘 걸. 누구도 엿보지 않게 혼자만 꽁꽁 숨겨둘 걸, 하는…….

복잡한 상념들이 스치는 동안, 사유는 할 말을 다 했는지 조용히 그녀의 대답을 기다리고 있었다. 그러지 말아요. 설하가 마음속으로 애원했다. 그에게 갈 수 있을까? 유혹이 들긴 했다. 언제나 다정하게 웃는 그에게 기대고 싶고, 아플 땐 멀리 있는 류환 대신 이렇게 갓 짠 주스를 가져다주는 그의 보살핌도 원했다. 하지만 류환과 한 부끄러운 키스까지 모조리 들킨 사람 앞에서 네! 하고 대답할 만큼 뻔뻔하지는 않았다. 갑작스런 청혼이라니……. 바보 같은 사유! 조금 더 천천히 다가와 줄 수도 있잖아?

아직 그를 사랑한다고 쉽게 말할 수도 없는데 갑자기 결혼이라니. 모르겠다. 모든 게 혼란스럽고 제트 비행기처럼 빠르게 빙글 도는 것 같아 어지럽고 멍한 기분이었다.

주춤, 대답을 하지 못하는 설하를 사유는 끈질기게 기다렸다.

"당장은 류환을 잊기 힘들다, 해도 괜찮아요."

영리하고 또렷한 사유의 눈동자가 별처럼 콕! 박힌다. 그래서 더 안 돼요. 이렇게 착하고 좋은 사람에게 몽땅 들켜 버린 마음을 가지고 갈 수 없었다. 사유는 좀 더 좋은 사람 만날 자격이 있는데 뭐. 스스로에게 힘없이 속삭인다. 그녀처럼 다른 사람을 긴 세월 동안 가슴에 담아두는 것 말고 사유가 첫사랑인 여자, 다른 남자 말고 오로지 사유만 가슴에 담아두는 그런 좋은 여자…… 갑자기 눈물이 핑 돈다. 그런 여자 곁에서 행복해하는 사유의 모습이 가슴 아파 눈물이 심장으로 흘렀다.

"……힘든가요?"

결국 나오지 않은 대답에 먼저 물어온 건 사유였다. 울고 싶어하는 눈동자였으니까. 직감적으로 사유는 설하의 거절을 알아차렸다. 아직 류환에 대한 사랑이 남아 있다는 건 안다. 그래도 조금이나마 빈 공간 속에 자신을 담아줄 수 있지 않을까, 기대했었는데. 사유가 당혹한 표정으로 굽혔던 허리를 반듯이 폈다. 걱정스러운 마음을 스스로 다독이긴 했지만 어쨌든 거부당하기 위해 고백하지는 않았으므로 이 상황이 그 역시 당황스러울 뿐이었다.

정말 거절인가요? 다시 한 번 묻고 싶은 충동을 겨우 누르며 사유가 시선을 창밖으로 돌렸다. 더 이상 마주 보기엔 너무나 고통스러운 눈동자였다. 여름밤보다는 더욱 깊어진 검은빛의 하늘이 처음 이곳에 도착했을 때처럼 어둑하다. 그땐 참 맑은 하늘이구나, 했었는데.

"나, 난…… 난……."

설하가 힘겹게 입을 열었다. 자꾸 말이 끊어진다. 가고 싶어
요, 하는 말이 계속 입에서 뱅글 돌았다. 하지만 사유에게 가기
위해 류환을 사랑했던 기억을 몽땅 지우고 싶지 않았고, 류환의
기억을 담고 사유에게 가기엔…… 그는 너무 좋은 사람이었다.
나 같은 사람 말고 더 좋은 사람 만나서 더 많이 행복해야 하는
거 알아요?

"이런…… 농담 재미없어요."

이런…… 겨우 나온 대답에 사유가 살짝 입 끝을 올렸다. 찬
기운이 가슴으로 스미는 기분이라고나 할까? 한 대 맞기라도 한
것처럼 뺨이 얼얼했다. 완전한 거절인가 보다. 생각해 볼 시간
을 달라면 줄 수도 있었는데. 당황스럽다면, 달래줄 수도 있었
다. 그러나 농담이라는 데야.

"농담 아니에요. 사랑으로 농담할 만큼, 한가하진 않으니까."

"사유…… 난……."

"하지만 당신이 그렇다면 그런 거겠죠. 류환을 다 잊지 못한
건가요? 여전히 그를 사랑해요?"

잔혹한 질문이라는 걸 뻔히 알면서도 어쩔 수 없이 터져 나왔
다. 봐줘요, 이 정도의 질투쯤은. 사유가 속으로 속삭였다.

"……류환을 사랑해요. 사랑했죠. 더 이상은 그를 사랑하지
않겠지만, 그래도 지난 사랑이 몽땅 지우개로 지운 것처럼 지워

지지는 않아요. 시간이 흐르면 언젠가는 얇아지겠지만 그래도 결국은 자국이 남는 흉터처럼 내 가슴에 남아 있을 거예요. 사유가 원하는 게 그런 거예요?"

아니요.

"류환을 사랑하지 않을 테지만 그래도 다른 사람을 쉽게 가슴에 못 담아요, 나."

하얗게 질린 얼굴로 설하가 또박또박 제 감정을 풀어냈다.

"조금씩, 그 세월만큼 천천히 지워주고 싶어요. 그게 내 사랑에 대한 예의인 것 같아."

그래요…… 사유가 천천히 고개를 끄덕였다. 조금 더 한국에 남아 있을 수만 있었다면 그녀 곁에서 조금 더 느긋이 기다려줄 수도 있겠지만, 떠나야 하는 그에게는 그런 한가로움이 허락되지 않았다. 언젠가 그 사랑이 옅어져 다른 사람을 사랑할 수 있게 되었을 때, 그는 이곳이 아닌 다른 곳에 남아 있겠지.

미련 따윈 접고 떠나야 하는데 쉽게 발이 떨어지지가 않았다. 깔깔! 웃던 입매가 잔뜩 굳어진 채 그의 눈앞에 일렁이고 있었다. 사유가 충동적으로 그 입술에 가벼운 입맞춤을 했다. 설하가 순식간에 딱딱하게 몸을 굳혔다. 얼른 입술을 뗀 사유가 억지로 미소를 지었다.

"이별 키스예요."

"사유……."

"곧 떠나게 될지도 모르니까 미리 인사하는 거예요. 당신에게 좋은 사람 나타나길 빈다는 말 따윈 하고 싶지 않아요. 그러기엔 내 심장이 너무 가여우니까. 사랑해요. 당신이 류환을 사랑하는 것과는 별개로, 나 역시 당신을 사랑하고 아직도 당신이 날 사랑해 주길 희망해요."

주륵, 설하의 얼굴 위로 눈물이 흘러내렸다. 사유가 흐르는 눈물을 조심스럽게 닦아냈다. 쉿! 울지 말아요. 정작, 울고 싶은 건 사유 자신이었다.

"당신이 어리석다고 생각해요. 그런 사랑은 쉽게 버리고 날 바라봐 주면 좋을 텐데. 그래도…… 여전히 당신을 사랑해요."

깔깔한 모래가 심장으로 들어왔나 보다. 사라락, 사라락, 마른 모래 소리가 심장을 갉아댔다. 설하가 일그러진 눈빛으로 사유를 바라보았다. 자꾸 눈물이 흘러 가슴을 적셨다.

다시 한 번 사유의 입술이 설하의 이마 위로 내려앉았다. 아까 입술에 머물렀던 것보다는 조금 더 긴 시간 입술이 멈추었다.

따스한 설하의 입술이 사탕처럼 녹아나 그대로 제 몸으로 스며든다. 이 체온과 이 향은 긴 시간이 흘러도 지워낼 것 같지가 않다. 기다린다고 대답할 걸 그랬나? 아무리 많은 시간이 필요하다고 해도, 언제까지든 기다릴 수 있다고 붙잡아볼 걸 그랬나? 후회가 금세 들었다. 이렇게 그녀를 놓아두고 떠난다면 평생 후회하며 살지 모르는데. 지구의 반 바퀴를 돌아, 남은 그녀 곁에 그가 아닌 다른 남자가 서 있고, 그의 곁에서 웃고 있을 설하를 떠올리며 긴 세월을 고통스럽게 보내야 할지 몰랐다.

다시 한 번 그녀를 설득해 볼까, 하는 유혹을 떨치고 사유는 살짝, 설하를 떼어냈다. 사실은 자신이 없었다. 어느 것이 더 고통스러울지. 언젠가 말끔하게 류환을 잊어낸 설하가 다른 사람 곁에서 행복해하는 걸 상상하는 것과 곁에서 류환을 가슴에 품은 그녀를 지켜보는 것 중, 어느 것이 더 힘겨울지는 그조차도 자신이 없었다. 물론 그녀 스스로 원한다면 설사 류환을 함께 지워내는 고통이라 해도 함께할 테지만⋯⋯.

외로워하지 않았으면 좋겠다. 설하의 젖은 머리카락을 쓸어내며 사유가 소원했다. 그가 이곳을 떠나도 누군가는 그녀 곁에서 외롭지 않게 지켜주었으면 좋겠다. 굳이 말하지 않아도 가벼운 감기쯤은 쉽게 알아차릴 수 있고, 웃고 있어도 그 심장이 아프다는 것쯤은 알아줄 수 있는 그 누군가.

"땀 흘렸다고 샤워하지 말아요. 그냥 옷만 가볍게 갈아입어요, 뽀송하게 마른 것으로."

"⋯⋯네."

설하가 대답했다. 네, 란 말 이외에는 아무 말도 할 수 없었다.

"내일은 죽을 싸올게요. 쉬어야 될 것 같아 일부러 늦게 왔더니 가게 문이 다 닫혔어요. 많이 걱정했어요."

"네."

"아프지 말아요. 내⋯⋯."

갑자기 입술이 닫혀 버렸다. 괜찮을 줄 알았는데 생각보다 견디기 힘들었다. 사유가 입술에 힘을 꽉 주었다. 겨우 작은 미소 하나가 입가에 머무를 정도로.

"바이올린 잘 간직해 줄래요? 내가 선물한 거니까, 소중하게 기억해 줄 수 있어요?"

설하가 말없이 고개를 끄덕였다.

"그러다가…… 나중에 누군가를 사랑하게 되면, 그래서 그 사람의 아내가 되면 그땐 버려도 괜찮아요. 혹시 나중에……."

또다시 사유의 말이 끊겨졌다. 이젠 억지로 지어낸 미소도 사라지고 없었다. 일그러지는 사유의 눈빛이 아프다. 설하가 혼돈스러운 눈동자로 사유를 바라보았다. 제 심장이 썩둑! 잘라져 반쪽만 남은 기분이다. 놓아주어야 하는 건데, 그녀 내면에 박힌 이기심은 그를 붙잡기를 원했지만 끝내 설하는 붙들지 않았다. 아무리 슬픈 사유의 눈동자가 제 심장을 갈라낸다 해도 말이다. 견딜 수 있는 걸 뭐! 제 목숨 같았던 류환을 떠나보내고도, 그래도 견디며 살았다.

덜컹!

두 사람의 묵묵한 침묵 속에, 가게 안 저쪽 유리가 바람에 덜컹, 소리를 냈다. 한결 불어대는 바람에 힘이 실렸다. 어느새 가을인가? 그 속에 사유는 미동없이 섰다. 떠나주어야 하는데……. 또다시 중얼댔지만 마음처럼 발이 움직이질 않았다.

나중에, 혹시 나중이라도 그 바이올린을 보다 사신을 사랑했다는 걸 깨달아주면 좋겠다. 늦은 사랑이라도 좋으니까 그녀가 기억해 주면, 달려올 수 있는데.

그러나 그런 남은 자락이 설하를 더 힘들게 할 것 같아 사유는 치미는 말을 꾹 눌렀다. 그녀의 기억 속에 남은 모습이나마 훨씬 더 아름다웠으면 좋겠다.

덜컹, 소리를 내던 창문이 이젠 몸서리를 치듯 흔들거렸다. 그 틈으로 바람만큼 차가워진 공기가 슬몃, 살갗을 쏘아댔다.

"추워요."

마침내 숙인 고개를 바짝 든 사유가 애써 목소리를 냈다. 네…… 힘없이 대답하는 설하의 얼굴이 아까보다 더 붉게 달아올라 있었다. 그새 열이 뻗쳤나? 걱정스럽게 올라가던 손이 멈칫 허공에 멈추다, 다시 힘없이 떨어졌다.

"……갈게요. 쉬어요."

돌아서 나오는 사유를 전처럼 마중 나오지 않고 설하가 현관문 안쪽에 뻣뻣하게 기대어 섰다. 가게 밖으로 향하는 계단이 꽤 멀어 보였다. 천천히, 계단을 내려 마지막을 내려선 사유가 빙글 몸을 돌렸다.

"갈게요."

그리고 빠른 걸음으로 '샤콘느'를 나섰다. 소매 밖으로 나온 팔에 싸늘한 바람으로 한기가 들었다. 점점 멀어지는 가게 너머 그녀가 아직도 바라보고 있을까? 궁금했지만 사유는 끝내 돌아보지 않았다.

"비행기 예약, 언제 할까? 표는 곧 구할 것 같은데."

집에 들어서자마자 급한 목소리로 사강 형이 물어왔다. 옆에
는 미스 노런이 가지고 온 사현 형의 사표, 그리고 회사 재정과
프로젝트 기획서 사본들이 어지럽게 흩어져 있었다. 하필 경쟁
사인 메이슨이 글로벌&크로버스를 집어삼키려는 찰나에, 망할
사현 형이 그만두어 버리다니. 사유는 죽일 듯한 시선으로 바닥
에 놓인 서류를 노려보았다.

"대체, 사현 형은 무슨 생각을 하고 사는 거야!"

보던 서류를 내던지며 끝내 성질을 못 참겠는지 사강 형이 버
럭 소리를 질렀다. 회사 따윈 관심없다고 해도, 정작 중요한 시
기에 사표를 던져 버린 사현 형에게 엄청 화가 치미는 모양이었
다. 사실, 사강 형이 이렇게 화를 내는 것도 꽤나 드문 일이었
다. 그것도 회사 문제에서는 더더구나. 사강 형은 오히려 약 오
를 정도로 느긋한 편이라서, 곧잘 집안의 중재 역할을 해주곤
했는데.

대꾸없이 곧장 자신의 침실로 들어가 버리는 사유의 등 뒤를
쫓아오며 사강 형이 또다시 닦달을 했다.

"언제 돌아갈 거야?"

귀찮아!

"아무 때나. 그냥, 아무 때나!"

정말? 놀란 사강 형의 시선에 상관없이 사유가 털썩, 침대에
몸을 뉘었다. 온몸이 쑤셔왔다. 설하의 감기가 옮았나 보다. 아

니면 열병이…… 아니면…… 이루지 못할 사랑이…….

　다음날 아침에 오겠다는 사유는 며칠 동안 모습을 보이지 않았다. 기다리면 안 된다는 걸 알면서도 설하는 매일 가게로 내려와 오지 않는 사유를 기다렸다.

　"언니, 얼굴이 휑해 보여."

　멍하게 창밖만 바라보는 설하에게 아르바이트생 은미가 걱정스러운 눈빛으로 말했다. 생각보다 얼굴이 많이 안 좋은 모양이었다. 조금, 힘없이 대답하는 설하의 시선은 창밖에서 떠날 줄을 몰랐다. 그녀가 바라보는 창가 쪽엔 전에 사유가 사준 허브 화분이 씩씩하게 자라고 있다. 여름이 시작될 무렵, 세 번째 허브가 죽어버려 막 쓰레기통에 버리고 심란했을 때였다. 저녁참에 잠깐 들렀던 사유가 버려진 허브 화분과 설하를 번갈아 보다, 아무 말 없이 그녀의 머리카락을 쓱쓱! 쓰다듬어 주었다. 아마 딴에는 위로의 손짓이었나 보다. 사실 그 허브는 정말 세심하게 신경 써, 유독 정성 들여 키운 녀석이었는데. 왠지 배신당한 기분도 들고, 버려진 화분이 안쓰럽기도 해 우울했었는데.

　"내 허브는 아마 씩씩할 거예요. 많은 녀석들 중에 선택받은 운 좋은 녀석들이니까."

　꽃가게에서 주룩 놓은 화분들을 한참 동안 노려보다, 골라준 화분을 건네며 사유가 말했었다. 정말 그래서였을까? 이상하게 이 녀석은 한 번도 속 썩히지 않고 잘 자라주었다.

"이젠 화분 갈아주어야 할까 봐요."

그녀가 바라보는 곳에 시선이 닿았는지 은미가 뜬금없이 말했다.

"응?"

"많이 자라서 이젠 화분 갈아주어야 한다고. 건너편 꽃집에 가서 화분 갈아달라고 할게."

"그런 것도 해?"

"그럼! 허브도 자라는데 옷 갈아입혀 주어야지."

그렇구나…… 몰랐었다.

"나중에 좀 한가해지면 내가 갔다 올게. 언니는 좀 쉬어요. 아직도 감기가 안 나았나 봐요. 얼굴에 핏기가 하나도 없어요."

"괜찮아."

세상에 달관한 사람처럼 만사가 귀찮았다. 아픈 것도, 그리고 가게 일도. 할 일 없는 한량처럼 빈둥빈둥, 가게에 내려와 설하가 하는 일은 사유를 기다리는 게 전부였다. 막상 사유가 오면 어떤 얼굴로 대해야 할지 두려운 주제에 그래도 그건 하나의 습관이었다. 다시 창밖으로 시선을 돌린 설하의 얼굴이 우울하게 가라앉았다. 오겠지. 온다고 했으니까…….

기대하지 않는 순간에도 짜안! 하고 나타나는 사유이니까 약속을 지킬 것이다.

어?

사유가 사준 허브 이파리를 만지작거리던 설하가 반짝 고개를 들었다. 사유다! 창문 밖으로 멀리서 보이는 건 인영(人影)뿐인데도 신기하게 금방, 사유인 걸 알아차린다.

딸랑, 풍경 소리가 울리기도 전에 설하가 환하게 웃으며 사유를 반겼다.

"왔어요?"

걱정했던 건 까맣게 잊은 얼굴로 냉큼, 기색을 살피는데 다행히 사유 역시 전처럼 환하게 답해주었다.

"감기는 괜찮아요?"

약속한 죽이 담긴 종이봉투를 건네며 안부를 물어온다.

"네."

사유가 웃어주는 이 웃음이 이토록 청량한 줄 몰랐다. 사유가 온 것만으로도 가게가 벌써부터 상쾌해진 기분이었다.

"참 신기해요."

"뭐가요?"

"그냥…… 이것저것. 사유가 사준 허브가 쑥쑥 잘 자라주는 것도 그렇고. 참! 아까 창문 밖으로 보는데 멀리서도 한눈에 사유인 걸 알아차린 거 있죠? 굉장히 신기하지 않아요? 벌써 많이 익숙해졌나 봐."

그러니까 떠나지 말아요. 설하가 사유의 손을 장난감처럼 흔들었다.

"그렇잖아요? 엄청 먼 거리였는데도 그냥 한눈에 딱! 느낌이 오는 거야. 신기하죠? 그렇죠?"

"신기해요."

사유가 커다랗게 웃어주었다. 정말 신기한 듯, 그리고 정말 기쁜 듯.

"그렇죠? 그런데 며칠 바빴어요? 내내 기다렸는데."

"기다렸어요?"

"온다고 했잖아요."

"미안해요. 며칠 일 좀 보느라 바빴거든요. 감기 다 나았을 것 같은데, 그래도 맛있는 곳이라 지나가는 길에 사 왔어요."

사 온 죽 그릇을 테이블에 펼쳐 놓으며 사유가 조곤조곤 설명했다. 얇은 플라스틱 뚜껑을 열자 고소한 참기름 냄새가 금세 퍼졌다. 끓던 열은 내렸지만 그래도 남은 여파가 있었는지 며칠 제대로 식사를 못한 그녀의 배에서 맛있는 냄새를 먼저 알아차린다.

맛있겠는데 뭐. 입맛을 다시며 설하가 바쁘게 나무젓가락을 갈랐다.

"여기 죽 먹어봤어요?"

"전에 아팠을 때 현진이가 사 왔었어요. 현진이가 원래 여기 살았었잖아요."

"아, 현진이 보고 싶다. 잘살죠?"

어느새 편한 일상을 주고받으며 둘은 모처럼 단란한 표정이었다.

"이제 곧 자주 보겠죠. 잘살아요. 예전에 헤어진 남자 친구랑 결혼한대요."

막 따스한 죽을 입속에 넣던 설하가 눈을 동그랗게 떴다. 그랬구나. 요사이 뜸하게 보인다 했더니 연애하느라 바빴단다.

"정말?"

"네. 반대가 심할 줄 알았는데, 손자가 한발 양보했어요. 알죠? 내 손자, 현진이 아버지."

그리고는 하하하, 웃는다. 제 입으로 손자라 말하면서도 웃긴 모양이다.

"아직도 익숙하지 않아요. 꽤 오래 있었는데……. 늙은 손자가 있는 게 여전히 적응하기 힘든가 봐요. 형은 쉽게 하던데……."

"사강 씨는 원래 아무한테나 그런 걸! 사유가 느물스럽게 금세 적응하는 것도 안 어울려 보여. 사유는 느긋하게 천천히, 그리고 한결같은 모습처럼 그렇게 있었으면 좋겠어요. 지금처럼 그렇게……."

"글쎄……. 하지만 가끔은 빠르게 적응하는 것도 필요하다고 생각해요."

헤죽거리던 설하의 얼굴이 금방 딱딱해졌다. 어쩐지 자신을 가리키는 것 같아 괜스레 사유 얼굴을 마주 볼 수가 없었다. 말을 잃은 설하 대신, 사유가 담담하게 말을 이었다.

"오늘은 성미 급한 현진이 신혼집 꾸민다고 새벽부터 쳐들어오는 통에 사강 형은 펄펄 뛰었지만, 그래도 난 행복해하는 녀석의 얼굴을 보니 대견해요."

"여기 근방으로 와요?"

"네. 원래 지금 살던 곳이 현진의 집이었으니까."

아……. 설하가 힘없이 고개를 끄덕거렸다. 현진이 결혼하게 되면 사유는 이곳을 떠나게 되는 걸까? 금방 티가 나게 표정이 변하는 설하를 보며 사유가 애써 표정을 가다듬었다.

"집 비우는데 현진이 굉장히 울어대서 난감하긴 했었어요. 그래도 어쩔 수 없는 일이라서……."

죽을 덜어내던 숟가락이 그대로 멈추어 버렸다.

"집을 비워요?"

"오늘 오후 비행기라 인사하러 들렀어요. 며칠 동안 손자 일 마무리해 주고, 남은 짐 정리를 하느라 짬이 안 나더라구요."

사실 미룰 만큼 미루다, 찾아온 거라곤 말하지 못했다. 아직도 그녀의 거절이 상처가 되었고, 남은 여지조차 없다는 게 더욱 가슴 아파 도저히 얼굴을 마주 볼 자신이 없던 탓에 설하의 가게는 일정 중 제일 마지막으로 미루어놓았다.

"그동안 설하 씨 때문에 즐거운 휴가가 되었어요. 감사하다는 인사랑 잘 지내라는 말 해주고 싶어서."

"……네."

겨우 낸 목소리인데 참 어이없게도 힘이 실리지 않았다. 맛깔스런 죽이 눈앞에서 식어가는 걸 말끄러미 바라보며 설하는 고개를 떨구었다. 저렇게 환하게 웃으며 떠나는 거 싫다.

입맛을 잃어버린 설하가 불편한 심정 대신 앞에 놓인 죽만 괜스레 깨작거렸다. 길고 날렵한 손톱 끝을 황홀히 바라보던 사유가 흠, 헛기침을 했다.

"미안해요. 남은 기억만큼은 참 아름답게 남겨주고 싶었는데 그게…… 잘 안 돼요."

입술이 바짝 말라, 얼른 혓바닥으로 물기를 적셨다.

"……미련없이 떠나주어야 하는데, 다시 한 번 물어보고 싶어서. 정말…… 난 안 되는 건가요?"

이번에는 조금 전보다 더 어색하고 긴 침묵이 흘렀다.

"나, 난……."

설하가 하던 말을 멈추었다. 뭐라 말할 건데? 스스로에게 되물어봐도 답이 없었다. 무작정 기다려 달라고? 아무런 기약도 없이 사유에게 기다려 달라고 하기엔 무리였다. 뉴욕에 남겨놓은 그의 삶을 모두 버리고 그녀의 곁에 남아 기다리는 건 더 더욱. 설하가 잘근 입술을 깨물었다. 사유가 없는 빈 공간을 버텨 갈 수 있을지 의문스러웠지만, 더 이상은 기댈 수 없었다. 사유의 따스함에…….

결국 다물어 버린 설하의 침묵을 사유가 묵묵히 마주 보았다. 정말 안 되는 건가? 언제까지 기다릴 수 있다 해도, 끝내 거절일까? 숙여진 설하의 목이 붉다. 수박 속에 박힌 붉은 속살처럼 말간 느낌의 붉은 물기에 절로 손이 뻗어졌다. 숙이지 말아요, 그렇게 내 앞에서…….숙여진 목 언저리가 더 이상 붙들 수 없는 거절 같아 더 고통스러웠다.

"······부질없는 미련이겠죠? 미안해요. 당신에게 좀 더 멋있는 모습으로 떠나지 못해서."

가지 말아요. 설하가 속으로 외쳤다.

"이젠 가야겠어요. 잘 지내요."

"······앞으로는 이곳에 오지 않을 건가요?"

어리석은 질문이라는 건 알지만 불쑥 튀어나와 버렸다.

"아마도. 이번처럼 긴 휴가는 더 이상 힘들겠죠. 게다가 회사 일이 끝나면 제가 원했던 길을 갈 생각이라서 더 바쁘고 힘든 일정이 될 거예요."

다시는 사유를 볼 수 없다. 설하가 되뇌었다. 결국 남은 게 없네. 류환은 그녀와 함께 떠나 버렸고, 이젠 사유마저 볼 수 없단다. 딛고 있는 바닥이 허공에 부유하는 것처럼 힘이 실리지 않아 설하는 사유가 일어서 가게 문을 나설 때까지 꼼짝없이 앉아 있었다. 잠시 사유의 시선이 그녀에게 머물렀다. 시선이 닿은 곳마다 따끔, 가시로 찔린 듯 아프다.

딸랑······.

한동안 머물던 사유의 시선이 사라지는가 싶더니 풍경 소리가 먼저 사유의 떠남을 알려주었다. 가만히 앉아 있어도 사유의 발자국 소리가 타닥타닥 귓전을 울렸다.

난 잡을 수 없는데 뭐······.

사유가 떠난 자리에 남은 설하가 낮게 중얼거렸다. 그거 좀 비겁한 거 아닌가?

"언니, 울어? 무슨 일이야?"

어? 깜짝 놀란 은미의 목소리에 설하가 흐린 눈을 깜박거렸다. 뿌옇던 가게 안이 다시 환해지며 뺨 위로 뜨거운 열기가 흐른다. 설하가 쓰윽 제 뺨을 훔쳤다. 정말 우나 보다. 뜨끈한 눈물이 턱 끝에 달롱, 이슬처럼 매달려 닿은 곳이 쓰렸다. 짭짤한 소금기가 입 안으로 스몄다.

"……대."

"응?"

"사유가 떠난대."

"아…… 섭섭하겠다."

밍밍한 은미의 대꾸에 설하가 피식 웃었다.

"그래……."

herb

12. 뉴욕의 하늘은 아름답다

뉴욕의 하늘은 아름답다. 한국에 있을 때는 몰랐는데, 모르는 사이 이곳을 그리워했던 모양이다. 비행기의 바퀴가 채 바닥에 도착하기도 전부터 느껴지는 공기가 확연히 서울과는 달랐다. 도착하자마자 대기해 놓은 리무진에 오른 후부터 사유의 모든 신경은 회사로 집중되어 있었다. 바쁜 일상만큼 그리움을 지우는데 효과적인 게 없으니까. 뉴욕에 도착한 시각부터 그의 모든 일정은 사강 형과 완벽한 짝을 이루면서 빈틈없이 진행되었다. 그것 역시 아버지의 능력이라고나 할까?

잠시 남은 시간에 한숨을 돌리던 사유는 창문에 비친 제 모습을 멍하게 바라보았다. 이곳을 떠날 때보다 한층 더 마르고 지친 얼굴이다. 잘 다려진 와이셔츠와 부드러운 크림 빛 넥타이가 한 올 흐트러짐 없이 반듯하게 걸쳐진 그의 모습은 한국과 사뭇 다른 모습이었다. 사실 그에게는 이 모습이 더 익숙했었는데, 요즈음엔 조금 낯설었다. 길어진 머리카락도 그렇고, 더욱 깊어진 눈매도 그랬다.

사현 형이 버리고 간 빈 공간은 예상외로 커, 정신없이 일에 매달린 탓에 그나마 설하를 떠올릴 시간이 줄었다는 게 다행이었다. 그레이스가 출산을 한다 해도 육아 문제로 더 이상은 사장 자리에 남고 싶지 않다는 사현 형의 강력한 의지에 따라 그 자리는 곧 사강 형이 물려받겠지만, 당분간은 누군가의 도움이 필요했다. 덕분에 사유는 이곳에 내팽개쳐진 상태였다.

똑똑.

조심스러운 노크 소리와 함께 비서인 제인이 들어섰다.

『타카야마 씨가 오셨습니다.』

갈색 머리를 반듯하게 틀어 올린 제인의 뒤로 작게 움츠린 남자가 보였다. 약간은 겁먹은 남자의 표정에 사유가 조금 더 엄한 눈빛을 했다. 순간, 지적인 제인의 눈동자가 날카롭게 그를 훑었다. 전 사장인 마크나 새로 취임할 데니언 사장보다 외모면에서 확실히 같은 형제라 믿을 수 없을 만큼 동떨어지긴 했다. 하지만 이 애매한 위치에 선 또 하나의 데이비스 일가의 남자는 제 형제들에게는 없는 어떤 독특함이 있었다. 그 독특한 매력 탓인지 그가 이곳에 온 지 얼마 되지도 않았는데 벌써부터 비서실에선 그에 대한 구애로 야단법석이었다. 그중 한 명이 될 생각은 없지만, 그래도 역시 시선이 가는 남자였다.

『이번 R&T 프로젝트에 관련된 문제로 불렀습니다.』

꽤 듣기 좋은 바리톤이야. 나직한 사유의 음성에 제인이 황홀한 미소를 지었다. 이토록 울리는 남자의 중저음은 섹시한 느낌마저 불러일으킨다. 특히 이런 바리톤 음성으로 듣는 영국식 발음은 더할 나위가 없었다. 소문으로 듣기엔 어렸을 때부터 영국식 교육을 받았다더니 내뱉는 발음 하나하나가 발끝까지 짜릿했다.

『미스 브라운?』

잠시 딴생각에 빠져 있던 제인이 자신의 이름에 곧장 허리를 세웠다. 이런 실수를…… 의아한 시선으로 바라보는 사유의 시선에 제인이 금세 얼굴을 붉혔다. 경력 칠 년이 무색한 짓을 하고 말았다. 후다닥, 제인이 사무실을 바쁘게 빠져나가자, 사유가 타카야마 앞으로 두터운 서류들을 던지다시피 내려놓았다. 타카야마를 향한 눈동자가 가면을 쓴 것처럼 냉혹한 빛을 띠었다. 무능력한 부하 직원만큼 골치 아픈 일도 없다.

『아마도 타카야마 씨는 이 상품에 대한 정보가 미진하거나 프로젝트에 대한 이해력이 없다고 봐야 할 것 같습니다. 보고서에 명시되고 있는 모든 요점들이 조금씩 빗겨 나가고 있어요. 이런 식으로 일을 처리하면 매출은 더욱 떨어지고 말 것입니다. 당신이 이 프로젝트를 맡은 후부터 이 제품에 대한 홍보나 점유율이 계속 오르지 않고 있어요. 더욱 큰 문제는 우리가 뚫어놓은 활로와 비교해 매출 현황이 터무니없이 떨어지고 있다는 겁니다. 이 프로젝트가 실시된 지 벌써 일 년인데 이 정도의 수익성이라면, 문제는 경쟁사인 메이슨이 아닌 바로 우리에게 있다고 봐야겠죠.』

사유가 타카야마를 매섭게 노려보았다. 작은 남자의 어깨가 또다시 움찔거렸다. 팀의 우두머리로서 패기나 진취성은 도무지 찾아볼 수 없는 인물이었다.

내부의 문제…….

그 부분에서 저절로 한숨이 새어나왔다. 지금 메이슨 사가 갉아 먹고 있는 부분도 바로 이것이었다. 일 년 정도 누적되고 있는 매출의 수익성은 점점 회사의 빈틈을 크게 만들고 있었다. 사유가 서류 속의 정확한 문제점을 손가락으로 짚어내자 타카야마의 안색이 확 변했다. 그 부분은 회계사로서의 전문성을 가지지 않았다면, 쉽게 알아챌 수 없는 미세한 허점이었다.

『바로 이 부분! 특히 제가 납득할 수 없는 건 바로 이 부분입니다. 이 프로젝트에 참여했던 사람들과 현재 그곳에 파견나가 있는 직원들 속에서 실마리를 찾아야 하겠죠.』

『하지만 지금 메이슨이 아직 여기까지 침범할 수는 없습니다.』

『물론 아직은 아니지요. 하지만 조만간 메이슨은 이 빈 공간을 치고 나올 겁니다. 가장 단단해 보이는 곳이 사실은 약점일

확률이 높으니까요. 지금 당장은 작은 손실 정도로만 보이겠지만 이곳은 우리가 가장 심혈을 기울인 곳입니다. 절대 뚫릴 수 없는 부분이 뚫린 거죠. 하지만…….』

사유의 주름이 더욱 깊어졌다. 날카로운 그의 예감으로는 이 프로젝트에 참가한 직원 중 분명 메이슨 사의 심어놓은 끄나풀이 있었다. 아니면 몇 푼의 돈으로 쉽게 자신의 자존심을 팔아넘긴 사람이거나.

『미스터 타카야마가 문제점을 해결할 수 없다면, 회사 입장으로선 이 문제는 당신의 능력 밖이라 생각할 수밖에 없습니다.』

사실, 용의자 선상 속엔 타카야마 역시 포함되었지만 내색은 하지 않았다. 그의 말이 떨어지자 타카야마의 얼굴에서 핏기가 싹 사라졌다. 애초 전 사장과 함께 이 프로젝트를 진행시킨 자신 역시 의심의 선상에서 완전히 벗어나지 못한 것쯤은 쉽게 알아차린 탓이었다. 물론 회사 입장으로서는 당연한 판단이었다. 아마, 전 사장인 마크가 있다 해도 역시 같은 방식으로 처리했겠지. 단지 그가 예상하지 못했던 건, 사장이 물러서고 새 사장이 아직 취임식도 제대로 치르지 않은 상황에서 임시라는 명함을 달고 나타난 이 남자의 처우였다. 젠장, 역시 데이비스 가(家)의 일원답다. 사업상에서는 가차없기로 유명한 글로벌&크로버스 사였다. 이곳, 미국에서 한국인으로서 이만한 위치를 갖기 위해선 그만한 배짱과 냉정함이 없이는 감히 이룰 수 없는 성공이겠지만 말이다.

들어올 때와 달리 핼쑥한 기색으로 타카야마가 나가자 사유는 그제야 재킷을 걸쳤다. 타카야마를 기다리느라 미루었던 퇴근을 할 요량이었다. 잔업이 많고 늘 늦은 시간까지 남아 있던 전 사장, 사현과 다른 점도 이것이었다. 덕분에 이제껏 사현 밑에 있던 제인만 신이 났다.

『미스 브라운, 내일 봅시다.』

까닥 고개를 숙이며 인사를 건넨 후, 사유는 곧장 사무실을 나섰다. 수줍게 대답하는 제인의 대답 따위는 귓가에 닿지도 못했다. 긴 복도를 걷는 그의 걸음은 꽤 익숙하고 편해 보였다. 사실, 글로벌&크로버스의 본사는 그의 놀이터나 다름없었다. 어린 시절부터 경영 수업을 한답시고 이곳에서 허드레 아르바이트와 아버지의 사무실 잔업을 돌보곤 했으니까. 태어난 순간부터 후계자라 정해진 사현 형은 그렇다 치고, 약삭빠른 사강 형과 사린이 함께 도망을 친 덕분에 시간까지 남아 있는 건 언제나 그 혼자였다.

고위 관리직 전용의 엘리베이터를 두고 그는 일반 사원용 엘리베이터로 향했다. 이만한 위치로 이곳에 온 것이 처음이라 아직은 이 엘리베이터가 더 편한 것도 있었지만 아직도 그는 이곳의 일원이라는 생각이 들지 않았다. 언젠가는 떠날 곳. 이곳을 규정하는 그의 생각은 그것이 전부였다.

문이 열리며 몇몇 아는 얼굴들이 인사를 건넸다. 가볍게 목인사로 대답하며 엘리베이터에 올라타자, 불편한 침묵이 공기를 짓눌렀다. 전엔 편하게 인사를 건네던 사이였는데, 지금 그를 바라보는 시선 속엔 약간의 경계심이 담겨 있었다.

띵!

어려운 기색이 만연한 가운데 빠른 속도로 엘리베이터가 일층 로비에 도착하자마자, 낮게 안도하는 한숨 소리가 여기저기 새어나왔다.

『누구야?』

내려선 그의 등 뒤로 누군가 작게 묻는 소리가 들려왔다. 저도 모르게 어깨가 살짝 굳어졌다.

『몰랐어? 마스터의 셋째 아들. 명실상부한 데이비스 가의 일원이란 거지.』

등 돌린 사유의 얼굴이 어느새 가면을 씌운 듯 무표정하게 변해갔다. 여기 사람들에게 그는 단지 글로벌&크로버스의 소유자인 데이비스 사 모리슨(사중원) 가문의 일원일 뿐이었다.

『니콜라스 사 주니어 모리슨!』

대답하던 여자는 정확한 그의 정식 명칭까지 알고 있었다. 이곳에서 사유라는 이름은 없었다. 굳어진 어깨를 꼿꼿하게 든 채, 사유는 빠르게 회사를 빠져나왔다. 답답하고 숨통이 막혔다. 윤기 흐르는 대리석 바닥을 지나 자신의 애마 드빌에 오르자, 성미 급한 전화벨이 울려댔다.

─『사유?』

허스키한 음성에 사유의 얼굴이 금방 환하게 펴졌다.

『맥?』

─『목소리 잊지는 않았네? 지금까지 연락이 없어서 나 같은 사람은 잊어버린 줄 알았어.』

가벼운 투정에 사유가 하하하! 커다랗게 웃음소리를 냈다. 이곳에 온 후 처음으로 내보는 경쾌한 웃음이었다. 자잘한 주름이 얼굴 가득히 퍼지며 오랜만에 반가운 기색이 서렸다.

『우리 꼬마 아가씨를 잊을 리 있나? 잘 지냈어?』

─『사유가 떠난 후 사랑병에 걸렸단 소식이 아직 안 들어갔나 보지?』

『글쎄? 맥의 사랑병은 원래 일방통행 아니었나?』

부드러운 기어 조작에 따라 은빛 캐딜락의 몸체가 빠르게 도로로 들어섰다.

─『하긴 사유에게 내 사랑은 언제나 일방통행이긴 했지. 그래도 아직 희망은 버리지 않았으니까 늦기 전에 받아주는 게 어때?』

『뭘?』

─『내 사랑! 자기를 기다리느라 까맣게 타버려 이젠 재밖에 안 남았는데, 그 재라도 쓸어주어야 하는 거 아냐?』

하하하!

또다시 사유가 어깨를 들썩거렸다. 짓궂은 건 여전하네. 고등학교 동창인 맥은 요즈음 이런 농담이 잦았다.

─『여기 사유 본가야. 저녁 식사 초대 받았어.』

『선셋 가든?』

—『응. 다들 여전하시네?』

잡다한 수다로 인사를 끝낸 후, 사유가 조금 더 속도를 냈다. 자신의 소유인 아파트는 뉴욕 시내에 있지만 지금은 외각에 있는 본가에서 잠시 지내고 있는 중이었다. 당분간은 사강 형과 함께 진행시켜야 할 프로젝트도 많았고, 무엇보다 아버지의 도움이 절실했다. 능숙한 운전 솜씨를 따라 사유의 드빌이 빠른 속도로 뉴욕 시내를 벗어나 '선셋 가든(Sunset Garden)'이란 별칭을 가진 본가로 향하기 시작했다.

선셋 가든은 잘 정비된 도로를 벗어나 높은 전나무 길을 따라가면 그 끝에 자리하고 있다. 매일 마주치는 경비 직원의 손짓을 따라 장인(匠人)의 손에 의해 조각된 검은 철제문이 스르르 열리며 기다란 오솔길이 먼저 그를 반겼다. 선셋 가든으로 들어서는 길은 화려한 치장 대신, 높고 튼튼한 너도밤나무가 쭉 심어져 들어오는 손님들마다 찬탄을 아끼지 않는 아름다운 곳이었다.

천천히 진입로로 들어서며 사유가 차 창문을 열어 손을 쭉, 뻗었다. 활짝 펴진 손가락 사이로 싸늘한 바람이 애무하듯 통과한다. 벌써 가을이 깊어져 진한 나무 향이 바람결을 따라 코끝을 스쳤다. 편하다는 이유로 주로 시내(市內)에 있는 자신의 아파트에 머물 때에도 이 오솔길만은 그리워할 만큼 그가 자랑스럽게 생각하는 곳이었다.

잘 지내나요?

이곳을 들어설 때마다 늘 설하가 떠오른다. 벚꽃나무가 듬직하게 서 있던 '샤콘느' 역시 마찬가지였다. 떠나온 지 꽤 된 것 같은데 아직도 그녀의 모든 게 너무나 선명하게 기억 속에 박혀 있었다. 솔직히 그 스스로가 잊지 않도록 매일 떠올리는 탓도 있겠지만 말이다. 잘 지내고 있을까? 뺨을 스치는 바람의 향에서 멀리 있는 설하의 체취가 배인 것 같다. 조금 전 환하게 웃던 사유의 잔주름엔 미소 대신 그리움이 대신 박혔다. 잔향처럼 남은 기억도, 그리고 망각도 그에겐 마찬가지인 고통이다.

어둑해진 바람을 스치며 사유가 고통스러운 표정을 지었다. 사강 형의 말은 틀렸다. 같은 하늘을 벗어나면 쉽게 잊을 수 있을 거라더니, 그녀에 대한 그리움은 지치지도 않고 그의 예민한 감각을 깨워댔다.

보고 싶다. 보고 싶다……

사유가 속으로 되뇌었다. 가슴속 깊이 박힌 그리움에 사유는 매일 야위어가고 있었다.

하얀 대리석 바닥에 막 발을 내디디자마자 툭 튀어나온 형체가 빠르게 사유의 품 안으로 뛰어들었다. 예상하지 못한 환영에 커다란 사유의 키가 뒤로 휘청거렸다. 뛰어들어 온 맥이 사유의 목을 끌어안으며 하하하! 웃음을 터뜨렸다.

『보고 싶었어, 사유!』

『맥!』

반가운 탄성이 터졌다.

『왜 이렇게 마른 거야?』

『그런가?』

오랜만에 만나서 그런지 떠날 때보다 훨씬 마른 사유의 얼굴을 금세 알아본 맥이 얼굴을 손으로 잡아 제 얼굴 가까이 대는 통에 긴 허리가 앞으로 반이나 쏠렸다.

『그래, 아주 많이 야위었어. 보기 좋게 건장했었는데. 마르지 마! 사현 같아 보여.』

얼음처럼 차갑다며 질색인 사현까지 들먹이는 걸 보니, 어지간히 마른 사유가 싫은 모양이다.

『하하하!』

맥의 말에 사유가 너털웃음을 터뜨렸다. 크고 맑은 웃음소리가 오랜만에 선셋 가든에 울렸다. 전에는 커다란 웃음소리를 자주 들을 수 있었는데……. 지금의 사유는 그 특유의 웃음도, 따스한 유머도 사라지고 없었다. 맥의 뒤를 따라 나오던 사유의 어머니 애니가 만족스럽게 미소를 지었다. 역시 사유에겐 맥이 맞춤이다. 무슨 일이 있는지 웃음을 잃은 아들 녀석 때문에 고심이었는데 벌써 단번에 웃음 짓게 만들지 않나!

『내내 기다리더니, 강아지처럼 뛰어가지 뭐니.』

팔짱을 끼며 다정히 웃는 어머니와 맥을 양팔에 끼고 사유는 기분 좋게 집 안으로 들어섰다. 맥으로 인해 잠시 잊었던 이곳에서의 자신을 찾은 기분이었다.

들어선 집 안엔 오랜만에 사린까지 찾아와 웃음이 끊이지 않았다. 여행을 떠나기 전처럼, 설하가 존재하지 않는 익숙한 따스함이 집 안 가득이 흘렀다. 맥의 곁에서 연방, 하하하! 웃어대는 그를 슬쩍슬쩍 살피는 사강 형의 시선이 느껴졌지만 사유는 애써 모른 척했다.

푸짐한 저녁 식사를 마친 후, 아버지의 권유를 빙자한 강요에 의해 작은 콘서트가 열렸다. 오랜만에 찾아온 맥을 위한 거라지만, 실은 아버지 자신을 위한 것이라는 것쯤은 가족 누구나 다 아는 사실이었다. 거실에 놓여진 묵직한 그랜드 피아노 앞에 앉은 사유에게 아버지 사중원이 먼저 시원스런 목소리로 곡을 청했다.

『The Last Night of the World!』

뮤지컬 광인 아버지의 단골 주문 곡은 늘 '미스 사이공'의 'The Last Night of the World'이거나 'Sun and Moon'였다. 첼로가 빠지기는 했지만 한자리에 모인 삼형제는 손에 익을 대로 익은 곡을 능숙하게 연주하기 시작했다.

넓은 아치형의 창문 너머로 따스한 달 하나가 노란 빛을 쏘아대는 방 안은 그림처럼 아름다운 광경이었다. 흐뭇하게 바라보는 맥과 부모님들, 그리고 이젠 눈짓 하나만으로도 척척 호흡이 맞는 형제들 속에서 사유는 현란하게 건반을 오가며 곡을 연주했다.

화려하기까지 한 사유의 연주 솜씨를 환한 미소를 지은 채 바라보는 맥을 애니가 슬쩍 바라보았다. 꼭 한국인 며느리를 보겠다는 남편의 고집은 이미 사현에게서 꺾여졌고, 게다가 사유에겐 더 더욱 기를 못 펴는 남편이다 보니, 애니 스스로도 맥을 향한 시선은 거즘 며느리를 보는 그것에 가까웠다. 사실 사유에 대한 맥의 애정은 가족 모두, 진즉부터 눈치를 채고 있었다. 게다가 무뚝뚝한 사유에겐 맥이 딱 떨어지는 짝이라는 게 그녀의 생각이었다.

결국 아버지의 마지막 요청곡인 캣츠의 주제곡 'Memory' 까지 연주하고 난 후에야 다들 악기들에서 벗어날 수 있었다. 연주가 끝나자마자, 다음 주에 시험이 있다는 사린은 서재에 박혔고 사강 형은 나오지 않은 하품을 연신 해대며 허겁지겁 자리를 비켰다. 언제부터 그렇게 일찍 잠자리에 들었다고 부모님 역시 침실로 들어가 버리자 거실엔 맥과 사유만이 볼품없이 남아버렸다.

모두 사라진 거실에서 사유가 사강이 팽개치고 간 바이올린을 집어 들었다. 오랜 시간 잘 관리된 바이올린은 은은한 나무 광택이 흐른다. 바이올린 핑거 보드(Finger Board)를 부드럽게 쓸자 반질한 감촉이 손가락 사이로 느껴져 왔다. 아련한 그리움에 낮은 한숨이 새어나왔다. 엉터리 연주에 깔깔, 허리를 굽어대던 설하 대신 이젠 맥이 붉은 액체가 담긴 잔을 든 채 그를 향해 웃고 있었다. 잠시 망설이던 사유가 바이올린을 목 언저리에 댔다.

설하가 깔깔 웃어대던 캔디가, 그리고 엘가의 곡이 마치 중독 된 것처럼 그치지 않고 머리 속을 울린다. 열려진 창문 너머로 사유가 켜는 솜씨없는 바이올린 소리가 공기 중으로 퍼져 나갔 다. 여전히 솜씨라고는 없는 연주다.

『무슨 곡이야?』

엘가는 그렇다 치고 생소한 곡이 울리자 맥이 물어왔다.

『캔디.』

『캔디?』

『그래, 외로워도 슬퍼도 울지 않는 캔디.』

이상한 곡이네? 갸웃거리는 맥에게 사유가 고개를 끄덕였다. 그래, 이상한 곡이야.

『꽤 솜씨없는 소리지?』

『응?』

『누군가 그러더라구. 꽤, 솜씨없는 소리야!』

당혹한 눈빛으로 갸웃거리는 맥에게 사유가 설명해 주었다.

『트로트 같다며 깔깔깔 웃더라구. 일주일 내내 연습했었는 데.』

트로트? 여전히 알 수 없다는 듯, 눈살을 찌푸리는 맥이 왠지 답답해져 입을 다물고 말았다. 설하라는 여자와 함께했던 추억 들은 쉽게 설명될 수 있는 게 아니었으니까.

사유가 바이올린을 거칠게 내려놓고 열려진 창가로 향했다. 시원한 바람에 그제야 숨통이 트였다. 다가온 맥이 그의 어깨에 자연스럽게 손을 얹었다.

『사랑스러워서 난 미칠 것 같은데…….』

허공을 향해 사유가 나지막이 속삭였다. 이곳이 아닌 다른 세계에 갇힌 사람처럼 멍한 사유의 어깨에 맥이 제 얼굴을 묻었다. 나무 향이 난다. 사유에게선 너도밤나무 향이 언제나 배어 있다.

『사유!』

맥이 허공에 박힌 사유의 시선을 끌어내렸다.

『결혼하지 않을래?』

『결혼?』

되돌아 묻는 얼굴엔 당황함이 그대로 실려 있었다. 그런 사유의 눈빛에 맥은 상처 입은 표정을 지었다. 사랑해! 고백을 해도 늘 농담처럼 받아들이던 사유였다. 오랜 시간 동안 친구로 지내온 탓에 쉽게 연인이 되지 못할 거라는 것은 알았지만, 그래도 이런 반응이 상처가 되는 건 어쩔 수 없었다. 맥이 떨리는 손짓으로 손에 든 술을 한 모금 마셨다. 아무리 천하의 그녀라 해도 청혼하는 것만큼은 쉬운 게 아니었다.

『결혼! 결혼하지 않을 거냐구.』

『누구와?』

『나랑! 지금까지 기다려 왔으니까 이젠 청혼해도 되지 않을까, 싶어서.』

아…….

얼떨떨한 소리를 내는 사유에게 일부러 씨익 웃으며 맥이 툭
툭 선머슴처럼 어깨를 쳤다. 떨리는 심장은 별개로 하고.

『잘 생각해 봐. 나만한 여자 쉽게 찾을 수 없을 테니까. 졸려.
가서 자도 되지?』

그리고는 도망치듯 몸을 돌렸다. 사실은 대답을 듣기엔 심장
이 좀 약했다고 치자. 돌아서는 맥의 등을 사유가 붙들었다.

『농담하는 거야?』

『아니! 내 평생 지금처럼 진지해 본 적 없어.』

등 뒤로 손을 흔들며 유유히 사라지는 맥을 사유가 황당하게
쳐다보았다. 사랑한다, 늘 말하기는 했지만 못지않게 뒤로 한
발짝 떨어져 있던 그였다. 그에게 맥은 단지 친구인 그런 존재
였을 뿐, 한 번도 여자였던 적이 없었다. 사유가 미간을 찌푸렸
다. 아직은 아니었다. 아니, 더 솔직히 말하자면 앞으로도 여전
히 맥은 언제나 친구일 뿐, 여자가 될 수 없는 사람이었다. 또다
시 무표정한 얼굴로 사유가 몸을 돌렸다. 팔락거리는 찬바람이
살갗에 돌기를 세웠다. 싸늘하다……

"아, 정말 솜씨없는 소리야……."

어디선가 깔깔깔! 흐드러지는 웃음소리와 진한 허브의 향이
커튼 자락을 따라 제 향을 날렸다. 따스한 캐모마일의 향기가
마치 손에 잡힐 듯, 바로 곁에서 흐르는 것 같다. 고통스럽게 제

얼굴을 감싼 사유의 손가락 사이로 따스한 눈물이 바닥으로 뚝 떨어져 내렸다. 그립다. 정말 미치도록, 그녀가 그립다.

"잘 지내요? 당신이……."

너무 그리워서 괴로워요. 기다려 줄 걸 그랬을까? 이토록 그리움이 지옥처럼 고통스러운 거라면 차라리 곁에서 다른 남자를 사랑하는 그녀를 견디는 게 더 나았을 것 같다.

"당신이 그리워요, 미치도록……."

조금 전 맥의 청혼 따위는 까맣게 잊은 채, 사유는 멍한 시선으로 하늘을 향했다. 그러나 그가 그리워하는 목소리는 너무 먼 거리에 있었다, 불행히도…….

다음날, 새벽 일찍 일어난 사유는 곧장 회사로 출발했다. 머리가 묵직했다. 엉뚱한 맥의 청혼 때문인지 밤사이 잠을 잘 자지 못한 탓이었다. 겨우 잠든 꿈속에선 내내 깔깔 웃는 설하의 웃음소리와 류환이 번갈아 나타나 그를 괴롭혀 댔다. 결국 한숨도 자지 못한 채 새벽부터 일어난 사유는 평소보다 이른 출근을 하고 말았다. 실은 맥을 피해서이기도 했고.

들어선 사무실은 텅 비어 있었다. 하긴 정해진 출근 시간보다 한 시간이 넘게 이르게 왔으니 아무리 베테랑인 제인이라 해도 출근했을 리 만무했다. 사무실에 들어서자마자 재킷을 벗고 원두를 갈아 커피를 끓였다. 향긋한 커피 향이 금세 그의 위장을 자극했다. 커다란 컵에 하나 가득 부어 책상 앞으로 간 그는 꼿혀 있는 파일철을 몽땅 꺼내 서류들을 빠르게 넘기기 시작했다. 이렇게 혼란스러울 땐 일이 최고였다.

"도망친 거야?"

꺼낸 서류들을 반쯤 처리하고 났을 때, 뒤늦게 출근한 사강 형이 사무실 안으로 쓱 들어서며 아는 척을 해왔다. 아⋯⋯ 사유가 그제야 뻐근한 고개를 들었다. 몰랐던 어깨의 통증에 눈썹 끝이 살짝 일그러졌다.

"무슨 소리야?"

"맥, 말이야. 어제 청혼할 기색이 역력하던걸? 그래서 다들 자리를 피해준 거고."

"다들?"

"그래, 식구 모두! 그레이스 외에 다른 사람에겐 도통 관심없던 형조차 이미 알고 있던데? 맥의 감정을 지금껏 몰랐던 건 너 하나뿐이야."

쏘아대는 어투로 말하는 사강 형을 사유가 의아하게 바라보았다. 비난과 호기심이 뒤섞인 난해한 표정이었다. 설마⋯⋯. 사유가 고개를 흔들었다. 호기심이라면 몰라도 비난까지야⋯⋯.

"그래서?"

"뭐가?"

"그래서 하겠다고 했어?"

"뭐가 궁금한 거야?"

"내가 묻는 거. 맥과 결혼할 거냐구?"

"그게 궁금해?"

"그래."

당당한 표정이다. 솔직히 사유는 이러는 사강 형이 잘 이해가 가지 않았다. 사강 형 말처럼 그레이스 이외에 관심없는 게 사현 형이라면, 그건 사강 형도 마찬가지였다. 사현 형이 뭐랄까? 무심하게 관심이 없는 거라면 사강 형은 느물스럽게 관심없는 형?

"그랬어? 뭐, 축하해. 일단은……."

사현 형이 한국 여자가 아니면 절대 안 된다는 아버지의 철칙을 깨고 기어이 그레이스와 결혼한다고 할 때 어깨를 으쓱이며 한 소리였다. 갑작스런 결혼 소식과 더더구나 금기시되고 있던 미국 여인인 그레이스의 출현에 다들 뜨악해하고 있을 때, 쉽게 인정하며 자리를 벗어난 것도 역시 사강 형이었다.

형은 그랬다. 뭐든 축하해? 그랬어? 이 한마디로 무관심을 표현하는 편이었다. 그런 형이 지금 그에게 맥의 일을 묻고 있는 것이다. 그것도 비난을 숨기지 않은 채.

"모르겠어."

등을 쭉 뻗으며 사유가 대답했다. 괜스레 사유가 보던 서류를 뒤적거리던 사강 형의 손이 멈추더니 진한 흑색의 눈동자가 그를 쏘았다. 속내를 알 수 없는 깊은 눈빛이었다.

"그게 형의 관심 거리가 되는 거야?"

"아, 그냥……. 맥은 우리 집안의 오랜 친구이니까."

심연 같던 눈빛이 빠르게 사라지며 평소처럼 장난스럽게 변해갔다. 사유의 어깨를 툭 치며 돌아서는 사강 형에게 사유가 다시 물었다.

"그래서?"

"응?"

"그래서 무슨 일로 온 거냐구? 겨우 그게 궁금해서 온 거야?"

"응? 아…… 아니. 이 서류가 필요할 것 같아서."

방금 전 자신이 들고 왔던 서류를 사유에게 건넨다. 뭐? 후다닥 빠져나가는 사강 형의 등을 사유가 황당하게 바라보았다.

『제인, 여전히 아름다운데? 아, 나한테 근사한 저녁 빚진 거 기억하죠?』

『어머, 데니얼도! 호호!』

문 너머 경망스런 수다를 주고받는 소리가 들렸다. 그에겐 꼬박꼬박 미스터 모리슨! 경칭을 붙이던 제인이 편하게 이름으로 부르다니.

하! 데니얼이라고?

사유가 고개를 절레 저었다. 무슨 이야기를 하는지 닫혀진 문 뒤로 간드러진 제인의 웃음이 끊이질 않는다. 제인은 뛰어난 능력으로 지금까지 사현 형의 오른팔 역할을 톡톡히 해왔었다. 지금은 잠시 사현 형이 자리를 비우고 있지만, 그레이스가 출산을 한 후 돌아온다면 사현 형에게 꽤나 들볶일 텐데…….

시원하고 경쾌한 웃음소리를 들으며 사강 형이 가져온 서류를 뒤적이던 사유가 멈칫거렸다. 필요할까 가져왔다더니, 지금 그가 매달리고 있는 R&T 프로젝트와는 전혀 관계없는 서류였다. 혹시 잘못 가져온 서류이지 않을까 싶어 서둘러 자리에서 일어서는데, 무언가 툭, 발 아래로 떨어져 내렸다. 한글이 빽빽이 적힌 하얀 종이다.

〈사유 오빠, 잘 있었어?〉

글은 그의 이름으로 시작되어 있었다. 사유 오빠? 사유가 잔뜩 미간을 좁혔다. 왜 그에게 온 글이 사강 형의 서류에 있는 거지?

그에게 온 메일을 인쇄한 게 분명했다. 현진이 그에게 보내온 메일을 인쇄해 사강 형이 간직하고 있다? 사유가 재빨리 자신의 메일함을 열었다. 역시 자신의 편지함엔 현진의 메일이 없었다. 어떻게 된 거지? 사유는 종이를 들어 꼼꼼히 읽기 시작했다. 답장이 없는 그에 대한 투정이 절반인 현진의 메일엔 그녀의 결혼 소식이 적혀 있었다.

이런…….

재빨리 확인한 날짜로는 현진의 결혼식이 이제 일주일밖에 남지 않은 상태였다.

탕!

거칠게 열어젖힌 문이 요란한 소리를 냈다. 제인의 책상에 반은 엉덩이를 걸치고 앉아 시답지 않은 농담을 하고 있던 사강 형이 놀란 눈으로 벌떡 자리에서 일어섰다.

"이게 뭐지?"

차갑게 빛을 내는 눈동자엔 분노가 실려 있다. 제 앞에서 흔들리는 하얀 종이의 정체를 알아챈 사강 형의 얼굴이 당황한 빛으로 빠르게 굳어졌다.

"설명이 필요할 것 같지 않아?"

낮은 목소리로 똑똑 끊어지는 말은 한국어였다. 사강이 잘근, 입술을 깨물었다. 실수다. 하필 핑계 삼아 들고 간 서류에 현진의 메일을 인쇄한 종이가 있었다니.

옆에 함께 선 제인이 어쩔 줄 몰라 하는 기색으로 두 형제를 눈치를 살폈다. 한국어라 무슨 뜻인지는 모르겠지만 상당히 험악한 분위기라는 것만은 명백했다. 안절부절못한 채 기색만 살피는 제인을 흘낏 바라보던 사강이 수습을 하고 나섰다.

"들어가, 사무실로 들어가자고. 설명해 줄 테니까."

"그래! 분명, 충분히 납득할 만한 설명이어야 할 거야."

싸늘한 사유의 말에 그래, 알았어. 다독이던 사강이 '제인, 당분간은 그 누구도 들이지 말아요' 하고 당부를 했다. 하긴 굳이 그런 당부가 아니더라도 지금 이런 분위기에서 눈치없이 사무실 안으로 들어설 제인도 아니었지만.

"이제 설명을 해보시지?"

사무실 안으로 들어서자마자 사유가 기다렸다는 듯이 고함을 질렀다.

"진정해! 네가 그렇게 현진이를 그리워할 줄은 미처 몰랐어."

슬슬, 농담까지 하다니. 사유가 이를 갈았다.

"눈치없는 척하지 마! 지금 내가 화를 내고 있는 이유가 그게 아니라는 건 형이 더 잘 알지 않아?"

화가 풀리지 않는 사유의 언성에 사강이 포기했다는 듯 양팔을 들었다.

"그래, 알았어. 그냥 널 위해서 그런 거야."

"그래? 날 위한다는 게 내 사생활까지 마음대로 하는 건지는 미처 몰랐군."

"한국 소식 들으면 동요할까 봐, 그래서 그런 거라는 거 알잖아? 현진의 편지를 읽으면서 그녀를 떠올리지 않을 자신 있어?"

"그녀를 잊어야 한다고 누가 그랬지? 그것 역시 내가 결정해야 할 일 아냐? 형이 이런 식으로 관여하는 거 꽤 불쾌한 짓이야. 게다가 허락도 없이 내 메일을 삭제하다니!"

"그럼!"

사강이 지지 않고 언성을 높였다. 화가 치밀어 견딜 수가 없었다. 모든 걸 다 가지고서도 결국 무엇 하나 가지지 못한 소심한 녀석 같으니라고.

"그럼, 잊지 않으면 어쩔 건데? 결국 먼저 포기하고 돌아섰다면 잊어주는 것도 네가 할 일이야. 훗날, 그녀가 다른 남자의 아내가 되어 있다 해도 여전히 넌 그깟 추억에나 매달릴 셈이야?"

순간, 사유가 뺨이라도 맞은 것처럼 빳빳하게 굳어지고 말았다. 다른 남자의 아내라……

"사랑? 네가 말하는 사랑이라는 게 그렇게 쉽게 포기하고 지워 버릴 수 있는 거라면 차라리 그렇게 해! 결국 그녀를 잡을 용기도 없이 도망친 주제에 남은 기억 하나로 끙끙대지 말고! 그녀의 사랑이야말로 별것 아닌 거 아니야? 설사, 류환이 결혼하지 않았다 해도, 결코 인정될 수 없는 사랑 따윈 시간이 흐르면 얼마든지 잊혀질 수 있어! 그런 기다림조차 고통이라면……."

"내 사랑은 형이 간섭할 문제 아니야. 그녀를 그리워할 수밖에 없다면, 난 철저히 그리워할 거야. 그것마저 잘못이라고 말하지 마! 한국에 있는 동안, 그녀 곁에서 충분히 사랑했어. 내 방식대로 최선을 다하면서! 이제 와서 그런 사랑조차 가치없다, 치부하고 싶지는 않아. 내가 포기한 건 그녀의 사랑이지, 내 사랑이 아니니까. 내 사랑을 모독하는 거, 참을 수 없어."

"그럼 기다려! 이렇게 죽은 사람처럼 지낼 바에야 차라리 기다리라구!"

사강이 버럭 소리를 질렀다. 두 사람을 감싼 공기가 허공에서 부르르 몸을 떨었다. 한 치도 물러서지 않은 두 사람의 눈빛이 파박, 불꽃을 튀겼다. 사유의 목소리가 낮게 새어나왔다.

"기다리고 싶었어! 십 년, 아니, 그 이상의 세월이 흐른다 해도 그녀가 기다려 달라고 했다면 기다렸을 거야. 하지만 기다림조차 그녀에게 짐이 될까 봐, 차마 말하지도 못했어. 행여, 그 사랑이 부담스러워 나까지 거부하게 될까 봐, 말조차 못했다고! 날 보는 그녀의 시선이 얼마나 숨통 조이는지 알아? 깔깔! 그렇게 환하게 웃던 사람이 차갑게 얼어붙어서 나를 향해 어설프게 웃느라 애를 쓰는 걸 보면서 내 심장이 얼마나 고통스러웠는지 아냐구! 형이 뭘 알아? 젠장! 편한 사랑이란 건 형에게나 해당되는 말 아니야?"

사유가 눈앞에 종이를 흔들었다.

"두 번 다시 이따위 짓을 한다면 가만두지 않겠어. 내가 형의 일에 간섭하지 않았듯이, 형 역시 내 일에 더 이상 간섭하지 마! 나가, 당장 여기서 나가라구!"

빌어먹을! 이글거리는 사유의 눈빛에 사강 형이 결국 포기했다는 듯, 고개를 내저으며 사무실을 나섰다. 닫히는 문 너머로 무언가 세게 내던지는 소리가 들렸다. 놀란 제인을 향해 사강이 어깨를 으쓱거렸다.

"당분간 사무실 안으로 들어가지 않는 게 좋을 거야, 제인."

당황해하는 제인을 남겨둔 채 사무실을 나서던 사강의 느물거리던 웃음이 복도를 나서는 순간 싸늘하게 식어 내렸다. 사랑을 포기하지 않았다구? 가진 자의 행복한 투정이란 걸 넌 아직 모를 거다. 이 망할 녀석!

사강이 빠져나간 사무실에서 좀 전까지 보던 서류철을 있는 대로 성질을 부려 내던진 사유가 털썩, 의자에 내려앉았다. 심장이 터져 버릴 것만 같았다.

"이런, 젠장!"

이마 위를 가린 손바닥에 조금 전 구겨 버린 종이가 부스럭, 소리를 냈다. 사유가 얼굴을 가린 채, 머리카락을 흩뜨렸다. 잊으려 해도 끝없이 그리웠다. 정말 사강 형의 말처럼 잊을 수만 있다면 잊었을 것이다. 그러나 기억이라는 건 마치 살아 꿈틀거리는 생명처럼 그의 통제를 벗어나 마음껏 뇌리를 헤집고 다녀 그 자신조차 어떻게 해볼 도리가 없었다.

인사하듯 흔들리던 벚꽃 나뭇가지와 바흐가 흐르던 올리브색 '샤콘느', 엉터리로 부르던 캔디 주제곡…… 그리고 설하의 그리운 얼굴.

"하하하!"

갑자기 사유가 미친 듯이 웃음을 터뜨렸다. 사무실 밖에서 바짝 긴장한 채 온 신경을 사무실 쪽에 쏟고 있던 제인이 화들짝 놀랄 정도로 경쾌하고 맑은 웃음소리였다.

"하하하! 사강 형! 정말 나, 그곳이 그리운가 봐! 이젠 그 우습지도 않은 류환까지 보고 싶어지네?"

정말 우습게도 딸랑이던 '샤콘느'의 풍경 소리 못지않게 류환까지 보고 싶어진다. 신경질적이던 효원 삼촌까지. 내가 이렇게 미쳐 가나 봐, 형! 하하거리던 웃음이 점차로 잦아들며 사유의 얼굴조차 일그러져 내렸다.

날…… 잊어가나요? 어떻게 해요? 나 정말 깊은 병이 들었나 봐요. 당신이 없는 곳에서는 숨도 쉴 수 없을 만큼.

창밖을 향해 사유가 속살거렸다. 터질 듯이 심장이 뛴다. 열 꽃처럼 피어오르는 그리움 때문에 그의 심장이 터져 가고 있다.

펑!

herb

13. 가을을 부르는 비가 소록

가을을 부르는 비가 소록, 내려왔다. 그사이 몇 번 찾아왔던 비는 한 번 내릴 때마다 성큼 문턱까지 가을을 불러왔다. 한결 싸늘해진 날씨 탓에 카디건을 걸친 설하는 하루 종일 창문에 붙어 비 구경에만 열중이었다. 떨어지는 낙엽 탓인지, 나뭇가지를 스치는 빗방울은 여름과 달리 왠지 스산한 소리를 낸다.

부지런하고 질긴 아르바이트생, 은미 덕분에 파릇 제 색을 드러내는 허브는 여전히 창가에서 터줏대감처럼 자리를 지키고 있고, 설하는 그 곁에 엎드려 고개만 빠꼼히 내밀고 있는 중이다. 바람이 부는지 빗물을 따라 나뭇잎 하나가 바닥으로 툭, 떨어져 고인 물웅덩이 속에 진한 색을 냈다. 가을이네. 설하가 작은 소리로 중얼댔다. 벚꽃이 날리던 '샤콘느' 엔 어느새 가을이 들어서 시간은 그렇게 매일매일, 그녀를 배신하며 흘러갔다.

"언니, 오늘은 쿠키 안 구워볼래요?"

나른한 게으름을 피워대는 그녀를 향해 은미가 차를 내왔다.

"손님들이 이젠 쿠키 안 굽느냐고 묻던데. 왜, 있잖아요? 오트밀 쿠키! 그거 반응 좋던데."

"싫어!"

고려해 볼 가치도 없이 단번에 거절이었다. 실망을 감추지 않는 은미를 향해 설하가 다시 한 번 못을 박았다.

"오트밀 쿠키는 안 구워."

오트밀 쿠키를 구우면 잊었던 얼굴이 다시 생각날 것 같다. 내어온 쿠키를 집어 먹다 매서운 눈초리를 영문없이 받아야 했던 작은 눈동자.

가끔, 아직도 그를 기억하는 손님이 있다. 그냥 갈 수도 있는데 굳이 사유의 안부를 묻는 손님들을 보면 왠지 심술이 파락 돋았다. 오늘도 한 손님이 떠난 그를 물어왔다.

"있잖아요? 여기 자주 오던 그 남자…… 키 크고 웃는 얼굴이 굉장히 매력적이던 남자. 여기 단골이었던 것 같은데 요즈음엔 안 보이네요?"

같은 손님인 주제에 사유를 찾는 여자는 아직 어린 티를 벗지 못한 스무 살 정도의 외모였다.

"네?"

"사유."

누굴 말하는지 몰라 어리둥절한 은미 옆에서 툭, 설하가 말을 던졌다. 아하! 그제야 아는 척을 하는 은미 역시 심사에 거슬렸다. 사유를 잊는 것도, 기억하는 것도 왠지 거슬리는 그런 못된 심보인가 보다.

"그 사람 떠났어요. 원래 이곳 사람 아니거든요. 언니, 뉴욕에서 왔다고 그랬었지?"

"몰라."

정말 떠났나 보다. 처음엔 어이가 없었다. 말짱한 얼굴로 찾아와서는 갑작스럽게 오후 비행기로 떠난다니. 멍하게 떠나는 사유의 등을 보면서도 차마 붙잡을 수 없었던 그녀의 심정 따윈 상관없이 말이다. 한동안은 미련스럽게 믿지 못했었다. 아직도 벚꽃나무 아래에서 울리던 엉터리 바이올린 소리도 선명하고, 자잘하게 퍼지는 웃음도 여전했고, 갓 짠 오렌지 주스의 상큼함도 그대로였으니까. 그런데…… 정말, 사유의 집에 사유가 없다. 그가 막 사 온 해장국을 끓였던 곳엔 새로 인테리어 공사가 들어가고, 사유의 작은 눈동자와 조용한 웃음 대신 현진의 소란스러움이 울렸다. 여름은 지나가고 이젠 가을이 오듯이, 비어 있는 그의 자리는 현진이 메워가고 있었다.

"늘 있던 사람이라 그런가? 가끔 저렇게 물어오면 그제야 사유 씨 없다는 게 실감난다니까."

"그러게……."

테이블 위로 몸을 뉘며 설하가 성의없이 대꾸했다. 습관처럼 그의 모습을 찾는 것도 그런 이유인가 보다. 떠난 사람이라는 걸 가끔은 잊어버리는 것도.

"으, 추워!"

풍경 소리가 들리자마자 부산스럽게 누군가 가게 안으로 훌쩍 뛰어들어 와 우산을 털어댄다. 까만 우산에서 물방울이 보석처럼 반짝이며 떨어졌다.

"뭐 해?"

지연이다. 연애한다더니 얼굴에 윤기가 돈다. 현진은 결혼 준비로 한창이고 지연은 없던 애인까지 생긴 걸 보니, 늘 한결같은 자리에 남은 건 저 혼자뿐인 것 같아 요즘 설하는 때 아닌 외로움에 몸살을 앓고 있었다.

"뭐냐? 만날 아르바이트생한테 다 떠넘기고. 저가 손님이야?"

"너, 가!"

대뜸, 타박부터 먼저 하는 지연에게 설하가 톡, 쏘았다.

"그렇지 않아도 금방 갈 거야. 나, 아삼!"

금방 간다더니 제가 좋아하는 홍차까지 시켜놓고 괜한 설하만 또 타박이었다.

"너, 진짜 청승맞아 보여."

"나른해서 그래. 재미없어."

끌끌, 지연이 혀를 찼다.

"사장이라 편하네. 나도 사장이나 할까?"

"그러든지."

"정말이야. 요즈음 삼촌 신경질이 장난 아니라서 또 가출할까 생각 중이야."

"또? 그만 하지? 삼촌 화나서 안 잡으면 너만 억울할 텐데?"

"나도 안 아쉬워!"

지연이 그녀를 노려본다.

"삼촌 연애하는 꼴, 도저히 눈꼴시려 못 보겠어!"

아직도? 설하가 눈을 동그랗게 떴다. 대체 무슨 심술인지…… 외아들 장가보내는 홀어머니도 아니고.

"나이도 새까맣게 어린 게 뭐가 좋다고. 엄마는 머리 싸매고 누웠어. 게다가 여자가 외국 여자래. 유학생이라고 해서 한국 여자앤 줄 알았는데 베트남이란다. 쳇!"

"봐줘라. 저도 연애하면서 남 연애에 타박은……. 못돼 보여, 엄청."

"내 연애는 순수하잖아."

"원래 내 건 로맨스고 남은 불륜이래잖아. 불륜 저지른 것도 아니고 사랑한다는데 베트남이든 아니든 무슨 상관이야?"

"그래도 싫어!"

"삼촌 장가가는 게 무조건 싫은 건 아니고?"

실실대는 설하를 잔뜩 노려보면서도 지연은 끝내 투정을 멈추지 않았다. 쉽게 갈 줄 알았는데 늦은 저녁까지 남아 툴툴대는 데엔, 솔직히 좀 지겨울 정도였다.

지연을 겨우 보낸 후에야 설하는 가게 문 닫을 준비를 했다. 일찌감치 은미를 돌려보낸 데다 비 온 날이라 그런지 손님까지 끊어져 시끌벅적하던 가게가 순식간에 말을 잃은 듯 조용해졌다. 남은 찻잔을 정리해 옮기는데 그새 비가 그친 하늘이 칠흑처럼 까맣다.

별이 보이면 좋을 텐데…….

여전히 물기를 머금은 하늘은 스산하도록 눅눅했다. 타닥, 마른 나뭇가지가 바람에 흔들려 무거운 소리를 낸다. 설하의 시선이 아득하게 좁혀졌다.

사유가 떠날 때에도 그랬다. 가볍게 흔들, 인사를 하듯 살짝 흔들렸던 것 같은데. 카디건을 추스르며 설하가 문가에 섰다. 팔락이는 바람에 부르르, 저도 모르게 몸이 떨려왔다.

"바보 같아."

문가에 기대어 선 채 벚꽃나무에게 말을 걸었다.

"한 번만 더 기다려 주지. 그렇게 생각할 틈도 없이 떠나는 거 좀 비겁하다고 생각하지 않아?"

그녀의 물음에 나뭇가지가 또 한 번 휘청거렸다. 대답하는 걸까?

"조금, 당황했을 수도 있잖아? 아니면 시간이 더 필요했을 수도…… 어떻게 그렇게 금방 떠나 버리냐? 기다렸다는 듯이! 못됐어, 정말!"

이곳에 없는 사유 대신 나무에게 괜한 투정을 부린다. 결국, 대답없는 나무를 실컷 노려보더니 가게로 들어서 말랑한 쇼트닝과 달걀을 마구 휘젓기 시작했다. 드르륵, 핸드믹서가 요동을 치며 반죽을 쳐댔다. 바삭한 오트밀과 견과류를 몽땅 집어넣고, 후르츠 필, 초콜릿을 넣어 오트밀 쿠키를 구워낸다. 달디단 향이 금세 가게 안에 가득 찼다.

"아, 여자 손님에게만 주는 건가요?"

갑자기 가슴에 싸안 바람이 불어온다. 현진에게 내놓은 쿠키를 집어 든 채 머쓱하게 물어오던 사유의 목소리가 환청처럼 들려왔다. 눈물이 핑 돈다.

이젠 정말 그 부드러운 미소를 다시 볼 수 없는 걸까? 마구 투정하고 싶어질 때 하하하! 웃어주는 넓은 가슴도?

반죽을 저어대던 주걱을 그대로 내던진 채 설하가 의자에 힘없이 주저앉았다. 뻥 뚫린 심장이 서걱서걱 소리를 냈다. 보고 싶다…… 작은 눈과 섹시하다 농담하던 반듯한 콧날과 부드러운 갈색의 머리카락. 그리고 무엇보다 그녀를 향해 환하게 웃어주던 주름진 미소가.

씩씩해지고 싶은데, 류환을 보낼 때처럼 씩씩해지고 싶은데 그게 전혀 되지 않았다. 잠시만 생각이 멈추어도 금방, 눈물이 핑 돌고 만다.

어떻게 해?

설하가 울상을 지었다. 지금이라도 금방, 하하하! 웃으며 잘 있었어요? 하고 나타날 것만 같아 가슴이 섬뜩해진다. 매번 실망하면서도 어쩔 수 없이 창밖으로 향하는 시선을 붙들 수조차 없었다. 그리워하면 안 되는 걸 알면서도 어쩔 수 없이 그의 목소리를 떠올리고, 그의 웃음을 그리워했다. 어느덧, 떠나 버린 류환의 빈자리조차 알아차릴 수 없이 그녀는 사유에 대해 열병을 앓고 있는 중이었다. 보고 싶어……. 또다시 설하가 중얼댔다. 보고 싶은 마음이 저 끝까지 전해져 한 번쯤 이곳을 찾아오지 않을까? 부질없는 욕심도 들었다. 잘 지내고 있을까? 그리운 가족들 속에서 그녀쯤은 쉽게 잊고, 그녀를 사랑했었다는 기억조차 없이 행복하게 잘살아가고 있을까?

똑똑!

그때였다. 조심스런 노크 소리에 설하의 어깨가 바짝 곤두섰다. 당신이에요?

"불 켜져서 들어와 봤더니, 이 밤중에 웬 쿠키야?"

설하가 힘없이 어깨를 내렸다. 들어선 사람은 실망스럽게도 현진이었다. 대체 뭘 기대했던 거야? 실소가 터져 나왔다.

"내내 게으름 피우더니……."

"그러게."

"오트밀 쿠키 구울 거야?"

현진이 그릇 속에 반죽한 덩어리를 보더니 묻는다. 응, 대답하는 목소리가 낮게 가라앉았다.

"이거 사유가 좋아하는 건데."

"그러게……."

"초콜릿도 넣었네?"

"응."

"그러고 보니 생각난다. 왜 있잖아, 우리 처음 여기 왔을 때 이거 주었던 거 기억해?"

그랬었다. 눈물 자국이 선명한 현진과 사유 앞에 놓았던 얼 그레이의 홍차와 히비스커스의 붉은 차가 떠올라, 가슴이 먹먹해진다. 따스한 봄날이었는데……. 이제 그 봄이 다시 찾아와도 여기에 사유는 없겠지.

"못됐어. 여기 다 잊었나 봐! 몇 번이나 이메일을 보냈는데 답장도 없어."

설하 앞에 털썩, 앉더니 달롱달롱 발을 흔들어대며 현진이 투덜거렸다. 설하의 어깨가 다시 빳빳하게 굳어졌다.

"보고 싶은데……."

나도…….

"금방 결혼식이잖아. 올 수 있냐고 메일 보냈는데 아직도 연락이 없어. 섭섭하게시리…… 사강 오빠 말로는 곧 약혼할지 모른다더니 많이 바쁜 모양이지?"

"약혼?"

덜컥! 심장이 떨어져 내렸다. 누가?

"……누가?"

"사유 말이야. 오래전부터 좋아하던 여자 있었다던데? 사강 오빠가 그나마 답장해 주어서 알았어. 연애하느라 바쁜 건가? 그래도 그렇지, 메일 보내는 데 시간이 얼마나 걸린다고……."

설하가 비틀, 자리에서 일어나 팬을 꺼내 들었다. 숟가락으로 한 움큼 떼어내어 팬 위에 올려놓고 조금 힘을 주어 반죽을 눌렀다. 다른 여자와 사랑하는 사유는 좀처럼 상상이 되지 않는다. 저번에 보았던 그 미녀처럼 아름다운 사람일까? 그 사람과 두 번째의 키스를 나누고 그녀에게 보여주었던 달콤한 미소를 짓고, 그녀에게…… 그녀에게…… 그렇게 행복하게 살아갈까? 내가 없는 곳에서?

상상만으로도 심장이 콕콕 쑤셨다. 그런 거 보고 싶지 않다. 다른 사람을 사랑하는 사유는 정말…….

"오트밀 쿠키만 보면 괜히 울적해져. 사유 생각이 나서……. 보고 싶다."

덜컹, 세찬 바람에 창문에 박힌 유리가 성난 소리를 냈다. 덜커덩, 덜커덩…….

다 떼어낸 반죽을 고르게 펴, 오븐에 넣고 설하가 조용히 현진 앞에 앉았다. 전에 사유가 앉았던 그 자리다. 닫혀진 창문 너머 까만 적막이 '샤콘느'의 불빛에 흔들리고 바람이 그 사이를 스친다. 오소소한 한기가 살갗을 찔러 심장이 아파왔다.

보고 싶어…….

"나, 어린 왕자 같지 않아?"

한결 가을이 깊어진 어느 날, 설하가 은미에게 농담을 했다. 얼마 전 남은 가게를 마저 처분한 류환 부부가 남은 옷가지까지 몽땅 싸 대구로 내려가고, 가을은 어느 사이 삶의 깊은 곳까지 침범해 있었다.

"왜요?"

"그냥…… 운석 하나에 나만 달랑 떨어진 것 같아서. 친구도 없이 장미랑 바오밥 나무가 가진 게 전부잖아."

"언니, 많이 외로운가 봐요?"

북적거리는 손님 탓에 하루 종일 바쁘게 움직이면서도 외롭단다. 하긴 간혹 잊지 않게 들르던 현진과 지연이 며칠 동안 잠잠하긴 했다. 지연은 내년 봄 시즌 패션쇼 준비로 정신이 없었고, 현진은 막판까지 닥친 결혼 준비에 부산스러웠다.

"가을이라 그런가?"

"가을은 원래 쓸쓸하게 보내라고 있는 계절이래요."

세상, 달관한 사람처럼 대꾸하는 은미에게 설하가 깔깔! 웃었다.

"그러게……."

오랜만에 설하의 웃음소리가 '샤콘느'를 가득 메우고 사유가 떠난 후 잠시 소강 상태를 보였던 '샤콘느'도 조금씩 활기를 찾아갔다.

내내 게으름을 피우던 설하가 무슨 바람이 불었는지 동대문으로 발품을 팔아 사 온 천으로 올리브색의 '샤콘느'를 신비로운 보라색으로 확 바꾸었을 때 즈음, 현진의 결혼식이 코앞으로 다가왔다. 아침부터 미리 온 지연과 설하는 함께 현진의 결혼식장으로 향했다.

현진의 결혼식장은 들어서는 순간부터 진한 꽃 향이 코끝을 찔렀다. 결혼식을 올리는 호텔은 거대한 장미꽃 무덤으로 치장되어 사방이 온통 장미 향으로 휩싸인 것 같다. 입구에서부터 단단히 지키고 서 있는 경호원들 때문에 그렇지 않아도 잔뜩 기가 죽은 설하는 매일 이런 곳을 드나들듯 당당한 지연의 뒤로 졸졸, 꽁무니를 뒤따랐다.

"그만 좀 잡아. 옷에 주름이 다 갔잖아!"

저도 모르게 옷자락을 움켜쥐었는지 주름진 치마를 탈탈 털며 지연이 통박을 놓았다. 새신부의 얼굴을 미리 보겠다, 야단법석인 홀을 유유히 빠져나가는 지연이 오히려 더 신기할 정도였다. 현진이 원래부터 부유한 집 고명딸이란 건 알았지만 설마 세진그룹 정도일 거라 생각하지도 못했는데, 더군다나 신랑이 요즈음 엄청 뜨고 있는 가수 지빈이란다. 바보 같은 녀석, 어쩌고저쩌고하더니 날씬한 자태로 당당이 선 신랑 덕분에 호텔 안은 정계 인사들과 연예인들, 그리고 취재진까지 정신이 없었다.

"아, 저기다!"

이리저리 들어서는 연예인들 구경하느라 여념이 없는 설하의 손을 지연이 꽉 잡고 빠르게 걸음을 옮겼다. 잡힌 손아귀가 부러지도록 아파 설하가 얼굴을 찡그렸다. 무슨 힘이 그리 센지…… 툴툴대며 따라간 대기실엔 아름다운 새신부가 다소곳하게 앉아 있었다. 자잘한 은구슬이 박힌 꿈같은 부케를 든 현진이 들어서는 두 사람을 향해 반갑게 손을 흔들었다.

"언니!"

곱게 화장한 얼굴이 뽀얗게 화사하다. 샘이 날 만큼 반짝이는 현진에게 설하가 어설픈 미소를 지었다.

"이제 왔어?"

현진이 옆에서 먼저 도착한 효원 삼촌이 아는 척을 했다. 현진의 드레스는 효원 삼촌의 작품이다. 디자이너라 해도 옷 한 벌 얻어 입어본 적이 없는 설하로선 처음 보는 효원 삼촌의 옷이었다.

"꽤 실력있나 봐."

"그거 칭찬이라는 거지?"

효원 삼촌이 거들먹거리며 농담을 건넸다. 작은 진주가 촘촘히 박힌 드레스는 눈이 부실 만큼 아름다웠다. 효원 삼촌의 거만쯤은 받아줄 수 있을 만큼.

"거만해도 되겠어요. 드레스가 정말 너무 아름다워."

"내 건 이것보다 더 예쁘게 만들어줘야 해?"

"어딜! 설하라면 몰라도 네 건 없어!"

자신의 연인에 대한 지연의 타박이 못내 심사에 걸린 효원 삼촌이 단박에 무안을 준다. 투닥거리는 효원 삼촌과 지연이를 바라보며 현진과 설하가 킥킥, 웃음을 터뜨렸다. 삼촌과 말싸움을 하면서도 그래도 관심은 끊을 수 없었는지 연방 드레스를 뒤적거리는 지연 옆에서 설하는 그것과는 좀 다른 이유로 현진을 바라보았다. 아름답다. 신부라는 건 다 저런 걸까? 굳이 드레스 때문이 아니더라도 사랑하는 사람과 함께 가는 현진은 그 자체만으로도 환하고 충분히 아름다웠다.

"참, 사유 아직 못 봤어?"

문득, 현진이 물어왔다. 싱글거리던 설하의 얼굴이 순식간에 얼어붙었다.

"사유?"

"응! 어제 도착했는데. 이메일 답장 한 번 안 보내서 엄청 화났는데 그래도 결혼식은 참석해서 용서해 주기로 했어. 사정이 있어서 메일 못 받아봤대. 핑계 같지는 않아 보여서."

사유 대신 변명을 하는 현진은 반가운 기색을 숨기지 못하고 벌겋게 상기되어 있었다. 귓불이 화락, 달아오른다.

"약혼녀랑 같이 올 줄 알았는데 혼자 왔어. 굉장히 궁금했는데. 사강 오빠는 안 왔더라. 느글느글 굴더니 정작 중요할 땐 코빼기도 안 보이다니!"

아…….

설레던 가슴이 금방, 싸늘히 식어 내렸다. 축 처진 설하의 뒤로 지연이 불쑥 끼어들었다.

"떠날 때도 꽤 매정하게 떠났지 않아? 어쩜 그렇게 연락도 없이 떠나냐? 그래도 쌓은 정이 있는데."

"나 같아도 연락 안 하겠다. 지연 언니가 좀이나 못되게 굴었어야지."

그래도 다른 사람이 사유 흉보는 건 싫은 모양인지 현진이 대놓고 쏘아댔다.

"그런다고 남자가 속 좁게 연락도 없이 떠나니? 내가 근사하게 송별회 하려고 했는데……."

"행여나! 사유 바빠. 난 더 빨리 떠날 줄 알았는데 뭐! 사유 아빠가 우리 집에까지 전화해서 얼마나 호통을 쳐댔는지 정말 귀청 떨어지는 줄 알았어. 성미는 또 얼마나 급한지, 당장 한국으로 와서 멱살이라도 끌고 갈 기세였다니까. 사강 오빠는 비실비실 웃어대기나 하고."

"쳇! 누구 안 바쁜 사람 있나? 어쨌든, 못된 건 못된 거야!"

"시끄러워! 괜한 트집이야!"

그리 다정하게 굴지도 않은 주제에 온갖 섭섭함을 드러내는 지연을 설하가 매섭게 면박을 주었다. 얼마나 아프게 떠났는데……. 설하가 슬금, 홀 안쪽으로 고개를 돌렸다. 저쪽 어딘가에 사유가 있다는 생각만으로도 오금이 저려왔다. 어떤 모습일까? 여전히 환하게 웃어준다면 엉엉 울어버릴 것만 같았다. 이젠 다른 사람 사랑하는 거예요? 하며, 조금쯤은 투정 부릴지도 모르고.

"야! 너, 여기 뒤처리 좀 해!"

갑자기, 효원 삼촌이 두 사람 사이에 불쑥 끼어들었다.

"무슨 뒤처리?"

"신부 혼자 들어가? 드레스 자락 잡는 것도 있고. 식장에 들어갈 때까지 남은 일은 네가 좀 해."

"삼촌은?"

"지금까지 내가 했잖아. 이것도 고객 서비스 차원이야."

뭐야? 반발해 대는 지연을 버려둔 채 효원 삼촌이 설하의 팔을 잡아끌었다. 신부 대기실을 나서자마자 여기저기서 효원 삼촌에게 인사를 건네왔다. 대부분 연예인이나 모델들인 인파를 거침없이 뚫고 효원 삼촌이 어디론가 그녀를 이끌었다.

"정말이야?"

인파 속에서 밀리지 않게 설하의 어깨를 감싼 효원 삼촌이 물었다.

"뭐가?"

"사유 약혼녀 있다는 거. 사유, 너 사랑하지 않았어?"

콩닥, 설하가 뛰는 가슴에 손을 얹었다. 눈치 챘어? 힘없이 묻는다.

"조금씩……. 원래 사랑이란 건 감추어지는 게 아니잖아? 사유랑 끝난 거야?"

"어차피 시작도 못했는데 뭘."

"왜?"

"그냥…… 그렇게 되어버렸어요. 바보인가 봐, 나……. 사랑한다고 했었는데 그냥 놓아버렸어. 붙잡을 수가 없더라구."

"후회하지 않아?"

효원 삼촌이 걱정스럽게 바라보았다. 후회해! 하고 말하고 싶었지만, 가볍게 웃고 말았다.

"항상 그랬잖아요. 류환에게도 그렇고……."

"류환은 어차피 동경이었잖아. 사유는 좀 다를 거라 생각했는데……."

"그런가?"

"그날, 식사할 때 말이야. 내 눈엔 훤히 보였어. 아픈 네 곁에서 아마 더 파랗게 질린 사람은 분명 사유 쪽일걸?"

설하가 잠시 걸음을 멈추었다. 파랗게 질렸었나? 아파서 미처 그의 얼굴을 살펴보지 못했었다.

"난 네가 사랑을 하면 그런 사람과 사랑하길 바랐지. 따스하고 온유한 사람. 류환은 네 몫이 아니었어. 언제나 보면 말이야, 류환 앞에서는 늘 긴장되어 있거든. 사유 앞에선 매사 깔깔대던 녀석이……. 가끔 동경이 사랑의 모습처럼 보일 때가 있어."

설하가 효원 삼촌을 보며 쳇! 하고 웃음을 터뜨렸다.

"삼촌, 그러니까 어른 같아."

"뭐?"

효원이 설하의 이마를 콕 쥐어박았다.

"푸하하하! 아, 정말 오랜만이야! 이렇게 웃어보는 거!"

그때였다. 문득, 예민한 시선 하나가 살갗에 닿는다. 머리카락이 머리끝에까지 쭈욱 곤두선 느낌! 환하게 벌어지던 설하의 입가가 그대로 얼음이 되어버렸다.

"어? 정말 왔네?"

효원 삼촌이 저쪽 끝을 가리키며 말했다.

"사유라니까!"

재촉하는 효원 삼촌 곁에서 설하는 손가락 하나도 꼼짝할 수 없었다. 온몸을 보이지 않는 실로 꽁꽁 묶어놓은 것처럼 숨 쉬는 것도 힘들었으니까. 겨우 힘주어 돌린 시선의 끝에 사유의 삐죽한 키가 보였다. 사람들 속에 당당하게 선 사유의 시선은 똑바로 그녀를 향해 있었다.

부드럽고 온화한 검은 눈동자.

변한 듯 변하지 않은 눈동자에 설하는 끌린 것처럼 시선을 박았다.

"왔어요?"

설하가 멈칫한 사이 사유가 성큼, 한걸음에 그들 곁으로 다가왔다. 한눈에도 고급스럽게 보이는 실크 정장을 걸친 모습은 처음이었다. 늘 가볍고 편한 옷만 걸쳤었는데……. 작은 차이조차 용납할 수 없는 거부감이 들었다.

정말 사유 맞아?

웃음기 하나 없는 인사가 낯설고 어색해 자꾸 걸음이 주춤거려졌다. 지금의 그는, 그녀와 함께 사방치기를 하고 서툰 바이올린을 켜던 그와 같은 사람이라 볼 수 없을 만큼 딱딱하고 지나치게 깔끔하다. 더욱 화가 나는 건, 그때보다 지금의 이 모습이 더없이 어울려 보인다는 것이었다. 이런 사유는 싫어…… 설하가 낮게 중얼거렸다.

"잘 지냈어요?"

사유가 또다시 인사를 건네왔다. 변함없이 낮게 깔리는 듣기 좋은 저음. 콩닥콩닥, 가슴이 주책없이 뛰어댔다.

"오랜만이죠?"

네. 대답이 목구멍 속에서만 맴돌았다.

"그사이 잊어버렸어요?"

"설마!"

사유의 말에 냉큼, 소리가 터져 나왔다. 그제야 사유의 눈가에 전과 다름없는 따스한 미소가 스몄다. 설하가 말없이 입술을 축였다. 입술이 바짝 말라, 자꾸 숨이 가파왔다. 옆에 섰던 효원 삼촌이 설하에게만 시선을 박은 사유에게 쓰윽 손을 내밀었다.

"나도 있었는데 보이지 않나 보지? 잘 지냈어? 갑자기 떠나서 인사도 못했다며 지연이 잔뜩 벼르고 있어. 나중에 보면 도망가야 할걸?"

"하하하, 그런가요?"

웃더니 저쪽을 가리킨다.

"난 저쪽으로 가봐야 해요. 손자가 자꾸 귀찮게 하네요."

사유가 가리킨 쪽에는 가슴에 꽃을 꽂은 반백의 신사가 이쪽을 향해 연방 눈동자를 굴리고 있었다. 늙은 손자라더니. 세진 그룹의 회장을 손자라 부르는 사유의 말에 평소 같으면 허리가 꺾이도록 웃었을 텐데, 설하의 표정은 좀처럼 펴질 줄을 몰랐다. 효원 삼촌이 설하의 허리를 쿡, 찔렀다.

"인사 안 해? 이젠 정말 다시 보기 힘들 거야. 가끔, 경제지에서나 보면 모를까."

"아, 전 가족 회사에서 근무하지 않아요. 그쪽으로는 별로 관심이 없어서."

대답하는 시선이 여전히 그녀에게 박혀 있다.

잘 있었어요? 그렇게 바보같이 떠나서 난 좀 속상했는데…….

사유를 만나면 그렇게 말해주고 싶었는데, 정작 마주친 시선 속에서 마른 입술만 달싹거리기만 할 뿐, 목소리가 되어 나오지 않았다. 잠시 기다리던 사유가 불편하게 몸을 움직였다.

"그, 그럼…… 잘 가요…… 흠. 반가웠어요."

그리고는 그대로 곧장 돌아서 버리고 만다. 낮은 한숨과 함께 설하가 인상을 구겼다.

"너, 바보 같아."

사유가 떠난 뒤, 효원 삼촌이 거침없이 쏟아냈다.

그러게…… 설하가 힘없이 고개를 끄덕였다. 정말 바보 같다. 내내 꼼짝할 수 없더니 그제야 겨우 까치발로 사유 쪽을 향해 고개를 삐죽 내민다. 아까 보았던 반백의 신사 곁에 선 사유가 익숙한 자세로 인사를 받고 있었다.

"꽤 당당한 모습이네……."

설하가 중얼거렸다. 응? 묻던 효원 삼촌이 그녀의 시선을 따라 사유를 바라보았다.

"아, 사유! 글로벌&크로버스의 일가인데 저 정도는 당연한 거 아닌가?"

글로벌&크로버스? 궁금해하는 설하에게 효원 삼촌이 설명해 주었다.

"세계 십 대 재벌 중의 한 집안이야. 오히려 세진그룹이 그 집안 쪽 사람이란 게 더 놀라운데? 덕분에 세진 주식만 엄청 오를 텐데, 회장 입장에서야 한 사람이라도 더 소개시키고 싶어 안달일걸?"

"……그랬어?"

맥없는 목소리로 겨우 대답했다. 왠지 배신당한 기분이 들어 설하가 빙글, 몸을 돌렸다. 지금까지 알아왔던 사유의 모습이 점점 변해 버려, 어떤 모습이 진짜인지 이젠 그녀조차 헷갈렸다. 효원 삼촌이 재빨리 그녀를 붙든다.

"왜? 식장에 안 들어가?"

"그냥, 갈래요. 현진이 얼굴 봤는데 뭘…… 피곤해."

붙잡는 효원 삼촌의 손을 뿌리치면서도 흘낏 바라본 사유는 그녀에게 시선 돌릴 사이도 없이 바빠 보였다.

"사유에게 인사도 없이 갈 거야?"

"바빠 보이는데, 인사는 무슨……."

눈물이 핑 돌 것 같아 바쁘게 나서는 그녀의 머리 위로 높다란 하늘이 파랗게 펼쳐져 있다. 설하가 부신 눈자위를 지끈 눌렀다.

보지 않았으면 좋았을 걸 그랬다. 다시 만난 사유는 전혀 다른 사람처럼 느껴져, 차라리 후회가 되었다. 그냥 그 모습 그대로 기억에 남겨둘 걸. 소탈하고 커다란 웃음 짓던 그 모습 그대로 말이다. 들어올 때보다 더 무거워진 걸음으로 대리석 바닥을 걷는 그녀의 손에서 작은 핸드백이 터덜터덜 맥없이 흔들거렸다. 천천히 계단을 내려서는데 누군가 빠른 속도로 스치더니 그녀의 어깨를 툭, 밀쳐 버렸다.

좀처럼 신지 않는 높은 굽 때문에 그렇지 않아도 조심스럽던 걸음이 순간적으로 앞으로 휙 쏠리며 설하는 그대로 바닥을 향해 나뒹굴고 말았다.

아…….

밀려오는 통증에 작은 신음이 터져 나왔다. 오돌토돌한 바닥에 무릎이 쓸려 뻥, 뚫린 스타킹 사이로 빨간 핏물이 금세 배인다.

아파!

설하가 입술을 잘근 깨물었다. 눈물이 핑 돌았다.

"뭐야, 정말! 사과쯤은 해도 되잖아!"

미안하다, 사과 한 마디도 없이 급하게 사라지는 뒷모습을 향해 설하가 버럭 소리를 질렀다. 괜히 억울해지고 속이 상했다. 막상, 그것만은 아닌데 모든 게 그 사람 잘못인 양, 투덜대는 그

녀를 지나가던 몇몇 사람들이 흘낏 돌아보며 키득거렸다. 넘어
지며 발목이 접질렸는지, 통증 때문에 비틀거리는 그녀의 팔을
누군가 황급히 붙잡았다.

"어디 아파요?"

걱정스런 목소리를 알아차리기도 전에, 번쩍 몸이 돌려졌다.
사유다.

"다쳤어요?"

"네."

심통맞은 대답이 튀어나왔다. 다른 사람들 앞에서 당당한 사
유의 모습이 싫은 건 없었는데, 다른 여자 사랑하는 사유가 싫
을 이유가 없는데 그냥 무작정 화가 치밀었다. 사유가 급히 꺼
낸 하얀 손수건을 그녀의 다리에 살며시 눌렀다. 하얀 손수건에
붉은 피가 묻어났다. 갑자기 예기치 못한 눈물이 바닥으로 뚝!
떨어져 내렸다.

"아…… 많이 아파요?"

설하의 눈물을 오해한 사유가 놀라, 묻는다.

"그냥……."

쓰윽, 눈물을 닦아내며 겨우 한 마디를 꺼냈다. 난감해하던
사유가 그제야 참았던 숨을 내쉬었다.

"그냥…… 사유가 아닌 것 같아서. 이렇게 반듯한 사유는 내
가 알던 사유가 아닌 것 같아서 싫어."

"아…… 이것 때문인가요?"

제 옷을 잡아당기던 사유가 얼른 말끔하게 올려진 머리카락을 흩뜨렸다. 순식간에 머리카락이 이마 위로 떨어진다. 헝클어진 몰골로 씨익, 웃더니 그녀를 호텔 정원 쪽에 놓인 벤치에 조심스럽게 내려놓았다.

"잠깐만, 여기서 기다릴래요?"

아직도 피가 배인 상처를 바라보며 사유가 이마를 살짝 찌푸렸다.

"금방 올게요. 조금만 기다려 줘요."

온순한 얼굴로 설하가 고개를 끄덕이자 사유가 호텔 쪽을 향해 바삐 뛰어갔다. 넓은 등에 가을 햇살이 자잘한 파문을 일으켰다. 남겨놓은 벤치에 앉아 설하가 황홀한 듯 사유의 뒷모습을 바라보았다. 조금 전의 조급함은 어디로 사라졌는지 홀로 남은 주제에 꽤 여유로운 시선으로 주위를 둘러보기까지 한다. 호텔의 저쪽에선 결혼식에 참석한 연예인들의 극성스런 팬들이 무리지어 있고, 취재진들, 그리고 직원들의 바쁜 움직임이 영상처럼 흐르고 있었다. 마치 관중석에 앉은 것처럼 동떨어진 기분이 든다. 마치 다른 세계 속에 살아가는 것처럼 말이다.

아직도 아픔이 가시지 않은 무릎의 상처에 대어놓은 손수건을 떼어 작은 손에 꼭 쥔 채 사유가 사라진 쪽을 향해 고개를 쭉 내밀었다. 언제 왔을까? 조금 전까진 세진 회장 옆에 서 있었는데.

"많이 기다리지는 않았죠?"

궁금해하는 사이 기다란 은색 차가 끼익 멈추며 사유가 바쁘게 내렸다. 윤기 흐르던 재킷은 벗어버렸는지 넥타이도 없이 달랑 와이셔츠 차림으로 이마엔 주름, 땀까지 흐르고 있었다.

어디서 가져왔는지 빨간 약을 조심스럽게 무릎에 바르더니 일회용 밴드를 단단히 붙여준다. 행여 약 기운에 쓰리지 않을까, 호호 불면서. 따스한 사유의 입김이 간질거려 설하가 움찔, 몸을 비틀었다.

"아, 아픈가요?"

움찔거리는 움직임에 걱정스런 표정으로 사유가 물어왔다.

"어떻게 왔어요? 바쁘지 않아요?"

대답 대신, 엉뚱한 질문을 하며 사유의 차에 올라섰다. 방금 뽑은 새 차의 비릿한 가죽 냄새에 절로 인상이 찡그러졌다.

"손자 일이라면, 이 정도면 충분해요."

이 정도면 손자인 사건의 체면 정도는 대충 세워준 셈이었다. 남은 인사는 사건에게 맡겨둔 채 사유는 능숙한 솜씨로 '샤콘느'로 향하기 시작했다. 기다릴 텐데…… 중얼대는 설하와 달리 사유는 오히려 자유를 만끽하는 기분이었다. 흥얼거리는 콧노래가 절로 나오는 건 비단 그것 때문만은 아니었지만.

가을의 햇살 속에서도 변함없이 제 모습을 드러내는 벚꽃나무와 살랑이는 바람결을 따라 딸랑, 소리를 내는 풍경까지 익숙한 '샤콘느'의 모습에 사유가 게슴츠레 눈을 떴다. 이곳은 감싸고 있는 공기마저 그리울 정도였다.

"여긴 여전해요. 보고 싶었는데."

가게로 들어서며 사유가 아련한 목소리로 말했다. 떠날 때와 다름없는 '샤콘느'는 마치 먼 여행길에서 돌아온 집처럼 편안하고 아늑했다. 가게 안엔 설하의 향처럼 진한 차 향이 배어 있고, 여전히 달디단 쿠키 냄새가 희미하게 풍겨왔다. 사유는 '샤콘느' 속에 배어 있는 익숙한 향을 폐 깊숙이 들이마셨다. 자박자박, 물 끓는 소리까지 정겹다. 편하게 등받이에 기대어 가게를 돌아보는 사이, 설하가 하얀 손뜨개 잔에 받쳐 따스한 캐모마일 차와 그가 좋아하는 오트밀 쿠키를 함께 내어왔다.

"보라색으로 커튼까지 싸악 바꾸었는데, 여전하긴? 내내 게으름 피우다 큰맘먹고 바꾸었어요."

"그래도 내겐 여전해요."

빙글, 잔을 돌리는 사유의 손가락이 눈에 띈다.

"반지가…… 보이지 않아요."

네? 사유가 의아하게 바라보았다.

"반지요. 약혼했다고 해서……."

"약혼이요?"

"현진이 말해주었어요. 사강 씨가 전해주었다던데?"

"망할 형!"

사유가 거칠게 욕을 내뱉었다. 도움되는 거라고는 하나도 없고, 온통 문제만 일으키는군!

"가벼운 농담이었어요. 친한 녀석인데 워낙 장난이 심해서."

이렇게 말을 하는 건 좀 그럴까? 잠깐 맥에게 미안한 생각이 들었지만, 조금 뻔뻔해지기로 했다.

"하지만……."

"당신은 어때요?"

사유가 얼른 말을 돌렸다.

"당신……."

잠시 숨이 멎는다. 이제 조금은 그를 잊었어요?

"당신은……."

"아, 류환?"

설하가 활짝 웃으며 대신 말을 받았다.

"그렇더라. 조금 더 아플 줄 알았는데 생각보다 괜찮았어요. 얼마 전에 함께 찾아왔었어. 미안해, 하고 그녀가 말하는데 내가 먼저 엉엉! 울어버렸어요. 우습지 않나? 화해랄 것도 없었는데 잔뜩 굳어진 그녀를 보니까 내가 더 미안해지는 거야. 그녀로서는 충분히 화날 만한 일이었는데 뭐. 효원 삼촌이 그러더라구. 동경은 때로 사랑처럼 나타난대. 정말 그럴까? 정말 류환을 동경했을까? 죽을 것처럼 아플 줄 알았는데……."

설하가 갑자기 말을 뚝 끊었다. 정말 죽을 것처럼 아픈 건 사유였다. 보고 싶어서 죽을 것 같았고, 다시 보지 못할 것 같아 죽을 것 같았다. 이렇게 보고 싶었는데…….

"그래서 그냥, 놓아버렸어요. 그렇게 놓아버리니까 이상하게 오히려 시원해져요. 사랑이란 거 변하지 않을 거라 생각했는데,

변할 수도 있는 건가 봐."

긴 세월 내내 담았던 사랑이 이렇게 쉽게 버려질 수도 있는 건가? 처음엔 허탈하기도 했었는데…… 설하가 빙글, 미소를 지었다.

"있죠, 많이 보고 싶었어요. 아깐 대답해 주지 못해서 미안해요. 그날도……."

그날, 기다려 달라고 말하지 못해서 얼마나 후회했는지 알아요? 이렇게 사랑이 변할 수 있는 거라면 한번 붙들어볼 걸 그랬다.

"잘 지냈어요?"

묻는 사유에게 설하가 고개를 끄덕거렸다. 테이블 위에 놓인 설하의 손등을 사유가 부드럽게 감쌌다. 두근, 또다시 심장이 뛴다. 깊고 선명한 눈동자가 진지한 빛을 띠었다.

"난 사실, 잘 지내지 못했어요. 당신이 너무나 그리워서, 그렇게 용기없이 당신을 놓아버린 내가 너무 후회스러워서 매일 지옥처럼 살았어요."

한 마디 한 마디가 힘겹게 새어나왔다. 모든 걸 버리고 온 이유가 오직 그녀 하나라면 조금은 이 사랑을 받아줄까? 펄쩍 뛰어대던 아버지의 모습을 지우며 사유가 다시 입을 열었다. 이대로 심장이 멎을 것만 같았다.

"사랑해요. 당신의 사랑이 변할 수 있는 거라면 한 번쯤은 그 사람 대신 날 생각해 줄 수 있어요?"

두근!

설하의 심장이 벌떡, 요동을 쳤다. 놀란 시선이 곧장 사유에게 쏠아졌다. 늦지 않았어? 소리 내어 묻지 않았는데, 마치 들은 듯 사유가 고개를 끄덕거렸다. 부산스럽게 움직여 대는 이 고동소리를 들은 걸까? 만져 보고 싶고, 그의 입술에 키스해 주고 싶다. 이 펄떡 뛰는 설렘이 또 다른 사랑이라면, 그것은 사유에게만 향해 있는 게 분명했다. 설하가 빙글, 잔을 돌렸다. 노란 액체 위로 수줍은 제 얼굴이 비쳤다.

"있죠. 내가 참 싫어하는 허브 차가 있어요."

"네?"

뜬금없는 말에 사유가 고개를 갸웃거렸다.

"좋아해 주어야 하는데, 색깔이 너무 섬뜩해서 도저히 좋아할 수가 없는 거야. 블루 멜로우라는 차인데, 색깔이 파래요. 파란 차 봤어요? 난 좀 그래. 장미꽃도 파랗게 물들어진 것은 섬뜩해서 싫어."

"그래요?"

기다리던 대답은 아니었지만, 사유는 참을성있게 설하의 말을 기다렸다.

"네. 차 향도 별로예요. 톡 쏘는 후추 향인데다 맛도 새큼한 게 여간 매력이 없거든. 그런데, 그게 그래요. 레몬 즙 한 방울에 신기하게도 화사한 분홍색으로 탈바꿈을 하는 거야."

무슨 말을 하고 싶은 걸까? 사유가 조용히 다음 말을 재촉했다. 손등에 놓인 사유의 손을 다른 한 손이 따스하게 감싼다. 작고 앙증맞은 손에 사유의 시선이 박혔다.

"난 그랬어요, 사랑은 절대 변하지 않는다고. 그래서 늘 류환만 바라보았어요. 내 사랑은 하나니까……. 그런데 누군가 내 가슴에 작은 레몬 즙을 한 방울 떨어뜨렸나 봐요."

네? 사유가 묻는다.

"당신이 떠난 후, 많이 후회했어요. 다시는 당신을 볼 수 없을 거라는 생각만으로도 너무나 고통스러워서 놓아주지 말 걸, 욕심이겠지만 기다려 달라고 해볼 걸……. 사실, 그땐 너무 혼돈스러웠거든. 그런데 그때 이미 당신을 사랑했나 봐. 너무 늦게 말해주어서 미안해요. 그리고 다시 와서 고마워요. 당신을 찾아갈 수도 있겠지만 아마 또 꽤 많은 시간이 흘러서야 용기가 났을 거예요. 원래 난 바보잖아요."

아, 유치해! 설하가 빨갛게 달아오른 뺨을 찰싹, 찰싹 때렸다.

"너무 유치해. 이게 무슨 유치한 사랑 고백이람!"

깔깔, 웃는 설하의 웃음이 갑자기 탁! 막힌다. 짙은 나무 향이 코끝을 스치며 그리운 사유의 입술이 말캉하게 짓눌렀다.

"유치하지 않아요."

잠시 입술을 뗀 사유가 깊게 잠긴 목소리로 겨우 속삭였다. 용기 내길 잘했다. 스르르 감긴 눈꺼풀로 가볍고 사랑스럽던 첫 키스의 여운 대신 진한 체취가 깊은 키스를 퍼붓는다. 설하의 촉촉한 입술이 조금 더 깊숙이 그의 안으로 스며들었다.

딸랑딸랑, 풍경 소리가 또다시 바람결에 울리고 '샤콘느'의 앞에 버티어 선 벚꽃나무의 가지가 두 연인을 환영하며 휘청거렸다. 가쁜 숨을 몰아쉬는 설하의 입술 위로 사유의 손가락이 유혹하듯 스쳐 갔다.

"고마워요. 날 사랑해 주어서……."

네. 수줍은 설하의 미소 위에 또다시 따스한 입술이 겹쳤다. 그리움은 하나의 사랑처럼 두 연인의 가슴을 두드리나 보다.

14. 바람이 불면

바람이 불면 낙엽 향이 창틈으로 스며 코끝을 스친다.

"일어났어요?"

그녀 곁에 바짝 다가선 사유가 아침 인사를 건넸다. 수줍은 색시처럼 설하가 이불 속에 얼굴을 묻었다. 하하하! 듣기 좋은 웃음소리와 함께 드러난 알몸을 사유가 포옥 감싸 안았다.

"보지 마요! 아침엔 정말 못 봐줄 정도야."

드러난 가슴을 이불 속으로 자꾸 감추는 설하를 황홀하게 바라보던 사유가 침대에서 벌떡 일어섰다. 단단한 근육들이 뻐근한 비명을 질렀다. 지난밤의 열정 탓에 잔뜩 구겨진 바지에 겨우 다리를 끼워 넣고는 아직도 알몸을 가리느라 애를 쓰는 설하의 입술에 가볍게 입술을 맞추었다.

"잠깐 나갔다 올게요. 그때까지 이대로 있어도 좋아요. 내겐 더없이 만족스러우니까."

낄낄, 농담까지 하곤 가게를 나선다. 뭐야! 유치하게! 나서는 사유에게 토라진 소리를 내고선, 그래도 그가 사라지자 후다닥 일어나 욕실로 향했다. 거울 속에 발그레 상기된 얼굴이 생소하게 드러났다. 곳곳엔 사유가 남긴 흔적이 열꽃처럼 퍼져 있고 온몸이 콕콕 몸살처럼 쑤셨다. 설하가 제 팔에 살짝, 얼굴을 대었다. 아직도 온몸에 사유의 나무 향이 배어 있는 것 같아 절로 배시시 웃음이 새었다. 그의 품속에서 잠든 하룻밤이 생각보다 편안해 그것조차 낯설 정도였다. 다른 사람의 품에서 잠드는 게 이토록 포근하고 안락할 거라 미처 생각하지 못했었는데.

"이제 다 씻었어요?"

욕실을 나서자 어느새 돌아온 사유가 식탁 위에 음식을 펼쳐 놓고 있었다.

"뭐예요?"

"간단한 샌드위치랑 주스. 근사한 식사를 사 오고 싶었는데 이른 시간이라 문을 안 열었어요. 배고프지 않아요? 난 꽤 배가 고픈데. 주스는 방금 막 짰어요."

신선한 오렌지 주스를 내밀며 사유가 빙긋 웃었다. 아! 예기치 못한 통증이 밀려와, 설하가 나서던 걸음을 멈추었다. 쓰린 허벅지 사이가 가끔, 아려 절로 미간이 찌푸려졌다.

"왜요?"

"그냥⋯⋯."

"어제, 많이 아팠어요?"

"조금. 당장은 사유에게 안기는 것도 힘들 것 같아요."

설하의 말에 사유의 얼굴이 단박, 난감한 빛을 띠었다. 아⋯⋯. 길게 늘어지는 신음에 설하가 깔깔깔! 허리를 접어댔다.

"지금, 무지 귀여운 거 알아요?"

"귀여워요?"

"네! 강아지처럼."

강아지요? 상처받은 얼굴에 깔깔! 또다시 웃음을 터뜨리며 설하가 차린 샌드위치를 입에 넣었다. 막 만들어놓은 신선한 소스에 절로 침이 고였다.

"나와 함께 갈래요?"

차려놓은 아침을 마치고 은미가 오자마자 가게를 나선 설하에게 사유가 물어왔다. 아침부터 갈 곳이 있다, 사유가 서두른 탓에 둘은 함께 차에 올라 어디론가 향하는 중이다.

"미국이요?"

숨기려 해도 절로 나타났는지 설하의 대답에 사유가 이마를 찌푸렸다.

"곤란한가요?"

아⋯⋯. 맥없는 대답이 나왔다.

"힘들면 대답하지 않아도 돼요."

"네?"

"기다릴 수 있으니까. 당신이 기다려 달라면 얼마든지 기다려 줄 수 있어요."

"하지만……."

설하가 미적거리며 물었다.

"금방 떠나야 하는 건가요?"

사유가 다시 떠날 생각만으로 어깨에서 힘이 풀렸다.

"조금은 시간이 있어요. 결혼식에 맞추느라 미친 듯이 일을 해서."

사실은 아니었지만, 어두워지는 설하의 표정에 거짓말을 할 수밖에 없었다. 현진의 결혼식을 핑계로 여기 온다고 했을 때, 펄쩍 뛰던 아버지를 생각하면 솔직히 하루가 급하긴 했다. 아니, 더 급한 건 그일지도 몰랐다. 이젠 하루라도 그녀를 보지 못하면 미쳐 가는 건 그 자신일 테니까.

"미친 듯이요?"

"네, 미친 듯이."

하하하! 아침부터 사유의 듣기 좋은 웃음이 자주 허공에 울린다.

"사강 형은 지은 죄가 있어서 도망치고, 아버지가 조금 날뛰긴 했죠."

결국 현진의 편지가 사강 형의 실수란 걸 안 아버지가 길길이 날뛰어대는 사이, 눈치 빠른 사강 형은 진작부터 줄행랑이었다.

"사강 형이요?"

"현진이의 편지를 나에게 들켰거든요. 사실 현진이의 편지가 없었다면 여기까지 올 용기를 못 냈을 거예요. 당신 소식은 하나도 없고, 그게 더 미칠 것만 같아서 무작정 떠날 수밖에 없었어요."

"아……."

설하가 미안한 표정을 지었다. 미안해지네…….

"괜찮아요. 이젠 내 사람이잖아요. 용서해 줄게요."

"누가 용서를 해준다는 거예요? 떠난 사람은 사유잖아! 조금 더 기다릴 수 있었는데 그렇게 훌쩍 떠나놓고선."

"사실은 당신이 망설이는 모습이 상처가 되어서 더 이상 머무를 수가 없었어요. 도망친 거, 후회되었지만 돌아올 용기조차 없었어요."

그저 괜한 농담이었는데, 갑자기 진지하게 대답하는 사유 때문에 설하 역시 빙글대던 웃음기를 싹 거두었다. 사실, 정말 미안해야 하는 건 그녀였으니까.

"미안해요. 하지만 류환 때문에 망설인 건 아니었어요. 쉽게 당신에게 가는 게 좀 그랬어. 기약도 없이 기다려 달라는 것도 좀 그랬고. 마냥 기다리게 하기엔 너무 좋은 사람이라서 이기적으로 굴 수 없었거든."

"좋은 사람 아닌데. 결국 기다릴 용기조차 없어 떠난 주제에 막상은 엄청 힘들어서 사린 녀석은 나만 보면 슬금슬금 피하고, 결국 사강 형은 사고까지 쳤잖아요."

깔깔! 사강 씨라면 그러고도 남을 거야.

웃음을 참지 못하는 설하를 끌고 간 곳은 시내에 있는 백화점이었다.

"여긴 왜요?"

구층으로 곧장 올라간 사유에게 설하가 물었다. 난데없이 악기점이라니.

"잠깐만요."

그러더니 곧장 줄지어 전시된 피아노 앞으로 다가갔다. 열려진 건반을 살짝 눌러보는 기세가 여간 진지하지 않다.

띠링!

잘 조율된 음색이 고운 소리를 내며 매장 안으로 울렸다.

"이거 꽤 음이 좋죠?"

어느새 다가온 점원이 아는 척을 해왔다. 사유가 피아노 의자에 스스럼없이 앉으며 다시 건반을 눌렀다.

띠리링!

"아!"

곳곳에서 탄성이 터져 나왔다. 놀란 설하가 현란하게 움직이는 사유의 손가락을 넋 나간 듯 바라보았다. 엉터리로 켜던 바이올린과는 사뭇 다른 솜씨였다. 처음의 놀란 시선들이 나중에 키득키득, 웃음소리로 변해가고 설하 역시 킥, 선웃음을 웃고 말았다.

캔디!

어떻게 편곡을 했는지, 굉장히 화려한 캔디 주제곡이 백화점 안으로 웅장하게 퍼지기 시작했다. 이른 시간부터 나와 있던 발 빠른 손님들이 무슨 일이야? 하나둘 모이기 시작해 사유 근방으로 작은 소란이 일었다. 빨개진 얼굴로 설하가 사유 곁으로 다가섰다.

"뭐 하는 거예요?"

"내가 편곡했어요. 그곳에 있는 동안, 생각날 때마다 조금씩 편곡했죠. 바이올린은 정말 자신이 없어서."

예에? 뜨악해하는 설하 옆에서 사유는 마저 남은 연주를 계속했다. 하얀 건반 위를 섬세한 손가락이 미끄러지듯 움직이고, 옆에 섰던 손님들이 모두 우와! 탄성을 질러댔다.

정작 배운 피아노도 그리 잘하지는 못한다, 겸손을 떨더니 꽤나 수준급의 솜씨이다. 도저히 따라잡을 수 없이 울리던 화려한 캔디가 끝나고 짝! 짝! 열성적인 박수 소리가 터져 나왔다. 주위의 환호 속에 사유의 눈동자가 곧장 그녀에게 못 박혔다.

"감동하지 않았어요? 내 프러포즈인데⋯⋯."

수줍은 미소까지 짓는다. 감동적이에요! 미적거리는 설하 대신 짓궂은 여자 손님 하나가 저쪽에서 소리를 질렀다. 뭐냐!

"저⋯⋯ 손님!"

앙코르를 외쳐 대는 다른 손님들 사이를 비집고 점원이 고개를 삐죽 내밀었다.

"아, 네. 이거 꽤 괜찮은데요? 살게요."

난처해하던 점원이 미처 뭐라 하기 전에 시원스럽게 대답하곤 자리에서 일어선다. 놓을 데가 어디 있다고…… 타박하는 설하에게 사유가 대답을 재촉했다.

"대답 안 해요?"

"뭘요?"

"내 프러포즈."

"흠, 요란스러워서 싫은데."

"그럼 나 줘요!"

아까의 짓궂었던 여자가 둘 사이에 톡 끼어든다. 그래도 되겠네. 장난스럽게 맞장구치는 사람들 속을 헤실거리며 손을 꼭 맞잡은 채 빠져나오는데 따릉, 벨소리가 울렸다.

사유의 주머니 속에서 나온 작은 휴대전화에 설하가 놀란 표정을 지었다. 생각해 보면 지금까지 사유에겐 휴대전화가 없었던 것 같은데.

"놀랐어요? 손자가 주었는데 깜빡 잊었어요. 연락하기 힘들다고 해서. 꽤 손이 많이 가는 손자죠?"

설명해 주며 아, 저예요. 단정하게 대답하던 사유의 얼굴이 순간 딱딱하게 굳어졌다. 한눈에도 금방 알아차릴 수 있을 만큼.

"그랬어요? 미안해요. 네……. 지금 들어갈게요."

전화를 끊은 사유가 서둘러 차에 몸을 실었다.

"미국에서 누가 왔나 봐요. 잠깐, 손자에게 가봐야겠어요."

"늦게 와요?"

"아니요."

불안한 기색을 감추지 못하는 설하의 얼굴을 사유가 가볍게 쓸어내렸다. 찬바람에 헝클어진 머리카락을 단정히 귓가에 꽂는 손길이 더없이 부드럽고 다정했다.

애써 편한 얼굴을 하는 사유였지만 설하는 속지 않았다.

"그녀예요?"

'샤콘느' 앞에 그녀를 내려놓고는 후다닥, 떠나는 사유의 등을 향해 설하가 대뜸, 물었다.

"기다려요. 다시 돌아올게요."

슬쩍, 대답을 비켜서는 것도 그렇고. 엄습하는 불길한 전조를 채 떨치지 못한 채 가게로 들어서자 성큼! 지연이 다가섰다.

"사유 이곳에 왔다며?"

손자인 사건의 사무실 안에 떡 버티고 선 사람은 아버지와 맥이었다. 두 사람의 얼굴을 본 순간부터 벌써 한숨이 새어나왔다. 제 사무실인 양 편하게 앉은 사중원 앞에서 바짝 긴장된 자세로 선 사건 앞으로 누군가 총알처럼 튀어나왔다.

『사유!』

얼떨결에 달려드는 맥을 받아 안은 사유를 향해 사중원이 버럭, 소리를 질러댔다.

"대체 뭐 하는 짓이야!"

심상치 않은 부자(父子) 사이를 오가며 눈치만 보던 사건이 몹시 난처한 기색으로 시선을 깔았다. 꼬박, 어린 사유에게도 할아버지라 부르던 사건이다 보니, 몹시 곤란하기도 할 것이다. 품에 안긴 맥을 겨우 떼어놓은 후 사유가 한 걸음 다가섰다.

"아버지."

"이…… 이…… 망…… 대체 그렇게 무작정 날아가 버리면 남은 일은 어떻게 하라는 거냐!"

툭, 튀어나오는 '망할 자식'을 그나마 사건의 눈치를 보느라 입 안으로 말아 넣는 아버지를 보면서 사유가 피식 웃음을 지었다. 평소 같으면 아버지 못지않게 굳어졌을 얼굴이 뭔가 풀린 사람처럼 실실 쪼개진다.

"남은 일은 사강 형, 혼자 알아서 할 수 있어요."

"저, 일이 좀 남아서…… 차분히 이야기 나누십시오."

사건이 눈치를 살피다, 얼른 틈바구니 속에서 꽁지를 빼며 제 사무실을 빠져나갔다. 명색이 글로벌&크로버스의 주인이다. 괜한 불통이 튈까, 사건이 도망치듯 나가자마자 거의 동물적으로 튀어나온 아버지가 퍽! 사유의 뒤통수를 가격했다.

"사강? 그 녀석이 뭘 해! 벌써 팽개치고 내뺐다."

어처구니없이 가격당한 뒤통수를 쓸어내리며 이런, 사유가 끌, 혀를 찼다. 하여간, 형 하는 짓이 그렇지.

"당장 돌아가자."

"싫어요."

"싫어? 회사 따윈 네 안중에도 없다는 거냐?"

"이곳에 소중한 사람이 있어요. 당분간은 그녀의 곁에 있어주고 싶습니다."

"소중한 사람? 네 가족은 소중한 사람이 아니고?"

『소중한 사람?』

아버지와 맥이 동시에 고함을 쳐댔다. 사유가 눈살을 찌푸렸다. 감히, 천하의 사중원 앞을 가로막으며 맥이 따져 물었다.

『무슨 소리야?』

『소중한 사람이 있어, 이곳에.』

『이곳에?』

맥의 상처받은 눈초리에 사유가 아차! 하는 생각이 들었다. 그제야 문득 맥의 청혼을 떠올린 탓이었다. 무심하다 탓을 해도 어쩔 수 없지만, 사실은 정말 까맣게 잊고 있었다.

『사유! 내 청혼은?』

『아무리 그래도 그렇지, 회사에서 그렇게 곧장 비행기에 오르는 녀석이 어디 있냐?』

『죄송해요. 하지만 그땐 제정신이 아니었어요. 남은 일은 미리 다 처리한다고 했는데…….』

미안한 기색이면서도 물러서지는 않았다.

『하지만 당분간은 돌아가기 힘들어요. 아직 그녀가 정혼을 받아들이지 않아서, 당장은 힘들 것 같습니다.』

『바보 같은 자식!』

『나는? 내 청혼은 이렇게 쉽게 던져 버리는 거야?』

팔딱 뛰는 아버지, 사중원을 밀쳐 내며 맥이 새된 소리를 울렸다. 신비로운 잿빛 눈이 상처로 일그러져 눈물을 쏟아내고 있었다. 사유가 몹시 당황한 얼굴로 맥을 바라보았다. 이런 맥의 모습은 지금껏 처음이었다. 거만하지는 않지만 언제나 당당한 맥. 그런 맥이 지금, 온통 눈물로 얼룩져 그를 원망하고 있다니…… 사유가 끌, 혀를 차며 맥을 품속으로 끌어안았다. 닿은 어깨가 벌써부터 촉촉이 젖어왔다.

『미안해, 맥. 네 청혼은 받을 수 없어.』

『나 정도면 괜찮잖아! 얼마나 오랜 시간 동안 사랑했는데……. 한 번도 고려해 볼 가치조차 없는 거야?』

『그날, 거절하려고 했어. 네가 그렇게 도망치듯 나가지만 않았다면.』

당황스럽긴 했지만, 분명 거절했을 것이다. 하지만 다음날부터, 현진의 편지로 인해 혼돈스러워진 탓에 미처 딱 부러진 거절을 하지 못한 건 분명 그의 실수였다. 오랜 시간, 우정으로 지내온 맥에 대한 예절이 아니었는데.

『두려웠으니까! 하지만, 정말 내 마음을 몰랐어? 첫눈에 반해서 지금까지 사유만을 사랑해 왔어.』

맥의 고백에 사유가 고통스런 표정을 지었다. 순간, 비겁하게도 류환에게 고백했다던 설하의 얼굴이 겹친 탓이었다. 사유가 맥을 부드럽게 끌어안았다.

『맥, 미안. 지금까지 알아채지 못했어. 하지만 그게 전부야. 내겐 사랑하는 여자가 있어.』

『한 번도 고려해 볼 가치는 없어? 내가 이렇게 아파해도?』

"망할 자식!"

또다시 거친 소리를 내는 아버지의 음성이 들렸지만, 사유는 아는 척하지 않았다. 아버지 문제는 당장, 신경 쓸 여유가 없었다.

『응. 너무나 소중한 여자라, 아무리 너라 해도 포기할 수 없어. 잊으려 노력도 해봤고, 떠난 적도 있었지만 이젠 한계야. 그녀가 없는 삶은 상상조차 할 수 없어.』

『사유, 잠깐 스친 여자잖아! 나만큼 사유를 이해할 거라 생각해? 사유처럼 커다란 남자를 포용할 수 있어? 사유는 매처럼 비상할 거야. 더 넓고, 더 높은 세상을 향해서 말이야. 이곳에서 살아온 여자가 어떻게 이해할 수 있겠어? 그런 세상을 말야.』

『맥!』

단호한 음성으로 말을 잘라낸 사유가 똑바로 맥에게 시선을 맞추었다.

『난 작은 사람이야. 그녀 앞에서는 늘 작아! 딱, 그녀만큼. 넘치는 건 그녀이지, 내가 아니야! 스쳐 갈 인연이라면 여기까지 그녀를 찾아오지도 않았어. 정말…….』

사유의 말이 멈추었다. 맥을 바라보는 눈동자엔 형언할 수 없는 깊은 사랑과 생기가 돌았다. 폭죽처럼 쏟아지는 그 빛에 맥이 절로 눈을 깜빡거렸다. 이런 사유의 모습은 지금껏 처음이었다.

『정말, 그녀가 원한다면 그곳의 삶은 버려도 좋아.』

"이, 망할 자식이! 회사를 버리는 것도 모자라, 이젠 가족까지 버릴 생각이냐? 네 꿈은? 그 같잖은 하원인지 상원인지 의원 나부랭이까지 그녀를 위해 버리겠다는 거냐?"

벌떡! 자리에서 일어선 사중원이 제 성미를 못 참고 버럭, 고함을 질러댔다.

"네! 그녀가 원한다면!"

미친 자식! 사중원의 목소리가 쩌렁! 울렸다. 그러나 아랑곳하지 않았다. 사유가 품에 안은 맥을 살포시 내려놓았다. 간절한 애원이 담긴 눈동자에 맥이 눈물을 글썽거렸다. 난, 정말 안 돼?

『그녀를 사랑해. 부탁이야. 우리 두 사람 방해하지 말아줘. 내 심장이…….』

사유가 맥의 손을 제 심장에 놓았다. 둥둥, 낮은 고동 소리가 손바닥을 울려댔다.

『내 심장이…… 그녀를 사랑해. 넌 내게 좋은 친구야. 더없이 소중하지만 딱, 그만큼 좋은 친구. 하지만 그녀는 내 모든 삶이야. 그러니 네가 양보해 줘, 부탁이야.』

"제기랄!"

두 사람을 노려보던 사중원이 제 머리를 감쌌다. 사강 녀석은 무슨 성질이 났는지 몽땅 다 내팽개친 채 달아나 버렸고, 사유는 느닷없이 회사에서 곧장 비행기를 타고 한국으로 떠나 버렸다. 맥이 며느리로서 마음에 들긴 했지만 지금 그에게 우선인 문제는 당장 사유의 멱살을 잡고서라도 미국으로 돌아가는 것뿐이었다.

사중원이 지친 기색으로 눈을 감았다. 며칠 사이, 몇 년은 늙어버린 듯 주름진 이마에 한결 골이 깊었다. 대체 아들 녀석들의 머릿속에 뭐가 들어 있는지……. 힘들게 일궈낸 회사를 무슨 개 껌 버리듯 쉽게도 버리고 떠나 버리다니. 아들이 넷이나 된다고 꽤 좋아했던 일이 엊그제 같은데 지금 그에게 남은 녀석이라곤 젖비린내 가시지 않은 사린 녀석이 전부였다. 이런, 빌어먹을!

"당장 돌아가! 내일 비행기 출발시킬 테니. 그녀를 원한다면 데리고 와도 좋다! 결혼할 생각이든 연애를 할 생각이든 미국으로 가서 해결해. 사강 녀석은 지금 어디로 사라졌는지 행방을 찾을 수 없다. 그 녀석 찾는 대로 다리를 분질러서라도 주저앉힐 생각이지만, 당장은 네가 필요해! 네가 단 한 번이라도 날 아비로 생각했다면 여기서 물러서라. 나 역시 여기까지가 적정선이니까!"

가차없이 잘라낸 아버지의 말에 사유가 여전히 훌쩍이는 맥을 바라보았다. 언뜻, 류환의 등을 바라보던 설하의 모습과 겹쳐져 안쓰러운 마음이 들었지만, 물러설 생각은 없었다. 언젠가 말했듯이, 우정을 위해 사랑을 포기하는 어리석음 따위는 하고 싶지 않으니까. 이제 두 번 다시 설하를 포기하는 일은 없다. 사유의 눈동자에 조금 전의 단호함이 단단히 서리기 시작했다.

'어?'

생각보다 늦어진 사유 때문에 '샤콘느'의 불빛이 꺼지고도 한참을 잠을 이루지 못한 설하가 홀로 뒤척이고 있을 때였다. 이게 무슨 소리야?

오늘따라 유독 덜컹거리는 창문 사이로 미약한 소리가 바람결인 듯 언뜻 새어 들어왔다. 저녁이면 제법 겨울처럼 싸늘해지는 공기 탓에 두터운 숄을 어깨에 걸친 후 창문가로 다가섰다. 멀리 긴 그림자 하나가 일렁거린다. 사유? 좁게 눈살을 찌푸린 설하가 얼른, 창문을 열어젖혔다.

She was beautiful, beautiful to my eyes.
From the moment I saw her the sun filled the sky.
She was beautiful, beautiful just hold.
In my dreams she was springtime winter was cold.

무어라 쓰여진 종이를 든 채 환한 얼굴로 벚꽃나무 아래에서 노래를 부르고 있는 건 다름 아닌 사유다. 낭랑하고 부드러운 바리톤의 음성이 청아한 밤공기 속에 울려 퍼져, 날리는 낙엽들이 꽃잎처럼 흩뿌려졌다. 처음 사유를 만났던 그 봄날의 벚꽃처럼……

창문 사이로 나타난 설하를 향해 사유가 한쪽 손을 반갑게 휘저으며 방글방글 웃어댔다. 덕분에 자락 끝을 놓친 종이가 팔락거리며 사납게 날렸다. 설하가 종이에 쓰여진 글을 읽느라 눈썹을 가늘게 좁혀졌다.

〈당신은 내게 너무 아름다워요.〉

흐릿하게 보이긴 했지만, 겨우 읽을 수는 있었다.

반주 하나 없이도 충분히 아름다운 곡을 소화해 낸 사유가 가게 안으로 들어서자 우당탕, 소리와 함께 설하가 바람처럼 뛰어내렸다. 털썩, 안기는 설하를 받아 든 사유가 빙글 돌았다. 가을바람이 머리카락에 배어 상큼한 향을 내뿜는다. 설하가 콩콩, 사유의 가슴을 두들겼다.

"뭐야, 정말! 부끄럽게."

"꽤 고심한 프러포즈인데……. 이젠 대답할 때가 되지 않았나?"

사유가 손에 든 '당신은 내게 너무 아름다워요' 라 쓰여진 종이를 그녀 앞에 흔든다. 한쪽 끝이 올라선 글씨체가 그 손길을 따라 팔락거렸다. 자세히 보니 조금 들쑥날쑥하다. 글 쓰는 솜씨는 말보다 조금 못한 모양이다.

"사랑해요. 그리고 당신은 언제나 내게 세상 그 무엇보다 아름다워요."

으! 설하가 장난스럽게 몸서리를 쳤다. 너무 유치해서 소름이 돋아요. 그러나 마주한 사유의 눈빛엔 장난기 하나 없이 말짱했다.

"내겐 유치하지 않아요. 한땐, 이런 사랑마저도 상처가 되었으니까. 아무리 유치하게 표현해도 기쁘게 웃어주는 당신이 있다는 게 내겐 행운 같아서 늘 두려워요."

탁!

둔탁한 음이 울렸다. 사유의 손 위에 놓인 작은 상자 안에는 연한 분홍빛을 띤 다이아몬드가 불빛 아래 영롱한 빛을 냈다.

"당신에겐 그 어떠한 보석도 부족할 것 같아서 고민했는데, 줄 수 있는 게 이것밖에 없었어요. 결혼해 줄래요?"

금빛의 링이 미끄러지듯 가는 손가락에 껴졌다. 울컥, 솟구치는 감정에 못 이겨 설하가 두툼한 사유의 목을 꽈악 끌어안았다. 뜨거운 눈물이 설하의 뺨을 스쳐, 사유의 목으로 굴러 떨어졌다.

"왜 울어요? 내가 슬프게 했어요?"

아니요.

"그냥, 당신이 너무 고마워서 눈물이 나요."

"나 역시 고마워요. 당신의 사랑이 변해주어서, 그리고 그 사랑이 내게로 향해주어서……."

"네."

설하가 조그맣게 속삭였다.

떨리는 사유의 입술이 살포시 연인의 입술 위로 내려앉았다. 유혹하듯 벌어진 입술 사이로 사유의 혀가 들어와 그녀의 작은 이 하나하나를 쓸다 수줍은 혀를 감쌌다.

창문 너머 커다란 벚꽃나무가 인사하듯 흐드러지고 '샤콘느'의 묵중한 나무문과 하얀 벽을 따라 달빛이 스친다.

딸랑.

스치는 바람에 풍경 소리가 두 사람을 축복하듯 맑은 종소리를 냈다. 달콤한 연인들이 제각각의 향에 취해 홀린 듯 침실로 향했다. 가을은 또 그렇게 깊어졌다.

herb

남은 이야기

"이거 사유 아냐?"

들어서자마자, 지연이 포춘지를 내던지며 보란 듯이 펼쳐 놓았다. 사강과 나란히 선 사유 곁으로 두 명의 남자가 근사한 미소를 흩날리고 있었다.

〈데이비슨 가의 남자들.〉

근사한 제목이 커다란 활자로 박힌 기사 내용은 사유의 4형제들을 다루고 있었다.

"사유가 뉴욕 최고의 신랑감 2위이란다. 사강도 겨우 5위인데…… 말이 되냐?"

"응."

유쾌하게 대답하며 설하가 사유의 사진을 쓸었다. 그리움이
눈동자에 하나 가득 일렁거렸다.

"어쭈? 그렇게 보고 싶은데 왜 결혼은 미뤘대?"

그윽한 눈빛으로 바라보는 설하를 잔뜩 꼬며 지연이 투덜거
렸다. 사유가 최고 신랑감 2위인 게 불만인 건지, 설하가 결혼식
을 미룬 것이 불만인 건지 도무지 이유를 알 수가 없었다.

"대체 뭐가 그렇게 불만이야?"

"그러게 뭐 하러 결혼식을 미루는 거냐고. 쓸데없이 이런 기
사나 나게 말이야."

"원래 내가 좀 그렇잖아. 그냥, 좀 시간을 두고 싶었어."

"별걸 다 시간을 두네."

혹시 류환 때문 아냐? 묻고 싶은 걸 참는 기색이 역력하다.
솔직히 류환 때문이라고 해도 할 말은 없는데 좀 그랬다. 끝내
아버지의 강권에 못 이겨 떠나던 사유 곁에 나란히 선 맥이라는
여자도 그랬고. 약간의 경계심이 느껴지는 그녀의 눈빛을 지연
은 서리 같다, 못마땅해했지만 설하는 어쩐지 그 속에서 자신을
본 것 같은 착각이 일었다. 현진이 말했던 약혼녀가 있었다면
아마 그 아가씨가 아니었을까, 하는 생각도 들었으니까. 행여
설하의 마음이 변할까 사유는 끝내 부정했지만 말이다.

"사유 언제 온다고 그랬어?"

"글쎄…… 저녁때쯤 오지 않을까?"

당장 급한 일과 도망친 사강 형을 붙잡은 후 다시 돌아오겠다던 사유가 떠난 지 벌써 두 달이 넘어선 이곳은 벌써 겨울처럼 매섭게 변해 있었다.

"보고 싶다……."

멍하게 창밖을 향하던 설하가 남모르게 중얼거렸다. 매일 걸려오는 전화에도 목이 말랐고 그리움은 바닥처럼 깊어졌다.

"있지, 나 정말 사랑하나 봐."

"무슨 소리야?"

"매일, 그리움이 더 깊어져. 보고 싶고, 또 보고 싶어……."

"쳇!"

지연이 흥흥, 콧방귀를 쳤다.

"류환 사랑한다, 온통 가슴을 들쑤셔 놓더니."

"그러게…… 삼촌 말이 맞나 봐. 동경은 때로 사랑처럼 온다잖아. 정말 동경이었을까, 싶긴 하지만."

달캉, 달캉…….

한결 거세진 바람 탓에 요동치는 창문에 긴 달 그림자가 스산한 빛을 냈다.

"또 오트밀 쿠키야?"

미리 구워놓은 쿠키를 오물거리며 지연이 물었다. 요즘 그녀가 굽는 쿠키는 늘 오트밀이었다. 언제 돌아올지 모르는 사유를 위해 달콤한 초콜릿과 듬뿍 넣은 후르츠 필로 구워내는 오트밀 쿠키 때문에 가게 안은 항상 달달한 향이 배어 있었다.

"사유가 좋아하잖아."

"어유, 닭살……."

부르르 몸을 떨던 지연이 갑자기 그녀를 덥석 끌어안았다. 지연의 턱 끝은 닿은 어깨가 눅눅하다.

"우는 거야?"

"그래, 바보야! 갑자기 네가 막 사랑한다니까 외로워지잖아."

"그러게……."

가슴이 찡해진다. 떠나면 자주 보기 힘들 테니까…… 중얼대는 지연의 어깨를 다독이며 그래, 하고 대꾸해 주었다. 결국 섭섭해 들렸으면서 괜히 툴툴대던 지연이 한 움큼 눈물을 쏟아내고 떠난 후 비로소 늦은 고요가 찾아왔다.

자박자박한 물 끓는 소리가 숨소리 하나 없이 고즈넉한 가게 안에 유일한 소음을 냈다. 오랜 시간 정성스럽게 물을 끓이고, 류환이 가르쳐 준 대로 섬세한 이파리를 곱게 펼쳐 놓은 후 막 창가로 향했을 때였다.

딸랑!

가벼운 풍경 소리와 함께 반가운 얼굴이 '샤콘느' 안으로 들어섰다.

아, 사유!

설하가 낮게 탄성을 질렀다.

"잘 지냈어요?"

어제와 다름없이 다정하고 그윽한 목소리가 사람보다 먼저 찾아왔다. 한결 성숙해진 모습으로 설하가 잔잔하게 인사를 맞았다.

"네. 잘 지냈어요?"

"아니요! 당신이 보고 싶어 잘 지내지 못했어요."

서걱한 향을 날리며 사유가 포옥, 끌어안는다. 그리웠어요. 그리운 사유의 품속에서 그제야 설하가 속내를 털어놓았다.

"더 일찍 오고 싶었는데 사강 형이 자꾸 말썽을 부리는 통에 좀 힘들었어요."

"사강 씨가요?"

"요즘 맥을 쫓아다니느라 정신없거든. 덕분에 결국, 아버지가 폭발하고 말았어요. 펑! 하고."

깔깔깔!

"몰랐어. 사강 씨가 맥을 좋아해요?"

"나도 몰랐는데 그랬나 봐요. 내내 감추어두었는데 결국 어쩔 수 없었던 거지 뭐."

"다행이다. 누군가 사랑해 준 사람이 생겨서……."

다들, 그렇게 조금씩 행복해지면 좋겠다.

"맥은 어때요?"

"잘 모르겠어요. 워낙 사강 형과는 무덤덤한 편이어서. 그래도 그리 싫지 않은 기색이라 우리 모두 조금은 희망을 두는 편이죠."

대충 그곳의 소식을 전하던 사유가 설하의 입술에 쪽! 입맞춤을 했다.

"보고 싶었어요. 숨이 막힐 만큼……."

잠시 떨어진 눈동자가 한껏 배인 그리움을 드리웠다. 조금 더 유혹적인 손길로 사유가 설하의 머리카락을 감쌌다. 정수리 끝에 살짝 맞추어진 입술은 그녀의 머리카락, 이마, 그리고 콧날을 따라 도톰한 입술에 멈추었다. 부드럽게 빨아들이는 말캉한 입술이 조심스럽게, 그리고 유혹적으로 그녀의 입술 안으로 침범해 들어와 좀 더 농염하게 농락하기 시작했다. 발끝까지 짜릿한 전율이 흘러, 저도 모르게 촉촉하게 젖은 설하의 눈동자에 사유의 진한 눈길이 머물렀다.

"결혼해 줄 수 있나요?"

욕망으로 흠뻑 젖은 목소리가 갈라져 새어나왔다.

"매일, 당신 꿈을 꾸어요. 그리고 아침에 일어나 텅 빈 침대를 보면 미칠 듯이 당신이 그리워져요. 매일, 매일 그렇게 당신을 기다리는 거 이젠 지쳐 가나 봐요. 내 사랑이 더 깊다 해도 괜찮아요. 그저 당신이 내 곁에 있어주길 바라요. 내 곁에서 날 사랑해 줄 수 없나요?"

장난스럽게 세레나데를 부르고, 캔디 연주곡을 쳐대던 느긋한 사유답지 않게 졸라댄다. 설하가 살짝 얼굴을 찡그렸다. 왜 늘 선택이라는 건 쉽지 않은 거지? 익숙한 곳을 떠나 낯선 삶으로 향하는 두려움 때문일까? 쉽게 대답이 나오지 않았다.

사유의 조급한 눈빛을 지나 설하가 창밖으로 시선을 돌렸다. 휘어지듯 불어대는 바람 속에 건장한 벚꽃나무와 익숙한 풍경이 잔잔하게 펼쳐져 있다. 언제나 그녀가 사랑했던 곳……. 쉽게 떠날 수 있을까? 류환을 사랑했던 십오 년의 시간이 머물러 있고, 사유를 만났던 모든 추억이 배인 곳을 훑어 내리는 그녀의 시선엔 또 다른 의미의 그리움이 있었다.

하하하!

허공을 울리는 사유의 웃음소리가 아득하게 울려왔다. 그리고 지금 그녀의 곁엔 반듯한 정장 차림으로 서 있는 또 하나의 사유와. 그녀의 그리움을 알아차렸을까? 사유가 품 안으로 그녀를 깊숙이 끌어안았다.

"난 언제나 같은 사람이에요. 당신의 기억 속에 남은 내 모습보다 당신이 기억해야 할 내 모습이 더 많아요. 남은 추억 때문에 두려워하는 건 어리석은 짓이에요."

"난 겁쟁이인가 봐요. 자꾸 두려워져요. 낯선 곳에서 내가 만나야 할 당신의 모습을 사랑할 수 있을지……. 내게 익숙해진 공간 속에서 당신을 사랑하는 건 쉬운데."

설하의 입술을 쓰다듬는 사유의 손가락에 안타까움이 배었다.

"내가 더 많이 사랑하니까, 날 따라오면 돼요. 날 사랑할 수 있게 도와줄게요. 당신에게 '선셋 가든'을 보여주고 싶어요. 내가 살아왔던 곳이니까, 그리고 당신이 충분히 사랑할 수 있을 만큼 아름다운 곳이니까. 이곳 '샤콘느'처럼 아름답지는 못하겠지만……."

사유의 입술이 다시 천천히 내려와 그녀의 입술을 또 핥아댔다. 스르르, 마법처럼 눈이 감겨왔다. 두려움이 조금씩 사라지는 걸 느끼며 설하는 제 입술에 남는 사유의 감촉을 느끼기 시작했다. 사유의 키스는 듬직하고, 단단하다. 세상의 모든 것으로부터 단단하게 지켜주는 방패 막처럼. 깊은 나무 향을 폐부 깊숙이 들이마시며 설하는 천천히 키스를 즐기기 시작했다. 짜릿한 통증과 두근거림…….

사유가 보여주고 싶다던 '선셋 가든'은 높고 묵직한 너도밤나무의 긴 오솔길로 시작되었다. 장시간의 비행으로 지친 몰골을 하던 설하가 팔짝 뛰어대던 환호성을 질러댔고, 그 곁에서 하하하! 웃는 사유가 그런 그녀를 만족스럽게 바라보고 있었다. 긴 오솔길의 끝에는 새로운 가족들이 그녀에게 열렬한 환영을 보내고 있고.

현관문 쪽에는 잠시 귀국한 사현 부부와 사강, 그리고 약간 애매한 표정을 짓고 있는 맥이 먼저 마중을 나왔다. 미처 소리를 못 들었다며 뒤늦게 나온 어머니 애니와 아버지 사중원의 불거진 얼굴을 버릇없는 사강이 놀려대자 모두의 환한 웃음이 '선셋 가든'에 거침없이 울렸다. 결국 강권에 못 이겨 출국을 서두른 설하 역시 못 이기는 척 웃을 수밖에 없었다. 사유의 가족들은 생각보다 따스했다. 사유 말대로 사강은 잠시도 멈추지 않고 맥을 쫓아다니고, 맥 역시 그렇게 싫은 표정만은 아니라 결혼식을 준비하는 설하 역시 한결 편한 마음이기도 했다.

"뭐 하니?"

아름다운 석양에 반해 테라스로 나와 있던 설하의 곁으로 류환이 다가와 물었다.

결국, 사유에게 밀려 서둘러 미국행을 결정해 버린 탓에, 샤콘느와 남은 짐 정리를 지연과 류환에게 맡겨두고 설하는 곧장 이곳으로 와버렸다. 덕분에 결혼 전에 이곳에 적응할 시간을 번 셈이지만 류환은 결혼식에 겨우 맞춰 이곳에 올 정도로 일이 바빴단다. 다행이 방학 전이라 강의가 거의 끝자락이라고는 했지만. 류환의 질문에 설하가 석양빛에 물든 얼굴로 몽롱히 대답했다.

"아름다워서……."

노란 샴페인 잔을 든 류환이 따스한 미소를 지었다. 테라스 아래쪽에는 그리운 얼굴들이 그녀의 결혼식을 기다리고 있는 중이었다. 꽁꽁 숨겨놓았던 지연의 애인도 함께 따라와 짓궂은 효원 삼촌의 놀림에 진땀을 뺐다. 늙은 사유의 손자 사건도, 그리고 이제 막 새신부가 된 현진의 웃음소리가 테라스 위쪽까지 울려왔다. 새아버지는 혼자 워킹 연습에 열중이었다. 그나마 다른 이들은 류환보다는 좀 이른 방문이었다. 며칠 전에 도착한 새아버지는 그새 사유의 가족들과 농담을 주고받을 정도로 친해져 있었다.

"그렇지? 참 아름다운 석양이야."

일부러 석양이 질 무렵으로 결혼식을 맞추어놓은 것도 '선셋 가든'이라는 이곳의 별칭 때문이었다. 소란스러운 정원 아래에는 류환의 그녀가 없었다. 이제 임신 초기에 들어선 유경은 장시간의 비행은 금지라는 의사의 처방에 따라 작은 선물 하나를 류환 편에 보냈다. 언젠가 그녀가 말했었던 블루 멜로우가 담긴 예쁜 유리병이었다. 보통 청혼할 때 쓰는 차이기도 하지만, 유경 역시 설하에게 레몬 즙의 마법이 일어나길 바랐던 모양이다.

"있지⋯⋯."

설하가 빙글 몸을 돌렸다. 덕분에 종아리 언저리에 닿은 부드러운 크림 빛 웨딩드레스가 꽃잎처럼 펼쳐졌다.

"난 오빠 사랑한 건 후회 안 해. 그게 동경이었든 사랑이었든."

"그래."

류환이 여유있게 미소를 지어주었다.

"오빠의 따스함이 좋았어. 오빠로 인해 그 긴 시간, 행복했다고 생각해⋯⋯."

설하의 말이 잠시 멈추어졌다. 노란 석양빛에 드러난 설하의 얼굴이 그 어떤 아름다운 보석보다 더 아름답게 빛을 냈다. 그가 유경에게서 보았던, 그리고 새어머니에게서 보았던 그런 빛이었다. 뭉클, 가슴이 복받쳐 왔다.

류환이 작은 그의 동생을 품에 안았다. 작은 우리 꼬마…….

"새신부를 너무 오래 안고 있는 건 아닌가요?"

불툭한 음성이 두 사람 사이로 불쑥 튀어나왔다. 못마땅한 기색이 역력한 사유가 테라스로 들어서다 멈칫, 걸음을 멈추었다. 작은 눈동자가 튀어나올 듯 벌어져 있었다.

"아름답지?"

사유의 말에 서둘러 설하를 떼어놓으며 류환이 말했다.

"아…… 네."

어정쩡한 대답을 하는 사유의 시선이 황홀함으로 출렁거렸다.

"내 아내이니까……."

"아, 난 노을이 아름답다는 말이었는데."

하하, 놀리던 류환이 다시 정원 쪽으로 내려선 후, 사유가 쭈뼛거리며 그녀 쪽으로 한 걸음 다가섰다. 노골적인 사유의 눈빛에 설하가 수줍게 얼굴을 붉혔다. 은빛의 턱시도가 석양빛에 부드러운 빛을 냈다. 곧은 자세로 선 사유가 그 어느 때보다 유혹적인 눈빛으로 자신의 새신부를 훔치듯 바라보았다. 크림 빛의 드레스는 효원 삼촌이 아닌 지연의 작품이었다. 앙증맞은 퍼프 소매가 신부라기보다는 화동처럼 귀여운 드레스라 생각했는데, 막상 설하가 입은 드레스는 그것보다는 조금 더 고혹적이었다. 수줍은 소녀 같은 열꽃의 느낌이랄까?

아직 씌워지지 않은 면사포를 설하의 머리에 꽂은 후, 사유가 잠시 시선을 맞추었다. 엷게 발라진 연분홍 입술이 유독 반짝거려 현기증이 일었다. 아직도 꿈결처럼 믿어지지가 않았다. 사유가 가라앉은 목소리로 속삭였다.

"사랑해요⋯⋯."

네⋯⋯.

고개 숙인 설하의 턱에 손가락 하나를 얹었다. 스르르, 끌린 듯 그에게 향한 연분홍 입술에 사유가 부드러운 키스를 남겼다. 두근두근⋯⋯ 심장이 북처럼 울려댔다.

"늦었지만⋯⋯ 당신을 사랑해요. 많이 기다리게 해서 미안."

"아니요. 그래도 내게 와주어서 고마워요."

두 사람의 눈빛이 허공에 부딪히는 순간, 아래층에서 소란이 일어났다.

"결혼식 시작이야!"

땅!

정원 저쪽에서 커다란 종소리가 새로운 시작을 알리듯 거창하게 소리를 냈다. 또다시 그녀의 입술 위로 내려앉던 사유의 입술이 보기 좋게 포물선을 그렸다.

"가실까요?"

끄덕이는 설하의 머리 위로 거미줄 같은 면사포가 넓게 펼쳐지며 살포시 내려앉았다.

땅땅!

재촉하듯 울려대는 종소리를 뒤로하고 사유와 설하는 나란히 손을 잡은 채, 아래층으로 향했다.

"깔깔깔!"

행복한 설하의 웃음소리가 진한 노을빛에 흐드러지듯 울렸다. 멀리 '샤콘느'의 창가에 선 벚꽃나무가 환영하듯 제 가지를 흔들어대고, 작은 풍경이 바람을 따라 몸서리를 쳤다.

딸랑, 딸랑⋯⋯.

작가후기

여름에 시작되었던 글이 다시 한 해를 돌아 또 하나의 여름에 결국 제게로 찾아왔습니다. 한때, 열병처럼 앓던 사유를 떠나보내고 잠시 이반에게 넋을 잃은 사이 그렇게 한 해가 가버렸네요.

작고 영민한 눈동자로 그 누구보다 부드럽고 온화한 사유를 그 누구보다 사랑했습니다. 많지는 않은 글을 쓰긴 했지만, 지금까지 써온 녀석들 중에 사유만큼 제 심장을 끈 주인공이 없었던 것 같습니다. 여주인공인 설하 역시.

사랑이라곤 해본 적이 없는 사유는 여기 이 '샤콘느'에서 자신의 운명과 첫사랑에 빠져듭니다. 여름의 뜨거운 햇살과 지루한 장마 속에서도 늘 밝고 유쾌한 그의 연인 설하는 한눈에 그를 사로잡고 말죠.

이 글에 나오는 '샤콘느'는 모델도 없이 저 혼자의 상상만으로 만들어진 곳입니다.

하지만 눈을 감으면 연한 연둣빛 잎사귀 사이로 새어나오는 부신 햇살과 눈꽃보다 더 아름다운 하얀 벚꽃이 흩날리는 그곳이 떠오릅니다. 아마, 캔디의 첫 장면에 나오는 그곳과 비슷하지 않을까. 저 혼자 추측해 보지만 말입니다.

언젠가는 수정해 보리라 마음먹어 놓고서도 막상은 게으름 때문에 일 년 동안 잠자고 있던 이 녀석을 깨운 건, 저처럼 일 년 만에 이 글을 읽은 규진 씨 덕분이었습니다. 정말 까맣게 잊고 있었는데…….

오랜만에 사랑에 빠진 것 같습니다.

출판사에서 보내온 파란 파일보다 더 많이 빨갛게 칠한 덕분에 온통 붉은색 원고를 하고서도 헤실, 웃음이 나올 정도로 어쩐지 혼자만 뿌듯해지는.

일상에서 조금씩 어긋나는 설하의 특이한 세상 보는 법도 좋았고, 그녀만의 독특한 매력을 조용히, 그리고 나긋하게 기다려 주는 사유도 좋았습니다.

무엇보다 좋은 건, 제 글에서 결코 볼 수 없었던 완벽한 해피엔딩까지.

잊었던 사랑을 문득 돌아보게 해주신 청어람 규진 씨, 파란색으로 매 문장을 체크해 주느라 이 여름 진액의 땀을 흘렸을 지윤 씨, 그리고 언제나 명쾌한 음성으로 든든히 지켜주시는 종민 씨!

늘 그렇듯, 감사할 따름이죠.

『허브』를 구상할 때부터 한결같이 함께해 주었던 쌍둥이 엄마 현미에게 특히 감사를 전하고 싶습니다. 우리 달밀의 든든한 맏언니 이조영 작가님, 현란한 솜씨로 컴맹인 저로 하여금 몹시 위축감을 들게 한 안화령 작가, 아름다운 미모로 저의 기를 파바박 눌러주는 이영채 작가, 그리고 귀여운 수다쟁이 우리의 막내 박나영 작가, 이리저리 아프다는 핑계로 목 빠지도록 기다리게 하는 저에게 늘 격려를 아끼지 않는 우리 달밀 가족들.

모두 모두 감사해요.

그리고 마지막으로 정말, 정말 사랑하는 남편 양 아저씨, 다이어트하느라 고생하는 와중에도 수정 원고로 바쁜 아내를 위해 아이를 돌보아주어서 고맙고, 이젠 제법 이력이 붙은 의젓한 태도로 엄마의 수정엔 조용히 숨을 죽이는 두 아들 홍석, 진혁!

언제나 사랑하고, 언제나 고마워요.

—2006年 여름 서야 拜上.

『마녀의 정원을 훔쳐보다』

긴 생머리, 사슴 같은 눈망울, 가냘픈 몸매, 신비의 미소,

사람들은 그녀를 '아침을 여는 여자'라고 불렀다.

그런데 보자기를 둘러쓰고, 수상한 선글라스를 번뜩이며

소란스럽게 남자를 끌고 나가는 점순 씨, 당신은 누구?

● 이현숙 지음 값 9,000원

『연두향 나무 아래』

소꿉친구인 설수현과 하재욱.

그러나 만나기만 하면 서로를 향해 으르렁대니,

언제쯤 알콩달콩 사랑을 시작할 수 있을까.

사랑스러운 설씨 가문의 사랑 이야기가

연두향을 타고 돌아왔다.

● 정경하 지음 값 9,000원

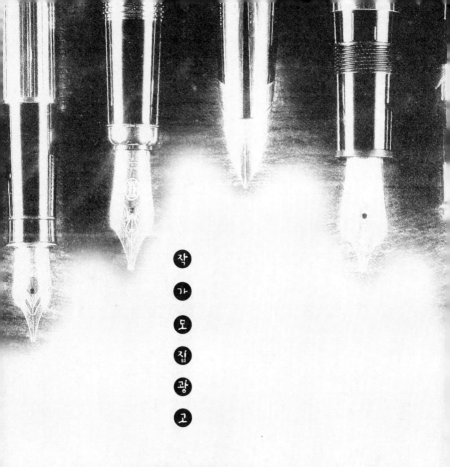

작
가
모
집
광
고

도서출판 청어람의 문은 항상 열려 있습니다.
실력있는 작가 분들의 많은 관심 부탁드립니다.

TEL:032-656-4452 • FAX:032-656-4453
http://www.chungeoram.com
http://chungeoram.egloos.com
e-mail:chungeoram@chungeoram.com